Prêtre-éducateur depuis plus de 40 ans, Guy Gilbert est l'auteur d'une trentaine de livres dont les plus connus sont *L'évangile selon saint Loubard*, Jusqu'au bout ! et *Rallumez le feu !*. Celui qui proclame que « la rue est son Église » aide quotidiennement des dizaines de jeunes en perdition. La Bergerie de Faucon, qu'il a restaurée en Provence, les accueille et leur offre la chance d'une nouvelle vie grâce à un encadrement compétent.

Guy Gilbert

L'ÉVANGILE SELON SAINT LOUBARD

Éditions Philippe Rey

Remerciements

Un immense merci à Didier Girard, athée s'il en est, et ami depuis dix-neuf ans, d'avoir démêlé mes notes.

À toi, Joël Blairon, mon adjoint, qui, avec Didier Girard, m'as suivi par Internet, de la Turquie à l'Algérie en passant par la Provence et le Québec pour m'aider à boucler ce livre bâti, mûri et prié sur les routes du monde.

Sans vous, mes papiers dormiraient encore dans mon foutoir légendaire.

La traduction des textes de l'évangile reproduits dans le présent ouvrage est celle de Louis Segond.

15, rue de la Banque
75002 Paris

TEXTE INTÉGRAL

ISBN 978-2-02-066838-5
(ISBN 2-84876-006-0, 1re publication)

Introduction

Il y a de nombreuses années, à la fin d'une conférence, un loubard anonyme m'interpella : « Guy, pourquoi tu n'écrirais pas l'évangile à la sauce loubarde ? On ne comprend pas trop, nous les mecs de la rue. Tu auras les mots, toi, pour nous l'expliquer. » La salle s'est esclaffée. J'en suis resté là depuis quinze ans.

Mille fois j'ai voulu me mettre à l'ouvrage. Pas le temps. J'ai seulement jeté de multiples notes sur des bouts de papier. Et puis, en juin 2003, j'ai décidé de les rassembler pour faire ce livre, *L'Évangile selon saint Loubard.*

Un loubard est un délinquant. Souvent un mec paumé, issu d'une famille disloquée. Donc un client assidu des gardes à vue, quelqu'un qui connaît les palais de justice par cœur.

J'ai voulu écrire ce livre, hanté que je suis par le dernier regard du Christ. Vous connaissez la scène. Si vous ne la connaissez pas, je vous la décris.

Le Christ est crucifié. Avec lui, deux loubards. Des criminels, on ne sait ! Des gangsters sûrement. L'un d'eux se moque de lui : « Dégage de cette croix, tu le peux, tu as fait tant de miracles pour les autres ! »

L'autre demande pardon et dit au Seigneur : « Accueille-moi dans ton paradis. »

« OK ! répond Jésus, ce soir tu y seras avec moi. »

Ce dernier regard de miséricorde du Christ m'a toujours fasciné. Il est le plus grand. Il est le dernier. C'est en adoptant ce regard que j'ai relu l'évangile, pour toi.

Ces pages pauvres, humbles, mais où j'ai mis toutes

mes forces, lis-les avec ton cœur. Et toi, théologien qui me liras, pardonne-moi quelques erreurs. Tu en trouveras. Signale-les-moi. Merci.

Puissent ces lignes, à toi, croyant chrétien, musulman, juif, bouddhiste, agnostique ou athée,

te faire aimer Dieu et l'humain,

te faire lire ou relire l'évangile,

te donner vie, force et espérance.

Je n'ai pas d'autre but.

Ne manque pas de m'écrire. Tu as l'adresse de l'éditeur. Il me fera suivre ton courrier. Je saurai alors si ce mec anonyme dans la salle a eu raison de m'interpeller.

Lire la Bible : une grâce

> Vous sondez les Écritures, parce que vous pensez avoir en elles la vie éternelle : ce sont elles qui rendent témoignage de moi.
>
> Jean V, 39.

Depuis deux mille ans pour l'Église, la Bible est un trésor, et la lire est une grâce.

L'évangéliste

J'avais embauché un évangéliste comme compagnon éducateur. Bien aimé de mes jeunes, il était très militant. Son don d'écoute était étonnant. Mais, un jour, je l'ai surpris en train de montrer une phrase de la Bible à un jeune. Ce jeune pétait les plombs et mon évangéliste s'occupait de lui. Sous le chêne, à côté de la Bergerie, il désignait une phrase de la Bible adaptée à sa situation. Surpris, je n'ai rien dit sur le moment. Son geste me dérangeait. De plus, le jeune était musulman. Plus tard, j'ai interpellé l'évangéliste : « Eh, mon pote, comment peux-tu foutre dans la gueule ta Bible (que je vénère comme toi) à un jeune musulman en pensant que le verset que tu lui lis peut le calmer ? Ce n'est pas cela qui le calmera mais ton don d'écoute. »

C'était pour moi une sorte de viol que de coller une

phrase d'évangile à un jeune en position de fragilité, notamment musulman. À la limite, l'éducateur aurait pu recourir à un verset du Coran, bien choisi par rapport à la situation de ce jeune… L'évangéliste fut d'abord furieux : « C'est ma pratique et je ne suis pas d'accord avec toi… » Il est parti sans en démordre. Mais, quelques années plus tard, il m'a interpellé et m'a dit : « Je crois que tu avais un bon discernement, Guy, parce que mettre une phrase d'évangile dans la tronche des gens pour les aider dans une situation délicate, ce n'est pas la méthode la mieux adaptée, et au fond ce n'est pas la meilleure façon de lire la Bible. »

J'ai mis du temps à m'apercevoir que la parole de Dieu était une grâce. Après quinze années de séminaire, quelques prêtres me le disaient. Je n'enregistrais pas bien. Un jour je l'ai découvert par moi-même. On peut lire des versets de la Bible, n'y attacher que peu d'importance mais, soudain, mesurer leur grandeur.

Saint François d'Assise l'avait lue plusieurs fois. Il menait une vie agitée, il sortait, il baisait comme un castor… Son père, riche drapier, lui permettait de vivre sans se soucier des conséquences de ses actes. Du jour au lendemain, en lisant dans l'évangile cette phrase : « Vends tes biens et quitte tout », il se met à poil devant l'évêque et son père, et il s'en va. Sa conversion est fulgurante. Il décide de vivre la pauvreté évangélique. Saint François d'Assise nous a laissé une trace de sainteté extraordinaire. Ce verset l'avait atteint en plein cœur.

Écoutons l'évangile qui nous dit que les foules cavalaient pour entendre la parole de Dieu à travers le Christ. « Tout le peuple l'écoutait, était suspendu à ses lèvres », dit Luc (XIX, 48).

La Bible est un jardin de délices. Chaque livre est une fleur de couleur différente exhalant son propre parfum. Quand Moïse redescend du Sinaï où il vient de recevoir les Tables de la Loi, « son visage rayonne de lumière », dit l'Exode (XXXIV, 29). C'est le signe de la beauté et de la grandeur du message qu'il avait reçu.

Admirons nos frères juifs qui sensibilisent les petits, dès leur plus jeune âge, à la saveur de la parole de Dieu. Ils font conduire l'enfant à l'école par un maître. Ils enduisent les lettres de miel et les lui font goûter afin que la parole de la Torah soit aussi douce que le miel pour l'enfant. « Que tes paroles sont douces à mon palais, plus que le miel à ma bouche » (Psaume 119).

La Bible renferme l'histoire d'un peuple choisi. Dieu aimait ce peuple à cause de sa faiblesse. L'écriture contient toutes les expériences de l'homme pauvre, riche, assoiffé, repu, joyeux, déprimé, affligé ou plein de vie. La lecture de la Bible est étonnante. Vous pouvez y trouver très vite la joie, la peine, la richesse putride, ou la pauvreté dont le Seigneur était assoiffé. La Bible interroge chaque personne. À condition que sa lecture soit une grâce pour nous et que nous puissions la digérer comme du miel.

Trois mots et je m'envole

Je lis le bréviaire, c'est mon boulot. Je prends un passage : parfois je commence mais je ne suis pas tellement interpellé. Je continue. Brutalement, en trois ou quatre mots, je m'envole. Et toute ma journée est portée par cette phrase. La parole de la Bible est une parole de vie et un souffle de guérison. Elle nous guide dans la vie spirituelle. La Bible nous introduit aux mystères de Dieu. Comment connaître notre religion sans la lire ? La vie, la mort du Christ, et l'Ancien Testament qui prépare sa venue sont dans la Bible. Jésus compare la parole de Dieu à une semence. Elle doit être reçue par une terre riche de préférence.

Sören Kierkegaard, philosophe chrétien, confessait que la Bible était un livre dangereux. « Parce que si je lui donne le doigt, elle me prend la main et j'y passe tout entier. » Pas con, ce mec !

Sainte Thérèse nous disait à la fin de sa vie : « Aucun livre ne m'intéresse, l'évangile me suffit. » Sa vocation était l'amour. Sa ressource était la première épître aux

Corinthiens (I, 1-13). L'apologie de l'amour. Ce passage est merveilleux. La voie d'enfance l'a beaucoup guidée aussi : « Si vous ne retournez pas à l'état des enfants, vous n'entrerez pas au Royaume de Dieu » (Matthieu, XVIII, 3). Et ces trois mots : « Dieu est amour », qui ont renversé ma vie à l'âge de treize ans. Je les ai relus tant de fois avec la même fascination. C'est la plus belle chose que j'ai lue dans la Bible. Ces trois mots peuvent nous mettre en transe.

La parole de la Bible nous invite au don de soi. La parole de Dieu engage au partage. Jésus a fait des gestes. J'admire beaucoup plus les gestes du Christ que ses paroles. Quand il parlait, le peuple était émerveillé. Ses mots transperçaient le cœur des gens, telle une épée d'amour. Il avait une parole d'or. Les disciples l'ont transcrite. Les yeux du Christ et son regard les fascinaient. Il voyait le plus profond de leur âme. Quand je lis l'évangile, j'imagine facilement ses yeux d'amour. Ses oreilles étaient de cristal. Il écoutait chacun avec la même attention.

Les martyrs de l'Ouganda montaient sur les bûchers en chantant la Bible. Les bourreaux étaient déboussolés, stupéfaits. Ils n'avaient jamais vu cela. Dans les prisons communistes, où tant de chrétiens ont souffert, l'évangile les a parfois sauvés. La Bible les a aidés à tenir face aux lavages de cerveau.

Un homme s'est évadé d'un camp de concentration. Le chef du camp rassemble les milliers de pauvres types mourant de faim pour choisir dix d'entre eux qui seront condamnés à mourir de faim dans l'isolement d'un bunker. Telle est l'horrible sanction. Il désigne un gars qui commence à sangloter : « Mes enfants, ma femme. » Et un vieux prêtre, Maximilien Kolbe, commet un acte extraordinaire, car jamais on ne devait parler à un Allemand nazi sans y être invité, sous peine de mort. Il interpelle le chef et demande : « Mettez-moi à sa place, je suis célibataire, je suis prêtre. » Le chef est conquis et accepte. Le prêtre mourra ainsi, de faim. Il a été canonisé, et l'homme qu'il a sauvé était présent lors de la cérémonie. La parole de Dieu engendre des miracles prodigieux.

Une parole qui aime

Il est vital de lire les Écritures. Elles nous transforment en nous purifiant le cœur et l'intelligence. L'évangile n'apporte pas nécessairement les réponses adéquates à toutes les questions que vous vous posez. Je crois plutôt que l'évangile résout nos problèmes en transformant l'homme de l'intérieur. Lire la Bible amène à une transformation. L'évangile brise nos masques. Daniel Ange disait : « La Bible fait mal pour nous guérir. » La sainte Écriture nous amène à l'amour de nous-mêmes et de notre prochain. Une grâce puissante entre en vous chaque fois que vous lisez la Bible. Approchez-vous du texte avec grand respect, même si vous n'avez pas soif de la parole de Dieu.

Pour lire la Bible fructueusement, laissez-vous guider par elle. Mettez-vous à son service. Ne tentez surtout pas de mettre les Écritures à vos ordres. Seuls les intégristes utilisent la Bible en vue de leurs objectifs idéologiques. On aborde la parole de Dieu en silence, en priant. L'évangile s'adresse à la vie de chacun de nous. Évitez de le lire dans un lieu public. Il est préférable de choisir le silence et la solitude afin que la chaleur intérieure du livre produise ses effets. La parole de Dieu nous fait entrer en relation personnelle avec Celui qui nous l'a offerte. Lire la Bible, c'est parler à mon Dieu. Sa parole est vivante et nous vivifie. Elle nous illumine et nous purifie. Lisez la Bible avec la dignité que vous manifestez devant l'hostie. Si, à la messe, un morceau d'hostie tombe par terre, vous vous empresserez de le ramasser, car c'est un trésor. Attachez la même importance à chaque miette de ce que vous lirez dans la Bible.

Lisons la Bible comme un jeune homme lit la lettre de sa bien-aimée ou comme une jeune fille lit la lettre de son bien-aimé. Ayez la grâce de croire que la Bible est écrite pour vous.

Il existe plusieurs versions de la vie du Christ. La première est celle des témoins directs, les disciples qui l'ont vu agir, entendu parler, et qui ont transcrit leur expérience.

La seconde englobe tous ceux qui ont écouté retentir sa parole vivante alors qu'elle était portée par ses ministres : les apôtres et leurs successeurs, instruments du Christ. Tous les chrétiens bénéficient de ce mode de transmission de la parole, au cours de la liturgie et en lisant les Écritures. La hiérarchie de l'Église nous permet son interprétation. Mais il m'arrive de buter totalement sur un verset. Quelquefois je ne comprends pas tout. J'ai étudié sept ans la théologie mais il arrive qu'un texte m'échappe et que je ne sache quelle interprétation lui donner. Des laïcs peuvent m'inspirer, même si Jean-Paul II et les évêques ont le mandat du dépôt sacré de l'interprétation. Un simple chrétien peut m'aider immensément face à un texte.

Le Christ parle à notre cœur. La parole de Dieu doit être entendue et perçue de manière personnelle. Par la foi et par l'amour, Sa parole est vivante et efficace.

Lisez-vous chaque jour un petit morceau d'évangile ? Relisez-vous toujours les textes qui vous plaisent ou allez-vous chercher des passages que vous connaissez mal ?

J'ai souvent lu une page par hasard. Lisez et votre cœur s'ouvrira. Ouvrez une Bible et vous trouverez très souvent une réponse. L'évangile est « une parole qui aime ». Nous allons le relire sous l'angle du dernier regard du Christ sur la croix pour le loubard repenti. Puissent ces pages être une « grâce » pour toi.

I

L’évangile au ras des pâquerettes

1

Vous êtes le sel de la terre

Puiser dans le cœur de Dieu

Vous êtes le sel de la terre. Mais si le sel perd sa saveur, avec quoi la lui rendra-t-on ? Il ne sert plus qu'à être jeté dehors, et foulé aux pieds par les hommes.
Vous êtes la lumière du monde. Une ville située sur une montagne ne peut être cachée ;
et on n'allume pas une lampe pour la mettre sous le boisseau, mais on la met sur le chandelier, et elle éclaire tous ceux qui sont dans la maison.
Que votre lumière luise ainsi devant les hommes, afin qu'ils voient vos bonnes œuvres, et qu'ils glorifient votre Père qui est dans les cieux.

Matthieu V, 13-16.

« Vous êtes le sel de la terre et vous êtes la lumière du monde », dit le Seigneur.

On me dit souvent : « Guy, tu es une star. » Je pisse sur les stars lorsqu'elles ne sont pas des lumières. L'exemple que l'on nous donne actuellement est : « Soyez une star, vous êtes unique au monde. » Nous sommes tous uniques au monde. La star est brûlée par les sunlights, par les lumières artificielles. Alors elle se croit éblouissante. Mais elle est éblouie et ne voit qu'elle. Elle se perd.

Éclairons la salle

Un jour, en Suisse, je devais parler devant deux mille personnes. D'énormes projecteurs m'éblouissaient. Je ne voyais rien et moi seul étais en évidence. J'ai refusé de parler tant que la salle n'était pas éclairée. Je voulais voir le visage de chacun.

Le mot *star* veut dire étoile en anglais. Il faut admirer les étoiles, et se méfier des stars. Il est bon que des gens soient mis en lumière de temps en temps. Je le fais pour vous annoncer la parole de Dieu. Je passe à la télévision. Soit ! Ensuite je rentre dans le rang. Je ne pèse pas lourd : soixante kilos, ça ne pisse pas loin. Je suis un humain parmi les humains. Nous devons tous être des étoiles au milieu des autres. Sur ces étoiles qui scintillent dans la nuit, le Seigneur a dit : « Je vous ai envoyés, agneaux au milieu des loups. » Nous sommes des agneaux-étoiles, et nous sommes tous uniques.

Le Christ nous a montré les lumières les plus importantes dans tout l'évangile : les tout petits, la bonne vieille qui voulait s'approcher du Christ pour toucher son manteau, parce qu'elle s'était dit : « Ce mec va me guérir. » L'un des deux criminels qui étaient sur la croix au moment de sa mort infamante s'est révélé lumière. Il fut le premier dans le Royaume de Dieu. Le Bon Larron est une magnifique étoile ! L'étoile du berger a conduit les mages... Le Seigneur nous demande d'être des étoiles.

Juste avant une émission, une personne me dit : « Ah ! vous êtes un prêtre extraordinaire. »

Je réponds : « Pas du tout ! »

Elle insiste : « Ce que vous faites est bien. »

Je dis : « Ce que je fais émane d'un plus grand que moi. »

Ce que je suis est bien plus important que ce que je fais. Nous pouvons accomplir des choses extraordinaires sur terre, mais si nous pensons que c'est notre seul génie qui fonde ces choses, nous nous méprenons totalement.

La véritable lumière dans le monde est quelqu'un qui

puise sa force dans le cœur de Dieu. La prière de tous les jours nous donne la puissance de créer. Cette lumière cachée est notre spiritualité. Notre capacité à nous enfermer dans notre chambre, dans un petit bois ou ailleurs pour prier Dieu tous les jours nous donne la lumière. Soyons lumière en puisant dans la lumière extraordinaire du Christ !

Des étoiles sont autour de nous : les chômeurs, les divorcés, les sans-abri, les sans-papiers, les sortis de prisons... Reconnaissez ces lumières éblouissantes et voyez en eux les êtres les plus lumineux de votre existence. Que votre regard cherche les étoiles qui vous entourent.

La saveur dans nos vies

« Soyez le sel de la terre », dit le Seigneur. J'aime beaucoup le sel, et à mon âge je dois m'en méfier et protéger mes vieilles artères. Tous les vieux doivent le savoir. J'adore saler le beurre de mes radis. J'ai des origines charentaises. Le sel accentue la saveur des aliments.

Nous devons être le sel de la terre. Nous pouvons mettre de la saveur dans nos vies en partageant, en vivant en paix avec les autres. Le sel a la vertu de donner une force, à condition de ne pas en abuser. Le sel consommé en quantité raisonnable fait du bien à notre santé, il enrichit et nous donne de la force. Sans sel, nous dépérissons très vite.

Que Dieu vous aide à être le sel de la terre et la lumière du monde. Qu'Il vous aide à donner gracieusement ! J'ai vérifié dans ma propre vie que tout ce que j'ai pu faire gratuitement m'a été cent fois rendu. Ce que j'ai fait avec intérêt ne m'a pas été rendu. Soyez donc au service des autres.

À celui qui vous donnera un verre d'eau au nom du Christ, le ciel le lui rendra au centuple. Vous pensez peut-être que, si vous donnez une bière au nom du Christ, vous recevrez un tonneau en retour... Et qu'en offrant une bouteille de whisky de vingt ans d'âge... vous en aurez dix fois plus !

Cela veut dire que, lorsque vous faites un petit geste gratuit au nom de Dieu, Il bénit ce geste. Il n'y a pas de grand ou de petit geste. Tout geste d'amour est un grand geste. Je dis cela pour vous qui êtes chrétien, bouddhiste, musulman, athée même, cela n'a aucune importance. La gratuité du don rappelle que les plus beaux gestes que nous pouvons poser sur terre sont des actes d'amour. Notre religion est fondée sur l'amour.

Nous pouvons parler d'amour

Vous pouvez dire tout ce que vous voudrez sur l'amour. Tout le monde en parle beaucoup. On chante l'amour à tout va. Notre monde, notre civilisation occidentale, crève de manque d'amour. Nous sommes une civilisation européenne globalement chrétienne. N'oubliez jamais que seul l'amour compte. L'amour de Dieu et l'amour des autres. Le don vraiment gratuit, c'est donner sans calculer pour recevoir. Tu donnes parce que tu aimes l'autre.

J'aime cette belle phrase de l'évangile : « Fais aux autres ce que tu voudrais qu'on te fasse à toi-même. » Vous le savez bien, on se gâte soi-même. Quand je vois mes jeunes fauves autour du repas, c'est à celui qui prendra le meilleur beefsteak. Alors je dis : « Donne le plus beau morceau à l'autre, et prends pour toi le morceau d'après. » Tous ces gestes d'amour entretiennent l'amitié. Dans notre vie quotidienne Dieu sait que nous avons besoin de gestes d'amour.

Les journaux parlent presque exclusivement du mal et des malheurs du monde, alors que partout des êtres réalisent de beaux gestes d'amour.

Il est dit dans l'évangile : « Si ton œil t'entraîne dans les péchés, arrache-le. » C'est une façon de dire : « Soyez conscients de ce que vous regardez à la télévision. » Il y a quelque temps, un événement très grave s'est produit : un jeune ayant vu le film *Scream* a voulu tuer une fille qu'il connaissait. Il l'a appelée, mais elle n'était pas là. Il en a appelé une deuxième mais elle était occupée. Il est parvenu à joindre une troisième. Il est allé la tuer de dix-sept coups de couteau. « Si ton œil te fait pécher, arrache-le », c'est-à-dire que lorsqu'on vous propose des films de violence et de sexe, efforcez-vous de ne pas les regarder.

Comment voulez-vous dans le monde d'aujourd'hui que nous puissions élever nos jeunes dans la paix, dans la joie et dans le respect du sexe si nous leur mettons de telles scènes devant les yeux ? Aux plus jeunes je dis ceci : « Maîtrise ton œil. » Ne l'arrache pas bien sûr, l'évangile parle par symboles et images. « Si tu as une mauvaise démarche, coupe-toi la jambe ! » dit aussi l'évangile. Cela te suggère de réfléchir au lieu de courir faire une bêtise ! Dangereux d'acheter des revues porno ou des livres néfastes pour satisfaire ta sexualité débridée.

Pimentez vos journées de petits gestes d'amour. Dieu seul les verra. Ils permettront à l'humanité de respirer et d'être meilleure. Un seul geste d'amour grandit l'humanité tout entière.

2

Annoncer la bonne nouvelle

Comment parlons-nous de notre foi ?

Enfin, il apparut aux onze, pendant qu'ils étaient à table; et il leur reprocha leur incrédulité et la dureté de leur cœur, parce qu'ils n'avaient pas cru ceux qui l'avaient vu ressuscité.
Puis il leur dit: Allez par tout le monde, et prêchez la bonne nouvelle à toute la création.
Celui qui croira et qui sera baptisé sera sauvé, mais celui qui ne croira pas sera condamné.
Voici les miracles qui accompagneront ceux qui auront cru: en mon nom, ils chasseront les démons; ils parleront de nouvelles langues;
ils saisiront des serpents; s'ils boivent quelque breuvage mortel, il ne leur fera point de mal; ils imposeront les mains aux malades, et les malades seront guéris.
Le Seigneur, après leur avoir parlé, fut enlevé au ciel, et il s'assit à la droite de Dieu.
Et ils s'en allèrent prêcher partout. Le Seigneur travaillait avec eux, et confirmait la parole par les miracles qui l'accompagnaient.

Marc XVI, 14-20.

Le Christ a dit: « Allez dans le monde entier »

Je note qu'il n'a pas dit d'abord: « Parlez au monde entier », mais: « Allez dans le monde entier ». Marchez, projetez-vous d'abord. Allez vers le plus pauvre, allons vers ceux que nous n'aimons pas. Rencontrons ceux et celles qui sont vraiment différents de nous. Allez dans le monde entier dans une démarche de miséricorde, les mains nues. Il n'y a pas de plus belle chose à mon sens que de demander pardon et de pardonner. Dans ce monde d'aujourd'hui nous devons être des êtres de miséricorde. Notre monde en a tant besoin.

Allez dans une démarche de partage

Chrétiens, comment pouvez-vous rester chez vous à amonceler biens et argent, à garder tout pour vous sans penser aux autres ? Si vous écoutez la parole du Seigneur, vous devez partager. Allez vers ceux qui ont besoin de votre aide et de votre partage. Il y a tant de pauvres dans nos pays si riches : des sans-abri, des clochards, des sortis de prison, des gens dans la peine.

Je suis contre la peine de mort pour la raison suivante : il faut toujours laisser l'espace de la miséricorde à un être qui a fauté. Guy Georges, cet assassin, a une part de cristal, c'est un être de lumière lui aussi. C'est ce que j'ai répondu quand on m'interrogeait sur cet homme. Comment ne pas penser aux personnes qu'il a tuées ? Comment oublier les femmes qu'il a violées ? Nous y pensons tous. Mais cet homme a une part de cristal. Si monstrueux soit-il dans ce qu'il a fait, il reste un être humain. Être chrétien, c'est être en totale opposition avec les loups qui hurlent après l'assassin.

Allez vers les plus pauvres. Ne jetez jamais dans les oubliettes de votre vie des gens qui ont commis le pire. Je vous demande quelque chose de difficile. Je suis chrétien, je suis prêtre, et je dois vous annoncer l'évangile. Je dois aller vers vous pour vous dire : « Soyez d'abord du côté de la victime et, si vous le pouvez, aimez aussi l'assassin. »

Ceux qui souffrent

Le commandement du Christ veut que nous vivions comme des êtres de miséricorde dans le monde d'aujourd'hui. Je dirais aussi : « Allez voir les prisonniers. » La justice tranche, et s'il y avait une justice sans amour, cette justice serait de la merde. Le Christ a dit aussi : « Rendez visite aux malades. » Priorité à tous ceux qui souffrent autour de vous ! Jésus parle très souvent des malades dans l'évangile. Le Christ crucifié est présent dans chaque malade. Et il en a guéri tellement.

Nous avons une bonne nouvelle à annoncer à tous ceux qui souffrent autour de nous. Pensons aussi aux divorcé(e)s. On suicide une personne lorsqu'on lui dit qu'on ne l'aime plus ou qu'on la quitte après lui avoir dit qu'on l'aimait. Et les enfants se retrouvent à droite et à gauche. Les blessures sont profondes. Les pires sont celles du cœur. Elles semblent parfois inguérissables. Un amour gratuit, vrai et fidèle peut guérir les plus graves blessures.

Le jour où nous savons que le Seigneur est là, dans les moments les plus difficiles de notre vie, nous savons tout. C'est dans ces moments-là que parfois nous crachons sur le Christ en disant : « Qu'est-ce qu'il fait, je suis tout seul dans le pétrin ? » En vérité, il est là. Et plus que jamais.

Avons-nous honte ?

Avons-nous peur de dire l'amour de Dieu ? Comment peut-on nous aimer, nous les catholiques, si nous ne pouvons pas parler de notre foi ? Comment pouvons-nous transmettre notre foi ? De quelle manière parlons-nous de Dieu ? Osons-nous nous interroger les uns les autres ? Avons-nous honte d'être chrétiens ? Savons-nous dire à d'autres que nous aimons Dieu ?

Mon sacerdoce est voué aux jeunes dont personne ne veut, aux loubards. La plupart sont athées ou musulmans.

Pourtant j'ai été éduqué pendant quinze ans de séminaire pour parler essentiellement à des chrétiens. Saint Paul disait que l'apôtre, c'est-à-dire aussi l'évêque ou le prêtre, doit d'abord donner priorité à son peuple de chrétiens, à sa communauté, pour souder sa foi et la dynamiser. C'est valable pour l'évêque, pour le prêtre et pour chaque laïc. Nous avons une certaine pudeur, sans doute déplacée, de dire que nous sommes chrétiens. Nous avons honte en certaines circonstances de dire que Dieu est amour.

Avant, le bénédicité (la prière précédant le repas) était un rite partagé et courant. Puis par respect, par peur de gêner les autres, j'avais aussi arrêté depuis longtemps. En contact avec des jeunes musulmans, je remarque que jamais ils ne commencent leur repas sans la formule rituelle : « Bismillah » : au nom de Dieu. Des musulmans m'ont fait remarquer : « Quand vous êtes entre chrétiens, vous ne faites pas de prière en vous mettant à table. » Et je me rappelais qu'au séminaire on m'avait appris à faire le bénédicité. C'est ce que je fais maintenant et je demande aux musulmans qui peuvent se trouver à côté de moi : « Veux-tu faire la prière au nom de Dieu comme je vais la faire moi aussi ? » Dans les restaurants, en public, discrètement je me lève et je bénis la table par une formule très simple. Les gens regardent et se taisent. Certains approuvent. Personne n'est choqué.

À la fin d'une réunion de travail, un équipier me suggérait de faire une prière simple avant de nous quitter. J'ai trouvé son idée excellente. Je note aussi un phénomène intéressant. Dans les gares, les aéroports, de plus en plus de gens viennent vers moi pour me demander de prier pour eux. J'accepte et leur demande leur prénom. Je l'inscris dans la paume de ma main et à la messe suivante, je prie à l'intention de la personne. Nous sommes de plus en plus sollicités, ce qui veut dire qu'il y a moins de timidité à être chrétien et à parler de la prière.

On aura tout vu !

Il y a peu de temps, à l'aéroport d'Orly-ouest que je fréquente assez souvent, j'ai rencontré une famille d'Africains qui partait en voyage retrouver ses racines. Il y avait la grand-mère, la grosse doudou, les nombreux enfants, la marmaille, tout le monde était sur le point de partir. D'un seul coup, la doudou m'aperçoit, me reconnaît et vient à moi en me demandant : « Bénissez-nous. » En plein aéroport, la dizaine d'Africains s'est mise à genoux et je les ai bénis. J'ai trouvé cela sublime. Je n'ai pas eu de honte à le faire. C'était une grande joie. Les gens regardaient, un peu étonnés. Un blouson noir en train de bénir des Africains en plein aéroport, ils ont dû se dire : « On croyait avoir tout vu en France, mais ça c'est nouveau ! »

Ces signes-là sont importants. Ils sont récents. Dans des endroits publics, c'est à mon avis une très belle communication entre chrétiens.

Je donne beaucoup de conférences depuis plus de vingt-cinq ans. J'ai à traiter de thèmes de plus en plus laïcs. « Pour toi, l'espoir c'est quoi ? », « La violence », « Les difficultés des jeunes »... J'aime beaucoup. Mais après, je tiens toujours à aller à la rencontre de la communauté chrétienne pour prier avec elle. Beaucoup de gens m'ont demandé pourquoi. Je réponds que, lorsque je viens dans une ville, je crois capital de pouvoir rejoindre mes frères et sœurs chrétiens. Même si c'est une municipalité communiste qui m'a invité, je veux prier avec mes frères chrétiens. C'est la chance que je me suis donnée. On me connaît comme le prêtre des loubards. Cela me gêne un peu car je suis prêtre pour tous.

Aller au rassemblement de la Jeunesse ouvrière chrétienne, aller à Paray-le-Monial de temps en temps, aller dans les paroisses traditionnelles qui m'invitent... Échanger est excellent. Toutes les sensibilités de l'Église me passionnent. Même Écône, fief des intégristes.

Je donnais une conférence publique à des laïcs en haut

d'un petit sommet. En face, je vois une magnifique église illuminée. Je demande au curé : « Qu'est-ce que c'est que cette église-là ? » Il me répond : « C'est Écône. – Ah ! bon. » D'un coup, je me suis dit : « Je suis en train de débattre d'un thème laïc avec des laïcs, pourquoi n'irais-je pas rendre visite à mes frères et sœurs chrétiens intégristes qui se trouvent à moins d'un kilomètre à vol d'oiseau ? » J'y suis allé.

Trois fois des francs-maçons de Paris m'ont invité. J'ai accepté. Avec joie je leur ai parlé de ce que je vis. Il y avait parmi eux des chrétiens, des athées, des agnostiques, et j'ai été reçu avec enthousiasme.

Le mufti de la mosquée d'à côté de chez moi, dans le XIXe arrondissement de Paris, m'a invité plusieurs fois à parler devant son auditoire. Et j'y suis allé.

Mais ma priorité, ce sont les chrétiens. Pouvoir parler de Dieu à travers des micros, en conférences, dans la presse ou à la télévision est une formidable annonce de Dieu-amour. Notre priorité à tous, en tant que chrétiens, est de nous adresser à nos frères et sœurs chrétiens.

Notre dépendance à Dieu

Entre nous, chrétiens, avons-nous peur de dire que nous sommes croyants ?

Une chanson affirme : « N'avoue jamais que tu aimes. » Avouer son amour, cela désarme : on se rend vulnérable. C'est reconnaître, c'est accepter une dépendance. Les tourtereaux qui s'aiment tant le savent bien. On a souvent peur de dire à l'autre qu'on l'aime. Le Christ nous a témoigné son amour par sa parole et par des actes avec une force extraordinaire. Cela l'a rendu dépendant. Vous rendez-vous compte ? Quand on nous dit à nous, chrétiens, que Dieu nous aime et que Dieu a besoin de notre amour, mesurez-vous bien la dépendance de Dieu par rapport à nous ?

Nous pourrions croire que nous, croyants, sommes dépendants de Dieu et uniquement dépendants de Lui. Or nous devons dire à Dieu que nous L'aimons. Il a besoin de notre amour. Le Christ s'est mouillé à fond la caisse. Il nous a donné son corps et son sang. N'oubliez jamais la formidable dépendance du Seigneur qui est venu nous donner l'amour de son Père. Nous sommes, nous chrétiens, des relayeurs de l'amour, entre nous, d'abord. Lorsque nous aimons Dieu, n'ayons pas peur de nous le dire entre nous. Enrichissons notre foi de la foi de l'autre. Quand nous discutons entre croyants, nous ne sommes pas forcément sur la même longueur d'onde, mais c'est une façon d'entretenir notre flamme ensemble par des paroles et par des actes. Nous avons à nous reconnaître aimés de Dieu, et nous ne devons pas avoir peur de nous le dire.

Notre foi est totalement personnelle. D'ailleurs, l'État laïc français le reconnaît. Il reconnaît parfaitement la foi d'un juif, d'un musulman, d'un bouddhiste ou d'un chrétien. Notre État aide à ce que nous puissions vivre notre foi dans des temples, des lieux de réunion, des institutions. Les musulmans ont pu se réunir à travers une nouvelle organisation. Mais notre foi est toujours personnelle. Elle sera toujours différente de celle de l'autre. Nous pouvons nous aider entre chrétiens à vivre notre foi, en admirant, en respectant la foi de l'autre, en l'aidant dans ses incertitudes, ses questions ou ses doutes. N'ayons pas peur de nous interroger et de nous interpeller !

J'aime bien qu'on me demande : « Guy, comment pries-tu ? » Je dis la messe tous les jours car c'est notre plus grande prière centrale. Et puis j'essaie de prier sans cesse, comme nous le demande le Christ. Quand je suis fatigué, crevé, je ne dis que : « Mon Dieu, je T'aime. » Cela me suffit largement. C'est tellement plus simple, tellement plus vrai.

Nous pouvons nous dire mutuellement nos faiblesses. Et invoquer Dieu. Parlons de nos manques. C'est la correction fraternelle. Disons-nous notre solitude dans notre foi. La foi s'entretient quand elle se communique. Tant de chrétiens sont bloqués, paumés, enfermés sur eux-mêmes. C'est quelque chose qui me frappe beaucoup. Alors que la foi doit être libératrice... Nous devons en parler entre personnes qui ont le même livre. L'espérance nous réchauffe. Si nous avons la même foi, le même Christ, la même Église, alors parlons-en ensemble, l'espérance nous envahira et nous dynamisera.

Nous devons aller vers la brebis perdue et aussi vers tous ceux et celles qui n'ont pas la même foi. Mais, d'abord, nous avons le devoir de parler de notre foi à ceux qui la partagent.

Les pots de l'amitié

Je suis déprimé de voir ces messes où l'on arrive juste à l'heure et d'où l'on repart pile à la fin quand ce n'est pas un peu avant. J'aime qu'après les Eucharisties que j'anime, il y ait un pot à boire ensemble. C'est là que les gens communiquent. Aller dans le même temple ensemble et se barrer ensuite comme un voleur n'est pas bon. Nous avons besoin de réchauffer nos liens et notre foi après avoir prié ensemble. Les petits pots d'amitié sont très importants !

Une des communications les plus grandes de la foi est le Saint-Sacrement quand il est exposé et que nous l'adorons. C'est un formidable dialogue d'amour où nous nous taisons. C'est une démarche fantastique où nous prions Dieu en silence. Mais ensemble.

Une préoccupation prioritaire du chrétien doit être sa communauté. C'est indispensable. Nous devons casser cette timidité, cette réserve, cette peur de parler de notre foi. Si nous en parlons d'abord entre nous, chrétiens, alors nous saurons aller vers l'autre, qu'il soit bouddhiste, musulman, juif, protestant, orthodoxe ou athée. J'ai été très enrichi lorsque j'étais en Algérie pendant treize ans et enthousiasmé par la foi des musulmans. Leur foi ouverte, ils la disaient. La communauté chrétienne avait le cul serré et parlait peu de Dieu. Quand je suis venu à Paris, dans ce monde déjà très athée, hostile même à la religion, ce fut un choc culturel très important pour moi. Les musulmans ont enrichi ma foi en parlant ouvertement de la leur. Nous devons parler de notre foi. Ensuite nous pourrons bondir à la rencontre des autres.

J'ai parfois constaté chez des prêtres une sorte de pudeur pour parler de leur foi à d'autres prêtres, ils n'y parviennent pas, ils peuvent être bloqués. Je ne parle pas des chorales, du catéchisme et de la pastorale d'ensemble : je parle de notre foi. Demandez : « Comment pries-tu, est-ce que tu prends une journée de retraite de temps en temps ? » Vous pouvez retrouver sur le palier de votre immeuble une personne qui va à la messe comme vous et ne jamais parler de votre foi. Alors que c'est précisément cela qui nous unit et nous permettrait d'avoir des liens très forts.

Comment peut-on être côte à côte dans un temple chrétien et ne plus se parler après ? Dieu doit bien rigoler en se disant : « Bonjour l'angoisse, ils sont tous fixés sur Moi et ils sont incapables de parler de Moi entre eux ! »

Quand parlez-vous de votre foi en famille, avec votre femme, vos enfants et grands-parents ? Priez-vous ensemble le soir avec vos petits ? Quelle lumière, quelle grâce entrent alors dans votre maison ! Chacun évangélisera à sa mesure et avec ses talents.

Savoir me taire

Quant à moi, formé pendant quinze ans au séminaire à parler de Dieu exclusivement, je me dois d'évangéliser en « fermant ma gueule ». Comment en effet dire Dieu à des jeunes loubards qui ne croient ni en l'amour ni en Dieu ? Dès le début de mon combat avec des jeunes délinquants, nanti de la formation où je devais explicitement annoncer Dieu et Son amour, j'ai voulu le faire, comme un con, aux jeunes dont j'avais la charge. L'un d'entre eux à qui je parlais de l'amour de Dieu me décocha dans les gencives : « Arrête ton char, Guy, je ne crois ni en Dieu ni en l'amour. » Et il ajouta ceci : « Tu prétends que Dieu a tout créé. Il a donc créé mes parents. Il a créé ces fumiers, ces ordures qui m'ont enfermé dans un placard pendant trois ans. Je devais pisser et chier sur moi et manger un peu de riz mouillé de temps en temps. Ma grand-mère heureusement a découvert cet emprisonnement terrible. Quand on m'a sorti de ma cache, j'avais le genou droit bloqué à vie. Alors, Guy, ton Dieu d'amour, celui que tu prétends avoir créé mes parents, tu peux te le mettre où je pense.»

Ce fait dit tout. Seuls des actes d'amour gratuits, un combat acharné à leurs côtés leur dira Dieu, au-delà de ce que je peux croire. C'est mon type d'évangélisation.

À chacun de dire Dieu. Ne le balancez jamais à la gueule de l'autre. Je hais le prosélytisme. Jean-Paul II a prononcé cette phrase admirable: «L'important n'est pas de faire nombre, mais de faire signe.» À chacun selon ses dons d'être signe de Dieu.

3

Que ton oui soit oui et que ton non soit non

Une école de la charité

Vous avez encore appris qu'il a été dit aux anciens : Tu ne te parjureras point, mais tu t'acquitteras envers le Seigneur de ce que tu as déclaré par serment.
Mais moi, je vous dis de ne jurer aucunement, ni par le ciel, parce que c'est le trône de Dieu ; ni par la terre, parce que c'est son marchepied ; ni par Jérusalem, parce que c'est la ville du grand roi.
Ne jure pas non plus par ta tête, car tu ne peux rendre blanc ou noir un seul cheveu.
Que votre parole soit oui, oui, non, non ; ce qu'on y ajoute vient du malin.

Matthieu V, 33-37.

Cette phrase du Christ est importante pour nos vies. Je vais essayer de vous en parler à la lumière de ma vie et de mon métier d'éducateur. J'essaierai aussi de vous en parler au niveau spirituel. Ma vie professionnelle, en tant qu'éducateur spécialisé avec des jeunes et avec mes équipiers, m'amène sans cesse dans une journée à apprendre à dire oui ou à dire non.

Ce n'est pas évident. Les jeunes sont extrêmement demandeurs de beaucoup de choses. Vous connaissez les ados. Ils sont toujours à vous demander ceci et cela. « Est-ce que tu peux m'avancer un peu d'argent ? Est-ce que je peux faire cela... ? Veux-tu m'écouter ? »

J'ai dit non

Dernièrement le directeur de France 2 me demandait d'intervenir dans une émission où Jean-Marie Le Pen était aussi invité. Il me demande de passer un quart d'heure pour lui répondre sur des questions d'ordre spirituel, notamment. J'ai tangué quelque temps, j'ai demandé des avis et finalement j'ai dit non. J'ai refusé de participer à cette émission. Je ne pense pas qu'avec Jean-Marie Le Pen nous puissions avancer positivement dans une telle émission, tel que je connais l'oiseau rare politique. Pendant quelques jours j'étais extrêmement tenté par l'aventure de pouvoir dire ce que je pense du christianisme par rapport aux thèses de Le Pen.

Souvent notre problème est de répondre oui alors que nous pensons non. C'est une de nos déchirures intérieures. Nous ne savons pas dire non. C'est frustrant et particulièrement dévalorisant. Ce type d'hésitation, le fait de dire le contraire de ce que l'on pense lors d'une décision, mène pourtant à une impasse.

Cela provoque en nous un décrochage, un décalage constant qui peut finir par nous désarticuler. Un oui ou un non ferme voulu et consenti, net, nous fait goûter le fruit de l'esprit qu'est la joie. C'est exercer le discernement.

Dans mon métier, apprendre à des jeunes à savoir dire non est l'école de l'humilité, de la vérité et de la charité. Lorsque nous ne pactisons pas avec l'autre pour lui faire plaisir, nous apprenons aussi à l'aimer et à l'écouter. Une relation authentique devient possible avec l'autre. Si nous disons oui alors que nous pensons non, nous finissons par ébranler nos relations. Dans ce cas, l'autre doit deviner ce que nous pensons, et ce n'est pas évident. C'est une tâche ardue.

Cette maladie de la communication vient d'une mauvaise estime de soi. Si nous disons souvent le contraire de ce que nous pensons, cela veut dire que nous avons une mauvaise estime de nous. Nous voulons éviter tout désaccord parce que cela risque de nous faire entrer en lutte. Nous n'osons pas donner une opinion différente. Vous savez que cela arrive facilement dans les conversations. Des choses nous heurtent, et, par respect pour l'autre, nous n'osons pas dire que nous pensons différemment. C'est une très mauvaise forme de respect. C'est une recherche mal placée de l'approbation de l'autre.

Bien savoir dire non relève d'une recherche de l'estime de soi. S'accueillir, s'aimer soi-même permet une grande vérité personnelle. Cela permet de façon nette et précise d'exprimer un non.

Pour beaucoup d'entre nous, dire non revient à ne pas être poli. C'est comme ne pas être charitable. C'est risquer d'être mal jugé, souvent. Nous avons peur d'être rejeté, alors nous disons ou nous laissons dire le contraire de ce que nous pensons. Savoir dire non, ou émettre son avis avec fermeté et délicatesse, provoque une relation authentique et gratifiante avec notre entourage. On ne blesse pas l'autre, on s'affirme.

Le poids d'un mot

Dans un cas très précis où notre oui ou notre non serait très lourd à porter, Dieu sera là pour authentifier notre démarche. Autour de vous, combien d'humains devant être les porteurs d'une certaine autorité tanguent continuellement ! Ils ne savent que décider : c'est un symptôme extrêmement pénible pour leur entourage.

L'homme priant et affirmé n'est pas écrasant mais rassurant. La douceur et l'humilité ne s'opposent pas à la fermeté et à l'assurance. L'autorité ne signifie pas autoritarisme. Dire non de façon posée et directe, sans nécessairement se justifier, est le fait d'une personne assurée qui fait preuve d'indépendance et de discernement. Elle n'a pas peur de blesser. Elle dit ce qu'elle pense.

Ce que nous ressentons dans notre négation expose nos limites et nos faiblesses. C'est toujours bon pour l'autre, car on évite ainsi de le mettre en accusation. Exprimer ses besoins et ses désirs sans crainte d'être jugé ou rejeté n'est jamais mauvais. Ce qui est toxique pour nous-même et pour les autres est l'incapacité à se dire et se décider par peur du mépris ou de la colère de l'autre.

Des mots pour changer

« Devenir autonome, c'est prendre le risque de s'affirmer en renonçant à l'approbation de ceux qui prétendent nous aimer », dit Jacques Salomé. Apprendre cela à nos jeunes et à nos petits pour les aider à s'affirmer est primordial. Je pousse souvent mes jeunes à prendre de nombreuses décisions. Ils ne savent pas choisir, ils ne veulent pas dire ce qu'ils pensent. Alors nous leur apprenons à s'affirmer.

C'est une technique éducative : « Tu m'as dit que tu ferais cela et tu ne l'as pas fait ; tu m'as dit que tu ne recommencerais pas et tu as recommencé… » Quand je pousse un jeune dans ses retranchements, il devient généralement plus vague entre le oui ou le non qu'il va me donner. Parce qu'il sait qu'il devra agir. Si je demande : « Est-ce que tu veux changer ton comportement ? », il répond : « J'essaierai. » Ce qui pour moi est le début d'une approbation. Il a peur de dire oui, évidemment. Je ne lui demande pas de prédire l'avenir. Il peut retomber dans son travers mais il fera son possible pour changer.

Le oui comme le non, donnés pleinement en toute conscience, appartiennent à celui ou à celle que Dieu habite. Si nous sommes habités par Dieu, nous saurons vraiment dire un oui net ou un non ferme. Pour cela, nous avons besoin de silence. Le silence exige un retrait de la mêlée. Le temps de méditation et de retraite que je prends régulièrement me permet d'être un homme de décision. Avec vingt équipiers, je me dois souvent de trancher. Telle est ma place, tel est mon boulot, tel est mon combat. Je me suis aperçu que le retrait permet de voir beaucoup plus juste. Être une femme ou un homme de prière aide énormément : demandez à Dieu le discernement. Se moquer complètement de ce que pense l'autre peut être pertinent, mais demander à Dieu ce qu'Il en pense est fondamental.

Soyons des êtres de contemplation. L'évangile est une parole qui aime. L'évangile porte un amour fulgurant à travers la parole. C'est la parole du Christ, elle est inépuisable. Elle est vivante, et pleine de grâce. Méditons l'évangile et nous apprendrons à savoir dire oui et dire non aussi fermement et humblement. Cette parole du Christ : « Que ton oui soit oui et que ton non soit non », nous engage chaque jour de multiples façons.

Qu'elle chante notre désir d'être un homme ou une femme debout !

4

Être un grand serviteur

Soyons des êtres d'écoute

Alors la mère des fils de Zébédée s'approcha de Jésus avec ses fils, et se prosterna, pour lui faire une demande.
Il lui dit : Que veux-tu ? Ordonne, lui dit-elle, que mes deux fils, que voici, soient assis, dans ton royaume, l'un à ta droite et l'autre à ta gauche.
Jésus répondit : Vous ne savez ce que vous demandez. Pouvez-vous boire la coupe que je dois boire ? Nous le pouvons, dirent-ils.
Et il leur répondit : Il est vrai que vous boirez ma coupe ; mais pour ce qui est d'être assis à ma droite et à ma gauche, cela ne dépend pas de moi, et ne sera donné qu'à ceux à qui mon Père l'a réservé.
Les dix, ayant entendu cela, furent indignés contre les deux frères.
Jésus les appela, et dit : Vous savez que les chefs des nations les tyrannisent, et que les grands les asservissent.
Il n'en sera pas de même au milieu de vous. Mais quiconque veut être grand parmi vous, qu'il soit votre serviteur ;
et quiconque veut être le premier parmi vous, qu'il soit votre esclave.
C'est ainsi que le Fils de l'homme est venu, non pour être servi, mais pour servir et donner sa vie comme la rançon de plusieurs.

Matthieu XX, 20-28.

Je retiens de ce texte des choses très simples : celui qui veut devenir grand sera votre serviteur, et celui qui veut être le premier sera votre esclave.

Vous connaissez le monde du pouvoir, le monde politique, le monde financier où l'on veut toujours être le premier et avoir la première place. Chacun cherche à être considéré par les autres. Chacun veut avoir de plus belles affaires que les autres.

Oublions-nous que nous avons des pauvres dans nos pays si riches ?

Des gens dans la rue font la manche. Des gens ont froid et faim. Certains n'ont pas les moyens de payer l'électricité de leur logement. Nous sommes les serviteurs de ces gens-là.

Si les chrétiens qui vont à la messe le dimanche vivaient vraiment l'évangile, tous nos pays seraient devenus totalement chrétiens depuis longtemps. Si toutes les personnes qui se disent chrétiennes voulaient vraiment être les serviteurs des autres, et notamment des plus démunis, nous aurions les meilleurs hommes politiques du monde. S'ils ne cherchaient pas à gagner de l'argent au-delà de ce dont ils ont besoin, nous aurions les plus grands directeurs du monde. S'ils cherchaient véritablement à se mettre au service des autres au lieu de se préoccuper de leurs sondages et de leur réélection, nos dirigeants seraient des serviteurs humains d'abord.

En France, nous apprenons les affaires putrides et vaseuses de certains hommes d'État qui s'en mettent plein les poches et profitent du pouvoir qu'on leur a confié pour s'enrichir en piquant dans la caisse. Pensez à l'affaire Elf, par exemple. Nous voyons s'étaler des fortunes extraordinaires, des trusts industriels démesurés partout à travers le monde. Ils gardent tous leurs profits pour eux. Le luxe de leurs limousines m'écœure. Ces gens qui ont tout, et qui flambent à deux pas de ceux qui n'ont rien, me révoltent.

Grand serviteur ou petit chef

Pour être serviteur, il faut être pauvre soi-même. Nous avons besoin de directeurs d'usines, de managers, et de cadres pour organiser les activités économiques, c'est entendu. Il faut qu'ils soient d'abord serviteurs, c'est à eux que je m'adresse en priorité. Vous qui allez rejoindre votre bureau, soyez le serviteur de vos employés. Cessez d'être des chefs, petits ou grands, flambeurs ou arrogants, regardant à peine ceux qui bossent pour vous.

Pensez que le plus grand de l'usine est celui qui vide votre poubelle très tôt le matin. Si vous êtes chrétien, et que vous adoptez ce point de vue, alors vous aurez un autre regard et une autre influence dans le monde. Si vous pensez qu'à la maison, la femme qui fait le ménage et qui s'occupe des enfants est la plus grande parce qu'elle sert les plus petits, alors vous serez son serviteur.

Que les prêtres qui me lisent pensent qu'ils sont aussi les serviteurs des plus petits de leur quartier, de leur village, de leur communauté paroissiale. Si les prêtres de notre Église catholique et romaine pensent d'abord qu'ils sont des serviteurs, notre Église sera grande.

Soyons écoutants : une façon de servir et d'être le dernier consiste à savoir écouter. Nous avons plus que jamais besoin dans le monde d'aujourd'hui de gens qui écoutent. L'écoute, c'est accueillir l'autre à plein cœur, le regarder et l'écouter toutes antennes dehors.

J'ai été opéré d'un genou. À l'hôpital, mon voisin m'a demandé comment allait mon genou. À peine avais-je ouvert la bouche, qu'il s'empressait de me raconter son arthrose ici, sa crampe là et ses artères en panne. Il se moquait complètement de ma maladie. Il ne m'adressait la parole que pour parler de lui. C'est un défaut très courant. À la fin, quand on me demandait comment j'allais, je répondais : « Et toi, ça va ? »

Écouter à plein cœur, c'est savoir être serviteur de l'autre, c'est se rendre très humble. Celui qui sait véritablement écouter est un grand être de lumière parce qu'il est l'humble serviteur de son interlocuteur. Soyez des êtres d'écoute et soyez les serviteurs les uns des autres.

5

Ne jugez pas

Justice humaine, justice divine

Ne jugez point, afin que vous ne soyez point jugés.
Car on vous jugera du jugement dont vous jugez, et l'on vous mesurera avec la mesure dont vous mesurez.
Pourquoi vois-tu la paille qui est dans l'œil de ton frère, et n'aperçois-tu pas la poutre qui est dans ton œil ?
Ou comment peux-tu dire à ton frère : Laisse-moi ôter une paille de ton œil, toi qui as une poutre dans le tien ?
Hypocrite, ôte premièrement la poutre de ton œil, et alors tu verras comment ôter la paille de l'œil de ton frère.
Ne donnez pas les choses saintes aux chiens, et ne jetez pas vos perles devant les pourceaux, de peur qu'ils ne les foulent aux pieds, ne se retournent et ne vous déchirent.
Demandez, et l'on vous donnera ; cherchez, et vous trouverez ; frappez, et l'on vous ouvrira.
Car quiconque demande reçoit, celui qui cherche trouve, et l'on ouvre à celui qui frappe.
Lequel de vous donnera une pierre à son fils, s'il lui demande du pain ?
Ou, s'il demande un poisson, lui donnera-t-il un serpent ?
Si donc, méchants comme vous l'êtes, vous savez donner de bonnes choses à vos enfants, à

combien plus forte raison votre Père qui est dans les cieux donnera-t-Il de bonnes choses à ceux qui les Lui demandent.
Tout ce que vous voulez que les hommes fassent pour vous, faites-le de même pour eux, car c'est la loi et les prophètes.

Matthieu VII, 1-12.

Les grands procès

J'ai été frappé par les nombreux procès politiques très médiatisés qui se succèdent depuis quelques années. Les procès Botton, Carignon, Noir, Dumas ont eu un retentissement sans précédent. La justice humaine submerge à grand fracas nos médias. De grands procès envahissent les journaux.

Le footballeur noir américain O. J. Simpson a été jugé pour avoir, semble-t-il, tué sa femme et l'amant de celle-ci. Il a été prouvé qu'il battait sa femme, mais on ne sait pas s'il l'a tuée. Le fait est qu'il a été acquitté. Il apparaît que cet acquittement a été obtenu grâce à un jury noir. Les charges étaient pourtant accablantes pour l'accusé. Le jury a acquitté en deux heures, après une année de procès. Un an plus tôt, un jury blanc acquittait des policiers blancs qui avaient tabassé un citoyen noir. O. J. Simpson est un homme beau, riche et célèbre, et je me demande ce qui serait arrivé s'il avait été pauvre, laid et anonyme. Le système judiciaire américain sait se montrer tout à fait aberrant. Il fonctionne à base d'argent. L'audience médiatique de ce procès a dépassé les plus grands événements des trente dernières années aux États-Unis. Tous les citoyens attendaient avec la plus extrême impatience le verdict que le jury rendrait. Ce procès a eu un autre côté putride. Profitant de sa célébrité Simpson a immédiatement fait de son nom une marque déposée. Écœurant !

Partout dans le monde, d'autres procès aberrants

Aux Émirats Arabes Unis, Sarah, la jeune Philippine, a tué son violeur de quatre-vingts ans. Elle a tué son agresseur de plusieurs coups de couteau. Le jugement m'a laissé perplexe. Le viol a été admis puisqu'elle a reçu cent trente-cinq mille francs de dommages et intérêts. Mais elle est condamnée pour le meurtre de son violeur et doit payer une amende de deux cent mille francs. De plus, elle est condamnée à mort. Le jugement n'est pas définitif, puisqu'une procédure d'appel est en cours. Nous sommes encore face à une justice humaine absurde. De nombreuses personnes dans le monde entier se sont soulevées, indignées, pour protester contre cette condamnation. Son cas a aussi permis de mettre en lumière les conditions de travail scandaleuses que vivent près de deux cent mille jeunes femmes, essentiellement d'origine philippine, dans les pays du golfe Persique. Pour quelques dollars, aucun congé, et généralement aucun contrat, elles doivent travailler sans cesse, au mépris de tout droit et de toute liberté. De plus, il leur est formellement interdit de pratiquer leur religion. Elles sont toutes chrétiennes.

Chez nous, en France, les politiciens ne peuvent plus s'en tirer aussi facilement qu'avant. Il est devenu de plus en plus difficile pour un ministre ou un maire de grande ville de se servir dans la caisse sans être inquiété. C'est une bonne nouvelle pour tous les citoyens et justiciables de notre pays. Des juges d'instruction de la nouvelle génération fouillent maintenant dans les affaires du pouvoir. C'est assez nouveau de voir des ministres aller en prison. Ces nouveaux juges estiment qu'il faut aller jusqu'au bout de la justice et que la justice est applicable à tous, riches comme pauvres, hommes de pouvoir et citoyens ordinaires. Alain Juppé le sait, de même que le plus petit des délinquants !...

Il est difficile de comparer les systèmes judiciaires américain et français, et je ne suis pas spécialiste, mais je constate comme vous que la justice humaine est souvent injuste ou approximative.

Sur un plan plus spirituel, je vous dirai que Dieu sait les injustices que nous commettons. La justice divine est tout autre. Nous devons vivre selon cette justice divine, et non selon la justice humaine si imparfaite.

Apprenons-nous à nos enfants le sens du bien des autres ? Savons-nous leur apprendre à respecter les biens d'autrui ? Avons-nous la capacité de leur inculquer le sens du bien commun ?

Des églises pillées

Actuellement nos jeunes vivent dans un monde de triche. Ils ne volent pas : selon eux, ils piquent. Ce qui est très différent à leurs yeux. C'est-à-dire que, si nous les écoutons, on peut prendre des choses par-ci par-là un peu comme on veut : il suffit d'en avoir simplement envie. Dans notre société, on pique facilement. Vous savez cela très bien. Des églises sont pillées. Il y a seulement vingt ans, personne n'aurait osé toucher une église. J'en connais une en Haute-Provence qui a été vidée. Un peu à l'écart du village, elle était abandonnée mais préservée. Puis tout a été pris, y compris les poutres, les cloches et même les tuiles ! Des gens n'ont pas hésité à creuser dans la sacristie pour savoir si le curé ne cachait pas quelques pièces d'or. Ce ne sont pas des loubards qui procèdent à ce genre de méfait. Les loubards ne s'intéressent pas à des cloches de trois cents kilos. Des cloches peuvent se fondre, le métal peut être revendu… Les adultes le savent, eux.

Quel cas faisons-nous du bien de l'autre ? Petit, mes parents m'ont appris à le respecter. Comment apprenons-nous cela à nos enfants ? Ma mère possédait une ferme qui ne lui a rien rapporté. Elle en a pratiquement fait don au métayer. Nous vivions avec le nécessaire, pauvrement. Très petits, nous savions parfaitement que ce qui était aux autres ne nous appartenait pas. Nous étions façonnés de cette manière. Qu'en est-il aujourd'hui ?

Dans ma propre équipe, je dois fréquemment rappeler à certains de mes adjoints la nécessité de respecter le bien commun. Il arrive qu'ils utilisent la ligne téléphonique pour leurs besoins privés. Je ne manque pas de relever l'infraction : « Tu es en train d'appeler ta gonzesse avec le fric de l'association. Tu as un salaire, sois gentil et va à la cabine téléphonique d'à côté. » C'est une forme de triche très répandue. Au guichet d'une administration, l'employé qui devait s'occuper de moi appelait sa femme et, pendant plus d'un quart d'heure, il m'a fait attendre. Quand il a raccroché, je lui ai demandé s'il était normal d'appeler sa famille de son poste de travail. Il n'a évidement pas apprécié et a trouvé à me répondre que tout le monde le faisait… Le sens du bien commun est peu répandu ! La pratique de l'injustice est plus courante.

Le sens de l'argent est très important aussi. L'évangile nous pousse à vivre et à nous contenter du nécessaire. Chrétiens, appelons-nous nos familles à vivre dans le nécessaire ?

Avec mes éducateurs, nous essayons de l'apprendre à nos jeunes. Nous avons un budget d'association à respecter. Tout est mis en commun, partagé et ventilé selon les besoins de la communauté. Mes droits d'auteur sont inclus dans le budget et mis en commun. Chacun sait ce dont nous disposons pour vivre. Les jeunes savent comment fonctionne notre budget, ce que l'on dépense et ce qui rentre pour l'alimenter. Dans une famille je crois qu'il est important que chacun connaisse les ressources et les dépenses du foyer. Un enfant doit savoir ce dont la famille dispose. C'est une façon de lui enseigner le sens de l'argent. C'est un service essentiel. Alors il verra juste et clair et ne sera pas sans cesse quémandeur.

Un monde de triche

Apprendre la justice de l'argent est essentiel. Il est temps de l'inculquer à nos jeunes. Demain il sera trop tard. Pendant les dix-huit ou vingt ans durant lesquels l'enfant reste dans le nid familial, on peut lui apprendre le sens de la justice, le sens du bien commun, le sens de l'argent. Savons-nous être justes vis-à-vis de nos petits ? Ma mère et mon père étaient attentifs à la justice envers nous. Ils se trompaient de temps en temps bien sûr, et nous le leur disions. Avant de discuter des grands procès d'actualité, il n'est pas idiot de nous interroger sur notre pratique de la justice à l'intérieur de notre foyer, dans notre famille. Il y a une forme de justice à la maison. Le flic, c'est un peu le père qui endosse le costume du ministre de l'Intérieur et celui du ministre de la Justice. Essayons-nous de bien faire comprendre le sens de la justice à nos enfants ?

Avec nos jeunes, à la Bergerie de Faucon, il n'est pas rare, à l'occasion d'une réunion, que nous posions un problème sur la justice. Si j'ai un problème difficile à résoudre, j'aime bien en parler avec eux. Si j'ai une appréciation insuffisante ou si je ne sais pas bien ce que je dois faire, je les consulte et toute la communauté donne son avis. J'ai souvent observé que les jeunes avaient une pertinence étonnante dans leur jugement. L'histoire suivante est très significative et pleine d'humour.

Le jugement de Kiki

Au cours d'un camp, quelques-uns de mes jeunes s'apercevaient que la ferraille monétaire résidant au fond de leur blue-jean s'évaporait. Ça pouvait être mis sur le compte de leurs ébats multiples. Mais la nuit étant leur seul moment d'immobilité, il semblait étonnant, l'aube se pointant, que leur argent ait disparu. Ils cherchèrent, enquêtèrent et prirent Kiki la main dans le sac.

Le repas qui suivit fut houleux. L'un d'entre eux lança : « Il faut juger Kiki. » Aussitôt dit, aussitôt fait. Le dessert englouti, la horde se rassembla dans une chambre de la ferme. Trouver un avocat fut plus que facile : dix se présentèrent. Je fus commis d'office comme juge, présidant la séance. Je choisis deux assesseurs. L'avocat général mit du temps à accepter de défendre cette société enfantine contre l'un d'entre eux.

Kiki fut présenté à la cour. Je commençai très brièvement l'interrogatoire. Je posai la question fondamentale : « Combien de copains et de copines as-tu volés ? » Atterré, le tribunal improvisé entendit Kiki dire ces deux mots : « Presque tous. » Le banc des avocats n'eut plus la même fougue pour dénoncer tout ce qui avait pu provoquer chez Kiki cette razzia systématique des fonds de poches.

Enfin la sentence tomba : « Impossible de tout rembourser, tu n'aurais plus de sous pour ce camp et tu aurais la tentation de repiquer. Mais si tu recommences, la peine sera dure car on a confiance en toi, et ça, ça ne se trahit pas. » La cour entière se porta garante de Kiki pour, tout en le surveillant, l'aider à changer. Kiki ne piqua plus jamais dans aucun camp.

L'homme sur terre doit rendre justice, sinon chacun serait armé. Les vieilles auraient un 6.35 et les jeunes un bazooka. Nos trottoirs seraient couverts de sang. Certes, les jugements rendus sont toujours imparfaits. Tant de choses entrent en ligne de compte, dans un meurtre par exemple.

Juger l'acte est nécessaire. La personne, jamais. J'ai vu un jour un condamné se jeter presque au cou du juge. Très clair, très juste et très cool, le juge profondément humain avait infiniment respecté le jeune loubard qui a vu la sanction tomber avec joie, si je puis dire, car il n'avait pas été sali dans sa personne et la sanction était juste.

C'est ce que Dieu fera avec nous. « Nous serons un jour jugés sur l'amour, rien que sur l'amour », avec les yeux de Son infinie miséricorde.

6

Le pardon kamikaze

Jusqu' où pouvons-nous pardonner ?

Alors Pierre s'approcha de lui, et dit : Seigneur, combien de fois pardonnerai-je à mon frère, lorsqu'il péchera contre moi ? Sera-ce jusqu'à sept fois ?
Jésus lui dit : Je ne te dis pas jusqu'à sept fois, mais jusqu'à septante fois sept fois.

Matthieu XVIII, 21-22.

Angélique

J'allais me rendre à Compiègne pour une série de conférences. On m'avertit par fax qu'il y aurait dans la salle la mère d'une jeune fille victime d'un déséquilibré. Angélique avait été trouvée assassinée à la sortie d'une boîte de nuit.

L'enquête piétinait et n'avait pas encore permis de retrouver le coupable. Le crime monstrueux était irréparable. Il y avait probablement eu un rapport sexuel, mais par-dessus tout, il y avait l'horreur de la tête à moitié découpée. Angélique avait subi des coups particulièrement violents. On a retrouvé son corps le lendemain. Le tueur voulait probablement l'enterrer quelque part et n'en avait pas eu le temps. Peut-être dérangé dans sa tâche macabre, il l'avait jetée dans un fossé. C'est ainsi qu'on a trouvé Angélique.

Marie-Pierre

À Compiègne, ce dimanche-là, j'étais présent comme je l'avais promis à Marie-Pierre. Mission accomplie. J'ai dit la messe. Dans l'assistance deux députés et des photographes étaient venus ranimer le souvenir d'Angélique. Cette fille unique si sauvagement tuée laissait ses parents traumatisés. J'ai célébré l'Eucharistie. Nous nous sommes rendus au cimetière après la messe. Les jeunes en cortège ont apporté des dizaines de bouquets de fleurs blanches, superbes. La tradition veut que l'on jette des fleurs sur la tombe.

Angélique avait été enterrée deux ans avant. Après la deuxième prière, un « Je vous salue, Marie » que nous avons récité autour de la tombe d'Angélique, j'ai eu une idée. Elle était joyeuse, jeune, vive, heureuse, dynamique. J'ai dit aux jeunes encore très affectés de cette mort, même deux ans après : « Prenez chacun une fleur et emportez-la. » Prenez une fleur blanche pour symboliser ce que le monde porte de plus beau, de plus noble, de plus grand, de plus propre, de plus pur. » Chacun a pris au milieu des corbeilles une rose, un œillet, un lis, de façon à emporter ce souvenir-là.

La mère et le père ne connaissent pas encore les yeux, le visage de celui qui a osé accomplir cet acte. Leur deuil commencera le jour où ils verront celui ou ceux qui ont osé le pire. J'ai dit aux parents : « L'homme qui a fait ceci est une bête immonde, une ordure, mais c'est un être humain. Il a été une pourriture pendant quelques minutes, mais il reste un humain. Tout humain est capable malheureusement de perpétrer des actes aussi épouvantables. » Rares sont-ils heureusement.

Patrick

Le problème de Patrick, le père d'Angélique, était terrifiant. Il ne dormait plus et avait quitté son travail. Il attendait de savoir qui était le fauve qui avait commis cet acte abominable pour pouvoir se venger. J'ai vu Patrick un jour. Nous avons parlé longuement.

Je lui ai dit: «Patrick, cette ordure a tué deux fois: ton Angélique et toi. Tu ne dors qu'avec des somnifères. Tu as quitté un travail que tu aimais. Tu ne vis que pour liquider le tueur. Ce dernier triomphe quelque part. Il te tue à petit feu. Ne laisse pas cette bête malfaisante te dévorer à ton tour.» Je crois que ces mots ont été un véritable électrochoc pour lui. Peu à peu il s'est mis à renaître grâce à l'amour d'Annie et a repris son travail. Il est maître-chien. Il est venu plusieurs fois dans notre Bergerie. Il a été jusqu'à prendre plusieurs de mes jeunes en stage.

Patrick ne pardonnera jamais. Mais par sa façon de vivre, par l'aide qu'il m'apporte, il a acquis un espace de miséricorde qui le sauve. Il m'appelle parfois dans la nuit. Je lui écris très régulièrement avec une immense affection. Un jour que j'allais manger dans sa maison, il m'a fait visiter une chambre vide. Les murs étaient recouverts de mes lettres courtes et imagées qu'il avait encadrées. J'étais stupéfait.

Rester auprès du bourreau pour qu'il ne récidive pas est ma tâche prioritaire. Mais rester auprès de toi, Patrick, jusqu'au bout, c'est être l'homme de la miséricorde qui est absolument du côté de la victime.

Faut-il arracher les couilles du bourreau ?

Si nous lui arrachons les couilles, c'est aussi à nous-mêmes que nous les arrachons. Si nous le brûlons à petit feu, c'est nous que nous calcinons quelque part. J'ai expliqué longuement, au cours de la messe, que nous avons en nous une part de bestialité et que nous voulons arracher à cette personne cette part qui a commis un tel acte. Évidemment, l'immense majorité de gens ne feront jamais une telle horreur. Pour moi, chrétien, celui qui a commis ce geste reste mon frère. Il nous ressemble.

J'ai eu des contacts avec un prisonnier qui avait commis

un crime abominable en violant une fillette de sept ans et en lui écrasant la tête. Il m'avait longuement écrit et je lui avais répondu. Puis il m'a demandé d'aller le voir. J'ai ressenti une horreur irréversible quand il m'a tendu la main. Mais dans sa main, j'ai vu la main du Christ. Quoi qu'il arrive, il est mon frère à moi, chrétien. Sa main est la main du Christ.

Aucune bête ne l'aurait fait

S'il a été une bête immonde (encore qu'une bête ne serait pas capable d'en faire autant), il reste mon frère, inévitablement. Si je souhaitais exécuter cet humain, j'éliminerais quelque part l'humanité elle-même. Le langage chrétien permet de dépasser les actes les plus horribles.

Nous ne devons pas ajouter à une souffrance terrible une deuxième souffrance: la haine indomptable que je peux porter au criminel et la haine de l'autre. Ce serait condamner l'humanité à l'enfer. Je maintiens cette position. À des parents qui s'enferment dans la haine après la mort de leur gosse, je dirais que leur bourreau a gagné sur les deux tableaux. Il tue l'enfant et fait vivre un enfer de haine aux parents.

J'ai dit aux parents blessés que le pardon que nous voudrions offrir au criminel, c'était à Angélique seule de le donner, mais elle est morte. Si nous ne sommes pas capables de donner notre pardon au criminel, nous ne pouvons que supplier Dieu d'accorder Sa miséricorde à celui qui a supprimé une vie. Je n'ai jamais osé dire à une famille atteinte de cette façon: «Pardonnez au bourreau.» Jamais.

Héroïsme du pardon

Seul Dieu peut nous donner cette capacité héroïque de pardonner. C'est du ressort de l'héroïsme chrétien. J'ajouterai que ce sont toujours les héros qui sauveront le monde. Les héros, même en petit nombre, sont ces êtres de lumière doués de pardon qui sauveront l'humanité. J'ai prié au cours de la cérémonie et pendant la messe pour que les enquêteurs retrouvent l'assassin. La première urgence est de déterminer le visage, les motifs de celui qui a fait cela et demander réparation. Et puis il faudra tenter de le guérir et surtout l'empêcher de recommencer. La prison pour ce type de tueur est un supplice permanent, souvent pire que la mort.

Par mon métier d'éducateur, je suis posté « à côté » du bourreau alors que je suis « du côté » de la victime. C'est le signe paradoxal qui me lie à la victime et au bourreau. C'est la part la plus dure de mon métier. C'est aussi la plus belle mission de mon rôle d'éducateur et de prêtre. C'est précisément là que se rejoignent mes deux missions. Belles et difficiles !

« À côté » ne signifie pas « du côté ». Tel est le défi de tous les éducateurs spécialisés. Je voudrais bien être à côté de la victime sans cesse, mais je ne le peux pas parce que mon boulot est d'essayer de secourir celui qui est bourreau, de l'aider à reprendre la route.

La part de cristal

En général, j'ai affaire à de petits bourreaux, et mon boulot est de les accompagner pour qu'ils restent humains parmi nous. L'espérance, c'est découvrir la part de cristal qui se trouve en tout être, quel qu'il soit. C'est chercher, quoi qu'il en coûte, dans le pire d'entre nous, l'être de lumière qu'il renferme.

Cette société est malade des crimes sexuels qui se multiplient en son sein. Nous avons besoin de réfléchir et d'agir en amont pour empêcher que de telles pulsions de mort se déchaînent. Il n'est pas trop tard pour guérir les individus les plus fragiles avant qu'ils ne passent à l'acte. Tenter une ultime guérison ne consiste pas à les faire vivre en prison, mais à les traiter dans des lieux où ils seront protégés définitivement de leurs pulsions et où ils ne pourront plus jamais atteindre de victimes.

J'étais dans la prison de Tours où je rendais visite aux prisonniers. Certains étaient révulsés par des crimes terribles commis par des codétenus. Ces criminels étaient là, dans la prison, persécutés du matin au soir. Les prisonniers de droit commun me demandaient ce qu'il faudrait faire. «Nous devons les séparer, ils sont malades.» Il est urgent de mettre les criminels les plus dangereux dans des lieux absolument protégés où ils ne pourront plus nuire. Il est inacceptable de les mêler aux prisonniers, parce que cela les blesse très profondément.

Je suis atterré de découvrir, à longueur d'année, tant de victimes innocentes, notamment des enfants. Parfois le criminel est un multirécidiviste à peine sorti de prison qui n'a pas été suivi pied à pied. Un traitement thérapeutique adapté aurait empêché les récidives. La France est un des pays d'Europe les plus attardés à ce sujet. S'il n'y a pas de suivi pour des individus très dangereux, l'État devient responsable des fauves humains qu'il relâche avec une criminelle inconscience.

Se libérer de la haine

Seul Dieu peut me faire surnager au-dessus de la violence et de la désespérance que j'aborde tous les jours. J'ai une folle espérance. Je cherche passionnément ce qu'il y a de meilleur en nous.

Je crois que le plus beau, le plus profond, le plus grand qui réside en nous surnagera quoi qu'il arrive. Offrir les roses aux jeunes sur la tombe d'Angélique, c'était comme leur dire: «Ne regardez pas ce qu'il y a de puant, même si le corps d'Angélique qui réside là sous la terre est un corps innocent massacré. Regardez ce qu'il y de plus beau. Le monde n'est pas laid, il est superbe. Il nous appartient de nous mettre en marche pour bâtir une société harmonieuse. » Allons en amont pour empêcher que de telles choses se reproduisent. Soyons des combattants de l'amour.

Demander à Dieu de pardonner

Seule la victime peut pardonner, mais elle est morte. Comment oser parler de pardon aux parents ? Je n'aurais pas su le faire, mais je leur ai dit que nous pouvions tenter de demander à Dieu de pardonner. Parce que nous n'en sommes pas capables.

Aux chrétiens, je dis que nul ne peut recevoir dans l'Eucharistie le pardon et la paix de Dieu sans devenir un homme ou une femme de pardon et de paix. C'est le génie de l'Eucharistie. Le Christ a pardonné à ses bourreaux : « Pardonne-leur, ils ne savent pas ce qu'ils font. » Le Christ est notre modèle, il a été frappé abominablement, il a mis des heures à mourir. Ce qu'il vivait était injuste et il a pardonné. C'est l'exemple suprême. Notre religion dépasse de beaucoup toutes les autres par ce pardon kamikaze.

« Pardonne-moi mes offenses comme je pardonne à ceux qui m'ont offensé. » Cette phrase du « Notre Père » qu'on récite machinalement est pourtant décisive. Nous serons un jour pardonnés à la mesure du pardon qu'on aura donné sur Terre.

Méditons ce verset du « Notre Père ». Soyons cohérents avec lui. Dieu fera le reste quand nous nous sentirons incapables de le vivre en vérité.

7

Ne vous faites pas remarquer

Agir avec effacement et discrétion

Gardez-vous de pratiquer votre justice devant les hommes, pour en être vus ; autrement, vous n'aurez point de récompense auprès de votre Père qui est dans les cieux.
Lors donc que tu fais l'aumône, ne sonne pas de la trompette devant toi, comme font les hypocrites dans les synagogues et dans les rues, afin d'être glorifiés par les hommes. Je vous le dis en vérité, ils reçoivent leur récompense.
Mais quand tu fais l'aumône, que ta main gauche ne sache pas ce que fait ta droite,
afin que ton aumône se fasse en secret ; et ton Père, qui voit dans le secret, te le rendra.

Matthieu VI, 1-4.

Si vous voulez vivre comme des justes, évitez d'agir devant les hommes et les femmes pour vous faire remarquer.

En d'autres termes, ne vous mettez pas à la première place. Prenez le strapontin. Évitez de vous mettre en avant. Ne vous donnez pas en spectacle. Sans cesse le Seigneur nous appelle à l'humilité. Nous, chrétiens, disons que l'humilité est la reine des vertus. Cela indique que, si vous possédez celle-là, vous avez toutes les autres.

Pour rester humble, nous devons vivre cachés. Pour vivre caché moi-même, ce n'est pas toujours facile. Je parais souvent à la télévision. Mais cela ne veut pas dire que je me mets en avant. Je dirais que c'est un service. Je prends garde, chaque fois que je vais à la télévision.

Je demande au Seigneur : donne-moi la force de te dire Toi, et donne-moi la force de parler d'abord des plus pauvres.

J'élimine la plupart des propositions d'émissions que les médias me soumettent. Par exemple, de grands spectacles complètement stupides où ma présence n'apporterait rien à l'Église, ou des débats sur le célibat des prêtres. On ne jette pas un tel mystère d'amour au visage des gens.

Le visage du prêtre

Il n'est pas question de se mettre en avant, mais regardez bien le prêtre. En haut des marches, à l'autel surélevé, il n'est pas là pour dire qu'il est le meilleur, mais pour signifier qu'il a besoin de voir votre visage. Nous avons besoin de voir le visage du prêtre qui prie. Un prêtre qui prie vraiment n'a pas besoin de parler. Son Eucharistie sera une véritable prédication. Ceux qui voient le prêtre prier comprendront de l'intérieur le mystère de l'Eucharistie.

L'imam est le terme qui désigne le pasteur musulman. Il signifie « en avant ». Celui qui est devant est là pour nous conduire vers Dieu.

Le Seigneur nous demande une gratuité dans la prière. Lorsqu'on me demande comment prier, je réponds : « C'est simple : c'est un élan vers Dieu. » Quand vous aimez vraiment quelqu'un, vous n'allez pas le lui dire par des chemins détournés. Vous lui dites, en le regardant droit dans les yeux : « Je t'aime. » Ce sera infiniment plus fort que toute autre parole ou discours. Il faut dire directement cela à Dieu, dans la prière silencieuse et individuelle.

Dieu nous demande de faire des gestes gratuits et de nous effacer devant Lui. Il nous demande l'humilité. Si nous pouvions penser que l'autre est toujours plus grand que nous ! Malheureusement, nous avons pour habitude de regarder l'autre dans ses côtés les moins brillants. Nous remuons trop souvent la vase de l'autre. Nous fustigeons ses faiblesses. Dieu nous demande de regarder avec humilité les qualités et les vertus de l'autre. Il nous demande de nous émerveiller de la beauté de la lumière que toute personne laisse transparaître. Nous serions des saints si demain nous pouvions regarder nos semblables avec ces yeux de l'amour.

Des âmes de prière

L'humilité, c'est regarder l'autre comme plus grand que nous. Cet autre est à l'image de Dieu. Demandons au Seigneur de nous donner l'humilité, cette gratuité en amour. J'ai rencontré des personnes extraordinaires, des âmes de prière, qui ne laissaient rien paraître. Ces gens n'avaient jamais été perçus comme tels par leur entourage. Personne ne jalouse celui qui adopte l'humilité. L'orgueilleux qui veut la première place sera envié de tous, et donc combattu.

Vivons l'humilité. Cherchons la dernière place, ne nous mettons pas en avant, et prions le Seigneur dans le silence de notre cœur. Le lien avec Dieu est incommunicable parce qu'il est le lien avec la personne que l'on aime le plus au monde. On a toute sa vie pour chercher ce *cœur à cœur*. Ne perdons pas une minute.

Si tu ne crois pas en Dieu, je t'invite à cette prière simple, directe, à laquelle Il ne pourra pas résister : « Je ne crois pas en Toi mais, si Tu existes, fais-moi signe, je T'en prie. » Il te fera signe alors au-delà de ce que tu peux imaginer.

« Ne vous faites pas remarquer », recommandait le Christ. Laissez-moi vous raconter cette belle histoire : une voyante, au cours d'une apparition, demanda à la Vierge : « Où est maintenant ma vieille voisine morte récemment ? – Au paradis, lui répondit Marie. – Mais enfin, dit la voyante, elle vivait seule chez elle, on ne la voyait que très peu au marché ou sur le chemin de l'église. Qu'a-t-elle fait d'extraordinaire pour aller tout droit au paradis ? – Elle faisait tout avec amour », lui répondit la Vierge. Pour un tel amour discret et effacé, Dieu l'a prise tout de suite dans Son paradis.

8

La vérité nous rendra libres

Comment dire la vérité ?

Et il dit aux Juifs qui avaient cru en lui : Si vous demeurez dans ma parole, vous êtes vraiment mes disciples ;
vous connaîtrez la vérité, et la vérité vous affranchira.
Ils lui répondirent : Nous sommes la postérité d'Abraham, et nous ne fûmes jamais esclaves de personne ; comment dis-tu : Vous deviendrez libres ?
En vérité, en vérité, je vous le dis, leur répliqua Jésus, quiconque se livre au péché est esclave du péché.
Or, l'esclave ne demeure pas toujours dans la maison ; le fils y demeure toujours.
Si donc le Fils vous affranchit, vous serez réellement libres.

Jean VIII, 31-36.

Pouvons-nous répéter tout ce que nous avons entendu et dire tout ce que nous pensons ? Est-ce supportable ? « La vérité nous rendra libres » : qu'est-ce que cela veut dire ?

Ses quatre vérités

Vous savez comment nous nous comportons: «Je vais lui balancer ses quatre vérités dans la gueule...» Si l'on pense que la vérité libère le foie, le gésier et la rate, cela ne libère pas nécessairement les organes de notre interlocuteur. Sous le coup de la colère il nous arrive de dire méchamment certaines choses. Ce n'est pas une façon appropriée de dire des vérités. Nous risquons de dépasser notre pensée et d'être injustes. Je crois qu'il y a des moments meilleurs que d'autres pour dire des vérités aux autres. Nous pouvons tomber au pire moment où l'autre n'est pas en capacité d'encaisser. Il n'écoutera pas. Dans un moment comme celui-ci, la vérité fait beaucoup plus de mal que de bien. Nous pouvons blesser et commettre des ravages difficiles à réparer.

Voici ma pratique. Au cours d'un dialogue brutal, ce n'est pas facile de dire la vérité avec un ton juste. Dans un tel moment, nous réagissons à chaud, ce n'est pas évident. Par contre, quand il m'arrive de recevoir une lettre désobligeante, je ne suis plus à chaud. Lorsque j'ai répondu immédiatement à une lettre agressive, cela a souvent envenimé la situation. J'ai pris l'habitude pour toute lettre qui me fait mal (c'est généralement parce qu'elle contient une part de vérité) de la mettre de côté, de la relire au calme, en retraite, et de répondre ensuite. Vis-à-vis d'un propos gratuitement méchant ou injuste, je réponds énergiquement que je n'accepte pas. Je prends soin de noter un élément de vérité pour répondre à mon correspondant qu'il a raison sur ce point. De très nombreuses lettres ont ainsi trouvé une réponse remplie d'excuses. Parce que j'ai réussi à lire une critique juste, parfois dans un torrent d'insultes. Dans ce sens la vérité libère, de mon point de vue, et fait du bien.

Qui a raison ?

Avant toute chose, personne ne détient toute la vérité. Cependant nous possédons tous des parts de vérité, et c'est cela qui forme la vérité. Nous ne sommes pas des clones. Nous sommes extraordinairement différents les uns des autres. Il y a quelque chose d'unique et de merveilleux en chacun d'entre nous. Nous nous mettons rarement à la place de l'autre pour saisir entièrement ce qu'il ressent face à ce que nous disons. Nous écoutons peu et mal nos interlocuteurs. Nantis de nos certitudes, nous les assénons aux autres.

Pour saint Paul, nos plus grands péchés sont commis par la langue. Nous ne devons pas calomnier, dire du mal de l'autre pour le blesser, le salir. En imputant à quelqu'un d'autre une contrevérité, nous pouvons le tuer. Je me rappelle qu'un gosse avait osé dire de son prof de gym qu'il était pédophile pour se venger d'une mauvaise note. Le professeur, tellement déstabilisé par cette parole, s'est suicidé le lendemain. La police a cuisiné le jeune et a découvert que c'était faux. La médisance ou la calomnie peuvent entraîner l'irréparable.

Repérer et répéter les mauvais côtés de l'autre, voilà la médisance. Nous cherchons ses défauts, ses poux et ses morpions. Nous cherchons rarement la beauté de nos semblables. La médisance est à éviter comme le feu. Socrate, qui était un bon chrétien avant l'heure, a beaucoup écrit sur la vérité.

Voici une histoire que j'ai souvent méditée pour la vérité qu'elle comporte. J'ai lu ce texte depuis tant d'années, il m'est resté à l'esprit de façon inaltérable. Si vous avez envie de médire de votre voisine, de votre patron, de votre femme ou de votre belle-mère, lisez bien ce qui suit.

Est-ce vrai, est-ce bon, est-ce utile ?

Un jour un homme vint voir Socrate et lui dit :
« Écoute, Socrate, il faut que je te raconte comment ton ami s'est conduit.
– Arrête là ! interrompt l'homme sage. As-tu passé ce que tu as à me dire au travers des trois tamis ?
– Pardon ? De quoi veux-tu parler ?
– Oui, reprend Socrate, ce que tu désires me dire peut-il passer par les trois tamis ? Le premier est celui de la vérité. As-tu contrôlé ce que tu veux me raconter ? Es-tu sûr que c'est vrai ?
– Je l'ai seulement entendu raconter, dit l'homme.
– Bien, dit Socrate, alors assure-moi que tu l'as passé au deuxième tamis. C'est celui de la bonté. Si ce que tu souhaites me dire n'est peut-être pas tout à fait vrai, est-ce au moins quelque chose de bon ? »
Hésitant, l'autre lui répondit :
– Non ce n'est pas quelque chose de bon, au contraire !
– Alors, dit le sage, essayons de nous servir du troisième tamis : l'utilité. Voyons s'il est utile de me raconter ce que tu as à me dire.
– Utile ? Pas exactement, dit l'homme.
– Eh bien, si ce que tu as à me dire n'est ni vrai, ni bon, ni utile, alors je préfère ne pas l'entendre et ne pas le savoir. Je te conseille aussi de l'oublier. ».

Si nous prenons cette leçon de Socrate à la lettre, je crois que nous pouvons tous beaucoup nous améliorer, moi le premier ! Malheureusement, très souvent nous calomnions ou nous véhiculons des choses ni vraies, ni bonnes, ni utiles.

Prenons le cas d'un médecin. Il écoute ses patients. Il doit savoir se taire souvent. La parole d'un médecin peut abréger la vie d'une personne. Imaginez qu'il annonce à un malade qu'il va mourir. Le malade le presse : « Dites-moi la vérité, docteur. » Supposez que le médecin réponde brutalement : « Dans un mois c'est fini, il n'y a pas de remède... » Ce propos serait très grave. Pourtant une parole de vérité peut être libératrice. Une femme atteinte d'un cancer a appris qu'elle ne pouvait survivre que six mois. Finalement elle a vécu cinq ans et demi. Elle s'est dit qu'elle allait se régaler à vivre les jours qui lui restaient. Elle a lutté de toutes ses forces pour les prolonger.

Une infirmière est souvent dans la même position qu'un médecin. Le procès de l'infirmière Christine Malèvre soulève la question de l'euthanasie. Dans son équipe, quand ses collègues la voyaient arriver, ils se disaient: «Tiens, ce soir on aura un cadavre.» Ironiquement. Il y a eu un grave dysfonctionnement dans ce service. Ses collègues auraient dû la reprendre en main et lui dire qu'elle agissait de façon anormale. Ils n'ont pas eu le courage de parler. Une équipe soudée aurait évité un tel dérapage. Une équipe bétonnée est indispensable avec des malades ou des mourants. Nous savons tous que des médecins abrègent certaines fins de vie. La position de l'Église et de Jean-Paul II, et je suis d'accord avec lui pour cela jusqu'au bout des ongles, est que nous n'avons pas le droit d'abréger la vie. Nous pouvons seulement donner des médicaments pour apaiser la souffrance. Si ces médicaments risquent de mettre la vie du malade en danger, nous pouvons quand même les administrer, mais il nous est interdit de vouloir abréger la vie comme tant de personnes le désirent.

Le secret de l'instruction bafoué

L'avocat est lié au secret de son client. Le juge aussi doit savoir se taire. Malheureusement on s'aperçoit de nos jours que, dans la presse, le secret de l'instruction n'est pas du tout respecté. Il est scandaleux de pouvoir publier d'avance des témoignages sur un «présumé innocent». L'accusé ne peut absolument pas se défendre. Le système anglais est de ce point de vue mieux élaboré. Dans ce pays, personne n'a le droit de dire ou de publier les éléments de l'enquête avant le procès. Les journaux ne commentent pas les faits avant que le jugement ait eu lieu. Cela nous manque tragiquement en France. Lorsqu'une personne innocente est salie définitivement, nul ne peut réparer les dommages causés. Les juges n'ont pas à laisser filtrer des informations susceptibles de salir, détruire, parfois tuer de simples suspects. Dans ces affaires, les médias se régalent du moindre élément. Ils disent des choses qu'ils ne devraient pas dire. Dans l'affaire de Roland Dumas, la justice a prononcé la relaxe. Le cinquième personnage de l'État a été traîné dans la boue. Il a subi une déchéance publique irrémédiable. On lui a signifié qu'il avait été imprudent, mais il a été relaxé. Cet homme est brisé jusqu'à son dernier souffle !

Dans l'affaire du terroriste de Roissy, l'accusé, ce jeune Algérien, a été trahi par sa propre famille. Elle a voulu le faire passer pour un terroriste. La famille avait fait mettre des armes et des explosifs dans ses affaires personnelles. Lorsqu'il a été arrêté, tout le monde a crié au loup. À lire les journaux, à coup sûr on tenait un dangereux personnage, c'était établi d'avance ! Le suspect a finalement été blanchi après quinze jours d'enquête. Mais que devient-il ?

L'homme politique a aussi quelques difficultés avec la vérité. Il use d'une langue de bois tout à fait plaisante. Si, à la sortie d'une réunion, il déclare : « Nous avons eu une franche discussion », cela signifie : « On s'est étripés grave ! » On peut imaginer qu'ils se sont envoyé la blanquette de veau dans la gueule. Il faut savoir lire leurs expressions. « Cordial échange », traduire : « La blanquette nous a rassemblés, mais, pour le reste, nous sommes totalement opposés. »

Heureusement, de temps en temps, ils se laissent aller. À l'exemple de Jacques Chirac qui aurait dit à Margaret Thatcher qu'elle était vraiment une emmerdeuse. Cette dernière aurait répondu indirectement, dans un communiqué diplomatiquement correct, que le Président français lui semblait « manquer d'éducation » !

Je reprendrai aussi l'exemple de Pie XII. Il savait que

des millions de gens mouraient dans des conditions effroyables dans les camps de concentration. Mais il a fait le choix de ne pas prendre position contre l'Allemagne nazie. Le Vatican est revenu récemment sur cette affaire. Pie XII a eu peur de la vérité, se disant que l'Église risquait à son tour d'être persécutée. Hitler aurait pu arrêter des évêques ou des prêtres dans toute l'Europe alors que beaucoup d'entre eux participaient à des réseaux de résistance, s'occupaient de blessés, et planquaient des persécutés. Le Vatican a déclaré que Pie XII était un saint homme, mais qu'il manquait de prophétisme. Si Pie XII avait été meilleur prophète, il serait peut-être mort en déportation. Il serait aujourd'hui un martyr vénéré. Et au lieu d'être vilipendé, il serait pour des siècles l'exemple de celui qui a osé parler, au péril de sa vie. Le Christ l'a vécu avant lui.

Des paroles prophétiques

Il est très difficile, à la place où se trouve l'homme politique, de dire la vérité brute. C'est plus facile pour un pape. Jean-Paul II, depuis vingt-cinq ans, en a balancé quelques bonnes ! Souvenez-vous qu'aux Philippines, devant Marcos, ce tyran, il a dit sans détour : « Ça suffit comme ça, il faut que vous cessiez ! » Il a lâché cette vérité en pleine gueule du dictateur. Il faut un certain prophétisme pour prononcer des paroles de vérité comme celles-ci. Nous devons prier pour nos dirigeants, parce qu'il leur est difficile de dire la vérité, et pour nos papes, pour qu'ils continuent à parler à temps et contretemps, comme leur patron Jésus-Christ.

Je reviens de la réunion en Provence avec nos jeunes. Une fois par mois, je mange seul avec eux pour une libre parole. Je tiens à ce qu'ils disent ce qu'ils pensent. Quand ils mettent un éducateur en cause, je demande s'ils en ont parlé à l'individu concerné. Le problème ne sera pas évoqué sans lui. On ne prononce pas de reproches envers un absent. Puis le lendemain, en présence de toute l'équipe éducative, les quinze ou seize membres de la communauté se disent tour à tour ce qu'ils pensent les uns des autres. Toutes les critiques sont possibles, toutes les suggestions sont écoutées. Le débat s'installe, et c'est très bon. Les adultes sont critiqués devant les jeunes, avec les mots appropriés. Ce moment est prodigieux. À la fin de la réunion, l'équipe est illuminée. Je le vois sur les visages. La vérité a été dite. Comment agissons-nous dans notre famille ? Comment agissez-vous dans votre travail ? Je vous laisse réfléchir à ça.

S'exprimer sans violence

Comme vous le savez, j'ai été éduqué dans l'Église pendant quinze ans. Il y régnait une certaine hypocrisie. C'est moins vrai maintenant. Il y avait des pratiques vraiment pas catholiques. On parlait rarement devant quelqu'un, et souvent derrière.

Après ce long passage dans le monde ecclésiastique, je suis tombé dans le monde des loubards. Là, c'est clair et net. On cherche un travail pour un mec. On voit le patron ensemble. Je le fais embaucher. Le patron le paie mal. Le lendemain, le mec casse la gueule du patron ou il vide son coffre. C'est leur façon de dire la vérité. Cela se termine souvent en prison. Cette violence n'est pas acceptable, mais je l'admire secrètement. Ils ont un talent de communication qui m'a toujours émerveillé. La violence à fleur de peau, ces pauvres ont la capacité de dire les choses en face. Nous leur apprenons justement à ne pas tout dire n'importe quand, n'importe où. Nous les aidons à mieux s'exprimer. Sans violence.

Mille fois j'ai vu cette scène : un jeune arrive avec un problème. Alors il le dégage devant les autres. Il agresse celui qui est à l'origine : « T'as vu ce que tu m'as fait, t'es un sale con, un pédé... » Évidemment l'autre bondit et ils s'empoignent. L'équipe et les copains les séparent, on s'explique. Mais, deux mois après, ce même jeune dira à quelqu'un à qui il reproche quelque chose: « Eh ! coco, tu m'as fait un coup de vice, là, peux-tu me dire pourquoi ? » À cet instant, nous savons qu'il a grandi dans sa façon de dire la vérité. Il a ménagé l'autre au lieu de l'insulter. Si vous commencez par insulter quelqu'un pour lui dire une vérité, soyez certain qu'il n'entendra pas.

J'envoie mon ange gardien

Lorsque vous êtes embarrassé pour dire quelque chose d'important, je vous conseille de prier avant d'aller voir votre interlocuteur. Moi-même, quand j'ai à dire des choses peu agréables à quelqu'un, je prends soin de demander à mon ange gardien: « Va donc le trouver parce que j'ai envie de l'engueuler et de lui sauter dessus. » J'ai remarqué que mon ange gardien faisait en général un très bon travail.

Toute vérité n'est pas toujours bonne à dire. Soit ! Il y a surtout des moments pour le faire. Le lieu joue aussi. Être seul à seul est souvent une bonne condition. D'abord, réfléchissons et prions. Nous manquons d'êtres vrais, qui ne déguisent pas la vérité. Sachons la donner avec amour, surtout quand elle est dure à avaler.

Un être vrai est irrésistible et rare. Les faux jetons pullulent. Soyons de la race du Christ qui était vrai. Il est mort pour dire, au nom de son Père, ce qu'il avait à dire.

9

Le mariage

Pour une Église de compassion

Les pharisiens l'abordèrent, et dirent, pour l'éprouver : Est-il permis à un homme de répudier sa femme pour un motif quelconque ?
Il répondit : N'avez-vous pas lu que le Créateur, au commencement, fit l'homme et la femme et qu'il dit : C'est pourquoi l'homme quittera son père et sa mère, et s'attachera à sa femme, et les deux deviendront une seule chair ?
Ainsi ils ne sont plus deux, mais ils sont une seule chair. Que l'homme donc ne sépare pas ce que Dieu a joint.
Pourquoi donc, lui dirent-ils, Moïse a-t-il prescrit de donner à la femme une lettre de divorce et de la répudier ?
Il leur répondit : C'est à cause de la dureté de votre cœur que Moïse vous a permis de répudier vos femmes ; au commencement, il n'en était pas ainsi.
Mais je vous dis que celui qui répudie sa femme, sauf pour infidélité, et qui en épouse une autre, commet un adultère.
Ses disciples lui dirent : Si telle est la condition de l'homme à l'égard de la femme, il n'est pas avantageux de se marier.
Il leur répondit : Tous ne comprennent pas cette parole, mais seulement ceux à qui cela est donné.

Matthieu XIX, 3-11.

La plus belle aventure

J'ai une tendresse particulière pour ceux qui se trouvent séparés ou divorcés.

Quand quelqu'un vous a dit un jour qu'il vous aimait et quand vous avez dit : « Je t'aime », vous savez que la plus belle des choses dans la vie est l'amour.

Et, un matin, la personne s'en va, ou bien vous partez pour une autre, pour un autre. La plus belle des aventures n'est pas de gagner le plus d'euros possible, d'avoir une belle maison ou la plus grosse bagnole. La plus belle des constructions dans la vie n'est pas d'être ingénieur, d'avoir un super-clébard, un super-poisson rouge et un super-décor ! Non, la plus belle des aventures, la plus grande réussite, est l'amour.

Le sacrement de mariage unit et donne la puissance de la fidélité. En France, en ville, un mariage sur deux finit par un divorce ! En campagne, on compte un divorce pour trois mariages. Bientôt un couple fidèle deviendra une curiosité à visiter !

Nos jeunes consacrent un temps fou à leurs études pour se préparer à la vie professionnelle. Obtenir un poste d'ingénieur leur demande parfois six ou sept ans. Et ils bâclent la plus belle aventure de leur vie en se mariant quelques mois seulement après leur rencontre. D'abord ils passent à l'horizontale et baisent comme des castors. Je dis aux jeunes : « Attendez un peu, si vous commencez par le plaisir du corps, c'est foutu. Attendez pour faire l'amour, mettez du temps. Avant de connaître le sexe de l'autre, essayez de connaître son cœur. »

Songez ce que sera le travail de reconstruction si vous devez vous séparer. Que deviendra votre enfant ? Imaginez l'effort pour retrouver une autre femme avec qui vous entendre ou un autre mari qui vous plaise.

Nos jeunes s'installent de plus en plus dans une certaine désespérance face à l'amour. Un môme qui venait de perdre son grand-père me disait : « C'est pas grave, je m'en fous, j'en ai trois autres ! » Évidemment, il comptait la famille de sa belle-mère. Je vis avec des jeunes et j'ai pu observer et vérifier que la séparation ou le divorce de leurs parents les disloque, les vrille, les évide. Nous ne saurons jamais combien les enfants sont atteints et blessés ; ils éprouvent une sorte de dégoût. Ils ont peur de la fidélité.

Un jeune que je connais bien m'a présenté son amie. Il l'aime beaucoup. Je lui ai demandé quand ils comptaient se marier. Il m'a répondu que ses parents avaient divorcé, que ses grands-parents avaient divorcé, et qu'il ne comptait pas perpétuer la tradition. Il ne pouvait pas croire que son union puisse tenir avec cette jolie fille qu'il aimait tant. Ces jeunes n'ont pas d'espérance. Ils ont peur de se lancer dans la plus belle aventure de la vie.

Ce que Dieu unit, que l'homme ne le sépare pas. La fidélité est un combat. N'oubliez jamais la puissance du sacrement de mariage. C'est une grâce. Celle-ci continue même si vous avez divorcé. L'Église manque de compassion lorsqu'elle se prononce sur les personnes divorcées et remariées. L'Église dispense une parole. Suivons l'évangile à la lettre. Le Christ a dit : « Je suis venu pour les pécheurs. » Comment l'Église peut-elle s'en prendre ainsi aux divorcés, aux séparés, tous souffrants ? Je crois qu'elle devrait accorder des paroles de tendresse à ceux qui ont tant souffert. L'Église assènerait-elle des coups supplémentaires sur les souffrances que vivent tant d'hommes et de femmes ?

Les divorcés, séparés, adultères

Parlons un instant de la communion refusée aux divorcés remariés. Combien de fois ai-je dû entendre avant une messe des gens qui me disaient : « Monsieur l'abbé, l'Église ne me permet pas de communier parce que j'ai divorcé et me suis remarié. » Je réponds sans détour :

« Communie, je n'ai pas à te juger ! » Je le fais discrètement, écartelé que je suis entre une loi d'Église et la souffrance des êtres.

L'Eucharistie n'est pas une récompense. C'est la force pour les faibles. Alors, à mon avis, les divorcés remariés devraient beaucoup plus communier que les autres. J'espère que Jean-Paul II, ou son successeur, le permettra. Beaucoup d'évêques le pensent. Nous, prêtres de l'Église, n'avons pas le droit de remarier des divorcés parce que le sacrement du mariage est unique. Mais lorsque je prends la main des conjoints remariés, je bénis l'amour qui les unit. Et je prie que Dieu efface leur égarement et les aide à retrouver le chemin.

Nous devons conserver la fidélité conjugale que nous puisons en Dieu. Si nous ne pouvons pas, que le Seigneur nous pardonne et nous donne la tendresse de l'Église et son amour. N'oublions pas qu'un(e) divorcé(e) remarié(e) n'est pas nécessairement en état de péché, car c'est peut-être l'autre qui a rompu. Je bénis spécialement tous ceux et celles qui sont séparés ou divorcés.

Que ceux qui restent fidèles puisent en Dieu cette fidélité. À ceux qui n'ont pas pu l'être, que le Seigneur accorde son pardon. Et que l'Église ait des paroles et des gestes de miséricorde.

Il convient d'ajouter ceci. Combien de couples en souffrance ont, à mon avis, fait un mariage nul : précipitation, manque de préparation, jouant sur la seule émotion de la rencontre. Je les engage à rencontrer le spécialiste de chaque diocèse pour voir avec lui si leur mariage est vraiment valide. Trop de couples renoncent à cette démarche essentielle qui les libérerait. Ils ont tort. Même si la démarche est longue, ils devraient la tenter.

L'amour conjugal est un combat. Dieu est au cœur de ce combat-là.

Un ancien loubard particulièrement caractériel, converti, m'a jeté un jour en pleine face : « Guy ! Dis aux couples la force du sacrement du mariage ! Dis-leur que la fidélité est possible quand on est certain que Dieu est là pour nous aider. » Ce mec, avec son putain de caractère, a dû exiger de Dieu une force colossale.

Dieu n'est-il pas le maître de l'impossible ?

10

Le serviteur inutile

Priez et agissez

Qui de vous, ayant un serviteur qui laboure ou paît les troupeaux, lui dira, quand il revient des champs: Approche vite, et mets-toi à table? Ne lui dira-t-il pas au contraire: Prépare-moi à souper, ceins-toi, et sers-moi, jusqu'à ce que j'aie mangé et bu; après cela, toi, tu mangeras et boiras?
Doit-il de la reconnaissance à ce serviteur parce qu'il a fait ce qui lui était ordonné?
Vous de même, quand vous avez fait tout ce qui vous a été ordonné, dites: Nous sommes des serviteurs inutiles, nous avons fait ce que nous devions faire.

Luc XVII, 7-10.

Ma mission prioritaire est de servir la parole de Dieu. Nous sommes des serviteurs quelconques et nous n'avons fait que notre devoir. L'évangile dit que nous sommes des serviteurs inutiles. Je trouvais ce terme un peu stupide.

« Serviteur inutile », cela voudrait-il dire que nous bossons comme des dingues et que nous sommes inutiles? C'est un terme un peu gênant parce que le serviteur qui travaille a une certaine utilité.

Si dans un bar vous dites au garçon qui vous sert votre café: « Mon pote, tu es complètement inutile », il n'appréciera pas beaucoup. En plus, si vous lui cédez quelques pièces de pourboire pour lui signifier qu'il a été particulièrement accueillant et prévenant à votre égard, il ne comprendra pas du tout. C'est embarrassant de penser que nous sommes serviteurs en même temps que nous sommes inutiles, ce n'est pas évident à accepter. Comment peut-on dire d'une personne qu'elle est inutile alors qu'elle sert ?

La mission du serviteur

Certaines traductions préfèrent le terme « quelconque » à « inutile ». Pour annoncer le Royaume de Dieu, le serviteur doit avant tout savoir que ce n'est pas son affaire. Nous l'accueillons et nous le donnons. C'est la mission du serviteur. Nous ne sommes pas propriétaires du Royaume de Dieu. Nous en sommes les serviteurs. En second lieu, les serviteurs ne doivent jamais oublier que le Royaume de Dieu est annoncé pour les autres et non pour eux.

Le Seigneur nous demande donc de faire tout ce que nous pouvons et de dire, lorsque nous aurons terminé, que nous sommes des serviteurs inutiles. Le Royaume de Dieu est annoncé par ses envoyés. Il est d'abord annoncé par les prophètes. Ils avaient depuis longtemps ramené leur fraise pour dire que le sauveur viendrait et que le Royaume de Dieu arriverait. Jean-Baptiste le proclame. Jésus-Christ l'instaure. C'est un don de Dieu.

Cet évangile veut dire : « Faites votre devoir. ». Le meilleur service qu'un chrétien peut donner est un service gratuit. Nous devons servir en fonction des dons de Dieu que nous possédons. Le plus petit geste compte.

Nos jeunes n'ont plus beaucoup la notion du devoir. Ils l'ont perdue. En lisant ces lignes, les jeunes penseront : « T'es un vieux con, tu nous sers ta salade d'avant-guerre. » Je pense que la « salade » d'avant n'était pas si mauvaise. Les anciens nous disaient : « Fais bien ce que tu dois faire », même si c'est dur, même si c'est pesant. J'ai appris cela tout petit. Nous voyons tant de jeunes qui disent : « Je n'ai pas envie de le faire, je ne le fais pas.» Ils laissent tomber. Ou bien ils adoptent l'attitude: «J'ai envie de le faire et puis, finalement, je n'ai plus envie.»

C'est une très mauvaise idée du devoir. Le devoir exige que la personne soit présente à ce qu'elle fait et qu'elle l'accomplisse bien. Enfant, on me disait de commencer par la tâche la plus difficile. Je n'ai jamais perdu cette notion.

Commencez par le plus difficile

Dans les contraintes habituelles de mes journées, comme chacun d'entre vous, je rencontre des moments pénibles et d'autres plus faciles. Faire le plus difficile d'abord est un principe génial: on a beaucoup de joie à faire le facile ensuite. Dire aux jeunes: «commence par la matière la plus chiante», est un excellent précepte éducatif.

Débutez par les choses difficiles à faire dans votre travail ou à la maison. Vous rencontrez tous les jours des contraintes et des choses plus joyeuses. Commencer par le plus dur grandit l'homme et le pousse en avant.

J'ai expérimenté la joie de réaliser les choses difficiles d'abord. Un grand pays ne peut se construire qu'au prix d'un travail que l'on aime et qui exige un effort constant. Observez bien un restaurateur, regardez la tâche des serveurs qui cavalent en pleine chaleur. Ils nous servent et nous sommes très exigeants. Ne le soyons pas trop envers tous ceux qui nous servent. Au restaurant, au guichet de la gare, à la pompe à essence, nous sommes de plus en plus impatients. On pourrait croire que nous avons besoin d'esclaves dans ce monde moderne. Selon l'évangile, le serviteur est toujours plus grand que le maître. Le serviteur est payé pour être bienveillant à votre égard. Mais vous devez aussi porter un regard d'amour sur chacun de ceux qui vous servent.

Plus vous grandissez dans la hiérarchie humaine, plus vous devez penser aux petits. J'observe que les chefs d'État, par exemple, se saluent et se font mille politesses. Vous voyez cela aux informations télévisées. Observez bien tous les sous-fifres qui les entourent au garde-à-vous, ils sont pour eux un simple décor. Le président ou le roi leur jettent à peine un regard. Si j'étais chef d'État, je saluerais vite l'invité : « Bonjour, comment va ta gonzesse, comment va ta fille ? » Et je foncerais saluer les dizaines de personnes qui nous attendent au garde-à-vous sous la pluie depuis des heures. En saluer une seulement avec la politesse que l'on réserve à ses hôtes de marque suffirait à montrer que les serviteurs sont aussi grands que leurs maîtres. Quand j'ai marié le fils du roi des Belges en avril 2003, j'ai dû voyager de limousines en berlines de luxe... J'ai tenu à saluer les chauffeurs qui me conduisaient, ainsi que mon garde du corps et celui qui me tenait la portière. Le chef du protocole grinçait des dents. Les petits étaient ravis. Au fond de moi-même, je me fendais la gueule.

Plus nous sommes puissants dans la hiérarchie, plus nous devons porter notre regard vers celui qui nous sert dans l'ombre. Il n'existe ni service inutile ni petit service. Il n'y a que la façon de servir de tout son cœur et de toute son âme. Le service est un grand hommage à Dieu. Dieu nous a mis sur terre pour nous servir mutuellement. Soyons les serviteurs les uns des autres !

Apôtres et missionnaires

L'apôtre agit avec ses qualités et ses défauts. Il existe le serviteur brillant, le serviteur terne ; il y a aussi le serviteur effacé, le serviteur bien en vue... Construire le Royaume de Dieu n'est pas comme bâtir une société de performance. Il est capital de s'en souvenir. Nous n'allons pas à la recherche du résultat. Même si le serviteur travaille pour un résultat, il ne le cherche pas.

J'admire profondément les missionnaires perdus qui se défoncent dans de si nombreux pays depuis tant de décennies. Ils ont été parfois persécutés, ils sont souvent bafoués, ignorés. Certains ont été torturés et tués. L'Église dont je suis le plus proche, après celle de Paris à laquelle j'appartiens aujourd'hui, est celle d'Algérie. Elle est très significative dans ce sens-là. Cette Église est complètement étouffée dans une masse immense de musulmans et elle annonce le royaume de l'amour. J'admire ces prêtres qui vivent dans le djebel. Ils sont parfois deux ou trois chrétiens dans des petits villages reculés, au milieu de millions de musulmans. Ils annoncent pourtant le Royaume de Dieu avec une extraordinaire fulgurance. J'ai connu cette Église algérienne puisque que j'en ai été le prêtre. Je l'observe toujours avec passion. Je crois que, si nous voulons voir le Royaume de Dieu avancer, c'est dans ces lieux-là que nous le percevons le mieux.

En France, nous recherchons souvent la performance de l'Église: l'évangélisation, l'apostolat. Ici, l'Église se torture l'esprit sur son type de présence et son image. Là-bas, ils n'ont pas à se torturer l'esprit. Ils annoncent le Royaume de Dieu, avec une très grande force.

J'ai toujours eu peur d'une Église constituée de prêtres qui réussissent. Il y aurait là un grand danger, car on surexposerait l'aspect extérieur de leur mission alors que le Royaume de Dieu avance caché dans un lent mûrissement. Son royaume se trouve dans cette intériorité primordiale.

Un prêtre peut faire des choses extraordinaires dans une paroisse pendant un temps. Mais si, lorsque le curé s'en va, plus rien ne subsiste, c'est catastrophique. C'est le signe que le Royaume de Dieu a été construit extérieurement. Pas en profondeur.

J'aime bien me souvenir du curé d'Ars. Il est un signe extraordinaire. C'est le patron des curés. Ce n'est pas idiot de l'avoir désigné ainsi. Il est arrivé dans une église délabrée. Personne ne l'a accueilli. Trois bonnes vieilles venaient voir sa tronche le matin quand il disait la messe. Dans son église, l'eau coulait du toit, le plafond s'effondrait. Regardons l'annonce puissante qu'il a faite du Royaume de Dieu. En travaillant la truelle à la main pour reconstruire son église, il n'a pas cherché à attirer le client. Il est allé dans une grande profondeur par la prière et l'action. Il s'est occupé des plus pauvres. Le serviteur doit semer sous le ciel bleu comme pendant la tempête.

Une des façons actuelles d'annoncer l'évangile consiste à utiliser la radio, la télévision et les journaux. Quand je me trouve devant un micro ou une caméra, j'ai toujours le souci prioritaire de parler de Dieu et des petits pour faire avancer Son royaume. C'est un moyen moderne d'annoncer Dieu. On peut toujours le critiquer ou l'attaquer. Il est primordial pour moi de me demander après avoir quitté les journalistes: «Qu'ai-je dit? Que s'est-il passé? Qu'ai-je laissé à ceux qui m'ont écouté?»

Des gens devant un écran enregistrent la parole de Dieu. C'est mystérieux parce que je ne vois pas le visage de ceux à qui je m'adresse. Je parle de Dieu, je suis serviteur de Sa parole. Je m'efforce de m'effacer. Le serviteur a fait son devoir. C'est une petite partie du devoir. Nous retenons la partie visible de ce que nous accomplissons; le Seigneur fait le reste et c'est une immense partie de la tâche.

Saints et serviteurs

Le serviteur doit avoir le don d'humilité et le don de la foi. Le Christ a dit à ses serviteurs qu'ils feraient après lui de plus grandes choses que lui. De nombreux saints ont été des serviteurs inutiles et des modèles exemplaires de serviteurs.

Nous sommes toujours dépassés par notre mission. Je m'en aperçois après tant d'années de sacerdoce. Nous sommes dépassés par cette source, ce fleuve qui doit couler en nous et qui ne nous appartient pas. Nous devons simplement l'offrir. J'aime beaucoup Padre Pio, un grand saint de notre époque. Il savait fouiller dans les consciences et découvrir des choses que la personne cachait. Lorsqu'on l'interrogeait sur ses dons extraordinaires ou ses guérisons, il disait : « Je ne comprends pas. » J'ai souvent médité cette parole. Le Seigneur passait par lui. Il a créé un hôpital unique bâti pour soigner les cœurs, les âmes et les corps. C'est le signe de Dieu.

Nous devons admirer l'œuvre de Dieu qui passe par nous et par les autres, tout en vivant ce don d'humilité, le plus important pour annoncer le Royaume de Dieu.

11

La mob' du vicaire

Le Seigneur reconnaîtra les siens…

Jésus dit aussi à ses disciples : Un homme riche avait un économe, qui lui fut dénoncé comme dissipant ses biens.
Il l'appela, et lui dit : Qu'est-ce que j'entends dire de toi ? Rends compte de ton administration, car tu ne pourras plus administrer mes biens.
L'économe dit en lui-même : Que ferai-je, puisque mon maître m'ôte l'administration de ses biens ? Travailler à la terre ? je ne le puis. Mendier ? j'en ai honte.
Je sais ce que je ferai, pour qu'il y ait des gens qui me reçoivent dans leurs maisons quand je serai destitué de mon emploi.
Et, faisant venir chacun des débiteurs de son maître, il dit au premier : Combien dois-tu à mon maître ?
Cent mesures d'huile, répondit-il. Et il lui dit : Prends ton billet, assieds-toi vite, et écris cinquante.
Il dit ensuite à un autre : Et toi, combien dois-tu ? Cent mesures de blé, répondit-il. Et il lui dit : Prends ton billet, et écris quatre-vingts.
Le maître loua l'économe infidèle de ce qu'il avait agi prudemment. Car les enfants de ce siècle sont plus prudents à l'égard de leurs semblables que ne le sont les enfants de lumière.
Et moi, je vous dis : Faites-vous des amis avec

les richesses injustes, pour qu'ils vous reçoivent dans les tabernacles éternels, quand elles viendront à vous manquer.

Luc XVI, 1-9.

Un matin, un des vicaires de l'équipe sacerdotale du XIXe dont je faisais partie arrive affolé à la permanence : « On m'a volé ma mobylette cette nuit. »

Je lui réponds de ne pas s'inquiéter et j'enquête aussitôt discrètement. Parmi les hordes matinales qui nous assaillent, il devait y avoir un mec au courant. Effectivement je retrouve le voleur. Brièvement je le mets au parfum : « Tu as piqué la mob' de mon pote le vicaire, ça ne se fait pas. – OK, me répondit-il, je lui rends. »

Le gars l'avait désossée dans la nuit. Il remonte les morceaux et la met en marche pour aller la rendre. Il constate que le moteur n'en peut plus. Qu'à cela ne tienne ! Il repère vite une mobylette neuve du même type, en vole le moteur et le met à la place de l'autre. Pour faire bon poids, il pique deux sacoches neuves et fait porter la mobylette à l'église de mon copain, mais pas avant de lui avoir acheté un antivol dont il envoie la clé au vicaire avec ce papier griffonné : « Voilà pour votre mobylette, je vous offre l'antivol pour pas que les voleurs la piquent. »

Le vicaire ravi découvrit les jours suivants que son tas de ferraille était devenu un Boeing 747 !

Comme il se posait, après coup, quelques questions de morale face à ce « moteur gonflé », je lui ai dit de fermer les yeux (enfin, pas en roulant) et que le Seigneur reconnaîtrait les Siens...

Cette histoire est l'illustration moderne de la parabole de l'intendant avisé rapportée par le Christ. Ce jeune qui vivait de vols et de rapines a agi de façon avisée pour réparer son méfait... enfin, dans sa mentalité loubarde !

Aujourd'hui il est chauffeur-routier, et a trois enfants.

12

Les derniers et les premiers

L'humilité aux différents âges de la vie

Et voici, il y en a des derniers qui seront les premiers, et des premiers qui seront les derniers.

Luc XIII, 30.

Quand je lis cet évangile, je vois le visage de mère Teresa. Le visage de l'humilité, un visage rayonnant de pauvreté intérieure. J'ai toujours été fasciné par son visage de don, de simplicité, d'effacement. C'est un visage magnifique. Elle vient d'être béatifiée. J'aime bien le visage d'humilité de Jean-Paul II. Son visage de souffrant est transfigurant.

Nous avons mille et un visages de la vie des saints qui ne cherchaient pas la première place. Certains étaient caractériels, j'en suis sûr. Mais tous avaient cette constante de l'humilité. Padre Pio et mille autres renvoient, par leur visage et leur vie d'humilité, à un plus grand qu'eux. Les chrétiens se sont toujours émerveillés de cette sainteté qui passe d'abord par l'humilité, la plus élevée des vertus chrétiennes. Les saints sont des passeurs, des transmetteurs. Ils se sont effacés devant Dieu. De cette façon ils transpirent Dieu. C'est en s'effaçant devant Dieu qu'on le rayonne et qu'on le transparaît.

Dans la méditation de cet évangile je voudrais évoquer l'humilité de l'enfant, l'humilité de l'adolescent, l'humilité de l'adulte et enfin l'humilité des personnes âgées. Chacun de nous dans chaque tranche d'âge a beaucoup à apprendre de cette vertu.

L'enfant

L'enfant est petit, dépendant. Il suffit de regarder la pure merveille que sont les yeux implorants de l'enfant. Ils éclatent d'humilité parce qu'ils font confiance. L'humilité donne la confiance. C'est une de ses nombreuses vertus. L'enfant fait confiance à ses parents. Il ne cherche ni à palabrer, ni à contester, ni à mentir, à écraser ou à paraître. J'ai remarqué la tendresse du Christ vis-à-vis des enfants. Jésus nous a toujours dit: « Soyez comme des enfants. » Cela signifie: « Soyez humbles. » Il a désigné l'enfant comme modèle. Il incitait les adultes à prendre soin des enfants et à leur ressembler dans leur simplicité. L'enfant se met sous l'aile de ses parents. Il les craint et il les aime. La crainte et l'amour sont les clés de l'humilité et du paradis.

L'adolescent

Il est rare de rencontrer un adolescent humble. L'adolescent a un immense besoin d'apprendre l'humilité parce qu'il a dépassé le stade de l'enfance. Il est passé dans son contraire. Il découvre un monde que l'enfant n'avait pas perçu. Un monde où l'apparence est reine et où le plus fort semble gagner. La possession des choses semble être le but de la vie. L'adolescent est intarissable sur ses droits, mais si vous lui parlez de ses devoirs, il fait la sourde oreille. Il a l'orgueil de ne pas vouloir de devoirs. Celui qui accepte les devoirs liés à la vie est une personne très humble. Les parents ont à travailler au cœur de l'adolescence. Ils doivent apprendre aux adolescents à s'aimer ni trop ni pas assez. L'humilité se définit comme « savoir ce que l'on est ». Il s'agit de ne pas pisser plus haut qu'on a le zizi. Les parents ont le devoir impérieux d'aimer chacun dans sa dimension et également. L'ado passe des heures devant la glace de la salle de bains pour s'admirer ou au contraire se détester. Un adolescent peut déprimer pour un bouton qui lui pousse au bout du nez.

J'aime bien entendre les jeunes se vanter d'avoir passé à la casserole la moitié des filles du village. L'autre moitié attend d'ailleurs son tour, exsangue devant la porte. « Tout le monde me désire » est leur façon de s'affirmer. L'ado orgueilleux bascule tout aussi facilement dans le « personne ne m'aime ! ». À travers l'apparence qu'il donne, il découvre ce qu'il est, ses qualités et ses défauts. Les parents ont un sacré rôle à jouer. Ils doivent mettre en avant les qualités de leurs chérubins tout en les aidant à combattre les défauts. Apprendre à l'adolescent à se connaître est essentiel car n'oubliez pas que l'humilité consiste à savoir ce que l'on est. L'adulte doit valoriser l'ado dans ses dons et fustiger ses dérapages. La force de l'éducation est là.

Punir sans humilier

La portée des sanctions est de rendre le gosse plus humble. La punition est importante mais la sanction ne doit pas humilier. Dire à un gosse : « Tu resteras un cancre, tu seras toujours un nul » est catastrophique. Il peut s'identifier à vie à une phrase négative. Il risque d'être longtemps bloqué dans une matière si en classe un prof maladroit l'humilie devant tout le monde.

Parfois l'humiliation publique est nécessaire. Au séminaire, quand j'étais petit, il est arrivé que mes professeurs me fustigent publiquement. Je détestais ça. Tout le monde déteste ça. Finalement je crois que cela n'a pas été si mauvais. Fustiger un jeune publiquement peut être bénéfique à condition qu'on ne pratique pas l'écrasement. Je le vis couramment en réunion avec mes jeunes. C'est passionnant. Dénoncer une grossière erreur devant toute la communauté, sans humilier le fautif, va l'aider à s'élever. L'adulte, éducateur, parent ou professeur, doit dire « non » par une sanction qui permette toujours de s'élever.

Une répression qui écrase ne grandit ni le maître ni l'élève.

Un juge doit trouver les mots justes pour punir. J'ai trop souvent entendu ces mots qui condamnent dans les palais de justice : « Vous êtes irrécupérable ! » Ils sont terrifiants. Les parents, les éducateurs, les professeurs, les prêtres doivent donner l'exemple d'une grande humilité. Une autorité humble convainc, rayonne. Elle est acceptée et parfois admirée. Les mots, les attitudes, les gestes des adultes marquent l'adolescent infiniment plus que les discours. Repérez un humble dans un groupe et valorisez-le.

Mes jeunes se disputent pour monter à l'avant dans ma bagnole. Ils veulent tous voyager à côté du patron. J'observais Romain, toujours derrière. Il ne disait rien. Je lui ai demandé pourquoi il ne réclamait pas de s'asseoir devant. Il répond : « Tout le monde se dispute, j'aimerais bien, moi aussi, m'asseoir à côté de toi. » Devant les autres, j'ai magnifié Romain en disant qu'il avait fait preuve de retenue. J'ai dit à tous : « Voilà, vous êtes toujours en train de vous battre. Faites comme lui. Il le désire depuis longtemps et il n'a jamais rien demandé. Allez, Romain, monte devant. » Par la suite les mecs ne me demandaient plus de venir à mes côtés.

Christophe, un jeune loubard de notre Bergerie, avait une humilité transfigurante. Il cherchait immanquablement la dernière place. Si quelqu'un ne pouvait pas faire la vaisselle, il le remplaçait. Il passait souvent pour le pigeon du groupe. Cela peut devenir dangereux. Il s'en moquait pas mal. Il avait cette extraordinaire humilité. Normalement un jeune loubard n'accepte jamais de passer pour un pigeon. S'il rend service et qu'on lui dise qu'il fait le pigeon, on lui brise les ailes. Christophe s'en fichait. Et je l'admirais.

Je ne manquais pas de valoriser Christophe en lui disant qu'il pouvait être fier d'avoir rendu service et qu'il faisait bien de ne pas tenir compte des remarques désobligeantes de ses camarades. Je l'encourageais et lui disais : « Continue à servir. »

L'adulte

L'adulte en pleine force de l'âge et en possession de ses moyens doit considérer l'humilité comme un combat prioritaire. L'adulte doit acquérir cette vertu par une lutte de chaque instant. C'est un sacré combat parce qu'il implique l'image de la réussite sociale.

Je rencontre souvent le genre d'individus qui plastronnent, qui la ramènent parce qu'ils ont de l'oseille. Je ne manque pas de leur accorder mon traitement de faveur rituel : « Dis donc, mon pote, t'es fier, t'as de l'oseille parce que t'es pas con. Mais tu as déjà oublié que tes vieux étaient là pour te payer des études prestigieuses et avancer les fonds de ton entreprise... ? » Les mômes dont j'ai la charge n'ont pas eu de parents fortunés pour leur offrir des études. Et souvent pas de parents du tout. Certains auraient pu devenir médecins ou ingénieurs mais ils ne le seront jamais. Leur adolescence manquée a bousillé tout avenir même prometteur.

Si vous atteignez la réussite sociale, essayez de cultiver davantage d'humilité. N'oubliez jamais les dons qui permettent cette réussite. Bien sûr nous travaillons à mettre en valeur nos dons. Tout le monde n'a pas la chance d'en avoir d'éclatants. Il est utile de cultiver l'humilité parce que dans la vie toute réussite est relative. Vous pouvez tomber de très haut : gros salaire, super-baraque, belle bagnole (de fonction), et d'un seul coup tout s'écroule... Des faillites arrivent tous les jours.

J'éprouve une tendresse particulière quand je lis dans un journal qu'un P-DG en faillite a tué sa femme, ses gosses et son chien. D'un seul coup il pensait qu'il n'était plus rien. Il avait misé sur l'apparence orgueilleuse de la possession de biens. Alors que tout se dérobait, il n'a pas su l'accepter. La vie doit être une longue ascèse d'humilité, une lente préparation aux coups durs.

L'orgueil masculin tue aussi. Quatre cents mecs tuent chaque année leur femme en France. Lorsque leur « chose » décide de s'en aller après avoir été battue, beaucoup de mecs réagissent violemment. L'orgueil du mâle rend meurtrier celui qui se sent supérieur à sa conjointe. J'ignore pourquoi les poings de Bertrand Cantat ont massacré Marie Trintignant. Cette horrible tuerie nous laisse exsangues. Seul le site Internet pour soutenir Bertrand, le présumé meurtrier, m'a donné une lueur d'espoir. Je le cite : « Le but de ce site n'est pas de "plaider la cause d'un assassin". Nous souhaitons simplement soutenir Bertrand dans ce malheur comme si c'était un frère qui venait de commettre une faute grave, irrémédiable. »

La gloire des Bleus

Le manque d'humilité des gagnants est plein d'enseignement. J'ai assisté au Stade de France à la finale du Mondial de football en 1998 quand les Bleus ont gagné. J'étais blotti contre le stade avec des centaines de jeunes. Des pauvres, des banlieusards à l'extérieur du stade fraternisaient avec les CRS de façon inédite. Ils étaient collés contre les camionnettes des policiers, sur les toits, accrochés aux portières. Cette équipe de France invincible en l'an 1998 était magnifique. Cinq ans après, quelle déroute formidable !

Ce parcours est très emblématique. Nous avons tous pu le visionner, nous avons vu que ces mecs de l'équipe de France ne se sentaient plus pisser. Des publicités pour les parfums, les marques de vêtements, les magasins de hi-fi, ils n'ont pas manqué la moindre occasion de se faire des couilles en or. Ils sont tombés dans le panneau de l'orgueil des gagnants. Et puis la déroute absolue est arrivée au Mondial suivant. S'ils avaient su chanter leur victoire avec modestie, retenue et humilité…, ils n'auraient certainement pas connu une telle chute.

Suivez l'exemple des parents humbles, proches du plus faible, des patrons humbles, proches du moins qualifié de l'usine et ne cherchant pas à se valoriser en s'affichant près du meilleur. Allez vers le petit de la famille ou du groupe. Je connais des parents humbles devant leur enfant handicapé. J'ai une grande tendresse pour eux. Ils sont contraints de vivre avec cet enfant handicapé ou un enfant qui pousse mal sous le regard des autres. Un regard trop rarement bienveillant.

On ne jalouse jamais une personne humble. Nos contemporains cherchent trop souvent à abaisser leurs semblables. L'orgueilleux, le suffisant, celui qui cherche à écraser ses semblables se réjouit de l'échec des autres.

La bagnole d'Henry

J'ai le souvenir d'un Calédonien qui me conduisait en voiture. Henry était ingénieur. Nous allions à une conférence. Son tas de ferraille était vraiment pourri. Alors je me posais des questions. Avec son salaire d'ingénieur il pouvait s'offrir une caisse décente, et même une belle bagnole. Elle était si déglinguée que j'avais du mal à retenir la portière dans les virages. Il m'a expliqué la solidarité que son couple avait choisi de vivre. Il avait dû bosser jeune pour se payer des études difficiles. Alors il préférait consacrer son argent aux études de ses enfants. Il gardait volontairement cette vieille voiture comme un signe. Il désirait partager simplement.

L'ancien

Le vieillard redevient humble. Plus précisément, il a des possibilités de redevenir humble. Il peut retrouver les qualités de l'enfant qu'il a souvent perdues en cours de route. Fini les muscles triomphants, fini l'apparence, fini la réussite: tout s'efface. C'est l'heure de l'usure de la carcasse. Le vieillard doit accepter ses limites et faire avec. Le vieillard chrétien en plus accepte et offre ses limites. De Gaulle a dit que la vieillesse était un naufrage.

Cette phrase définitive est remplie d'orgueil et d'arrogance. La vieillesse est un état de vie qui demande beaucoup d'humilité. Il faut obéir au médecin. On est parfois dépendant d'un infirmier. C'est un temps d'épreuve. Bien sentie, cette humilité peut permettre une spiritualité très riche.

Le vieillard doit aussi éviter de raconter sa guerre de 14 ou de 45 dont tout le monde se fiche. C'est un orgueil de dire que le passé était meilleur. Les anciens doivent accepter de ne plus s'inscrire totalement dans le temps d'hier. Ils disent souvent que les jeunes sont très différents d'eux. C'est vrai et je suis bien placé pour le savoir. J'ai soixante-neuf ans. Le monde avance. Les jeunes sont autres, c'est sûr. Il est nécessaire d'entretenir un regard humble pour lier le passé au présent et regarder l'avenir avec espérance.

De sa naissance à sa mort, le Christ a fait montre d'une humilité extraordinaire. Il ne jugeait pas un être d'après sa puissance ou son apparence. Il avait ce regard intérieur, et percevait la part de cristal de tout être. Il avait l'obéissance. Il parlait de son Père. Jésus faisait ce que son Père lui avait dit de faire. Cette obéissance lui donnait tous les culots sur terre. Il devait s'accepter totalement comme il était. C'est la meilleure définition de l'humilité. Il s'est humilié par amour.

L'humilité est la plus grande des vertus. Demandons ses fruits innombrables dans un travail quotidien acharné. Dieu rentrera à flots en nous. À toi qui me lis, je te souhaite d'avoir ce visage rayonnant et humble de mère Teresa.

Demande chaque jour à Dieu : « Seigneur, rends-moi humble. » N'aie crainte ! Il t'aidera à être toi, au-delà de ce que tu peux désirer. Seulement toi. Pleinement toi.

13

Blessé, brisé, mais vaincu, jamais !

Du malheur à l'espérance

> Le Seigneur, s'étant retourné, regarda Pierre. Et Pierre se souvint de la parole que le Seigneur lui avait dite : Avant que le coq chante aujourd'hui, tu me renieras trois fois.
> Et étant sorti, il pleura amèrement.
>
> Luc XXII, 61-62.

Comment rompre avec la fatalité du malheur ?

Comme les gens souffrent ! J'en suis frappé. Les jeunes font l'amour avec la peur du sida. Ils vont à l'école et se demandent : « Est-ce que j'aurai un emploi ? » Ils aiment : « Est-ce que mon conjoint sera fidèle ? »

Les adultes, au chômage, à quarante-cinq ans et en pleine forme, paf ! « Dégage, va chez ta mère, on recrute un plus jeune. » Tant de gens qui ont le culot de monter des petites entreprises font faillite, ils se ruinent. Chef d'une PME de vingt salariés, je vois le poids énorme des charges.

Que d'épreuves dans nos vies ! J'admire la résistance aux chocs, la capacité d'endurance et la solidité des gens dans les situations les plus difficiles.

Résistance suprême

J'ai toujours eu en mémoire les gens qui ont subi les camps de concentration et qui en sont revenus. C'est la résistance suprême. Personne au monde ne peut prétendre aller plus loin que ces gens.

Ils mouraient de faim jour après jour, travaillant de façon surhumaine douze heures par jour à des tâches épouvantables. Ceux qui avaient une spiritualité chrétienne ou s'appuyaient sur les idéaux utopiques du communisme gardaient mieux le mental et l'énergie.

La résistance aux chocs concerne tout le monde, les plus démunis comme les plus riches. Le plus étonnant est d'ailleurs que les plus démunis ont en eux des ressources et des trésors que les nantis n'ont pas parce que, dès le début de leur vie, ils en ont bavé.

Je connais beaucoup de personnes qui ont été martelées par la haine, la violence, le mépris, l'humiliation. Brisées en mille morceaux, elles se relèvent. Je pense en particulier à une personne qui a perdu un enfant. Son mari l'a quittée. Elle a eu un enfant handicapé, son deuxième mari est parti aussi. Elle a résisté.

D'où vient cette force qui fait sans cesse repartir, rejaillir ? Comment se construire malgré les fracas de la guerre, de la misère, de la maladie, de la maltraitance alors que tant d'entre nous restent à terre ?

En Algérie, les massacres ont fait cent mille victimes. Des milliers d'enfants ont assisté à des assassinats en direct, le père égorgé devant eux, la mère éventrée, le bébé qu'elle portait coupé en morceaux. Ils ont vu ça. Je me dis qu'avec ces gosses, l'Algérie sera pendant vingt ans un peuple traumatisé.

Comment expliquer le malheur ?

Le malheur peut cibler étonnamment des personnes. Quand certaines d'entre elles, particulièrement éprouvées, me demandent : « Le malheur est tombé sur nous, qu'est-ce qu'on a fait au Bon Dieu ? », je ne réponds pas. Évidemment ce n'est pas la faute de Dieu, mais quelle réponse donner ? Que dalle ! Rester avec eux, être proche d'eux, c'est tout.

Ma nièce Mitou, après la mort de son petit, ne voulait plus d'enfants. Deux magnifiques gars sont nés coup sur coup. Elle a vaincu le malheur. Rayonnante famille où le père musulman et ma nièce forment un couple solide, aguerri par l'épreuve.

Expliquer le malheur est impossible. Mais nous pouvons aider à le surmonter. C'est la chance de ma vie dans les tourments et les malheurs que je vois sans cesse. Quand quelqu'un commence enfin à rêver, donner, créer, imaginer, c'est qu'il renaît.

À l'aube d'une nouvelle vie

Les jeunes qui arrivent à la Bergerie de Faucon n'ont pas envie de vivre. « J'ai envie de me suicider, la vie est conne. » Lorsqu'on leur demande : « Qu'est-ce tu veux faire ? », la réponse est : « Rien, crever. » C'est un début.

Confiant, je les observe de mois en mois, c'est merveilleux. Ils viennent me dire au bout de quelque temps : « Guy, je veux être menuisier, pâtissier… » Jamais flic ni curé ! Mon équipe superbe qui les porte et moi, qui suis le père de toute cette couvée, leur disons : « Allez, tu es meilleur que tes conneries ! » Tous les mois nous devons recommencer : « Tu as encore fait des conneries, tu as essayé de fumer des joints, tu as insulté mes éducateurs, t'es vraiment un petit pourri, hein ? » On sanctionne et on passe à autre chose parce qu'on croit à l'espérance, quoi qu'il arrive.

Entrer dans leur rêve, leur permettre de créer, d'imaginer

Mes mômes sont des agresseurs, mais au fond ce sont des victimes innocentes. Je sais le poids du regard. Les jeunes ont besoin d'un regard qui fait confiance ! C'est la merveille de notre Bergerie de Provence.

Au début, les jeunes disent : « Les paysans, ça pue, j'aime pas les bêtes. » Et puis je les vois bientôt monter sur un buffle. Nous avons acheté une bufflonne enceinte, elle pèse mille kilos. Imaginez Rudi sur elle ! Il pèse quarante kilos. Elle lui obéit au doigt et à l'œil. Cahin-caha, elle avance. Elle a un regard bon. Lulu, le mâle, est castré. Il est joueur, mais il faut s'en méfier. Cet animal ne connaît pas sa puissance. Lulu suit Rudi. Il avance d'un mètre, Lulu fait un mètre. Rudi recule d'un mètre, Lulu recule d'un mètre.

Dans ces moments-là, l'œil de confiance ce n'est pas un œil humain, c'est celui de Lulu le buffle. Rudi m'a dit la dernière fois en le caressant : « Comme il m'aime. » Il m'a confié : « Je connais ses caresses préférées. » Il le caresse sous le ventre, sous le cou et au-dessus des cornes. Dès que Rudi arrive à la barrière, Lulu fonce. Voir cette masse de chair galoper vers le jeune est un régal.

Tu existes à mes yeux

Les jeunes attendent que nous leur disions : « Tu existes à mes yeux. » Voilà l'essentiel pour les sortir des chocs terribles qu'ils ont vécus. « Tu existes ! » C'est la puissance d'un regard. « Je vais t'apprendre à vouloir et à pouvoir. Tout est possible. » Ils ne vont pas me demander d'être pilote d'avion après leurs échecs scolaires irréversibles. Mais leur dire : « Tout est possible avec ce que tu es », c'est les ressusciter.

La plupart du temps, ceux qui sont dans l'ornière manquent d'estime personnelle et ils ont peu de dispositions à respecter des règles de conduite. Ils rejettent la société. Quand un jeune a le désir de prouver à sa famille qu'il peut changer, ce n'est pas évident. Quand on dit à un jeune : « De toute façon, tu es un problème pour nous », il s'identifie à cette parole. Mais quand d'autres personnes le regardent en l'assurant qu'il peut faire quelque chose d'extraordinaire, alors la guérison arrive. Il sortira du champ du malheur pour passer à l'espérance.

Les handicapés sont aussi très mal considérés. Quand on reproche à un jeune son handicap, on ne le regarde pas, on le juge. Il doit exister avec son handicap, comme il est. Regardez-le avec les yeux de l'émerveillement, lui et son handicap. Charles de Gaulle avait une fille trisomique, il a voulu être enterré à côté d'elle. J'ai apprécié de Gaulle pour cela. C'était sa vie privée, mais c'était la portion la plus grande de son cœur. Lui, si glorieux, avait cet enfant handicapé. Il l'aimait immensément. Je connais des familles qui les cachent.

Renée, que je connais bien, tient une auberge à côté de notre ferme en Provence. Elle a une enfant trisomique de cinquante ans. Il faut la voir, entre les clients, lorsqu'il lui prend l'envie de servir ! Elle est grosse, pas très jolie, mais elle est là, au vu et au su de tous. Je dis toujours à Renée : « Je t'aime beaucoup pour ça, tu n'as jamais caché ton enfant. » Aider la famille est souvent important. Des familles chrétiennes me transfigurent de joie lorsque après les quatre enfants qu'ils ont eus de leur chair ils adoptent un enfant handicapé. Quelle gifle dans la gueule pour ceux qui défendent l'avortement et condamnent l'enfant handicapé ! Ce sont des saints de notre temps, de grands êtres de lumière.

Ces mots qui condamnent

Depuis tant d'années, la justice me confie les enfants des autres. J'entends souvent les parents me dire : « Il parle toujours de vous, qu'est-ce qu'il vous aime ! » Mais la plupart du temps ils ajoutent : « Mon enfant me parle, maintenant. » Cela veut dire que l'enfant a projeté sur moi la paternité qu'il cherchait. En même temps, il parle à ses parents. J'ai passé des heures avec les familles à leur dire : « Votre gosse n'existe pas. Vous lui avez dit depuis tout petit qu'il serait un délinquant, un criminel. Vous le mettez sur la route du crime et de la délinquance. Et il deviendra un pauvre con, à force de le lui marteler ! » Du malheur amené par le gosse, arrive alors lentement la joie de le voir changer. Parce que les parents ont changé de regard.

Un père battait ses enfants à coups de martinet et frappait sa femme. Après avoir infligé une volée monumentale à toute la famille, il avait le culot de faire mettre à genoux son gosse pour demander pardon. L'enfant était épouvantablement meurtri. Le type avait tellement battu sa femme pendant que l'enfant était dans le ventre de sa mère qu'il est né traumatisé. Quel combat de titan pour le sortir de l'ornière !

Un pardon inespéré

J'aimerais vous dire l'espérance et l'avenir d'un jeune qui a vécu ce martyre sans nom dans une grande famille bourgeoise. La haine de son père était un immense obstacle. Je lui avais dit : « Écoute, mon vieux, ta haine te bouffera, tu ne pourras jamais être père de famille. » Sa réponse était : « Je veux tuer mon père. » Quel travail de patience j'ai fait pendant un an ! Je ne disais jamais rien quand il me répétait : « Je veux tuer mon père. » Jamais. Souvent dans la voiture il me décrivait ses plans pour le supprimer. Il passait de la mort-aux-rats au cyanure et de la noyade à la pendaison. J'écoutais, sans commentaires. Et un jour le miracle s'est produit. Il a pris son père par le cou et l'a embrassé. Moment divin s'il en est ! Le père de substitution que je suis avait simplement fait son travail.

Seul un regard d'amour fort, fidèle, peut embraser la haine et la faire disparaître.

Ceux qui subissent des chocs terribles ne sont pas des gens exceptionnels parce qu'ils s'en sortent. N'oubliez jamais que vous avez la capacité de construire votre vie dans les situations les plus difficiles. Projetez-vous en avant, malgré les peurs que vous avez subies. Vous vivrez alors une nouvelle phase de croissance. Vous garderez la mémoire de votre passé, mais c'est la construction, le projet, le rêve qui gagneront. Ne vivez pas avec le sentiment que vous allez avoir une carrière de victime. Vous pouvez triompher de votre malheur. Toute personne possède l'aptitude à faire face, à mobiliser ses forces, à se reconnaître vulnérable et surtout à penser que ses faiblesses peuvent être une force.

« Plus tu es faible, plus tu es fort. » J'aime beaucoup cette parole de saint Paul. Plus je me sens faible, plus je me dis que la force du Christ est en moi. On peut repartir des pires situations. Il faut que des regards aimants se posent sur vous. Il faut que l'enfant meurtri, maltraité se sente accepté par d'autres qui peuvent jouer ce rôle quand la famille a rejeté complètement l'enfant. Je vous souhaite des yeux de tendresse partout, partout. Des gens qui croient en vous et qui donnent un sens à votre vie, en détectant des compétences que vous avez en vous. Je le vois bien à Faucon. Je constate leur développement physique, que les jeunes aient treize ans ou seize. Leur évolution a été bloquée par l'horreur de ce qu'ils ont vécu à la maison. Et de mois en mois, les épaules s'élargissent, les forces se développent. Les voir me montrer leurs muscles est un enchantement.

De l'espérance à la résurrection

Donner un sens, une espérance à sa vie est le lot du chrétien. C'est dire que le Christ est là. Oui, il est là. Oui, notre vie brisée, nos blessures sont transformées en une vie nouvelle et inattendue. Sachez que la résurrection qu'on connaîtra tous puisqu'on se retrouvera là-haut, la résurrection commence sur terre. Au-delà de nos limites naturelles, c'est l'affaire du Seigneur. Ce n'est pas irréversible de ne pas avoir été aimé par ses parents. Ce sont des regards aimants qui donneront la possibilité de croire que l'amour existe. Vous avez en vous une puissance, des compétences, des dons. Puissiez-vous avoir ces yeux d'amour et de tendresse qui vous remettront sur la route après tous les malheurs et aideront les autres à s'en sortir.

Alors brisé, OK. Mais vaincu, jamais !

Je suis moi-même un paquet de souffrances, à cause des épreuves terribles que je vois autour de moi. C'est le chemin du Seigneur pour moi, de la Passion, pour justement me lover au cœur de la violence et ramener l'espérance.

Une des plus belles tâches confiées aux humains n'est-elle pas celle qui consiste à être présent au cœur de ceux qui souffrent ?

Professeurs, instituteurs, infirmiers, docteurs, psychanalystes et tant d'autres sont au cœur du monde les relais d'amour, qui pansent, et souvent font renaître. Pas besoin d'être chrétien pour sauver des gens. Mais si on prend à la lettre la phrase de saint Paul : « Plus je suis faible, plus je suis fort », alors toutes les résurrections sont possibles.

La terre renferme un immense paquet de souffrances. Mais les êtres de lumière qui portent l'amour du Christ sauveront toujours, et mettront en marche. Accrochés à la croix du Christ, nous serons les témoins pour sauver ce qui était perdu.

14

Le jugement dernier

J'ai rencontré le Christ derrière les barreaux

Lorsque le Fils de l'homme viendra dans sa gloire, avec tous les anges, il s'assiéra sur le trône de sa gloire.
Toutes les nations seront assemblées devant lui. Il séparera les uns d'avec les autres, comme le berger sépare les brebis d'avec les boucs ;
et il mettra les brebis à sa droite, et les boucs à sa gauche.
Alors le roi dira à ceux qui seront à sa droite : Venez, vous qui êtes bénis de mon Père ; prenez possession du royaume qui vous a été préparé dès la fondation du monde.
Car j'ai eu faim, et vous m'avez donné à manger ; j'ai eu soif, et vous m'avez donné à boire ; j'étais étranger, et vous m'avez recueilli ;
j'étais nu, et vous m'avez vêtu ; j'étais malade, et vous m'avez visité ; j'étais en prison, et vous êtes venus vers moi.
Les justes lui répondront : Seigneur, quand t'avons-nous vu avoir faim, et t'avons-nous donné à manger ; ou avoir soif, et t'avons-nous donné à boire ?
Quand t'avons-nous vu étranger, et t'avons-nous recueilli ; ou nu, et t'avons-nous vêtu ?
Quand t'avons-nous vu malade, ou en prison, et sommes-nous allés vers toi ?
Et le roi leur répondra : Je vous le dis en vérité,

toutes les fois que vous avez fait ces choses à l'un de ces plus petits de mes frères, c'est à moi que vous les avez faites.
Ensuite il dira à ceux qui seront à sa gauche: Retirez-vous de moi, maudits; allez dans le feu éternel qui a été préparé pour le diable et pour ses anges.
Car j'ai eu faim, et vous ne m'avez pas donné à manger; j'ai eu soif, et vous ne m'avez pas donné à boire;
j'étais étranger, et vous ne m'avez pas recueilli; j'étais nu, et vous ne m'avez pas vêtu; j'étais malade et en prison, et vous ne m'avez pas visité.
Ils répondront aussi: Seigneur, quand t'avons-nous vu ayant faim, ou ayant soif, ou étranger, ou nu, ou malade, ou en prison, et ne t'avons-nous pas assisté?
Et il leur répondra: Je vous le dis en vérité, toutes les fois que vous n'avez pas fait ces choses à l'un de ces plus petits, c'est à moi que vous ne les avez pas faites.
Et ceux-ci iront au châtiment éternel, mais les justes à la vie éternelle.

Matthieu XXV, 31-46.

Tout jeune, j'ai été frappé par cet évangile. Je devais avoir treize ans, mais ce texte est entré en moi de façon très forte.

Plus de cinquante-cinq ans après, il a toujours la même acuité et la même vérité pour moi. Il est d'une simplicité extrême. C'est l'identification des deux amours du Christ: Dieu et mon frère ou ma sœur tout proches. Il s'agit notamment des étrangers, des divorcés, de ceux qui souffrent parce qu'ils n'ont pas de travail. Il s'agit aussi des prisonniers, des malades, des exclus, des sans-papiers…

Cet évangile me semble être le cœur même du christianisme. Sa simplicité permet une application immédiate. Il nous compromet sans cesse au service de Dieu et au service des autres. Mon métier d'éducateur de rue me permet de pratiquer quotidiennement ces versets. Je suis en contact avec nos frères et sœurs prisonniers. Chaque fois que je vais en visite de prison, je mémorise ce passage du jugement dernier. J'ai la sensation d'aller vivre cet évangile au ras des pâquerettes. Lorsque j'entre dans un établissement pénitencier j'appréhende la rencontre avec les prisonniers. En sortant, je suis dopé au niveau évangélique. J'ai rencontré le Christ derrière les barreaux. J'en ai la certitude.

Vous qui avez un voisin, un ami ou un fils en prison, allez-vous lui rendre visite ? Je connais des mères ou des sœurs qui refusent de voir leur fils ou leur frère prisonnier. Si nous ne pouvons pas toujours les rencontrer, nous pouvons leur transmettre un mandat. En prison, un adulte qui n'a pas d'argent est démuni au-delà de l'imaginable. Il n'a que le minimum pour survivre. Il n'a ni cigarettes ni télévision. Un autre geste humain est d'écrire à des prisonniers. Quelques timbres et quelques cartes postales vierges leur permettront de s'ouvrir à d'autres en écrivant. Certains n'ont même pas cette possibilité.

Je viens serrer la main du Christ

J'ai passé dernièrement un après-midi de visites dans une centrale. Dans ce type d'établissement sont écroués les auteurs de délits de haut niveau. Je suis frappé par les visages anxieux, durs, ces yeux qui me fixent. Je sens une tension extrême à l'attente de la parole que je vais donner. Je viens pour parler aux détenus, souvent en groupe. Il s'instaure généralement un dialogue. Ils me demandent fréquemment de leur parler de mon travail, de ce que je vis. Au fil des échanges, je vois la joie des visages. Ils se rendent compte d'une démarche d'amour fraternelle et de la miséricorde que je viens leur offrir à cet instant-là. Ils perçoivent l'attention que je leur porte, en m'abstenant de tout jugement sur leurs délits.

C'est d'abord avec appréhension que je serre des mains appartenant à des personnes au passé parfois si lourd. Ce n'est pas facile. Un verset m'y aide beaucoup : « Quand j'étais en prison es-tu venu me voir ? » C'est la main du Christ que je viens serrer dans les prisons. Je sais que le châtiment de privation de liberté abêtit et renforce la haine de l'autre. La prison culpabilise au lieu de rendre neuf. Elle fait vivre à genoux des êtres humains au lieu de les mettre debout. Il est désespérant que, dans nos prisons, nous trouvions soixante-dix pour cent de récidivistes. C'est dire l'utilité de l'incarcération !

J'admire les aumôniers et les visiteurs de prisons. Ces hommes et ces femmes aux mains nues viennent passer un moment avec leurs frères et sœurs prisonniers, gratuitement. Ils les aident à se réconcilier avec eux-mêmes, ce qui est une tâche noble et très dure.

Je mêle aux visages des prisonniers ceux des surveillants. Ils sont souvent dépassés par leur difficile mission au cœur même de la violence. Peu de place leur est donnée pour établir de vrais contacts humains. Ils sont trop peu nombreux pour venir en aide à tant de personnes cassées par la vie et qui ont commis des dérapages parfois irréparables. Les prisonniers ont besoin d'écoute. Les surveillants de prison n'ont pas le temps d'établir ce contact humain et ils s'en plaignent beaucoup. J'aimerais que l'on accorde plus de valeur à leur métier.

Je souhaite que des hommes et des femmes se lèvent et témoignent de la présence du Christ au cœur même de ce monde de haine et de violence : la prison. La promiscuité tue la réflexion et empêche le repentir. Elle ôte tout désir de changer et de redevenir neuf. Une présence amicale, chaleureuse et gratuite est importante, et même vitale. Notre regard à nous, chrétiens, est souvent anti-évangélique. En ne considérant que la faute, nous enterrons la personne qui a fauté.

La sortie de prison est décisive. Là encore observons l'attitude du Christ. Je vois le regard illuminé et complètement paumé de la personne qui sort de prison. Combien de jeunes ai-je sortis des prisons ? Illuminés parce que, enfin, ils ne vivent plus dans cette cellule si réduite. Ils se retrouvent complètement libres d'aller boire un pot, de faire ce qu'ils veulent. Il faut être là parce qu'ils doivent disposer d'un palier de décompression. Des regards amis qui les attendent sont indispensables. Je plains tous ceux et celles qui sortent de prison sans personne à l'extérieur. Ils ont besoin d'écoute. La réadaptation est très difficile.

Donner la main

Auprès des prisonniers, auprès des malades, des solitaires abandonnés, des handicapés, n'oubliez pas la parole du Christ. Nous sommes souvent maladroits par rapport à une personne qui souffre. Écouter ou donner la main est très important. Faire un geste qui apaise l'angoisse, apporter des fleurs, c'est le sourire de Dieu. On ne sait pas toujours faire cela pour les démunis. Le regard et la présence du chrétien sont essentiels. Auprès d'un mourant, veiller le Christ qui meurt à ce moment-là.

J'ai infiniment de respect pour le métier d'infirmier ou de médecin. Je salue ceux qui apaisent et qui soignent. Ils ont si peu de temps pour être présents et parler. Nous, chrétiens, devons avoir un très grand souci de faire cette démarche. Quelquefois, nous savons, mais nous ne prêtons pas d'attention à celui qui a besoin d'une présence, d'une écoute. Faites la démarche d'aller voir votre entourage, votre famille, les souffrants à l'hôpital. Ce serait appliquer strictement cet évangile. Nous repoussons trop souvent notre devoir.

Une malade m'a dit qu'elle avait calculé combien de visites elle avait reçues. Elle avait noté. Sa liste n'était pas longue. Dès leur sortie de prison, les ex-loubards me tendent des dizaines de cartes postales, parfois des centaines lorsqu'ils ont eu une longue peine, et ils me disent : « Guy, regarde, ce sont tes cartes ! » Ils les conservent précieusement. J'ai pu tisser avec eux des relations personnelles très fortes et à vie.

Au-delà de la main tendue

Le visage du Christ se trouve au coin de votre rue, dans votre famille ou dans les associations en lutte. Elles sont nombreuses. Si vous voulez aller à la rencontre du Christ, entrez dans les associations qui dénoncent et font reculer la misère. Coluche n'était pas chrétien, apparemment. Ce qu'il a fait est remarquable. Les Restos du Cœur distribuent des centaines de milliers de repas dans l'année. Derrière chaque louche servie, nous, chrétiens, pouvons voir le Christ vivant.

Lorsque vous donnez une pièce au clochard de votre rue, regardez bien la couleur de ses yeux. Donner un euro est un geste nul s'il n'est pour nous qu'un péage comme un autre. Nous pouvons voir le regard fraternel au-delà de la main tendue, derrière le clochard pas très propre à l'allure repoussante. Donner notre surplus de monnaie à toute vitesse sans regarder la couleur du regard de ce mendiant est comme donner à une borne kilométrique. Ce n'est pas servir le Christ. Discutez avec lui quelques instants. Les exclus sont les frères et sœurs préférentiels du Christ.

Jacques Fesch, le célèbre tueur qui avait assassiné un policier, s'est converti en prison. Il a été guillotiné. L'Église veut le proposer sur les autels. Du meurtre à sa décapitation, Jacques Fesch a révélé un parcours d'une sainteté évidente. L'Église a introduit son procès en canonisation. Deux mille ans après le loubard repenti sur la croix à côté du Christ, nous risquons d'avoir un saint loubard authentifié par l'Église. Ce serait une très bonne nouvelle pour aujourd'hui. Nous serions à la source de l'évangile. Le Christ s'est toujours situé du côté des perdants. Le regard du chrétien peut avoir la puissance du regard du Christ. Avec la puissance de ce regard, l'être le plus déchu peut renaître.

Les deux amours du Christ

Revenons aux deux amours du Christ : Dieu, et nos frères et sœurs qui souffrent. Nous sommes condamnés par cet évangile à rencontrer ceux et celles qui sont considérés comme perdus. Si vous doutez parce que c'est difficile, accrochez-vous pour ne pas vous habituer à la misère. Si l'on doute parfois de ce que l'on vit auprès des plus pauvres, le dernier regard du Christ enlève ce doute. Il est extraordinaire. Le fameux Bon Larron se repent et le Seigneur lui dit qu'il sera dans le Royaume de Dieu, ce soir. Il est le seul à avoir été canonisé par le Christ. Il est le seul saint dont nous sommes certains. Et il était un criminel.

Relisons inlassablement cette page d'évangile. Elle nous remettra en marche et nous fera entrer dans la sainteté qui consiste à voir le Christ dans chaque frère et sœur, quels qu'ils soient. Elle sera « vie » pour les plus pauvres si nous sommes des vivants à leur service. Elle est à mettre en pratique tout de suite.

Les quinze mille morts de plus et de trop de l'été 2003 doivent nous interpeller. Que des anciens soient trouvés dans leur appartement, asphyxiés, huit jours après leur mort, est aberrant !

Presque pire : qu'on ait pu enterrer des dizaines de vieillards sans avoir pu atteindre leur progéniture partie en vacances !

Évidemment, trouver à l'ancêtre un teint cireux, la veille de partir en vacances, et le fourguer aux urgences pour le mois estival est de plus en plus courant !

Relisons ce passage de l'évangile pour donner aux grands-parents l'histoire vivante d'une famille, la place prioritaire à laquelle ils ont droit.

Foncez aimer vos ancêtres ! Et vos enfants, qui en seront les témoins, ne vous laisseront pas crever seuls…

15

Je ne suis pas venu abolir la Loi, mais l'accomplir

Soyez des fous dans ce monde

Ne croyez pas que je sois venu pour abolir la Loi ou les prophètes ; je suis venu non pour abolir, mais pour accomplir.
Car, je vous le dis en vérité, tant que le ciel et la terre ne passeront point, il ne disparaîtra pas de la Loi un seul iota ou un seul trait de lettre, jusqu'à ce que tout soit arrivé.
Celui donc qui supprimera l'un de ces plus petits commandements, et qui enseignera aux hommes à faire de même, sera appelé le plus petit dans le royaume des cieux ; mais celui qui les observera, et qui enseignera à les observer, celui-là sera appelé grand dans le royaume des cieux.
Car, je vous le dis, si votre justice ne surpasse celle des scribes et des pharisiens, vous n'entrerez point dans le royaume des cieux.

Matthieu V, 17-20.

Coup pour coup

L'ancienne Loi, c'était œil pour œil, dent pour dent. Quelqu'un te fait un coup de vice, tu lui rends encore plus. C'est coup pour coup. Qu'est-ce que le Christ est venu accomplir ? Tu pardonnes. « Tu pardonnes soixante-dix-sept fois sept fois. » Tu pardonnes toujours.

Il y a dans l'Ancien Testament quelque chose qui m'a toujours émerveillé : plus tu es riche, plus tu es considéré, plus tu réussis, et plus c'est la bénédiction du ciel. L'enrichissement est béni de Dieu. C'est l'ancienne Loi.

Le Christ est venu accomplir cette loi : « Si tu es riche, tu partages. » Tu n'es pas béni de Dieu si tu es riche et que tu gardes tout pour ta gueule. La Terre appartient à tout le monde, voilà ce que le Christ est venu accomplir. Est-ce que vous vous rendez compte qu'aujourd'hui 10 % de l'humanité possède 80 % des richesses du monde ? En face de tous ces gens qui meurent de faim…

Le Seigneur n'est pas venu bénir les riches qui dorment sur leur matelas de billets. Il est venu te dire que, si tu as la chance de gagner des dollars ou des euros en quantité, c'est d'accord, tu as droit à ton confort, mais partage un max.

Je vois des gens immensément riches qui donnent un petit peu. Ils participent généralement à des œuvres mais ils donnent souvent leur superflu. Quand une personne me fait un don en me disant qu'elle me donne de son superflu, je réponds que je ne reçois pas la merde. Quand tu partages quelque chose de toi, c'est béni de Dieu. Si tu donnes des euros parce que tu en as trop, cela ne vaut rien, c'est de la merde. Voilà ce que le Seigneur a voulu nous dire en nous encourageant à partager.

Les prophètes de l'Ancien Testament n'y allaient pas de main morte quand ils disaient : « Toi, le riche qui donnes ton aumône au pauvre, tu ne fais que lui rendre une infime partie de ce que tu lui as volé ! » Et paf ! Dans les tibias !

« Partage avec les autres »

Pour cette raison saint Paul nous dit : « Soyez des fous dans ce monde ! » Il a raison, c'est complètement fou. Vous imaginez ? Que tous les riches partagent ! La société nous pousse incessamment à acheter, à vendre, à produire, à consommer. Nous sommes encouragés à avoir une maison magnifique, une résidence secondaire splendide, une voiture et un intérieur luxueux.

Le Christ dit: «Je suis venu accomplir la loi, partage avec les autres.» Je me souviens d'un jeune qui mangeait à ma table. Il parlait du monde, du tiers-monde et du quart-monde. Il avait pitié des petits blacks à la télévision. Il disait que ce n'était pas possible et qu'il fallait renverser le monde. Puis il s'est servi une pleine assiette pour finalement en laisser la moitié dans le vide-ordures. Je lui ai dit: «Mon pote, tu peux te foutre au cul tes observations géopolitiques sur l'injustice dans le monde. Avant de parler de la faim des pauvres, essaie de ne pas jeter la nourriture que tu te sers en trop.»

Nous vivons dans une société de gaspillage. Nous gaspillons la nourriture. Regardez dans vos poubelles: parfois des poulets entiers encore consommables, du pain, jetés. Pensez à la faim des pauvres. Ne jetez jamais un morceau de pain! Servez-vous et ne prenez pas trop, évitez de jeter et de gaspiller.

Soyez des fous

Ce gaspillage est honteux. Le Seigneur est venu nous voir en disant: «Pays riches, partagez, ne donnez pas une part de superflu, mais quelque chose de vous-mêmes. C'est cela, être chrétien, et c'est cela accomplir la Loi. Soyez fous, comme dit saint Paul. Ne vous laissez pas influencer par cette pub qui vous demande sans cesse de vous enrichir et de consommer, de travailler comme des morts pour acheter la dernière bagnole, des vacances et des fours à micro-ondes, etc.

En Amérique, on annonce un nombre de milliardaires inédit! On ne nous dit pas le nombre inédit d'exclus et de pauvres en Amérique et en Europe. Le temps de la terre est le temps de l'amour. C'est le temps du partage. Après, il sera trop tard.

Soyez des fous : prenez du temps pour l'amour d'abord. Partagez avec les autres. Ne vous méprenez pas en pensant que, si vous avez réussi grâce à vos qualités, vous êtes les rois du monde. Vous avez sans doute eu aussi une bonne dose de chance. Pensez à préserver votre confort autant qu'à partager avec les autres. Soyez des fous de Dieu. Ne croyez pas que les religieux et religieuses qui ont tout donné au service de Dieu sont les seuls à devoir être des fous. Ils (et elles) ont fait le vœu de pauvreté, soit ! Ils doivent le vivre, et au ras des pâquerettes si possible.

Le « Mettez tout en commun » de l'évangile peut être vécu aussi par des laïcs chrétiens. Je suis dans l'admiration de voir tant de jeunes communautés ayant décidé de mettre leurs vies et biens en commun. À condition que des escrocs, à la tête de ces communautés, ne ramassent pas les biens des arrivants en jetant un jour ces derniers à la porte sans un sou. Je l'ai malheureusement vu dans certains groupes chrétiens. C'est honteux et cela doit être dénoncé avec la plus grande vigueur.

Dans la droite ligne de l'évangile

Quant à moi, je peux te dire qu'en ayant marre de pisser ou de chier sur un type de société où les richesses se retrouvent dans les mêmes mains (qu'elles soient de droite ou de gauche), j'ai décidé que l'afflux d'argent reçu pour mes droits d'auteur serait mis en commun. Cela m'a permis de donner dix salaires (le Smic) par mois depuis vingt-cinq ans à mes adjoints. De la sortie de mon premier livre, *Un prêtre chez les loubards*, paru en 1978, à celui que tu lis en ce moment même, dix-huit livres sont parus. Mettre en vie cet argent reçu est une très grande joie pour moi. Les pages que tu lis sont puisées dans le cœur de mes loubards et dans le cœur de Dieu. Elles veulent surtout être, par leur contenu, dans la droite ligne de l'évangile.

16

La beauté sauvera le monde

Quels enfants laisserons-nous à notre planète ?

Ô vous, éclairs et nuées, bénissez le Seigneur, chantez-le, exaltez-le éternellement !
Que la terre bénisse le Seigneur, qu'elle le chante et l'exalte éternellement !
Ô vous, montagnes et collines, bénissez le Seigneur, chantez-le, exaltez-le éternellement !
Ô vous, toutes choses germant sur la terre, bénissez le Seigneur, chantez-le, exaltez-le éternellement !
Ô vous, sources, bénissez le Seigneur, chantez-le, exaltez-le éternellement !
Ô vous, mers et rivières, bénissez le Seigneur, chantez-le, exaltez-le éternellement !
Ô vous, baleines et tout ce qui se meut dans les eaux, bénissez le Seigneur, chantez-le, exaltez-le éternellement !
Ô vous tous, oiseaux du ciel, bénissez le Seigneur, chantez-le, exaltez-le éternellement !
Ô vous tous, bêtes et bestiaux, bénissez le Seigneur, chantez-le, exaltez-le éternellement !
Ô vous, enfants des hommes, bénissez le Seigneur, chantez-le, exaltez-le éternellement !

Daniel III, 73-82.

Chanter la création

Sortons un instant du Nouveau Testament pour chanter, à travers ce chant magnifique du livre de Daniel, tiré de l'Ancien Testament, la création de Dieu, la création de l'univers. Ce texte chante l'eau, il chante les oiseaux, il chante les baleines, il chante le feu, il chante les saisons…, toutes choses qui nous émerveillent. Méditons ce texte.

Hasard ou création de Dieu ?

Nous butons sans cesse sur cette interrogation, je le perçois à travers les multiples interpellations des gens qui de plus en plus souvent nient la création de Dieu, de l'homme et de la nature.

L'homme contemporain nie, mais son inquiétude est déjà une réponse. L'astrophysicien Hubert Reeves, athée, répondait à la question qui lui était posée sur l'origine de la création par cette phrase : « Lorsque j'écoute Mozart, je ne peux pas imaginer que cette musique soit le fruit du hasard. »

J'étais un jour en compagnie d'un chercheur spécialiste en biologie humaine. Il me disait que l'homme ne descend ni des chimpanzés, ni des guenons, ni des zébus. Sa théorie est que nous descendons des races marines. Nous venons de la mer, selon lui. Je l'écoutais avec passion. « Donc, les humains descendent des baleines, des dauphins et des morues », pensais-je. Il continuait alors qu'au restaurant j'étais justement en train de manger une sole meunière. Son argument était si convaincant qu'ayant fini mon plat, j'étais persuadé d'avoir dévoré mon arrière-grand-mère ! Il en savait tant sur la création que je lui ai demandé : « Mais alors, qui a fabriqué l'amour ? Qui a fait ce sentiment extraordinaire ? Qui a inventé cette chose qui nous pousse à chercher l'amour, de la sortie du ventre de notre mère jusqu'au dernier jour de notre vie ?» Le mec n'a rien répondu. Il m'a seulement dit qu'un jour on trouvera la solution.

Personnellement je suis convaincu que nous ne la trouverons jamais, parce que ce sentiment supérieur qui nous atteint tous, croyants ou non-croyants, restera un mystère. Il s'agit du mystère de Dieu. Il a créé l'amour avant toute chose puisque pour nous, chrétiens, le principe premier tient dans ces trois mots de saint Jean : « Dieu est Amour. »

Chacun chante la création à sa façon

Chaque croyant, du moins monothéiste, donne à Dieu le titre de créateur du ciel et de la terre. C'est absolument évident pour nous, chrétiens. Nous nous émerveillons de toutes les saisons : de la beauté du printemps, renaissance de la vie ; de l'été, somptueux avec la puissance de la nature qui éclate partout ; de l'automne qui nous offre ses superbes couleurs, et de l'hiver aride qui masque et fige les végétaux. Les quatre saisons sont un enchantement. Un des plus grands moments de méditation est de contempler la nature. Je vais dans la forêt de Fontainebleau et je vois naître les bruyères, voler les oiseaux. En entendant le coucou, je me disais : « J'aimerais tellement le voir ! » Et par un hasard, ou un signe de Dieu, le coucou s'est perché juste au-dessus de l'arbre au pied duquel j'étais assis. Et sa femelle l'a rejoint. C'était tout à fait étonnant. J'entendais cet hymne extraordinaire à la création chanté par le coucou. C'est un des oiseaux que j'aime le plus.

L'athée s'émerveillant devant un coucher de soleil ou un paysage splendide se révèle un immense croyant, mais aborde quelque chose qu'il ne peut pas nommer. J'estime que la prière d'un athée, cette contemplation devant la nature, est aussi forte que la prière d'un chrétien. Le croyant montera directement vers Dieu alors que l'athée reste simplement fasciné par le spectacle. Sa prière est aussi authentique que la mienne. La nature nous amène à une indicible transcendance.

La beauté sauvera le monde

Dans la Bergerie de Provence, j'accueille des jeunes délinquants multirécidivistes. Ces jeunes n'ont eu pour paysage qu'une vision de HLM et de blocs de béton. Je me suis aperçu très tôt qu'ils avaient peur de la nuit. De gros costauds qui attaquent des gens et rackettent des touristes ont une peur panique de la nuit. Ils sont dénaturés par la ville éclairée de lampadaires, le soir tombé. Ils ne connaissent pas la nuit et donc la craignent.

J'ai aussi remarqué que nos jeunes ont peur du silence quand ils arrivent. Ils recherchent une boîte de nuit dès les premiers jours. Quand je leur dis qu'il en existe une à soixante-dix kilomètres, ils poussent des cris d'orfraie ! Et quand je dis que le premier bureau de tabac est à cinq kilomètres… c'est l'attaque cardiaque. Un an après son arrivée, j'accompagnais un jeune chez son juge. Il avait un sacré dossier. Et il s'est produit un événement extraordinaire avec le juge et moi-même. Le juge très éducateur, au lieu de le condamner, même avec sursis, a préféré lui donner une amnistie : « Vous étiez devant mon bureau une fois par semaine, et depuis un an je ne vous ai pas revu. Vous n'avez commis aucun nouveau délit. Ne recommencez plus, c'est fini. » À la sortie du bureau du juge, le mec me demande : « Guy, rentrons vite, je ne peux plus supporter tout ce bruit en ville. » J'ai immensément aimé sa parole.

Le silence créateur

La création est faite de silence et de contemplation, pas de bruit et de fureur. Nous interdisons totalement à nos jeunes toutes les sonos puissantes et les baladeurs. À l'extérieur comme à l'intérieur de la maison, nous leur refusons leur musique. Ce serait détruire le silence de la nature. Au début de leur séjour, cette contrainte les interpelle très fortement. Mais l'interdiction est nette et motivée. Voir le jeune grandir dans cette dimension de silence et de beauté est pour moi une chose incomparable.

Ils sont fascinés par la beauté de l'hiver et des saisons qu'ils ne voient absolument pas dans leurs cités. Leurs yeux sont émerveillés la première fois qu'ils cassent la glace de la mare par moins vingt degrés. Ils sont subitement confrontés à la rigueur de la saison, au froid glacial. Leurs mains ont des engelures. Au fond, ils en sont fiers.

Un autre jeune m'a beaucoup surpris. Il m'a dit une chose merveilleuse alors que je le pensais inapte à comprendre la beauté du milieu dans lequel je l'avais fait vivre pendant près de trois ans. Dix ans après, il m'a dit : « Ah ! La beauté des arbres couverts de gel le matin ! Je me levais le plus tôt possible pour regarder ce spectacle. » Je le pensais étranger à toute forme d'émerveillement...

Une ruine à rebâtir

La beauté sauvera le monde. Il y a trente ans, mes jeunes m'ont demandé d'acheter une ruine et de la rebâtir, et ils y ont réussi en dix ans. En 1974, je ne pensais pas qu'ils arriveraient à ce résultat-là. Je voyais leurs mains qui avaient attrapé, battu, volé, attaqué des gens et qui maintenant soulevaient ces pierres pour élever ce mas provençal magnifique. Ils ont été deux cent cinquante en dix ans. Je sentais aussi combien ces jeunes, qui avaient passé leur temps à voler des portefeuilles, avaient appris autre chose. On peut voler le Smic en deux minutes. Ils travaillaient pour un peu d'argent et se rendaient compte que leurs muscles pouvaient servir à autre chose qu'à la violence : à construire. Je dis, après Dostoïevski, que « la beauté sauvera le monde ». Nos jeunes en contact avec cette nature rude et splendide du Verdon se sauvent et sauveront leur existence.

Leur formidable désir de rencontrer des animaux n'a pas cessé de m'émerveiller. Auparavant ils les trouvaient dans leur assiette (steack haché...) et à la télévision (documentaires...). Leur rencontre avec les animaux est remarquable à tous égards. D'abord ils sautent dessus, pensant que la bête va s'approcher d'eux. Évidemment elle fiche le camp immédiatement de l'autre côté de l'enclos, terrorisée par ce nouvel arrivant turbulent. Ils ont donc besoin d'apprendre à avoir le geste lent pour l'apprivoiser. Ils apprennent aussi que la bête s'attache à une personne par l'odeur, par exemple. Certains arrivent à cette approche de façon remarquable, d'autres beaucoup moins. Mais, avec le temps, tous réussissent. L'étude de la nature leur permet cette lenteur. De mois en mois, leurs gestes sont beaucoup moins agressifs, plus lents, très beaux, comme les gestes des paysans. De mois en mois, ils ne parlent plus comme des mitraillettes, mais posent leurs mots.

Captivés par le cycle de la bête

Un jour de Pâques est né un petit lama. La caractéristique de la mère lama est de laisser son petit à terre, dans la neige en général, et de s'en éloigner de deux mètres pendant quelques heures. Elle le regarde de loin et donne l'impression qu'elle abandonne son petit. Les mecs gueulaient: « C'est une salope, elle ne s'occupe pas de son enfant. C'est exactement comme ma mère... » Ensuite le petit se lève lentement, va vers sa mère et tous deux restent désormais inséparables. Nos jeunes voient des naissances. Ils voient aussi les copulations. Adolescence oblige, ils sont extrêmement intéressés par les innombrables positions de saillies de nos différentes espèces. Les kangourous et les autruches ont un Kâma Sûtra surprenant !

Ils voient les bêtes évoluer. Ils sont observateurs des comportements de chaque espèce. La laie défendra ses petits jusqu'à la mort. Ils sont intéressés par cette protection qu'ils n'ont pas connue. Ils admirent l'animal qui protège.

Ils voient les bêtes souffrir. Notre troupeau d'oies garde notre propriété car ce sont des haut-parleurs remarquables. Un jeune avait détecté une oie souffrante, aveugle. Le soir, ce jeune qui, tout petit, avait été martyrisé guidait l'oie avec beaucoup de tendresse pour la ramener à sa cabane. Vieille et handicapée, elle risquait d'être assaillie par les autres. Elle a donc une cabane spéciale pour passer une nuit heureuse avant de sortir avec le troupeau le lendemain. Par ce geste de compassion vis-à-vis de l'oie, il guérissait probablement ses blessures. Nous voyons souvent ces gestes-là envers des animaux blessés, agressés ou malades. Les animaux sauvent nos jeunes de façon étonnante.

Ceux-ci sont confrontés aussi à la mort des bêtes. Un lama était atteint d'une maladie génétique. Un jeune l'a veillé toute la nuit. Il l'a amené à côté de la cheminée et l'animal est mort le lendemain matin. Ces actes sont très purs. Ils chantent la beauté de la création.

En dehors des moutons, peu affectueux par nature, et des petits sangliers particulièrement prolifiques, nous ne mangeons pas nos animaux. Nos jeunes l'acceptent. Ils sont dans l'incapacité de consommer une bête qu'ils ont aimée. On ne mange pas son chien ou son chat. Il nous faut donc un plan d'abattage particulièrement précis, vu sous l'angle affectif. Nous garderons Joa, notre jument aveugle, jusqu'au dernier soupir, et aussi Martin, notre âne caractériel. Assez souvent ils enterrent un animal qu'ils aimaient. On retrouve des croix un peu partout dans la propriété. Un petit alpaga, un lapin ou d'autres bestioles ont des sépultures dignes de l'amour que leur porte leur animalier.

Il arrive qu'un jeune martyrise des animaux dès que nous tournons le dos. C'est une forme de sadisme envers les êtres faibles. Ils ne s'attaquent pas à n'importe quel animal. Extrêmement vigilants, nous n'acceptons pas une demi-seconde qu'ils touchent à l'intégrité d'une bête. Ils n'ont aucune conscience que les bêtes souffrent. Un long apprentissage est nécessaire pour qu'ils le comprennent.

L'affection des quadrupèdes

On ne caresse pas les plantes. La carotte n'a pas beaucoup d'affectivité à donner. Nous montrons à nos jeunes que nous sommes nourris par la terre, mais le résultat n'est pas très probant. Ils préfèrent de loin les quadrupèdes bourrés d'affection à donner et à recevoir.

La protection de la nature est indispensable. L'été 2003 nous a, une fois de plus, montré l'horreur des incendies allumés volontairement ou par inadvertance. Nous sommes très attentifs au débroussaillage des alentours. Nos jeunes mènent les lamas, les chèvres ou les moutons aux endroits où le feu pourrait se propager. Ils remettent aussi en état les terrasses d'antan et les cultures en espaliers démolies par l'érosion. Nous y planterons des lavandes.

Tous cela chante la création de Dieu. Celle-ci est liée à l'effort humain. Les nombreuses tâches et le travail avec les bêtes exigent une attention soutenue. La bête nous donne du travail même si elle nous offre des choses très belles : les œufs des autruches, les peaux tannées de multiples animaux, les plumes des paons… Nos jeunes adhèrent très rapidement à ce travail parce qu'ils savent que la bête emprisonnée dans des enclos ne peut satisfaire seule ses besoins vitaux.

J'ai vu que la beauté sauvait le monde. Elle sauve aussi nos jeunes. Elle est sans aucun doute pour nous un rempart formidable aux violences que nos jeunes ont rencontrées au cours de leur enfance et de leur adolescence, dans des villes bruyantes et polluées. Grâce au temps qu'ils passent avec nous, je sais qu'ils pourront transmettre à leurs enfants le sens de la beauté de la nature.

Les animaux iront-ils au paradis ?

Où Jésus-Christ a-t-il mis, après leur mort, le bœuf, l'âne gris et les moutons qui l'ont réchauffé dans l'étable de sa naissance ? On peut imaginer qu'il a demandé à son Père, pour eux, des places de choix au paradis.

Dans ce cas précis, Dieu pouvait difficilement refuser cette faveur à Son Fils qui a donné sa vie pour nous. Le Créateur de toutes choses, fort de ce précédent, ne pouvait alors que multiplier, dans un coin du ciel, des espaces pour les animaux qui ont donné plus que de la chaleur, mais leur vie pour des humains.

Sur la côte atlantique, ce labrador a ramené sur la plage trois baigneurs, imprudents et épuisés. Où est-il ? Il a expiré après avoir sauvé d'une mort certaine la troisième personne. Ce dauphin, lors d'un raz de marée, a parcouru trente kilomètres sur une mer démontée avec dans la gueule un bébé de trois mois. Il l'a porté jusqu'au rivage où des villageois l'ont recueilli. Quelle place a-t-il au paradis ?

Les théologiens sont partagés. Pour certains, la bête n'ayant pas d'âme pourrira à sa mort. D'autres, dont je suis, se posent la question.

Quand je vois la tendresse forte, fidèle et constante de mes trois chiens Gangster, Lascar et Brigande, je ne cesse de me dire qu'ils m'ont donné tant d'affection que cette terre ne sera pas suffisante pour les remercier de leur attachement. Question posée… réponse au paradis !

En attendant, quelques animaux de notre Bergerie enchantent la messe de minuit que je célèbre, traditionnellement, à la chapelle de Rougon, le soir de Noël. Sous le porche de l'antique chapelle le chameau, les lamas et les autres bêtes si aimées de nos jeunes accueillent les paroissiens, ravis de cet accompagnement bestiaire. À minuit, juste avant l'office, je ne manque pas de sortir quelques instants pour admirer le ciel étoilé et vous dire, à cette minute même, mon amitié et ma communion.

Quels enfants voulons-nous laisser à ce monde ?

Quel monde laisserons-nous à nos enfants ? Cette question est maintenant un leitmotiv face aux préoccupations environnementales qui nous assaillent. Devront-ils vivre avec des masques à gaz dans cinquante ans ? Nous avons raison de poser cette question. Cet air pur si précieux est en train de disparaître à cause de nos multiples pollutions. Il serait peut-être bon de nous poser aussi cette question d'avenir différemment : « Quelles sortes d'enfants laisserons-nous à notre planète ? Quelles sortes d'enfants construisons-nous pour le futur ? Quelle sorte de jeunes bâtissons-nous, comment les aidons-nous aujourd'hui à prendre soin du monde de demain ? Est-ce que nous leur apprenons le silence ? Est-ce que nous refusons que nos enfants jettent à terre leurs déchets ? Est-ce que nous les laissons se servir des assiettes pleines dont ils jettent la moitié aux ordures ? Cherchons-nous à dialoguer avec eux pour leur apprendre ces notions indispensables ? »

Que ce superbe psaume qui chante la création du monde puisse nous interpeller suffisamment et qu'il nous encourage à bâtir un monde où il fera bon vivre, dès aujourd'hui et pour demain.

II

Lumière de l’évangile

17

L'invitation

Bûchez à fond votre foi

Jésus, prenant la parole, leur parla de nouveau en parabole, et il dit:
Le royaume des cieux est semblable à un roi qui fit des noces pour son fils.
Il envoya ses serviteurs appeler ceux qui étaient invités aux noces; mais ils ne voulurent pas venir.
Il envoya encore d'autres serviteurs, en disant: Dites aux conviés: voici, j'ai préparé mon festin; mes bœufs et mes bêtes grasses sont tués, tout est prêt, venez aux noces.
Mais, sans s'inquiéter de l'invitation, ils s'en allèrent, celui-ci à son champ, celui-là à son trafic;
et les autres se saisirent des serviteurs, les outragèrent et les tuèrent.
Le roi fut irrité; il envoya ses troupes, fit périr ces meurtriers, et brûla leur ville.
Alors il dit à ses serviteurs: Les noces sont prêtes; mais les conviés n'en étaient pas dignes.
Allez donc dans les carrefours, et appelez aux noces tous ceux que vous trouverez.
Ces serviteurs allèrent dans les chemins, rassemblèrent tous ceux qu'ils trouvèrent, méchants et bons, et la salle des noces fut pleine de convives.

Matthieu XXII, 1-10.

Ce roi qui célébrait les noces avait envoyé des invitations à toutes ses connaissances. Nous faisons de même. Nous balayons tous les amis, la famille, les voisins, les collègues de travail.

Le roi envoie ses invitations, mais les invités se détournent, ils ont autre chose à faire. Cela ne les intéresse pas. Alors le roi dit à ses serviteurs : « Allez chercher tous ceux qui ne sont ni mes amis ni mes parents, ni mes voisins. Ramenez tous ceux que vous trouverez pour remplir la salle de noces. »

Nos prétextes

Je comparerai ce refus des proches au refus de l'appel du Seigneur. Le Seigneur nous appelle souvent pour mille choses mais nous refusons presque systématiquement. Nous inventons sans cesse des prétextes. Nous prétendons que nous avons quelque chose d'autre à faire.

Un exemple tout à fait caractéristique est notre refus de prier. On se dit : « Je vais prier aujourd'hui. » Mais le matin, on manque de temps. Alors on se dit : « Je vais prier cet après-midi. » Et l'on ne trouve pas le moment. Alors on ne prie pas et l'on se dit : « Je prie ce soir », et le soir arrive, puis on oublie. On s'en souvient tout à coup et l'on se promet de prier demain. En réagissant ainsi, on passe son temps à esquiver l'appel à la prière. Ce n'est pas très sérieux.

Le Seigneur nous invite sans cesse à travers ces appels à être avec Lui pour ces moments d'amour merveilleux. Combien de temps prenez-vous pour Dieu au cours de votre journée ? Je vous pose cette question comme je me la pose à moi-même.

Un moment avec Lui

Dans ma voiture, par exemple, j'ai envie de réciter mon chapelet. Mais j'écoute la radio. Il y a toutes sortes d'émissions intéressantes. Je me dis : « Après cette émission, je vais réciter mon chapelet.» L'émission terminée, je ne le fais pas parce que finalement j'ai oublié. Je dirais que c'est une tentation du démon pour repousser sans cesse cette invitation de donner du temps à Dieu.

Il ne résiste pas à ce moment d'amour que nous Lui offrons.

Prenez la résolution pour aujourd'hui, car demain il sera trop tard, de demander au Seigneur de vous permettre de Lui donner du temps. Ne repoussez pas à plus tard ce temps-là. Que cette journée soit consacrée à Dieu, à vos travaux et surtout à ce moment d'amour !

Le Seigneur nous invite sans cesse chez les autres. Nous avons une religion. Elle est catholique. Le Seigneur nous invite à rencontrer les autres religions. C'est ce qu'a fait Jean-Paul II en invitant toutes les religions à Assise. Ce fut un superbe coup prophétique. Il a invité chaque religion à prier dans sa langue. On ne peut pas prier ensemble à cause de nos divergences théologiques. Mais on peut être «ensemble pour prier». Ce sont les plus belles noces de Jean-Paul II durant son pontificat.

Ensemble pour prier

À de jeunes musulmans, je donne des corans et des tapis de prière. Je les appelle à bien vivre leur religion. Ils sont très sensibles à ces gestes. Souvent, en retour, j'ai vu des jeunes musulmans venir à mes messes en Haute-Provence et même m'aider comme enfants de chœur. De nombreuses fois, au mémento des morts, un de ces jeunes m'a demandé de prier en arabe pour ses morts. J'ai accepté. C'était un très beau moment.

Mes valeurs évangéliques mêlées aux valeurs religieuses des autres font avancer vers Dieu. Bûchez à fond la caisse votre foi catholique, frères et sœurs. Alors vous pourrez aller vers les autres religions. Mélanger toutes les religions est une grande tentation de notre temps. On se perd alors dans un magma de bouddhisme-islamisme-protestantisme-orthodoxie… Ce n'est pas bon.

Le Seigneur nous invite à aller vers les autres à condition d'être brûlé par le Christ vivant, mort et ressuscité. Avec le fol amour que nous devons porter à notre Église.

18

Noël, fête de la lumière

Autoroute de la consommation ou chemin escarpé vers l'étoile du berger ?

En ce temps-là parut un édit de César Auguste, ordonnant un recensement de toute la terre.
Ce premier recensement eut lieu pendant que Quirinius était gouverneur de Syrie.
Tous allaient se faire inscrire, chacun dans sa ville.
Joseph aussi monta de la Galilée, de la ville de Nazareth, pour se rendre en Judée, dans la ville de David, appelée Bethléem, parce qu'il était de la maison et de la famille de David,
afin de se faire inscrire avec Marie, sa fiancée, qui était enceinte.
Pendant qu'ils étaient là, le temps où Marie devait accoucher arriva,
et elle enfanta son fils premier-né. Elle l'emmaillota, et le coucha dans une crèche, parce qu'il n'y avait pas de place pour eux dans l'hôtellerie.
Il y avait, dans cette même contrée, des bergers qui passaient dans les champs les veilles de la nuit pour garder leurs troupeaux.
Et voici, un ange du Seigneur leur apparut, et la gloire du Seigneur resplendit autour d'eux. Ils furent saisis d'une grande frayeur.
Mais l'ange leur dit : Ne craignez point ; car je vous annonce une bonne nouvelle, qui sera pour tout le peuple le sujet d'une grande joie :

c'est qu'aujourd'hui, dans la ville de David, il vous est né un Sauveur, qui est le Christ, le Seigneur.

Et voici à quel signe vous le reconnaîtrez : vous trouverez un enfant emmailloté et couché dans une crèche.

Et soudain il se joignit à l'ange une multitude de l'armée céleste, louant Dieu et disant :

Gloire à Dieu dans les lieux très hauts, Et paix sur la terre parmi les hommes qu'Il agrée !

Lorsque les anges les eurent quittés pour retourner au ciel, les bergers se dirent les uns aux autres : Allons jusqu'à Bethléem, et voyons ce qui est arrivé, ce que le Seigneur nous a fait connaître.

Ils y allèrent en hâte, et ils trouvèrent Marie et Joseph, et le petit enfant couché dans la crèche.

Après l'avoir vu, ils racontèrent ce qui leur avait été dit au sujet de ce petit enfant.

Tous ceux qui les entendirent furent dans l'étonnement de ce que leur disaient les bergers.

Marie gardait toutes ces choses, et les repassait dans son cœur.

Et les bergers s'en retournèrent, glorifiant et louant Dieu pour tout ce qu'ils avaient entendu et vu, et qui était conforme à ce qui leur avait été annoncé.

Le huitième jour, auquel l'enfant devait être circoncis, étant arrivé, on lui donna le nom de Jésus, nom qu'avait indiqué l'ange avant qu'il fût conçu dans le sein de sa mère.

Luc II, 1-21.

Je vous propose deux images

Soit Noël consiste pour vous à passer par l'autoroute de la consommation, soit au contraire Noël est pour vous l'occasion de suivre le chemin rugueux, difficile et escarpé vers l'étoile du berger.

Si vous préférez emprunter l'autoroute, alors je vous donne ce conseil : lisez autre chose. En revanche, si vous choisissez de suivre le signe de l'étoile, vous pouvez lire et apprécier ce qui suit.

Je passais devant les vitrines illuminées des grands magasins un peu avant les fêtes. Je me suis émerveillé à voir la fresque de lumière particulièrement réussie installée pour l'occasion. J'ai vu un dessin magnifique, mi-arabe, mi-européen. Le graphisme des décorations ne ressemblait pas aux habituelles horreurs à base de sapins et de boules. Les marchands ont fait preuve d'une sorte d'œcuménisme en mêlant le ramadan des musulmans et la préparation du Noël des chrétiens. Les deux fêtes coïncidaient cette année-là avec bonheur. J'ai beaucoup apprécié. J'avais l'impression de voir des sortes de minarets rehaussés de motifs occidentaux.

Soixante-dix pour cent des musulmans pratiquent le ramadan. Ce serait un exemple à suivre pour les chrétiens à l'époque de notre carême. Si, musulmans et chrétiens, nous rivalisions sur le plan de la pratique religieuse, ce serait beaucoup plus intéressant que de gloser sur le danger de l'islam en France. À une condition cependant : que nos frères et sœurs musulmans qui font le ramadan ne terminent pas leur journée par un gueuleton ! Si je me souviens bien, c'est pour que le corps se rapproche davantage de l'esprit que l'on pratique le jeûne. C'est aussi pour se remémorer la faim des pauvres. Si l'on bouffe comme des vaches après le ramadan, alors il perd toute sa valeur. Aux muftis de le répéter inlassablement.

Quant à nous, chrétiens, revenons aux sources de la Nativité. Si notre nuit de Noël est une orgie de dépenses, un énorme festin avec des cadeaux mirifiques pour nos enfants, alors notre Noël est râpé !

Je vous ai dit qu'il y avait deux pistes devant vous. Soit vous préparez Noël en ne pensant qu'à acheter pour rendre cette fête somptueuse. Je ne crois pas que ce soit la meilleure direction. Soit vous résistez pour retrouver l'esprit de Noël. J'en ai assez de ces chrétiens qui condamnent à tour de bras les marchands du temple. Cela ne sert à rien. Les marchands ont envahi Noël depuis longtemps. Maintenant ils profitent de la Toussaint : c'est devenu Halloween avec ses masques, ses bonbons et ses diables. Je ne serais pas surpris de les voir utiliser les fêtes de Pâques, des Rameaux et pourquoi pas le 15 août. Nos magnifiques fêtes chrétiennes de Noël et de la Toussaint risquent d'être dénaturées par le marchandisage. Nous pouvons le regretter et critiquer cette tendance, mais cela ne changera pas le cours des choses. Ces marchands du temple nous incitent à revenir aux sources de notre foi et à vivre ces événements dans une démarche religieuse renforcée.

Ne tombe pas dans le panneau

Tes rejetons sont déjà accrochés par les lumières aguicheuses. Si toi, adulte, tu tombes aussi dans le panneau, lis autre chose.

Si tu veux être étoile du berger avant et pendant la fête de Noël, célébration éminemment religieuse, réfléchis quelques instants avant que tes bambins ne le fassent à ta place. Gorgée de tout et repue, une grande majorité des gosses de France, pas tous heureusement, risque de te diriger vers l'autoroute de la consommation. Tu achèteras tout et n'importe quoi pour eux. Cette fête chrétienne sera devenue pour toi, chrétien, catholique, un événement païen.

Si tu choisis le chemin escarpé, alors tu vas devoir batailler durement pour faire retrouver à tes jeunes le sens de ta crèche, c'est-à-dire celui du partage, de la solidarité et de la pauvreté. Tu offriras un repas simple, des cadeaux bien choisis, utiles, et qui encourageront tes enfants au partage. Si tu invites comme convive une personne de ta famille ou de ton entourage que tu n'aimes pas, ce sera un moment de réconciliation qui ira tout à fait dans le sens de la crèche : l'union de la terre et du ciel. Vous savez bien comme les embrouilles sont fréquentes dans vos familles, dans vos villages, dans vos quartiers ou encore au travail. Et le ciel nous appelle sans cesse à la miséricorde. Ton invité sera alors l'étoile du berger.

Vivez le partage

Mille associations nous sollicitent pour venir en aide aux plus démunis. Je vois fréquemment dans des paroisses des gestes sublimes. Des gens mettent tout en commun et refusent de faire un gueuleton tout seuls. Ils partagent ce qu'ils ont avec une œuvre quelconque. Ils mettent tout ce qu'ils auraient acheté au service d'autrui. Ils aident des clochards, des vieilles personnes, des exclus. C'est une bonne occasion de sortir de la bulle familiale pour rencontrer les pauvres qui seront ravis d'être servis ce soir-là.

Mettez-vous à la place de la vieille dame qui n'a que la tendresse de son chat, de son poisson rouge et de son clébard adoré. Elle sera là, au milieu des enfants qui courent autour des tables. Les anciens seront infiniment touchés que nous allions les chercher et que nous les ramenions chez eux ! Ils n'auront pas passé leur Noël tout seuls devant leur télévision. Si vous y avez déjà pensé, faites-le.

Vous bataillerez pour faire retrouver la simplicité de la crèche. Au lieu de pester contre les marchands qui paganisent Noël, vous les baiserez par votre simplicité, par votre partage ! Par votre pardon aussi, envers quelqu'un que vous n'aimez pas bien et que vous inviterez à Noël. Ce peut être une voisine, une belle-mère ou un oncle grincheux.

Le mystère de pauvreté de Noël nous conduit à trois dimensions très spirituelles : l'esprit d'enfance, l'Eucharistie et la joie.

L'esprit d'enfance

Un petit arrive, il est représenté dans la crèche. L'esprit d'enfance consiste à ne rien compter, ne rien accumuler, ne rien garder pour soi. On fait confiance, on pardonne. L'esprit d'enfance, c'est s'émerveiller de tout ce qui est beau et pur. Il n'empêche pas de voir la laideur. Comment ignorer les naufrages comme ceux du *Prestige* ? Ses soixante-dix mille tonnes de fuel épais ont empuanti les plages de Galice et de France… Cherchez la beauté. L'esprit d'enfance nous rend toujours neufs, il nous fait redémarrer avec les petits pas de l'amour. Il nous fait lutter pour que les marchands de mort ne gagnent pas et ne bousillent pas la terre de nos enfants.

L'Eucharistie

C'est la deuxième dimension spirituelle du mystère de Noël. Le petit Jésus va devenir adulte et il nous donnera la vie par l'Eucharistie. On ne peut pas participer à la messe de Noël sans devenir un homme ou une femme de partage. Trop souvent, on va à la messe de Noël pour le décor, pour l'encens et pour les chants. C'est bon de participer au grand spectacle, mais, avec la prière de Noël, l'Eucharistie nous fait devenir des êtres de partage. Nous y recevons le pardon pour le donner aux autres. Nous y recevons la paix pour la donner aux autres. C'est à ce moment-là que nous devenons des êtres de lumière, comme dit si souvent le Christ.

La joie

Troisièmement, l'étoile du berger nous apprend à être des conducteurs de la joie. La famille réunie est la joie, tout comme chez les musulmans qui se retrouvent en famille les soirs de ramadan. Tous ensemble, les membres de la famille se serrent autour de la table. Les cadeaux participent de cette joie. La joie à l'arrivée d'un enfant, le Christ, entouré de Marie et de Joseph. Que Noël ressoude votre couple autour de vos petits ou de vos ados !

Le Christ serait-il né mille fois à Bethléem, Noël ne serait qu'une fête païenne s'il ne naissait pas en nous le soir de Noël et mille et une fois chaque jour de notre vie. Sinon nos superbes retrouvailles familiales resteraient païennes. C'est déjà très bien de se retrouver en famille mais, si vraiment nous voulons opérer une renaissance dans notre cœur, alors retrouvons le sens authentique de cette fête.

Vous aurez le plaisir des yeux grâce aux illuminations, vous aurez le plaisir des oreilles grâce aux chants, le plaisir du palais lors du repas. Que le Christ naisse ou renaisse en vous par l'esprit d'enfance, par les sacrements que vous vivrez, par le pardon, le partage et la solidarité.

Chrétiens, retrouvez vos racines ! La chrétienté est en péril lorsque nous refusons d'aller aux sources de notre foi. C'est très difficile d'aller à contresens de la fête païenne qui dévore le mystère. Arrêtons de pisser sur les marchands du temple, et redonnons à Noël son authenticité. Parents et grands-parents, soyez étoiles du berger !

Rien n'est perdu. Et même si nous devons nous retrouver une minorité à être des passeurs d'un mystère transcendant, nous serons lumières pour éclairer la route de nos enfants. Dans les ténèbres qui ceinturent nos vies, nous devons rester inébranlables pour que le monde ne perde pas pied. Le chrétien doit rester en place quoi qu'il lui en coûte. Dieu sera là pour l'y aider.

19

Dieu est Amour

Le Seigneur fera des choses merveilleuses pour nous

Comme tu m'as envoyé dans le monde, je les ai aussi envoyés dans le monde.
Et je me sanctifie moi-même pour eux, afin qu'eux aussi soient sanctifiés par la vérité.
Ce n'est pas pour eux seulement que je prie, mais encore pour ceux qui croiront en moi par leur parole,
afin que tous soient un, comme toi, Père, tu es en moi, et comme je suis en toi, afin qu'eux aussi soient un en nous, pour que le monde croie que tu m'as envoyé.
Je leur ai donné la gloire que tu m'as donnée, afin qu'ils soient un comme nous sommes un, moi en eux, et toi en moi – afin qu'ils soient parfaitement un, et que le monde connaisse que tu m'as envoyé et que tu les as aimés comme tu m'as aimé.
Père, je veux que là où je suis ceux que tu m'as donnés soient aussi avec moi, afin qu'ils voient ma gloire, la gloire que tu m'as donnée, parce que tu m'as aimé avant la fondation du monde.
Père juste, le monde ne t'a point connu ; mais moi je t'ai connu, et ceux-ci ont connu que tu m'as envoyé.
Je leur ai fait connaître ton nom, et je le leur ferai connaître, afin que l'amour dont tu m'as aimé soit en eux, et que je sois en eux.

Jean XVII, 18-26.

L'amour et le partage peuvent résoudre d'immenses problèmes. L'amour est une force politique extraordinaire qui vainc tout. C'est le contraire du racisme, de l'intolérance et du refus du respect des autres. C'est la joie d'aller rendre visite à ta grand-mère, même si elle est chiante comme la pluie, pour lui dire que tu l'aimes.

J'avais écrit dans un précédent livre, *Jusqu'au bout !*, un chapitre intitulé « Comment apprivoiser vos petits-enfants » à l'intention des grands-pères et grands-mères. Un autre chapitre intitulé « Comment apprivoiser vos grands-parents » s'adressait aux plus jeunes. À la fin d'une conférence, une adolescente s'approchait de moi pour me faire dédicacer son livre. Je remarque alors des traits noirs sur la tranche du livre. Je lui dis : « Tu as dû lire deux ou trois chapitres. » Elle me répond qu'elle avait lu des dizaines de fois le passage pour apprivoiser ses grands-parents. « Ma grand-mère est une vieille hargneuse, personne ne peut la sentir, elle est insupportable ! Et puis j'ai lu ça. Depuis trois mois, je vais la voir et tu ne peux pas imaginer comme elle est géniale ! » J'étais très heureux d'avoir écrit ce chapitre.

Envoûté à treize ans

Mon enfance a été entourée des yeux de tendresse d'un homme et d'une femme. Mon père et ma mère nous ont aimés tous les quinze. Sur ce roc d'amour Dieu a bâti ce désir immense de lui donner ma vie. Trente-neuf ans après, c'est toujours aussi merveilleux. Récemment encore, une personne m'a demandé : « N'auriez-vous pas envisagé une autre carrière ? – Impossible ! » J'étais fait pour être prêtre quand j'ai reçu l'appel sacerdotal à treize ans. Et j'étais fait pour être éducateur quand j'ai rencontré le premier môme abandonné. Mes deux vocations de prêtre et d'éducateur se sont liées irréversiblement. Je ne le dirai jamais assez : cet amour géant de mes parents lié à l'amour de Dieu a enchanté ma vie.

Quand j'étais petit, j'étais gros et on m'avait recommandé de pratiquer le cross pour maigrir. Lorsque je traversais la forêt en courant quasiment tous les jours, je me répétais « Dieu est amour » et à chaque arbre que je voyais, j'imaginais une personne qui m'entendait. Alors, quand je parle à des foules aujourd'hui, je me dis que mon rêve d'enfant s'est réalisé. Je crois que les gens ont un immense besoin d'être aimés. Et qu'ils ont besoin de Dieu sans bien le savoir.

Lorsque j'étais rattaché au diocèse d'Alger, le cardinal Duval a été pour moi un guide incomparable. Il m'émerveillait par ses phrases.

Je vous en offre quelques-unes :

« La création de l'homme à l'image de Dieu est le fondement de la fraternité universelle. La plus haute dignité de l'homme est l'amour fraternel. L'amour fraternel est la loi essentielle de la vie humaine. Dieu est avec ceux et celles qui veulent dans la justice construire une nation fraternelle. La fraternité dans la souffrance est de toutes la plus forte et durable. Au milieu de nos cruelles angoisses, une grande espérance demeure : l'amitié qui, malgré l'orage, persiste entre les vrais croyants sincères. »

Le cardinal croyait à la puissance révolutionnaire de l'amour entre les humains. Pour lui, il n'y avait pas de valeur plus solide que l'amour fraternel. Avec saint Augustin, il disait : « La charité possède une extrême violence pour sauver le monde. »

Un *hadj* est un musulman ayant effectué le pèlerinage à La Mecque. Par conséquent il est considéré en voie de sainteté. Le hadj Boubaker Sarho disait au sujet de l'amour : « J'ai une affection pour toutes les créatures humaines. Devant l'amour rien ne peut résister. À côté de l'amour, tout le reste est superflu. Il n'y a que l'amour. Pour moi, l'amour n'a pas de bornes, n'a pas de taille, pas de couleur. Rien ne vaut l'amour. J'ai l'amour ici, dans mon cœur, j'ai lu dans un livre que Dieu est amour et qu'Il a créé ce monde par amour. À partir du moment Dieu est amour, qu'attends-tu, toi qui es croyant, pou. aimer l'amour ? L'amour cache tous les défauts. La haine suscite les querelles. L'amour est un don de Dieu et un don ne se copie pas. J'aime trop les humains, et c'est grâce à Dieu. Pour ne pas blesser, il faut avoir la douceur de la langue, une tendresse de parole, une grande courtoisie jointe à une absolue simplicité. Vous irez loin. »

Au milieu de douze millions de musulmans algériens, Mgr Duval me parlait sans cesse de l'amour avec une vérité qui me vrillait le cœur. Je devine, depuis, l'amour de Dieu à travers les loubards que je recueille. Et Dieu m'aime à travers eux. Ces jeunes me font souvent souffrir. Mais je pense que ceux qui nous font beaucoup souffrir nous permettent aussi de progresser et nous aident à nous purifier. J'ai la certitude depuis que je suis devenu prêtre que ces jeunes loubards me sont confiés parce que Dieu ne veut pas la souffrance. Il ne souhaite pas la douleur, Il ne désire pas la prison, Il n'accepte pas la violence. Mais Il la permet et Il peut se servir du mal qu'il n'a jamais voulu pour nous apporter un bien immense en portant avec nous notre croix. Les êtres qui nous font le plus souffrir dans notre vie sont mis sur notre chemin par Dieu pour nous faire progresser. Ils ne doivent pas nous faire régresser. Les loubards m'appellent à deviner Dieu dans leurs appels.

Nous allons vers l'amour. C'est l'enjeu de notre vie terrestre. Nous avalerons tous et toutes notre bulletin de naissance. Jean-Paul II nous répète souvent de vivre la civilisation de l'amour. Il l'a dit de façon extraordinaire en Pologne en fustigeant le capitalisme. Dans des termes violents, il a aussi fustigé le communisme athée. Nous sommes dans l'antichambre de l'amour et nous serons un jour jugés sur l'amour. Il n'y a pas de doute à ce sujet. Vieille taupe ou vieux hérisson, le bon Dieu ne te demandera pas combien de pâtisseries tu as mangées en trop ! Il demandera d'abord : « As-tu partagé ? As-tu aimé ton conjoint, tes enfants, ta famille ? As-tu aimé tes copains de travail, as-tu pris soin des malades ? Si tu es prêtre, as-tu aimé les gens de ta paroisse ? Si tu es évêque, as-tu aimé tes prêtres et tes séminaristes ? As-tu aimé tous ceux et celles de ton équipe ? » Ma priorité d'éducateur n'est pas mes loubards : ce sont mes vingt adjoints. Car en les poussant au cul et en leur insufflant l'amour (qu'ils soient athées, musulmans ou d'autres confessions), je sais qu'ils feront du bon boulot pour nos jeunes qui ont tant besoin d'eux.

Jésus aimait infiniment ses apôtres, ces douze pauvres cons qui ne comprenaient rien. Ils n'avaient ni doctorat en droit canon, ni licence de théologie. Ils voyaient Jésus exécuter des miracles alors ils voulaient faire pareil, pour la gloire, pour l'esbroufe. Ils croyaient que c'était magique, comme de la sorcellerie, ils n'y comprenaient que dalle. Ils étaient complètement bouchés ! Jésus leur disait sans cesse que cela venait de l'intérieur, par la puissance de l'amour. « Si vous aimez Dieu, Il pourra guérir par vos mains. Et vous pourrez dispenser des guérisons en imposant les mains. » Les douze disciples sont devenus saints parce qu'ils ont découvert de l'intérieur la puissance de l'amour du Christ. Comment résister au regard laser de Jésus ?

Renversez les positions

Le cardinal Duval disait encore : « Nous devons la charité et l'amour à toute femme et à tout homme, quels qu'ils soient. Que l'on ne dise pas que c'est une amitié impossible. Particulièrement entre individus de races, de conditions, d'âges, de langues, de religions, de manières de vivre différents, qu'on ne dise pas qu'il faut des générations et des siècles pour faire connaissance, s'accepter et s'aimer. » Saint Augustin disait que l'amour fraternel doit être universel. L'affection limitée à une famille ou à des proches n'est pas digne d'un croyant. Cette affection-là se rencontre chez les animaux. « Renversez les positions », dit Augustin. Pour s'aimer, il faut d'abord se connaître, pensez-vous ? Non, pour se connaître, il faut d'abord s'aimer ! On ne connaît pas vraiment quelqu'un tant que l'on n'est pas entré dans le sanctuaire de son amitié. C'est la merveille de l'amour : inutile de se connaître pour nous aimer. Si l'on aime son voisin, on le connaîtra de l'intérieur immédiatement.

L'hymne à l'amour de saint Paul est un des plus beaux textes du Nouveau Testament :

« J'aurais beau parler toutes les langues de la terre et du ciel, s'il me manque l'amour je ne suis que du bronze qui résonne, une cymbale retentissante. J'aurais beau être prophète, connaître tous les mystères de la science divine, avoir toute la foi jusqu'à transporter les montagnes, mais s'il me manque l'amour je ne suis rien. J'aurais beau distribuer toute ma fortune aux affamés, j'aurais beau me faire brûler vif, s'il me manque l'amour, cela ne me sert à rien. L'amour est patient, l'amour est serviable, l'amour n'est pas envieux, il ne se vante pas, il ne se gonfle pas d'orgueil, il ne fait rien de malhonnête, il n'est pas intéressé, il ne s'emporte pas, il n'entretient pas de rancune, il ne se réjouit pas de voir l'autre dans son tort, mais il se réjouit avec celui qui a raison. L'amour supporte tout, l'amour fait confiance en tout. L'amour espère tout. L'amour endure tout. L'amour ne passera jamais. L'amour est comme un torrent. Qui oserait dire qu'il peut arrêter un torrent ? »

Relisez ce texte, malaxez-le, méditez chaque phrase. Si vous voulez l'appliquer, le Seigneur fera des choses merveilleuses pour vous. Vous serez des « passeurs d'amour ». Le Christ est mort par amour et ressuscité par amour. Il nous a dit simplement : « Faites comme moi. Allez-y. Ne tardez pas. »

20

Cette génération demande un signe

Guetter le sourire de Dieu

Comme le peuple s'amassait en foule, il se mit à dire : Cette génération est une génération méchante ; elle demande un miracle ; il ne lui sera donné d'autre miracle que celui de Jonas. Car, de même que Jonas fut un signe pour les Ninivites, de même le Fils de l'homme en sera un pour cette génération.
La reine du Midi se lèvera, au jour du jugement, avec les hommes de cette génération et les condamnera, parce qu'elle vint des extrémités de la terre pour entendre la sagesse de Salomon ; et voici, il y a ici plus que Salomon.
Les hommes de Ninive se lèveront, au jour du jugement, avec cette génération et la condamneront, parce qu'ils se repentirent à la prédication de Jonas ; et voici, il y a ici plus que Jonas.

Luc XI, 29-32.

Parlons des signes de Dieu dans nos vies. Il nous fait d'innombrables signes à tous les âges de la vie. Il fait signe aux enfants et aux adolescents. Il fait signe aux adultes et aux anciens. Dieu fait des signes à toutes et tous.

Quels sont ces signes ? Souvent nous ne les percevons pas. Dieu nous aime et Il a besoin de notre amour. Il attend que nous Lui disions que nous L'aimons. La merveille de Dieu est qu'Il nous aime et qu'Il n'attend qu'une seule chose, que nous Lui disions : « Seigneur, je T'aime. » Un Dieu qui nous aime est très mystérieux. Dieu nous fait des signes que nous pouvons percevoir si nous sommes des hommes et des femmes de silence et de prière. Il nous fait des signes si nous sommes capables de silence. Si nous courons comme des fous, si nous n'avons pas le temps pour Dieu, nous n'aurons pas la capacité de percevoir les signes de Dieu dans notre vie.

Ta prière sera exaucée

Il est dit dans l'évangile qu'aucune prière faite avec un cœur pur ne sera rejetée par le Seigneur. Toute prière sera comblée. Mettez-vous ceci dans la tronche et dans le cœur ! Toute prière que vous ferez sera exaucée, pas forcément comme vous le désirez. Quelquefois nous demandons de mauvaises choses sans nous en rendre compte. Si nous sommes capables de prier, Dieu nous fera des signes.

J'ai vu beaucoup de signes de Dieu dans ma vie. Souvent, le matin, je lui dis : « Seigneur, aujourd'hui, envoie-moi un sourire, c'est-à-dire un signe. » Hier, je devais aller voir quelqu'un en prison. Ce n'était pas facile. Il s'agissait d'un ancien qui était tombé. Son parcours a été très dur. Le matin, quand je me suis levé, j'ai dit : « Seigneur, je t'en supplie, fais-moi un signe, un sourire. » J'avais des difficultés à aller voir cet ancien pour des questions de papiers. Et puis j'ai téléphoné et tout s'est débloqué. J'ai pensé que le Seigneur m'avait fait ce signe.

Dieu nous fait des signes sans cesse à condition que nous soyons des hommes et des femmes de prière. Comment voulez-vous qu'Il résiste à notre prière ? Comment voulez-vous que les parents résistent au regard du gosse qui leur demande de l'aide ? Admirez le regard merveilleux des enfants : la lumière, la beauté, la clarté. Nous devons être des enfants pour Dieu. Il ne résistera pas si nous avons un regard et un cœur purs. Dieu nous répondra et nous fera signe.

Lire Ses signes

Demandez chaque matin que Dieu vous envoie des sourires et des signes. Vous verrez dans votre journée que Dieu vous enverra quelque chose : une personne viendra à votre rencontre, un événement, quelque chose se produira. Vous avez besoin d'une capacité de silence pour lire les signes de Dieu.

À treize ans, Dieu m'a fait signe parce que j'étais formidablement aimé par mon père et ma mère. La plus belle chose que j'ai reçue est le regard de tendresse et d'amour de mes parents. Voilà le premier signe de Dieu dans ma vie. Quand Il m'a appelé pour être prêtre, j'avais reçu le ciment de l'amour. Lorsque j'étais séminariste, je pensais exercer dans un diocèse rural. Puis j'ai rencontré un pauvre gosse en Algérie après la guerre. Il était moins qu'un chien pour ses parents. Je l'ai accueilli une nuit et j'ai dû m'en occuper sept ans. Il m'a amené ses compagnons de misère. C'était le deuxième signe de Dieu dans ma vie, puisque je suis prêtre et éducateur. Il m'a envoyé cette double vocation d'amour. Dieu m'a envoyé cet enfant perdu, puis des centaines d'autres que j'ai aidés avec mes équipiers. Il m'a fait le signe d'aller vers les plus pauvres et de vivre avec eux. L'Église m'a conforté depuis le début dans ce double appel.

Tous les jours, demande à Dieu un sourire. Dis-Lui : « Envoie-moi un signe de Toi. » Quel que soit ton âge, jeune ou ancien, sache faire silence et prie chaque jour. Décolle-toi de la télévision, et va dans un coin tranquille. Dieu te fera de nombreux signes.

21

Des saints au paradis

Sainte Thérèse de l'Enfant-Jésus et le Bon Larron

Car voici, des jours viendront où l'on dira : Heureuses les stériles, heureuses les entrailles qui n'ont point enfanté, et les mamelles qui n'ont point allaité !
Alors ils se mettront à dire aux montagnes : Tombez sur nous ! Et aux collines : Couvrez-nous !
Car, si l'on fait ces choses au bois vert, qu'arrivera-t-il au bois sec ?
On conduisait en même temps deux malfaiteurs, qui devaient être mis à mort avec Jésus.
Lorsqu'ils furent arrivés au lieu appelé Crâne, ils le crucifièrent là, ainsi que les deux malfaiteurs, l'un à droite, l'autre à gauche.
Jésus dit : Père, pardonne-leur, car ils ne savent ce qu'ils font. Ils se partagèrent ses vêtements, en tirant au sort.
Le peuple se tenait là, et regardait. Les magistrats se moquaient de Jésus, disant : Il a sauvé les autres ; qu'il se sauve lui-même, s'il est le Christ, l'élu de Dieu !
Les soldats aussi se moquaient de lui ; s'approchant et lui présentant du vinaigre,
ils disaient : Si tu es le roi des Juifs, sauve-toi toi-même !
Il y avait au-dessus de lui cette inscription : Celui-ci est le roi des Juifs.

L'un des malfaiteurs crucifiés l'injuriait, disant: N'es-tu pas le Christ? Sauve-toi toi-même, et sauve-nous!
Mais l'autre le reprenait, et disait: Ne crains-tu pas Dieu, toi qui subis la même condamnation? Pour nous, c'est justice, car nous recevons ce qu'ont mérité nos crimes; mais celui-ci n'a rien fait de mal.
Et il dit à Jésus: Souviens-toi de moi, quand tu viendras dans ton règne.
Jésus lui répondit: Je te le dis en vérité, aujourd'hui tu seras avec moi dans le paradis.

Luc XXIII, 29-43.

Pourquoi sainte Thérèse et le Bon Larron sont-ils au paradis? Ils ont en commun une même spiritualité.

J'aime beaucoup évoquer ce Bon Larron qui, à la dernière seconde, a été canonisé par Jésus. Les papes ont proclamé des milliers de saints. Mais nous oublions trop que le seul à avoir été canonisé par Jésus-Christ lui-même, dans toute l'histoire de l'Église, fut le Bon Larron. L'Église catholique sait proclamer béatifications et canonisations, elle dit qu'il y a des saints, mais elle évoque rarement le Bon Larron. De mon point de vue, l'Église ne met pas assez ce mec en exergue. Il était peut-être un bourreau, sans doute un tueur. Ce n'était assurément pas un simple voleur de portefeuille. Et le Christ l'a attrapé par le col pour le conduire directement au paradis.

Ce vaurien qui passe devant

Une ancienne de soixante ans m'a dit un jour: «Si ce que vous dites est vrai, ce criminel a été le premier dans le Royaume de Dieu? Alors je n'ai plus qu'à m'emparer d'un 6.35 ou d'un 22 long rifle pour tuer le premier qui passe. Ainsi j'irai tout de suite au paradis.» Je lui ai répondu d'abord avec humour: «À ton âge et avec ton arthrose, tu vas te foutre la balle dans le doigt de pied et tu vas te faire mal.» Sérieux ensuite: «On devrait, jusqu'à la fin du monde, s'inspirer de cet acte de miséricorde du Christ qui nous dit à tous: "Tu es plus grand que tes fautes. Je te pardonne."»

L'ancienne voulait dire qu'elle avait vécu une vie pleine de bienfaisance, de prière et de dévotion. Elle soulignait qu'elle avait passé soixante ans de sa vie à faire de bonnes choses et à lire la parole du Seigneur et voilà que ce vaurien, ce bandit de Bon Larron, file à la dernière seconde dans le Royaume de Dieu. Qu'est-ce que c'est que ce bordel? À vue humaine, c'est tout à fait injuste. Avec le regard du Christ, toute espérance est possible.

Impossible à contester

Comme c'est Jésus-Christ lui-même qui a dit qu'il serait le premier dans le Royaume de Dieu, nous ne pouvons pas le contester. Si un pape l'avait canonisé, nous aurions pu en discuter. Mais nous ne pouvons pas contester la parole de Jésus. C'est impossible.

Comment expliquer cela? J'aime beaucoup ce Bon Larron parce qu'il ressemble étrangement au portrait de mes loubards. Nous devrions lire l'évangile en fonction de ce dernier regard du Christ sur le Bon Larron. Alors quelle Église bourrée de miséricorde nous aurions!

Les papes produisent des encycliques, des bulles en pagaille. Nous les lisons souvent en diagonale. Beaucoup tombent dans l'oubli ou sont dépassées. La parole de sainte Thérèse reste. Les mots malhabiles du saint curé d'Ars restent. C'est la puissance des saints. Cette pauvre petite fille, sainte Thérèse de l'Enfant-Jésus, est docteur de l'Église.

Céline Martin (sœur Geneviève), la sœur et la meilleure confidente de sainte Thérèse, disait: «La spiritualité de ma sœur est celle du Bon Larron. » Céline Martin a eu une intuition de génie en rapprochant le saint du Golgotha de sainte Thérèse. C'est sous cet éclairage que j'ai écrit ce livre.

Revoyons l'histoire spirituelle du Bon Larron

Nous pouvons mener une vie dévouée à Dieu comme l'ancienne qui m'interpellait, mais nous ne pourrons jamais être certains d'entrer au Royaume de Dieu. Et ce larron, criminel en son temps, pécheur et condamné, à la dernière seconde s'est envolé avec Jésus ! La première réponse que nous donne sainte Thérèse est : « Le temps n'est rien. » Un seul jour est comme mille ans. La grâce de Dieu peut s'emparer du cœur d'une personne en quelques secondes avec une puissance surnaturelle. Thérèse disait que Dieu n'a pas besoin d'années pour faire Son œuvre d'amour dans une âme. Un rayon de Son cœur peut en un seul instant faire fleurir Sa fleur pour l'éternité. Elle ajoutait : « Il me semble que l'amour peut suppléer à une longue vie. » Dieu ne regarde que l'amour. Si une personne pécheresse a ce formidable regard fulgurant d'amour, pour ouvrir son cœur et aller vers Dieu, Il en tiendra infiniment compte. Cela n'ôte rien au mérite de la bonne vieille pieuse de soixante ans. Nous sommes face à la miséricorde de Dieu. Il faut passer par là. Le Bon Larron est une indication significative. Jésus-Christ nous la donne *in extremis*, puisque c'est sa dernière intervention. Dieu peut tout transformer en un seul instant. Cela est vrai pour chacun d'entre nous.

Le pire d'entre nous peut être transformé d'un seul coup par la grâce de Dieu. Dans quelles conditions ? Sainte Thérèse nous dit : « Il faut trouver une âme plus faible que la mienne et, si le Seigneur la trouve, Il s'y engouffre. » Ce qui plaît à Dieu est de voir sa petitesse, sa pauvreté et de l'aimer avec la plus grande espérance. La confiance conduit à l'amour. Vous qui êtes parents, vous savez très bien qu'en faisant confiance à votre enfant vous le mettez sur la route de l'amour. Le Seigneur aime nos mains vides. Il ne s'agit pas d'être imbu de soi-même ou de croire en ses mérites. Le Seigneur ne cherche pas d'abord parmi les grandes âmes, il choisit les âmes petites. Il ne choisit pas des hommes et des femmes de bien ou des gens connus. Dieu nous aime gratuitement. Il est toujours du côté des perdants.

La spiritualité vécue par Thérèse et par le Bon Larron repose sur quatre éléments importants : l'humilité, le sens de la petitesse, la confiance et l'abandon.

Mille fois je l'ai vérifié auprès de mes jeunes : le sens de la petitesse est naturel aux pauvres. Ils ont une violence extérieure, ils ont des airs de m'as-tu-vu, de durs à la Rambo. Mais quelle humilité ils ont quand ils trouvent un regard d'amour face à eux ! Ces mômes m'ont toujours vrillé jusqu'au fond du cœur par leur pauvreté. En eux je retrouve l'évangile. Leur petitesse me fait fondre. La confiance sort d'eux quand ils se sentent aimés. Au début, c'est bien difficile, ils ont une épaisse carapace. Quand ils se savent en confiance, alors ils s'abandonnent.

L'humilité, la petitesse, la confiance, l'abandon sont les marques de la spiritualité exceptionnelle de l'enfance de sainte Thérèse. C'est aussi la spiritualité que le Bon Larron a eue quelques heures seulement avant de s'en aller au ciel. Le Seigneur qui voit tout l'avait vue. Cette spiritualité est universelle parce qu'elle est fondée sur l'évangile. Elle est tellement universelle que les conférences épiscopales du monde entier ont demandé que sainte Thérèse soit déclarée docteur de l'Église.

La sœur de sainte Thérèse nous a mis la puce à l'oreille. Ce mec qui se trouvait à côté de Jésus sur la croix reconnaissait : « Mon copain et moi, nous avons fait de grosses conneries, mais toi, Jésus, tu n'as rien fait de méchant, tu es bon, tu as fait de belles choses sur terre et on t'assassine. Moi, je suis coupable, je suis un salaud. » Et le Seigneur a dit : « OK, mon pote, tu montes avec moi ce soir même. » Nous constatons là que Dieu n'est qu'amour.

C'est la merveille de notre évangile, que le Christ nous a apportée.

Le premier canonisé

La finalité de la vérité n'est pas de faire de la morale aux femmes et aux hommes de ce temps. La finalité de la vérité est de révéler à chacun d'eux, mal aimants, non aimants, mal aimés, qu'ils et elles sont capables d'amour. Quel allié extraordinaire nous avons puisque Dieu est l'amour même ! Sachons nous blottir contre le cœur de Dieu. Nous pouvons connaître Sa puissance d'amour par la prière. La prière est l'élan qui dit à tout moment à Dieu que nous L'aimons. Lui n'est qu'amour. Ce loubard sur la croix le reconnaît publiquement. Il reconnaît publiquement l'échec de sa vie. La justice humaine le cloue sur la croix. Le Christ le choisit et le canonise. Il est le premier canonisé de l'histoire.

Des questions peuvent nous venir. La bonne vieille qui en déduisait qu'elle n'avait qu'à commettre un crime pour aller au paradis se plantait sévèrement dans son jugement ! Ce n'est pas parce qu'il avait tué que le Bon Larron est monté au paradis ! L'autre condamné disait aussi à Jésus : « Détache-toi, tu le peux. Et puis si tu es capable de faire des miracles, qu'est-ce que tu fiches ici ? » Alors qu'a donc fait le Bon Larron pour devenir un saint en si peu de temps ? Je crois que deux regards se sont rencontrés : celui du Christ et le sien. Ils avaient le temps, malgré les souffrances horribles qu'ils subissaient. Le regard du Christ devait être infiniment compatissant. Son cœur a immédiatement été touché par ce regard de pauvre. Malgré ces heures interminables de souffrance, une amitié extraordinaire, un attachement, une intimité se sont noués alors. En quelques instants, le Bon Larron a franchi toutes les étapes de la réconciliation. Habituellement, elles sont étalées sur une vie entière. Que fait-il dans ses derniers moments ? Il reconnaît que sa vie a été un échec monumental, il reconnaît toutes ses conneries. Il fait l'aveu de ses torts. Puis il demande pardon, il implore la miséricorde infinie de Dieu. Il répare. Sa réparation est sa croix. Il trouve la foi et il demande au Seigneur: «Emmène-moi dans ton paradis.» C'est le magnifique témoignage de tout mourant qui partage sa souffrance avec celle du Christ.

Un sacré courage

Les Pères de l'Église ont plusieurs fois souligné que le sommet de l'amour est de braver tous les risques en osant proclamer la divinité du Christ. Il a fallu un sacré courage au Bon Larron pour dénoncer publiquement ceux qui avaient condamné Jésus, malgré la souffrance et en présence des chefs religieux qui se trouvaient au pied de la croix. Il a dû dépasser sa douleur pour dire: «OK, moi je paie, les mecs. Mais lui ne devrait pas être là. Vous êtes en train d'immoler un innocent!»

Voilà comment le Bon Larron est devenu un saint. Tout s'est joué en quelques heures pour lui.

Pourquoi Jésus canonise-t-il cet homme qui, jusque-là, n'avait commis que des méfaits? Il aurait pu canoniser un juste, un honnête homme, une femme au passé chargé de mérite et de bonnes œuvres. Nous pouvons nous émerveiller de l'extraordinaire sens psychologique de Jésus et de la délicatesse de son cœur. Imaginons que le Christ canonise, du temps de son passage sur terre, un type bien ou une femme de vertu. Il nous aurait privés de cette page merveilleuse. Ce dernier regard du Christ nous révèle l'insondable miséricorde de Dieu. Nous n'aurions pas su que l'amour de Dieu brûle toutes les étapes. Nous calculons avec le temps et Dieu n'a que faire du temps. Si le Christ n'avait pas commis ce geste, nous n'aurions jamais osé imaginer que l'abîme de nos insuffisances, de nos péchés puisse en un instant être franchi! La rédemption du Bon Larron prend ici une signification et une dimension sublimes à méditer d'urgence.

J'efface tout

Dieu se tape des balances de la justice humaine pour soupeser la vie de nos semblables mortels. Il suffit qu'à la dernière seconde, nous puissions jaillir totalement en amour vis-à-vis de Dieu. Le Seigneur peut alors dire: «D'accord, j'efface tout.» S'il n'y avait pas eu de Bon Larron, nous aurions ignoré que Dieu choisit le néant pour confondre la puissance, et nous aurions continué à soupeser ce qui est visible jusqu'à la fin des temps avec nos pauvres balances humaines.

Demandons le regard du Christ. Aimons Dieu de tout notre cœur, de toute notre âme, de toutes nos forces. Vous aimerez votre prochain comme vous-même. Une vie ne suffira pas à cela et nous n'aurions pas assez de mille vies pour Le chanter. Il suffit aussi de quelques secondes ou de quelques heures. Cet événement sur la croix est très important.

Tous les hommes, toutes les femmes sont appelés sans cesse à la sainteté, nous dit Vatican II. Jean-Paul II disait, lors des Journées Mondiales de la Jeunesse de Paris, en 1997, à plus d'un million d'ados, avec un culot incroyable: «Soyez des saints.» Point final. J'ai vu des milliers de jeunes frappés par ces trois mots. Quel militantisme! Nous sommes tous appelés à la sainteté. Ce n'est pas une vocation réservée aux curés, aux bigotes, aux évêques, aux bonnes sœurs et aux papes: c'est la vocation de tout chrétien. C'est le message que nous délivre le Bon Larron. Celui-ci nous présente un modèle accompli de sainteté authentique, universelle et brutale. C'est authentique parce qu'il est canonisé solennellement par le Christ lui-même. C'est universel parce que la sainteté est accessible à chacun de nous, à tous les moments de la vie, même au dernier moment. Il définit la sainteté de façon exacte. La sainteté est amour et don, dans l'espace d'une vie ou dans l'espace d'un instant. C'est l'enjeu de la formidable reconnaissance de l'amour de Dieu.

Le don de lui-même

Dieu a fait à l'humanité le don de Sa vie, le don de lui-même. Jean nous dit: «Dieu est Amour.» J'ai lu cette phrase à l'âge de treize ans, je m'en souviens encore. Ce fut une révélation et, plus de cinquante ans plus tard, c'est le même choc quand je la lis. Cette phrase est le fil conducteur de toute ma vie. C'est l'essentiel de tout. Toute prédication que je fais est une prédication sur l'amour. Je la fais à travers des thèmes différents chaque fois. Si je ne pouvais pas prêcher sur l'amour, je serais un curé handicapé. Le peuple chrétien n'a pas besoin d'autre chose. N'importe quel chrétien peut témoigner sur l'amour. Ibn Arabi, cet imam musulman, a dit il y a sept cents ans: «Ma religion c'est l'amour.» Il avait pigé ça, lui aussi. Nous devons devenir amour et don. C'est notre seule raison de vivre. En puisant tout dans l'amour de Dieu, il nous le donnera au-delà de l'imaginable.

Nous sommes libres. Libres d'aimer et d'aimer le pire d'entre nous. C'est la dernière leçon, inestimable, du Christ. Au fond, c'est la plus grande.

22

Croire à l'impossible

Les miracles, tu y crois vraiment ?

Jean lui dit : Maître, nous avons vu un homme qui chasse des démons en ton nom ; et nous l'en avons empêché, parce qu'il ne nous suit pas.
Ne l'en empêchez pas, répondit Jésus, car il n'est personne qui, faisant un miracle en mon nom, puisse aussitôt après parler mal de moi. Qui n'est pas contre nous est pour nous.
Et quiconque vous donnera à boire un verre d'eau en mon nom, parce que vous appartenez à Christ, je vous le dis en vérité, il ne perdra point sa récompense.

Marc IX, 38-41.

Jean, le disciple, a vu des mecs d'une autre bande faire des miracles. Ces types n'étaient pas de ceux qui suivaient Jésus. Alors Jean se dit : « Oh ! là là, il y a un lézard, il y a un problème ! » Très inquiet, il vient voir Jésus et lui fait part de son émotion : « Tu te rends compte, Seigneur, nous les disciples, nous avons le droit, et l'autre enfoiré se fait des miracles à son compte ! »

Que répond Jésus ? « Ne l'empêchez pas de faire des miracles. Celui qui fait un miracle en mon nom ne peut pas mal parler de moi. »

Des guérisons miraculeuses

Alors que pouvons-nous comprendre à cette histoire ? Cela veut dire que nous, chrétiens, pensons être les seuls à pouvoir faire des miracles. À Lourdes et dans tous les sanctuaires magnifiques qui se trouvent dans le monde, il y a eu des milliers de miracles. Seulement soixante-quatorze ont été accrédités par l'Église.

Le chrétien sait que cela vient de Marie. Les autres disent qu'ils ne savent pas d'où cela vient. Il est extraordinaire que ces nombreux miracles se produisent au même endroit.

D'autres religions peuvent faire des miracles. J'ai été prêtre en Algérie pendant cinq ans. J'ai vu des marabouts un peu partout dans le désert. Certains vieux étaient des saints selon les musulmans. À l'endroit précis d'une célèbre source, se trouve un petit temple appelé marabout. Une inscription y relate qu'un marabout, un saint homme, fit jaillir la source pour ceux qui avaient tant besoin d'eau. Tout comme à Lourdes où la Vierge a dit à Bernadette Soubirous de gratter à cet endroit pour faire jaillir une source. Le Seigneur dans son amour et sa tolérance peut faire réaliser des miracles par d'autres que nous catholiques.

Des charismatiques ont pris à la lettre la phrase du Seigneur : « Priez, annoncez la bonne nouvelle et guérissez les malades. » Notez bien l'ordre de ce propos. Il n'a pas dit d'abord : guérissez. Il a d'abord dit : priez et annoncez la bonne nouvelle. C'est-à-dire : annoncez que Jésus est Dieu, qu'il est le sauveur, qu'il a souffert pour nos péchés et qu'il est mort et ressuscité. Après cela, imposez les mains pour guérir.

Je suis né dans un pays chrétien

Mes parents étaient chrétiens. Si j'étais né dans un pays musulman, je serais sûrement musulman. Si j'étais musulman, bouddhiste ou hindouiste, n'aurais-je pas accès à la grâce de Dieu ? Bien sûr, le feu de l'Esprit-Saint passe par l'évangile d'abord. Donc il passe par les chrétiens. Il passe aussi par les autres êtres humains.

Ne soyons pas sectaires dans notre propre religion. Il y a assez de batailles entre mouvements chrétiens dans votre propre diocèse. Ne critiquez pas votre Église. Combien de fois ai-je entendu de violentes critiques sur Jean-Paul II, sur les évêques ou sur les prêtres ? Vivons plutôt l'unité dans notre Église et élargissons notre regard sur les autres.

J'ai vécu en Algérie avec des musulmans. Ils ont enrichi ma foi. Il y a quelque chose d'intéressant pour nous chez les musulmans : Dieu sourd en eux. Naturellement chez un musulman Dieu existe. Trouver un musulman athée est très rare alors qu'actuellement nous sommes en pleine époque d'athéisme. Vivons notre religion, travaillons notre foi et regardons chez l'autre. Pratiquez un ramadan avec des musulmans. Je l'ai fait quand j'étais en pays d'islam. Je ne suis pas pour autant devenu musulman, mais je suis allé chez l'autre pour le comprendre. Partageons des valeurs. Les valeurs du ramadan sont très intéressantes. Celles de notre carême aussi. Gardons notre foi intacte.

Essayons de reconnaître chez l'autre qu'il est capable de faire des miracles. Il est capable d'aimer. L'Esprit-Saint l'éclaire. Toute personne peut être sauvée.

Ne faisons pas de l'Église une mafia, un bastion. Bûchons notre foi de catholiques d'abord et allons vers les autres. C'est dans ce sens que le Seigneur disait qu'une personne qui ne faisait pas partie de sa bande pouvait aussi faire des miracles. Il terminait en disant : « Celui qui n'est pas contre nous est pour nous. »

Lorsque nous pensons qu'une situation ne peut pas s'arranger, nous disons souvent qu'il n'y a pas de miracles. Inversement, nous disons aussi face à certains événements qui nous tombent sur la tête : « C'est un vrai miracle ! »

Le langage est très révélateur. Le miracle n'est-il pas l'impossible qui se retrouve dépassé par les faits ? Nous savons que Dieu seul est le maître de l'impossible.

Hasards et coïncidences ou miracles ?

Nous allons voir que des coïncidences sont telles qu'elles deviennent miraculeuses. Mais les gens disent en général : « C'est le hasard. » Nous pouvons aussi dire l'inverse, en négatif. Une personne est victime d'un grave accident en novembre, elle se casse la jambe en décembre, son fils attrape une maladie contagieuse en janvier, son mari meurt en février… alors que la famille allait bien jusque-là. Nous constatons parfois des coïncidences terribles, dans le mauvais sens, et c'est difficile à accepter.

Certaines vies sont marquées du sceau de ces coïncidences tragiques. Mon frère est mort à trente ans, laissant orphelins sept jeunes enfants. Son fils de quinze ans est mort dans les gorges du Verdon, noyé en accompagnant un type inconscient des dangers du torrent. Son petit-fils est mort aussi. Nous sommes quinze enfants avec quarante-deux petits-neveux et nièces. Pas de mort parmi les frères et sœurs, ni parmi leurs enfants pendant trente ans. Donc, on peut se demander quelle chose extraordinaire fait que, dans la lignée d'une seule famille, celle de mon frère Yves, le père, le fils et le petit-fils ont disparu. Sur les quatorze autres, nous n'avons rien connu de comparable. Pourquoi ? Nous ne pouvons pas le savoir. Mystère divin pour un croyant. Coïncidence tragique pour un athée.

Dans le sens inverse, des faits tombent merveilleusement bien. Nous sommes au cœur de la révélation de l'Église depuis les apôtres. Jésus est mort et ressuscité. Étant le maître de l'impossible, il dépasse la mort. Et il dépasse toutes les embûches que nous pouvons rencontrer, nous aussi.

Tant de personnes se posent des questions sur les miracles. Beaucoup sont à la recherche de solutions magiques. Vous recevez des publicités dans votre boîte aux lettres : « Voyant, médium, remède miraculeux, j'ai la solution. Tu ne bandes plus, ta femme te trompe, ça ne marche pas dans ton travail, viens me voir... » Ne vous inquiétez pas pour ce genre de charlatans. Ils se font des couilles en or, ces escrocs, parce qu'ils vous font payer très cher la consultation. Les mages règnent partout. Des affichettes sont collées sur tous les murs. C'est un phénomène très étonnant. Beaucoup d'individus savent tirer profit de notre recherche de bonheur.

Pour nous, Jésus vivant et son amour sont des miracles dans nos vies. Les catholiques ne sont pas les détenteurs exclusifs des miracles. On constate des miracles chez des bouddhistes ou chez des musulmans.

Les miracles sont les bienfaits de Dieu

Si nous regardons bien dans notre vie quotidienne, nous verrons que les miracles sont multiples. Pour moi, ce sont les sourires de Dieu. C'est mon expression favorite pour désigner les petits miracles quotidiens.

> Guérissez les malades, ressuscitez les morts, purifiez les lépreux, chassez les démons. Vous avez reçu gratuitement, donnez gratuitement.
>
> Matthieu X, 8.

Au cours du miracle, le Christ passe et nous fait un signe. Il se révèle parfois par des phénomènes extraordinaires. Dieu a établi les lois de la nature. Il ne les contredit pas, mais il peut passer outre. Il dépasse les lois de la pesanteur, par exemple en marchant sur l'eau. Dans l'évangile, le Christ dit: « Proclamez que le Royaume de Dieu est proche, guérissez les malades, ressuscitez les morts, purifiez les lépreux, expulsez les démons. » Les charismatiques ont pris cet ordre à la lettre. Les phénomènes de guérison que l'on constate chez les charismatiques par exemple sont tout à fait intéressants. Des prêtres et des laïcs se sont mis à imposer les mains alors qu'on ne le faisait plus. Ils ont assisté à des guérisons extraordinaires. Je pense en particulier à Emiliano Tardif, prêtre guérisseur étonnant, mort récemment.

Bien sûr, nous devons rester très prudents lorsque nous parlons de miracles. C'est un mystère à découvrir. Il ouvre à des réalités qui dépassent le simple domaine de l'intelligence. Si l'on cherche à comprendre un miracle, il est inutile d'insister. À Lourdes, quand une vieille dame de soixante ans, paralytique, se lève subitement devant le Saint-Sacrement, devant la foule, alors que plusieurs médecins avaient tenté de la soigner pendant dix ou quinze ans pour finalement la déclarer inguérissable, incurable, condamnée... nous n'avons pas à chercher à comprendre. Les médecins étudient son dossier, risquent une explication, et donnent le verdict suivant: «Phénomène inexplicable, ayant permis la guérison.» L'Église n'est pas idiote, elle ne fait pas constater les guérisons uniquement par des médecins catholiques. Des médecins communistes, hindouistes ou athées sont convoqués pour établir le constat de guérison. Les plus sceptiques peuvent accéder à une analyse objective de manière que l'on ne puisse pas penser qu'une mafia de médecins catholiques, à la solde de l'Église, rédige des rapports truqués.

Pendant très longtemps, des chrétiens ont contesté les miracles. Ils disaient que les possédés que Jésus avait guéris n'étaient que des épileptiques ou des hystériques, et que les sciences de son époque étaient peu développées. Si l'on refuse les miracles au nom de la raison, on peut également les tenir à distance au nom de la foi. La foi est une condition requise pour que le miracle se produise.

Il a cependant été constaté, à Lourdes notamment, que des personnes très malades n'ayant pas ou plus la foi, mais ayant fait la démarche dans le sanctuaire marial, ont été soudainement guéries. Le Dieu de l'impossible s'est contenté de leur démarche.

> Et il ne fit pas beaucoup de miracles dans ce lieu, à cause de leur incrédulité.
>
> Matthieu XIII, 58.

Les hauts faits de Dieu dans l'histoire des hommes sont nombreux. Les Juifs demandaient des miracles. Dans l'Ancien Testament, nous voyons la capacité d'intervention de Dieu dans l'histoire de son peuple. Comme le chante la Vierge Marie : « Déployant la force de son bras, Il disperse les superbes. » La puissance de Dieu peut pallier les défaillances humaines de toutes sortes. Nous voyons dans l'histoire des armées en position d'infériorité remporter miraculeusement certaines batailles contre des armées plus puissantes ou plus nombreuses. La Bible nous montre la merveille de Dieu dans des conditions exceptionnelles et le miracle de la création. « Quand je regarde la création, comme me disait un vieux mécréant, je ne crois pas en ton bon Dieu, mais je crois à un grand horloger. »

Les miracles opérés dans l'histoire, et le miracle permanent de la Providence au cœur de nos vies, sont deux échelles différentes. Pour nous, croyants, Dieu a créé le monde visible et invisible. La Bible nous invite sans cesse à remercier Dieu pour le miracle que nous sommes. Il est miraculeux que nous soyons vivants ! La science à mon avis ne fait que confirmer la complexité et la beauté de l'univers. Tentez de vous faire une idée de ce miracle en regardant l'œil d'une banale mouche à travers le grossissement d'un microscope. C'est une pure merveille d'architecture et de technologie…

Nous conférons une signification surnaturelle aux miracles, parce qu'il y a des coïncidences troublantes. On a voulu expliquer le miracle du passage de la mer Rouge durant la fuite des Juifs. La mer s'est retirée, le groupe est passé, et quand les Égyptiens qui les poursuivaient ont voulu faire de même, ils ont été engloutis. Des historiens aidés d'astronomes expliquent ce phénomène par le passage d'une comète qui aurait produit des conditions météorologiques semblables à celles de l'influence de la Lune sur les marées. Mais je me demande alors : Comment cette marée exceptionnelle est-elle arrivée précisément à ce moment-là ? Voilà la coïncidence miraculeuse. Comment considérer cette improbable coïncidence sinon comme un miracle ?

À propos de la fameuse étoile qui se trouvait au-dessus de la crèche et servait à conduire les bergers à Bethléem, des scientifiques ont étudié le ciel du jour de Noël. La présence de cette énorme étoile, l'étoile du berger, a été confirmée. Ils ont pu dire qu'il y avait une étoile exceptionnelle ce jour-là. Mais pourquoi le Fils de Dieu est-il né à ce moment ? Dieu est maître de l'histoire. Il peut se servir de ce qu'Il a bâti pour provoquer des coïncidences et réaliser des miracles.

On ne peut pourtant pas expliquer tous les miracles de cette façon. Quand Jésus change l'eau en vin, nous sommes plus démunis. La science nous apprend que la matière n'existe pas et que tout est énergie et lumière. Tout se transforme. On peut dire qu'un miracle n'est pas une création *ex nihilo* mais obéit à des lois que Dieu Lui-même a fixées en bâtissant la création. Cela signifie que les miracles ne contredisent pas les lois de la nature. Ils contredisent seulement la connaissance que nous en avons.

Les miracles : pourquoi, pour qui ?

Don Bosco était venu un jour voir un groupe de jeunes. Il avait faim, les jeunes aussi avaient les crocs. Un des jeunes lance : « Hé, curé, on n'a plus de pain ! » Don Bosco demande : « Donnez-moi les pains que vous avez. » On en trouve six. Il dit : « Avancez-vous » et il a donné un pain à chacun des deux cent soixante jeunes qui étaient là. Quand tous ont été servis, il restait encore dans la corbeille les six premiers pains.

Nous avons vu des yogis très entraînés capables de léviter. Nous possédons des photos de ces phénomènes. D'autres personnes ont fait des miracles. Des musulmans, des juifs semblent en avoir fait. Dieu seul en est juge.

Comme vous le savez, les démons détestent les âmes,

alors ils s'occupent des corps. Il a été dit dans l'évangile de prendre garde à ceux qui peuvent guérir. Au nom de qui guérissent-ils ? Ils peuvent soigner apparemment une maladie ou un handicap, mais dans quel but le font-ils ? La paix rayonne sur le visage d'un miraculé, nous y voyons un signe de Dieu. Quant à ceux qui ne guérissent que le corps, et sèment la discorde dans les cœurs, ce sont les faux prophètes condamnés par l'évangile.

Le diacre Philippe Madre, de la communauté des Béatitudes, est un grand guérisseur. Il a le don. Un jour, des aveugles et des sourds se sont approchés de l'autel pour être guéris après l'Eucharistie. Une fillette sourde-muette de neuf ans s'est avancée, accompagnée de sa mère en larmes. Cette dernière a dit au diacre : « Regardez-la. » La petite fille qui n'avait pas d'oreilles s'est mise à entendre. C'est la puissance de Dieu.

Jésus a fait des miracles pour authentifier sa parole. Hier, aujourd'hui et demain, miracle ou coïncidence, c'est toujours la même question. Le proverbe chinois dit : « Le doigt désigne la lune, l'idiot regarde le doigt. » Je pense que ce n'est pas devant le signe que nous devons nous étonner, mais devant la signification qu'est la venue du Royaume de Dieu. Pour nous, chrétiens, ce qui authentifie un miracle est la purification. Emiliano Tardif et les autres guérisseurs miraculeux ne guérissent jamais immédiatement le malade en le voyant. Ils lisent et commentent la parole de Dieu et prient longuement. Ensuite ils appliquent leurs mains sur le malade. Ils passent par la parole de Dieu. C'est une approche particulière, un rite destiné à authentifier le miracle.

Un homme a un jour demandé à Emiliano Tardif : « Pourquoi certains sont-ils guéris et d'autres non ? » Il a répondu : « Cela m'ennuie autant que vous, et j'ai hâte d'aller dans le Royaume de Dieu pour savoir pourquoi. C'est la première chose que je Lui demanderai. » Dieu guérit dans des dispositions très précises que nous ne connaissons pas exactement. Nous saurons pleinement dans l'éternité.

Savons-nous voir les miracles dans nos vies ?

Dieu peut nous guérir mais, avant de chercher la guérison, nous avons à faire la volonté de Dieu. Le miracle par excellence, pour un chrétien, est celui de l'amour. Un chrétien est quelqu'un qui aime. Il aime absolument, à tout casser et de manière pratique, concrète. Au sens étymologique, le mot miracle signifie « qui provoque l'émerveillement ». C'est quelque chose qui nous dépasse. Le miracle révèle la présence d'un autre : Dieu. Le seul mystère susceptible de provoquer l'émerveillement avec cette puissance est l'amour. On peut dire que l'amour est un mystère et que le miracle authentique en est la manifestation.

Le miracle manifeste la puissance de Dieu. Il peut transformer l'eau en pinard ! Il peut déplacer les montagnes, ressusciter des morts, mais Il est incapable d'empêcher un acte malfaisant. Il est impuissant à nous faire accomplir le plus petit acte d'amour parce qu'Il nous a laissés libres. C'est une chose magnifique. Dieu n'a pas le moindre pouvoir sur le caractère souverain de la liberté humaine. Dieu nous a laissés libres. Nous ne sommes pas programmés pour le mal ou pour le bien. À nous de choisir le bien ou le mal quand nous voulons. La souffrance nous atteint parce que nous manquons d'exercer cette liberté. Huit mille morts accidentels par an en France sur les routes : une grande part est provoquée par ceux qui ont bu comme des trous ! D'autres ont dormi trois heures avant le départ en vacances et envisagent d'avaler huit cents kilomètres : ils s'endorment au volant et tuent femme et enfants ! Voilà la liberté.

Dieu a tellement soif de notre amour qu'Il doit se faire remarquer en nous adressant des signes, en réalisant des miracles. Un des miracles de Dieu est la croix. Pour un chrétien, la croix qui sauve, la prédication de la croix, prêcher le messie crucifié provoquent l'Esprit-Saint. Les prêtres ne le savent pas assez. Ils doivent dire le Christ crucifié et le prêcher. L'Esprit-Saint tombera à flots pour ces prêtres-là. Le curé d'Ars disait que la croix était « le livre grand ouvert de Dieu ».

Le miracle de l'amour de Dieu est la Vierge Marie. C'est elle qui titille le Christ et l'amène à se révéler : « Hé, fiston, as-tu vu ? Ils n'ont plus de vin… » Marie fut la première qui poussa Jésus à accomplir des miracles, car elle savait qu'il était capable de changer l'eau en vin. Elle devait avoir l'attitude naturelle des enfants. Savez-vous combien de miracles ont été accomplis par des enfants ? J'aime bien que le Christ rassemble les apôtres et leur dise : « Vous devez être comme des enfants. » C'est ainsi que nous pouvons nous faire accompagner d'un ange qui sans cesse contemple Dieu. Je me suis longtemps demandé pourquoi l'ange de l'enfant contemple Dieu. C'est tout simplement parce que l'ange n'a pas à se préoccuper de lui venir en aide. L'enfant est si pur que l'ange n'a rien à surveiller, alors il se tourne vers Dieu ! Ce sont nos impuretés d'adultes qui réclament toute l'attention de plusieurs anges sur nous. Ceux-ci n'ont plus le temps de se consacrer à la louange de Dieu. Ils veillent sur nous. Vous vous direz peut-être que c'est une démonstration un peu loubarde… Passons là-dessus.

La paix dans le cœur

Ce qui différencie une guérison accomplie par le Christ d'une guérison obtenue par l'intervention d'un féticheur est la paix dans le cœur. Le démon a une grande puissance sur les corps mais il se moque des âmes.

Le miracle doit rester pour nous une chose normale. Le miracle est quotidien. Je n'ai rien vu d'extraordinaire dans ma vie. J'ai dû aller enterrer un jeune mort en Guyane. Il s'était fait mordre par un serpent extrêmement dangereux, qui contrairement aux autres espèces court après l'homme pour le piquer. Tout petit, ce jeune avait vu une cassette sur la Guyane, il a voulu aller y vivre. Il est mort dans le fleuve. La veille de la messe, son frère, que je connais bien et qui n'est pas chrétien, m'a demandé de dire durant la célébration l'histoire des foulards blancs, un poème sur la réconciliation et le pardon qui, à mon sens, a un réel pouvoir de guérison. À la fin de la liturgie, il m'a appelé pour me dire que deux personnes qui ne s'adressaient plus la parole depuis dix ans s'étaient saluées et réconciliées sur le parvis de l'église. C'est un petit miracle. Elles ont entendu ce poème sur le pardon et elles ont été interpellées. Elles se sont parlé à nouveau.

L'Eucharistie est un miracle

Le miracle de l'Eucharistie est pour moi le miracle absolu. Dieu nous appelle, Dieu se révèle, Dieu nous fait signe. C'est le sacrement de l'amour où tout est miracle. À l'occasion des Journées Mondiales de la Jeunesse, un évêque prénommé François disait, au sujet de l'Eucharistie, qu'il lisait l'écriture un peu bêtement. Un évêque qui se dit bête, c'est plutôt rare, et c'est d'autant plus intéressant. Il nous disait: «Quand je dis "Ceci est mon corps", je crois ce qui est écrit.» Au lieu de faire des circonvolutions liturgiques sans fin, il affirmait simplement que dans l'évangile il est écrit: «Ceci est mon corps, ceci est mon sang», et, dans ses mains d'amour d'évêque, il faisait descendre le Christ. Il croyait bêtement ce qui était écrit.

Quand je dis la messe dehors, l'été, à la Bergerie de Faucon, des jeunes athées, des non-chrétiens y assistent souvent. Ils se placent autour de nous et ils écoutent. Tout de suite après avoir consacré le pain et le vin au corps et au sang du Christ, je dis: «Pour moi, le Fils de Dieu est là. Je le crois. Il est présent miraculeusement sous les apparences du pain et du vin.» Dire notre foi est important. Nous récitons les prières de l'Église, nous reproduisons les rites et à la fin: «Il est là, maintenant.» Cette présence est absolument incompréhensible. Nos yeux voient ce qui est du pain et du vin. Notre foi impose à la raison qu'il s'agit du Christ lui-même. On se casse la tête à se demander si c'est vrai. Accueillons plutôt avec foi la parole du Seigneur : « Je reste avec vous jusqu'à la fin des temps. » Lisons ce qui est écrit, essayons de comprendre ce que nous avons lu. Croyons à Sa présence réelle. « Ma chair est une vraie nourriture, mon sang est un vrai breuvage. Celui qui mange ma chair et boit mon sang demeure en moi et moi en lui. »

En France, dans une petite paroisse, la nuit du 26 mai 1608, un fidèle vint à l'adoration nocturne du Saint-Sacrement. Il était, dit-on, trois heures du matin. Une bougie qui se trouvait là avait mis le feu à la nappe de l'autel. Cependant, pour une raison inexplicable, l'incendie s'éteignait. Le paroissien vit les cierges propager le feu et se consumer mais l'incendie régressait. L'ostensoir alors apparut suspendu dans les airs au-dessus du feu, semblant neutraliser les braises. Des milliers de personnes assistèrent à ce miracle qui dura plusieurs heures.

Quittons le merveilleux exceptionnel et ouvrons les yeux sur les miracles quotidiens. Ce sont les sourires de Dieu. Tous nos actes d'amour, nos actes de pardon, nos actes de réconciliation sont des miracles. Nous pourrons magnifier Dieu et dire qu'il a fait de grandes choses à travers de bien petites.

Le foulard blanc

Voici l'histoire du foulard blanc que j'appelle aussi « Prière de guérison » :

Un adulte de vingt ans avait sali ses parents. Le genre d'affaire qui détruit un peu la réputation des parents. Et le père a dit à Jean qui avait mal agi : « Jean, fous le camp ! Et ne remets plus jamais les pieds à la maison ! » Alors Jean est parti, la mort dans l'âme, mais il est parti. Quelques semaines plus tard, pris de remords, il se dit : « Je suis vraiment une ordure, un salaud ; il faut que je demande pardon à mon père. » Mais il avait tellement peur que son père le jette de la maison qu'il préfère lui écrire : « Papa, vraiment, je vous ai salis, je te demande pardon. Je voudrais tant revenir à la maison. Je t'écris, je te mets pas d'adresse. J'ai tellement peur que tu me dises non. Si tu me pardonnes, mets un foulard blanc sur le pommier devant la maison, je t'en prie. Tu sais, la grande allée des pommiers qui conduit à la maison. Mets un foulard blanc sur le dernier pommier. »

Quelque temps plus tard, il dit à son frère et ami Marc : « Je t'en supplie, Marc, accompagne-moi. Je dois savoir. Voilà ce que nous allons faire. Je te conduirai jusqu'à la maison. À cinq cents mètres de la maison, tu prendras le volant, je me mettrai à côté, à la place du passager. Là, je fermerai les yeux. Lentement, tu descendras l'allée des pommiers. Tu t'arrêteras. S'il y a un foulard blanc, alors, je foncerai à la maison... S'il n'y a pas de foulard, jamais plus je ne reviendrai. » Ainsi dit, ainsi fait. À cinq cents mètres, Jean donne le volant à Marc, s'assied à la place du passager, ferme les yeux et lentement la voiture descend la grande allée des pommiers, jusqu'au dernier pommier devant la maison. Et Jean, les yeux fermés, demande à Marc : « S'il te plaît, Marc, mon ami, mon frère, dis-moi si mon père a mis le foulard blanc sur le pommier, devant la maison ! » Et Marc lui répond : « Non, Jean, il n'y a pas un foulard sur le pommier devant la maison. Il y en a des centaines, tout au long de l'allée... »

Frère et sœurs chrétiens, catholiques, protestants, orthodoxes, musulmans, juifs, bouddhistes, athées ou agnostiques, soyez des êtres de miséricorde. Que vos cœurs fourmillent de foulards blancs.

Alors vous ferez des miracles, tous les jours.

23

La multiplication des pains

Découvre le don que Dieu t'a offert

Après cela, Jésus s'en alla de l'autre côté de la mer de Galilée.
Une grande foule le suivait, parce qu'elle voyait les miracles qu'il opérait sur les malades.
Jésus monta sur la montagne, et là il s'assit avec ses disciples.
Or, la Pâque était proche, la fête des Juifs.
Ayant levé les yeux, et voyant qu'une grande foule venait à lui, Jésus dit à Philippe : Où achèterons-nous des pains, pour que ces gens aient à manger ?
Il disait cela pour l'éprouver, car il savait ce qu'il allait faire.
Philippe lui répondit : Les pains qu'on aurait pour deux cents deniers ne suffiraient pas pour que chacun en reçût un peu.
Un de ses disciples, André, frère de Simon Pierre, lui dit :
Il y a ici un jeune garçon qui a cinq pains d'orge et deux poissons ; mais qu'est-ce que cela pour tant de gens ?
Jésus dit : Faites-les asseoir. Il y avait dans ce lieu beaucoup d'herbe. Ils s'assirent donc, au nombre d'environ cinq mille hommes.
Jésus prit les pains, rendit grâces, et les distribua à ceux qui étaient assis ; il leur donna de même des poissons, autant qu'ils en voulurent.
Lorsqu'ils furent rassasiés, il dit à ses disciples :

Ramassez les morceaux qui restent, afin que rien ne se perde.
Ils les ramassèrent donc, et ils remplirent douze paniers avec les morceaux qui restèrent des cinq pains d'orge, après que tous eurent mangé.
Ces gens, ayant vu le miracle que Jésus avait fait, disaient : Celui-ci est vraiment le prophète qui doit venir dans le monde.
Et Jésus, sachant qu'ils allaient venir l'enlever pour le faire roi, se retira de nouveau sur la montagne, lui seul.

Jean VI, 1-15.

Le Christ était toujours suivi par une foule. Il exerçait une grande fascination sur les gens. Dès qu'il s'arrêtait quelque part, tout le monde s'approchait, faisait silence et l'écoutait.

Ce n'est pas parce qu'il était beau comme Alain Delon. Il attirait la foule parce qu'il était l'amour. La fascination qu'il exerçait venait de l'amour qu'il portait dans son cœur. Cela rayonnait de sa personne alors qu'il prêchait. Il devait avoir une bonne voix, car à l'époque on ne disposait pas d'amplificateur.

Ces gens avaient faim. Que peut-on leur donner à manger ? Il n'y avait aucun « McDonald's » dans les alentours. Heureusement, d'ailleurs. Si Jésus venait maintenant dans le désert, il y aurait une dizaine de marchands ambulants proposant des frites, des sandwiches, des merguez et des sodas. Il n'y avait que le Christ ! Il était un véritable McDo ambulant. Il demande de combien de pains on dispose dans l'assistance. On trouve quatre ou cinq pains et quelques poissons. Alors il les multiplie.

Cet évangile nous parle de nos dons. Le Seigneur nous dit : « Fais avec ce que tu as. » Il n'a pas envoyé une caravane de chameaux pour aller chercher du pain et du poisson dans la ville la plus proche. Le sens de cet évangile est que le Christ a pris ce qu'il avait sous la main. À nous de le lui apporter. Le Seigneur multiplie avec nous ce que nous avons à condition de savoir que nous avons tous des dons.

Je le perçois avec mes jeunes. Ils arrivent avec un dossier de justice épais comme ça. J'en ai un en ce moment qui cumule dix-sept inculpations. Il s'est présenté avec ces mots : « Je suis noir comme un corbeau ! » Alors, comme toujours, je lui montre les pigeons-paons immaculés de notre ferme provençale et je lui dis : « Pour moi, tu es blanc comme eux. »

Nous devons nous appuyer sur nos dons. Nous en avons au moins un, souvent plusieurs. Ce sont nos pains et nos poissons. C'est à partir de cela que le Seigneur nous a construits. Utilisons nos dons pour nous et pour les autres. Chacun reçoit des dons et doit les donner à sa mesure. Ne jalousons jamais l'autre pour ses dons. Notre problème est souvent de critiquer l'autre au lieu de l'admirer, parce que nous sommes envieux.

Découvrez vos dons

À la naissance nous recevons d'abord le don de la vie. Nous avons en plus le don de l'intelligence ou celui de la beauté ou celui de chanter, et bien d'autres. Les dons de Ronaldo ou de Zizou sont d'avoir des jambes extraordinaires. Je n'ai rien contre eux, mais je suis malade quand j'apprends que Zidane gagne vingt-huit mille euros par jour. Je dis que c'est injuste. Ce n'est pas parce qu'il a ce don du football que l'on doit lui attribuer de telles sommes ! Qu'il soit bien payé est normal, mais nos vedettes du sport ou du spectacle sont surpayées et c'est une saloperie. La star qui a des dons ne devrait pas avoir un salaire aussi prodigieux, parce que c'est anti-évangélique. Nous recevons des dons au cours de la vie, des pains et des poissons, mais pas des boulangeries entières ni des bateaux débordant de poissons.

Après un très grave accident de la circulation, un homme était handicapé. Les chirurgiens avaient dû lui couper les deux jambes. Immobilisé, il a appris à peindre. C'est maintenant un excellent peintre. Il m'a dit qu'il n'aurait sans doute pas découvert ce don sans cet accident.

Je n'avais jamais écrit de ma vie lorsqu'à l'âge de quarante-cinq ans on m'a suggéré de faire un livre. Je me demandais bien ce que j'allais raconter. J'ai commencé ainsi *Un prêtre chez les loubards.* Vingt-cinq ans plus tard, j'ai publié dix-huit bouquins. Je suis encore sidéré lorsque je vois sur une table de libraire tous ces bouquins avec mon nom. Je me demande vraiment comment j'ai pu écrire autant. Je me dis que le Seigneur m'en a offert le don. Alors j'écris. Je n'ai pas à me vanter de cela.

Celui qui t'inspire

La vente de ces livres me permet de distribuer des salaires à mon équipe. L'argent gagné me donne la puissance de mettre des jeunes debout. Je serais un beau salaud d'avoir gardé un centime pour moi grâce au don de l'écriture que le Seigneur m'a attribué. Tout donner est une grande joie, c'est aussi une justice ! Certains dons apparaissent dans notre vie. Nous devons les offrir parce que les dons ne nous appartiennent jamais. Nous ne devons pas nous en vanter, mais les mettre au service de notre communauté.

Au séminaire, quand j'étais petit, un maître m'avait donné un précieux conseil. Il m'avait dit : « Aussitôt que tu remarques une belle phrase dans un livre, copie-la pour être sûr de la mémoriser. » Bien des années plus tard, je lisais un article de journal et commençais à noter une phrase que je trouvais excellente. À la fin de la citation, j'ai lu que l'auteur était Guy Gilbert. Je me suis vraiment demandé comment j'avais pu écrire cette phrase !

Dans l'Ancien Testament, un passage nous dit : « Quand le prophète écrit, Dieu l'inspire. » Il n'y a plus qu'à faire courir sa plume ! Remerciez Dieu des dons qu'Il vous a attribués et que le Seigneur vous transmette la force de les cultiver ! Ne vous en vantez pas. Souvenez-vous de la multiplication des pains. Des quelques poissons et quelques pains qu'un petit a tendus au Christ, le Seigneur a nourri une grande foule. Il tient compte de ce que tu es et de ce que tu as reçu. Multiplie tes dons. Ne jalouse personne. Rends aux autres à fond la caisse ce que tu as reçu.

24

Dieu des vivants

Soyez des lumières étincelantes

Les Sadducéens, qui disent qu'il n'y a point de résurrection, vinrent auprès de Jésus, et lui firent cette question :
Maître, voici ce que Moïse nous a prescrit : Si le frère de quelqu'un meurt, et laisse une femme sans avoir d'enfants, son frère épousera sa veuve, et suscitera une postérité à son frère.
Or, il y avait sept frères. Le premier se maria, et mourut sans laisser de postérité.
Le deuxième prit la veuve pour femme, et mourut sans laisser de postérité. Il en fut de même du troisième,
et aucun des sept ne laissa de postérité. Après eux tous, la femme mourut aussi.
À la résurrection, duquel d'entre eux sera-t-elle la femme ? Car les sept l'ont eue pour femme.
Jésus leur répondit : N'êtes-vous pas dans l'erreur, parce que vous ne comprenez ni les Écritures, ni la puissance de Dieu ?
Car, à la résurrection des morts, les hommes ne prendront point de femmes, ni les femmes de maris, mais ils seront comme les anges dans les cieux.
Pour ce qui est de la résurrection des morts, n'avez-vous pas lu, dans le livre de Moïse, ce

que Dieu lui dit, à propos du buisson : Je suis le Dieu d'Abraham, le Dieu d'Isaac, et le Dieu de Jacob ?
Dieu n'est pas Dieu des morts, mais des vivants. Vous êtes grandement dans l'erreur.

Marc XII, 18-27.

Des tas de gens étaient derrière Jésus pour tenter de le coincer par des questions. Chaque fois le Christ répondait sans tomber dans le piège. Cela rendait ses détracteurs toujours plus hargneux. Si nous pouvions avoir à chaque instant ce discernement du Christ, nous saurions mieux ce qu'il y a dans l'homme.

Cela nous est possible si nous nous efforçons d'être des hommes et des femmes de prière, des gens de l'intérieur. Nous comprendrions beaucoup de choses et ne perdrions pas notre temps à des discussions stupides. Un jour donc, quelqu'un tentait de questionner le Christ sur le cas d'un homme ayant un frère. Celui-ci meurt en laissant une femme seule sans enfant. Pouvait-il épouser la veuve ? Dans l'éternité qui serait le vrai mari de cette femme ?

Jésus ne répondit pas à cette question stupide. Il dit : « Le Dieu d'Abraham, le Dieu d'Isaac, n'est pas le Dieu des morts mais des vivants. » Parlons du Dieu des vivants. La parole du Christ est la vérité. Le Christ est LA vérité. Pas moi. Pas vous. Le croyant n'a pas la vérité. Souvenons-nous de la définition du croyant par rapport à l'intégriste : l'intégriste met Dieu à son service alors que le croyant se met au service de Dieu. Lorsque le croyant ose mettre Dieu à son service, il peut utiliser Son livre saint comme arme et c'est terrifiant. Des tueurs chrétiens ou musulmans en sont aujourd'hui les instruments de mort.

Un Dieu falsifié

Le 11 septembre 2001 a été une épreuve stupéfiante qui marquera les esprits pendant des siècles. Jamais, dans l'histoire de l'humanité, l'homme n'est allé aussi loin dans l'horreur et l'abjection au nom d'un Dieu falsifié et dénaturé. Nous sommes des vivants, mais nous n'appartenons pas à ce monde. Quand il cherche le pouvoir pour le pouvoir, l'argent pour l'argent et le paraître comme une fin en soi, le croyant n'est pas un vivant. Il devient un monstre d'orgueil. Seule l'humilité, la plus grande des vertus, peut le mettre sur les pas du Christ, qui l'a manifestée durant sa vie de façon exemplaire.

Qu'est-ce qu'un vivant au nom du Christ ?

Le vivant est quelqu'un qui prie, quelqu'un qui aime au nom d'un Christ humble et petit.

La qualité d'amour du Christ était due à sa capacité de prière. Combien de fois le voyons-nous dans l'évangile quitter la foule pressante qu'il aimait tant et s'isoler dans la montagne pour de longs moments de prière ? « Prie et aime » est ma devise préférée puisée dans l'attitude du Christ telle que l'évangile nous la montre. Si nous prions nous aimerons. Et si nous aimons nous prierons davantage. Sans mes quarante-huit heures de silence et de prière tous les dix jours, je n'aurais jamais pu tenir dans le monde de violence qui est le lieu de mon apostolat. Je me dois d'être un vivant au milieu de jeunes qui portent des germes de mort, de haine et de violence parfois inimaginables. Ces heures de retraite sont inestimables pour recharger mes batteries et repartir semer l'amour et l'espérance.

La prière individuelle fait de nous des vivants. Je le crois profondément. Nous avons dans l'évangile cette phrase implacable du Christ : « Demandez et vous recevrez. » Nous devons la prendre à la lettre. Toute prière est automatiquement exaucée par le Seigneur.

Dans mon équipe, un jeune m'avait fait énormément

souffrir pendant plusieurs années. Il était très tourmenté. J'avais depuis longtemps demandé au Seigneur : « Je T'en supplie... » Ce fut un cauchemar pendant quatre ans. Le Seigneur m'a exaucé au-delà de l'imaginable, mais de façon détournée et totalement imprévisible. Une circonstance extraordinaire est arrivée et a permis à ce jeune d'être enfin apaisé.

J'aime bien chercher les signes de Dieu dans ma vie, notamment dans le fait que le Seigneur exauce nos prières, absolument. Il ne les exauce pas comme nous le voulons la plupart du temps mais Il les satisfait. La puissance de notre foi joue alors à fond la caisse. Il suffit encore une fois de croire que le « Demandez et vous recevrez » n'est pas une parole en l'air du Christ, mais une parole de vérité que seule notre foi peut authentifier et vérifier. Si nous avons la chance de croire, nous sommes des vivants.

Si les chrétiens étaient des vivants...

Nous sommes quotidiennement embourbés dans d'innombrables problèmes. Des souffrances surviennent, des amis meurent... Notre vie est faite de nombreuses tracasseries. Demandons au Seigneur par la prière de nous exaucer. Il sera là, présent, et dans les moments les plus durs. C'est à ce moment-là qu'il faut s'accrocher car ce sont les temps de brouillard le plus intense. C'est l'épreuve de la foi en la prière. Les saints de tous les temps ont vécu cela, la petite Thérèse notamment. Il est bon pour nous de savoir que ceux et celles qui étaient les plus proches de Dieu sur terre par leur union avec Lui ont subi de vrais martyres dans le doute et la nuit. C'est ce que voulait dire de façon humoristique sainte Thérèse d'Avila quand elle décochait au Christ : « Je comprends maintenant pourquoi tu as si peu d'amis. »

La prière nous octroie le don de l'amour. Elle nous procure la force et la puissance d'aimer l'autre gratuitement.

L'amour sauve tout, l'amour vainc tout, l'amour change tout. Dans les moments de détresse, l'amour nous permet de croire que le Christ est vivant et que nous sommes des vivants nous aussi, car aucune situation n'est insoluble ni inextricable.

Dans mon métier d'éducateur spécialisé, je rencontre continuellement des situations extrêmes. Je me retrouve perdu, ébranlé. Alors ma prière monte vers le Seigneur, d'année en année, sans le moindre découragement. Le Seigneur exaucera toujours la prière qui monte vers Lui.

Soyez des vivants, priez et aimez. La prière vous donnera la possibilité de vous investir dans l'amour. Si vous aimez, vous irez forcément vers le Seigneur pour Lui demander la force. Si nous avions conscience de la puissance de la prière, nous prierions continuellement. Le Christ nous l'a recommandé : « Priez sans cesse. »

Si les chrétiens étaient des vivants à la sortie du temple où ils ont reçu la vie…, alors le monde éclaterait d'allégresse. La culture de mort, faite d'atteinte à la vie de l'enfant dans le ventre de sa mère ou du vieillard que l'on achève, nous transforme en morts vivants.

Seul le Christ, dans un monde déboussolé, peut nous accorder d'être des humains « vivants », lumières étincelantes pour un monde plongé dans les ténèbres.

25

Le signe de la croix

Le Seigneur nous porte

Celui qui aime son père ou sa mère plus que moi n'est pas digne de moi,
et celui qui aime son fils ou sa fille plus que moi n'est pas digne de moi;
celui qui ne prend pas sa croix, et ne me suit pas, n'est pas digne de moi.
Celui qui conservera sa vie la perdra, et celui qui perdra sa vie à cause de moi la retrouvera.

Matthieu X, 37-39.

Chaque religion peut être identifiée par un signe précis. Par exemple, nous pouvons dire que le signe des musulmans est le croissant de la lune. Pour les juifs, c'est l'étoile de David. La croix est le signe du chrétien.

Des jeunes en prison me dessinent souvent des croix car ils savent que c'est mon signe. De nombreuses croix ornent les murs de notre permanence parisienne. Elles m'ont toutes été offertes par des jeunes ou des anciens. Un jeune musulman m'a offert une croix à accrocher sur mon blouson. Je la porte toujours. Il m'a dit: « Je ne crois pas du tout à cela, mais je sais que c'est ton signe, prends-la. » C'est effectivement notre signe. Alors comment pouvons-nous comprendre: « Prendre sa croix et suivre le Christ » ?

Des pas dans la neige

J'aime bien cette histoire. Laissez-moi vous la raconter.

Un homme monte au paradis. Là-haut, le Seigneur lui montre le paysage en dessous et lui dit : « Regarde, cette étendue de neige superbe. Vois-tu, sur l'immense surface, la trace de deux pas ? C'est toi qui marches et Moi qui reste toujours à tes côtés durant toute ta vie. » Le gars regarde en bas et observe la direction des traces. Après la grande plaine couverte de neige, il y a une montagne très haute. Un sentier très difficile mène au sommet. Dans les endroits les plus escarpés, on ne voit plus deux traces mais une seule. L'homme dit alors : « Seigneur, Tu m'avais dit que Tu serais toujours avec moi. Sur la plaine, quand tout était facile, il y avait deux traces de pas, et aux moments les plus difficiles de ma vie, il n'y en a plus qu'une ! » Le Seigneur lui répond : « C'est vrai, il n'y a plus qu'une seule trace. Sache qu'aux moments les plus durs de ta vie, Je te portais. »

Le Seigneur nous porte. Il nous demande aussi de porter notre croix et de porter la croix des autres. On accuse souvent les chrétiens de se complaire dans la souffrance. C'est une grave erreur. Chaque humain, quelle que soit sa religion, bute forcément sur le mystère de la souffrance. « Pourquoi la souffrance ? » est la question qui m'est le plus souvent posée. Au niveau strictement humain, je n'ai aucune réponse. Au niveau chrétien, oui, j'en ai une.

Dans nos vies d'hommes et de femmes, nous connaissons beaucoup plus souvent la souffrance que la joie. Vous le savez bien. Les adolescents ne le savent pas encore tout à fait et les enfants l'ignorent. Mais les adultes le savent. L'adulte chrétien qui ne bûche pas sa foi n'a pas plus de réponse que l'athée. Il sait simplement que le Christ a vécu sur terre trente-trois ans et a souffert atrocement avant de mourir. Le mystère de la croix du Christ, ça se bûche ! Sinon la souffrance semble inutile et n'a aucun sens. Le Christ, Dieu et homme à la fois, est venu sur terre pour nous révéler l'amour du Père, le sens de la vie et combien la souffrance peut jouer un rôle capital dans notre existence.

« Renonce à toi-même »

C'est la première consigne du Christ, et cela veut dire :
ne flambe pas pour en foutre plein la vue aux autres,
crois que l'autre est toujours plus grand que toi,
va toujours du côté des plus faibles,
sois toujours du côté des perdants,
ne juge jamais l'autre,
ne sois pas empoisonné par la rancune et la haine ;
pardonne toujours,
n'aime pas par calcul mais gratuitement,
aime l'étranger de façon prioritaire,
accepte que l'autre soit différent,
sois doux et humble.

C'est cela, « renoncer à soi-même », et beaucoup d'autres choses encore. Supporter tout ce qui nous est pénible est la meilleure façon de suivre le Christ. Si nous lui portons un invincible amour, Il nous répondra toujours par les merveilles que nous ferons en son nom. On se retrouve toujours en se renonçant. Le chrétien a un secret invincible, c'est l'amour. Pour cela il faut qu'il déblaie dans sa vie tout ce qui n'est pas essentiel : dur chemin, combat de tous les jours. La croix lumineuse est au bout de la route. Des chemins les plus escarpés, le Christ fera des autoroutes fluides. C'est ainsi que j'entends sa parole : « Mon joug est facile à porter et mon fardeau léger. »

Alors, porter sa croix chaque jour est une grande joie pour celui qui renonce à lui-même. L'amour du chrétien pour Dieu et pour les autres lui fera comprendre que toute souffrance est rédemptrice. Elle n'est jamais perdue ni gaspillée.

J'aime bien cette phrase de saint Paul : « Jetez en Lui

tous vos soucis, Il prendra soin de vous.» Dans mes journées lourdes de cris d'angoisse, combien de fois ai-je jeté en vrac au Seigneur les soucis des autres: «Seigneur, donne Ta force de vie à Jean qui m'écrit de sa cellule qu'il pense souvent au suicide»; «Suscite l'espérance pour ce couple qui vient de perdre son premier enfant et qui, meurtri, n'en veut plus d'autre»; «Accompagne dans la paix cette vieille amie qui s'en va vers Toi dans de grandes souffrances.» Et surtout: «Donne-moi la force de porter tant d'êtres, moi si limité et si fragile.»

Combien de fois ai-je regardé avec amour une des multiples croix qui ornent ma permanence parisienne? Un seul regard suffit. Rien n'est dit et tout est dit. J'aime aussi regarder avec amour les multiples calvaires qui d'un seul coup apparaissent au détour d'une route.

La force de la croix

Je vois d'innombrables croix pendre à des oreilles ou décorer des poitrines! Croix fétiches, croix souvenirs, croix porte-bonheur… Le Seigneur doit bien se marrer là-haut en voyant que Son signe est présent partout sans que ceux et celles qui le portent y attachent la moindre signification religieuse. Si nous savions la force prodigieuse de la croix dans nos vies de chrétiens!

Il est urgent pour nous d'en retrouver la signification. Si tu places un crucifix dans ta chambre, regarde-le et prie-le. N'en fais pas un objet décoratif ou un gri-gri traditionnel. Qu'il soit au contraire une croix devant laquelle vous vous agenouillez, que vous adorez et que vous portez. Beaucoup de saints passaient des jours et des nuits en contemplation face à la croix. Ils l'adoraient et trouvaient là des lumières extraordinaires sur la signification chrétienne de la souffrance.

Sainte Thérèse de l'Enfant-Jésus disait: «Supportez la souffrance, portez-la et transcendez-la.» Transcender signifie «aller au-dessus». Sachons que le Seigneur nous portera dans toutes les situations les plus difficiles de l'existence.

On ne pratique plus les chemins de croix. C'est regrettable. Le chemin de croix retrace toutes les étapes que le Christ a vécues au cours de son calvaire. Il était suivi par les saintes femmes. Celles-ci ont porté une croix intérieure terrifiante, notamment sa mère. Quoi de plus terrible pour une mère que de voir les policiers de l'époque cracher sur son fils et le martyriser au-delà de l'imaginable ?

Des épines profondément enfoncées dans la tête, le Christ devait traîner ces deux terribles morceaux de bois qui pesaient sans doute quatre-vingts kilos. Marie et les saintes femmes le suivaient et portaient dans leur cœur sa souffrance. Elles la partageaient mystérieusement. Nous savons, nous chrétiens, que la souffrance que nous assumons nous pouvons l'offrir aux autres. C'est le mystère de la communion des saints. J'y crois absolument. Quand parfois, alors que je n'en peux plus, je sens une force nouvelle m'envahir, je me dis : « C'est sans doute un malade qui m'offre sa souffrance, ou une contemplative qui dans le silence de sa cellule supplie le Seigneur de me porter. »

Divin culot

À cette invitation du Christ à porter ma croix s'ajoute la certitude qu'il me porte quand le fardeau est trop écrasant et que moi-même je tente d'aider les autres à assumer leurs angoisses ou leurs révoltes. Ajoutons que le Christ a le culot divin de nous inviter à la joie au cœur de la souffrance ! Cette joie est incommunicable. Mais elle est. Seul celui qui la vit le sait. C'est la seule réponse que nous pouvons donner à un monde qui rejette la souffrance. Notre façon de vivre rendra une fulgurante réponse à la question obsédante : « Pourquoi souffrir ? »

Un jour, dans une piscine publique, j'aperçois le dos d'un Apollon. Ce jeune adulte avait fait tatouer sur son dos une immense croix. La légende qui l'entourait était :

«Il a souffert avant moi.» Je n'ai évidemment pas demandé à cet homme le pourquoi de son tatouage. Mais la légende indiquait son parcours de combattant, ses souffrances et en effet la prison où il avait découvert le Christ. Un autre tatouage indiquait qu'il avait connu la taule: il était sans doute un Bon Larron… mais vivant.

26

Jeûnez et priez : le carême

Les cinq mystères lumineux de Marie

Nous allons respirer Marie à travers les cinq mystères lumineux pendant la période éblouissante du carême.

Le carême chrétien, c'est jeûner, prier et faire silence. À chacune de ses apparitions, Marie donne ces trois conseils. À Fatima, à Lourdes, à La Salette et ailleurs, elle recommande : « Faites pénitence, jeûnez, faites silence. »

Nous savons que le jeûne est très bénéfique pour le corps comme pour l'esprit. Les bouddhistes le savent, les juifs le savent, les musulmans le savent, les chrétiens le savent aussi. Toutes les religions savent que nous ne devons pas alourdir notre corps. Ne vous y trompez pas, c'est totalement différent des émissions télévisées actuelles qui vous montrent comment maigrir en quarante jours grâce à un régime dissocié hypocalorique. C'est vraiment n'importe quoi. On peut passer par toutes sortes de traitements ou de médications plus ou moins incroyables. Il est plus intéressant de faire du sport régulièrement et d'apprendre à jeûner. Tant de charlatans se font des couilles en or sur les rondeurs que vous ne supportez plus.

On ne jeûne pas pour maigrir mais pour alléger son corps et permettre à l'esprit de monter : notre but est l'élévation de l'âme. Nous cherchons à lutter contre la pesanteur du corps. Le Christ a fait quarante jours de jeûne.

Priez : le Christ sans cesse quittait tout, s'en allait se mettre au calme au retour d'une mission pour prier son Père. Parce que la tension était forte, et qu'il était terriblement sollicité de toutes parts, Jésus s'adressait à ses disciples et les invitait à se réfugier dans la montagne. Je ressens très bien cette nécessité dans mon métier d'éducateur. Je m'en vais dans la forêt très régulièrement.

Nous devons vivre sans cesse la prière individuelle et collective. La vie de l'humain sur terre est un combat. « Si tu veux être un grand serviteur du Seigneur sur cette terre, prépare-toi à subir l'épreuve », nous dit l'Ancien Testament. C'est pour cette raison que nous devons nous éloigner régulièrement de la foule.

Méditons l'évangile avec Marie, puisque tous les grands mystères de la vie du Christ sont dans le rosaire. Le pape nous demande de méditer cinq mystères lumineux qu'il nous a lui-même choisis. Nous devons faire attention à ne pas donner à Marie une place démesurément importante. Parfois, chez certains chrétiens, on a l'impression qu'à côté de Marie, Dieu et Jésus-Christ sont peu de chose. Laissons bien Marie à sa place. Elle est la plus grande sainte de tous les temps. Myriam, vénérée des musulmans, est considérée comme la plus grande femme du monde. Nous, chrétiens, nous disons qu'elle est la plus grande sainte.

Les mystères du rosaire sont les mystères de la vie du Christ. Il est très important pour un croyant de méditer chaque mystère. C'est une façon de relire la vie du Christ. C'est un moine chartreux, au XIVe siècle, qui a inventé le rosaire. Et c'est un dominicain, Alain Delaroche, qui va assurer au XVe siècle son immense succès populaire. Ce succès ne s'est jamais démenti. À l'aune des cinq mystères lumineux, méditons ce carême, ce temps très fort pour nous chrétiens avant la montée de Pâques.

Reprenons l'évangile pour le premier mystère lumineux.

Le Baptême du Jourdain

Alors Jésus vint de la Galilée au Jourdain vers Jean, pour être baptisé par lui.
Mais Jean s'y opposait, en disant : C'est moi qui ai besoin d'être baptisé par toi, et tu viens à moi !

Jésus lui répondit : Laisse faire maintenant, car il est convenable que nous accomplissions ainsi tout ce qui est juste. Et Jean ne lui résista plus. Dès que Jésus eut été baptisé, il sortit de l'eau. Et voici, les cieux s'ouvrirent, et il vit l'Esprit de Dieu descendre comme une colombe et venir sur lui.
Et voici, une voix fit entendre des cieux ces paroles : Celui-ci est mon Fils bien-aimé, en qui j'ai mis toute mon affection.

Matthieu III, 13-17.

Le Christ s'est fait baptiser par Jean-Baptiste pour nous montrer la route. Le premier mystère est le baptême du Jourdain. Le carême doit nous permettre d'approfondir notre baptême. Relisons et remémorons-nous bien ce qu'est le baptême. Quand nous braillions à l'âge de deux mois parce qu'un curé nous baptisait, que s'est-il passé ?

Lors d'un de ses voyages en France, Jean-Paul II a assené cette phrase : « France, fille aînée de l'Église, qu'as-tu fait de ton baptême ? » Le Christ s'est fait homme. Il a pris notre misère pour nous offrir la vie. Par le baptême et par les sacrements. C'est le baptême qui introduit les six sacrements. Sans baptême, nous ne pouvons pas recevoir les autres sacrements. Méditons notre baptême pendant le temps du carême. Qu'en faisons-nous ? En vivons-nous ? Quel baptême voulons-nous pour nos enfants, et pour quoi ? Une réflexion sur la vie chrétienne par le baptême est certainement très importante.

Deuxième mystère lumineux :

Les noces de Cana

Trois jours après, il y eut des noces à Cana en Galilée. La mère de Jésus était là,
et Jésus fut aussi invité aux noces avec ses disciples.

> Le vin ayant manqué, la mère de Jésus lui dit : Ils n'ont plus de vin.
> Jésus lui répondit : Femme, qu'y a-t-il entre moi et toi ? Mon heure n'est pas encore venue.
> Sa mère dit aux serviteurs : Faites ce qu'il vous dira.
> Or, il y avait là six vases de pierre, destinés aux purifications des Juifs, et contenant chacun deux ou trois mesures.
> Jésus leur dit : Remplissez d'eau ces vases. Et ils les remplirent jusqu'au bord.
> Puisez maintenant, leur dit-il, et portez-en à l'ordonnateur du repas. Et ils en portèrent.
> Quand l'ordonnateur du repas eut goûté l'eau changée en vin – ne sachant d'où venait ce vin, tandis que les serviteurs, qui avaient puisé l'eau, le savaient bien –, il appela l'époux,
> et lui dit : Tout homme sert d'abord le bon vin, puis le moins bon après qu'on s'est enivré ; toi, tu as gardé le bon vin jusqu'à présent.
> Tel fut, à Cana en Galilée, le premier des miracles que fit Jésus. Il manifesta sa gloire, et ses disciples crurent en lui.
>
> Jean II, 1-11.

Les noces de Cana, c'est l'amour et la foi de Marie. Nous pouvons nous imprégner de ce mystère. L'amour terre à terre de Marie est aussi le premier miracle du Christ. Il a changé l'eau en vin.

On peut penser qu'un mariage sans alcool n'est pas possible… J'en ai vu des mariages ! J'avoue y avoir bien bu. Bien sûr, aujourd'hui, on s'attend à trouver un Sarkozy à la sortie de la fête pour nous faire souffler dans le ballon et vérifier notre taux d'alcool. Jésus-Christ ne devait pas avoir de gendarmes à la porte du banquet… En ce temps-là, il n'y avait pas de bagnoles. Elle est loin l'époque où il suffisait de monter sur son cheval pour qu'il nous ramène à l'écurie lorsqu'on était trop bourré ! Imaginez Paris aujourd'hui vidé de ses voitures et les Parisiens se déplaçant à cheval… Nous serions moins speed.

Si le premier miracle de Jésus est d'avoir changé l'eau en vin (probablement un super saint-émilion), il n'en a pas moins recommandé de le boire avec mesure ! Quant à Mahomet, s'il a interdit l'alcool systématiquement ce n'est pas parce que l'alcool et le vin sont mauvais. Il l'a interdit parce que les hommes en abusaient.

Marie sait déjà la puissance de son fils. Elle l'a constatée. Et d'un air innocent, elle dit au Christ : « Mon fils, ils n'ont pas de vin. » Le Seigneur lui répond : « Qu'y puis-je ? » Lui aussi feint de ne pas savoir. Alors Marie commande des vases remplis d'eau, Jésus les bénit. Elle sait que son fils peut ravir le corps et le cœur des gens. À travers ce miracle, c'est la foi en un Dieu humain et proche de nous que nous indique Marie. C'est l'amitié extraordinaire du Christ qui se manifeste. Il avait beaucoup d'amis : Lazare, Marie-Madeleine, Jean et tant d'autres. Il était immensément attentif et vivant. Alors, nous aussi, bûchons notre amitié, notre attention envers les autres. Toi, vieux lézard qui n'offres plus de roses à ta vieille taupe, va en chercher une et offre-la-lui ! Cela lui fera grand plaisir. Jésus nous enseigne la vie, la guérison du cœur et du corps, et l'amour en actes par-dessus tout.

Troisième mystère lumineux :

Le sacrement de la réconciliation

Après ces paroles, il souffla sur eux, et leur dit :
Recevez le Saint-Esprit.
Ceux à qui vous pardonnerez les péchés, ils leur seront pardonnés ; et ceux à qui vous les retiendrez, ils leur seront retenus.

Jean XX, 22-23.

Jésus nous sauve par le sacrement de la réconciliation. Le Seigneur vous demande de vous agenouiller.

Le temps du carême est le bon moment pour vider ses

poubelles intérieures. Je sais que vous avez le poil qui se hérisse quand je vous parle de vous confesser. Je le sens bien. Nous avons perdu le sens de ce sacrement. Le Seigneur demande dans ce sacrement de nous mettre à genoux devant un homme, devant un prêtre, un mec comme moi, un pauvre type, un pécheur. Videz vos poubelles personnelles. Vous constaterez par vous-même que ce n'est pas si difficile.

J'ai confessé, il y a quelques jours, un couple qui se préparait au mariage. Il ne s'était pas confessé depuis longtemps. Tous deux avaient besoin que je les aide. Lui m'a demandé : « Qu'est-ce que je vais vous dire ? » Alors j'ai répondu : « Là, mon pote, c'est ton problème ! » Et puis j'ai essayé de faire preuve d'un peu de psychologie. Je lui ai simplement dit : « Qu'est-ce qui t'ennuie dans ta vie ? Quelle est la plus grande lourdeur de ta vie ? Qu'est-ce que tu te reproches le plus ? » Cela a donné lieu à un passionnant dialogue. Maintenant, les curés engagent une vraie conversation avec les gens. Quand j'étais petit, on énumérait les péchés : « J'ai été gourmand, j'ai dit du mal de mon cousin... » On écrivait tout ça et on le lisait au curé. C'est terminé maintenant. La personne entre en dialogue, elle dit des choses. Elle pourrait dire la même chose à un psychiatre, mais l'immense différence, c'est qu'à la fin le prêtre dit : « Je t'absous de tes péchés. Je te pardonne au nom du Père et du Fils et du Saint-Esprit. » C'est le miracle du sacrement de réconciliation. Je suis toujours ébloui quand moi, serviteur de ce sacrement, je dois lever la main et dire : « Je te pardonne au nom... »

La même chose se produit quand nos jeunes arrivent à notre Bergerie de Provence. Ils arrivent cassés, poursuivis par des dossiers énormes. Dix, quinze, dix-sept dossiers sur le bureau du juge ! Ils me disent : « Guy, je suis noir comme un corbeau. » Je leur montre les cent pigeons-paons, blanc immaculé, qui survolent la propriété (en respectant d'ailleurs rigoureusement les limites du cadastre). Je leur montre ce petit nuage blanc et je leur dis : « Tu es comme eux, tu es aussi blanc que neige pour moi. Tu es comme ces pigeons-paons. » Je ne confesse pas des musulmans ou des jeunes qui ne vont jamais à l'église, mais c'est ma façon de leur dire qu'ils peuvent repartir du bon pied. Dans mon cœur, alors, je prononce ces paroles : « Seigneur, pardonne-lui. » Comme pénitence, je dis toujours : « Si tu te sens neuf, alors sois heureux, relève-toi, marche et va de l'avant. Et ne recommence pas tes conneries. »

Il y a toujours un enfoiré d'observateur qui me fait remarquer que certains pigeons sont gris ou très foncés. Évidemment, des pigeons voyageurs se mélangent de temps en temps à notre nuée ailée. Je dis : « OK, laisse tomber, la majorité est blanche ! »

Réconcilions-nous avec Dieu et avec nous-mêmes durant notre carême.

Quatrième mystère lumineux :

La Transfiguration

Six jours après, Jésus prit avec lui Pierre, Jacques, et Jean, son frère, et il les conduisit à l'écart sur une haute montagne.

Il fut transfiguré devant eux ; son visage resplendit comme le soleil, et ses vêtements devinrent blancs comme la lumière.

Et voici, Moïse et Élie leur apparurent, s'entretenant avec lui.

Pierre, prenant la parole, dit à Jésus : Seigneur, il est bon que nous soyons ici ; si tu le veux, je dresserai ici trois tentes, une pour toi, une pour Moïse et une pour Élie.

Comme il parlait encore, une nuée lumineuse les couvrit. Et voici, une voix fit entendre de la nuée ces paroles : Celui-ci est mon Fils bien-aimé, en qui j'ai mis toute mon affection : écoutez-le !

Lorsqu'ils entendirent cette voix, les disciples

tombèrent sur leur face, et furent saisis d'une grande frayeur.
Mais Jésus, s'approchant, les toucha, et dit : Levez-vous, n'ayez pas peur !
Ils levèrent les yeux, et ne virent que Jésus seul.
Comme ils descendaient de la montagne, Jésus leur donna cet ordre : Ne parlez à personne de cette vision jusqu'à ce que le Fils de l'homme soit ressuscité des morts.

Matthieu XVII, 1-9.

La Transfiguration : le Père révèle Son Fils à ses disciples. Le Christ est transfiguré : la vie des apôtres face à cette révélation, infiniment plus lumineuse que les plus beaux couchers de soleil, est d'un seul coup transformée par cette apparition céleste du Fils de Dieu.

Les apôtres étaient complètement bouchés. Ils avaient vécu de très près la vie du Christ mais ils n'avaient compris que dalle. D'un seul coup, ils sont imprégnés de cette lumière. Notre vie de chrétiens est transfigurée par l'Esprit-Saint. La révélation de l'amour de Dieu nous sauve. Alors la paix viendra. Transfigurez votre cœur et vos frères, vos sœurs, votre famille et vos voisins pendant le temps de votre carême. Nous avons suivi la guerre d'Irak à la seconde près, collés à nos écrans de télévision. Mais combien de petits Iraks se produisent dans nos familles, dans nos vies ? Combien de déchirements, de manquements au pardon, de rancœurs et parfois de haines… ? À nous de bâtir tout de suite la paix là où nous sommes.

Cinquième mystère lumineux :

L'Eucharistie

Pendant qu'ils mangeaient, Jésus prit du pain ; et, après avoir rendu grâces, il le rompit, et le donna aux disciples, en disant : Prenez, mangez, ceci est mon corps.

Il prit ensuite une coupe; et, après avoir rendu grâces, il la leur donna, en disant : Buvez-en tous,
car ceci est mon sang, le sang de l'alliance, qui est répandu pour plusieurs, pour la rémission des péchés.
Je vous le dis, je ne boirai plus désormais de ce fruit de la vigne, jusqu'au jour où j'en boirai du nouveau avec vous dans le royaume de mon Père.

Matthieu XXVI, 26-29.

L'Eucharistie, c'est le plus lumineux des sacrements. Il condense tous les sacrements. Il réalise l'amour et l'union. Le plus grand signe d'amour, c'est de se donner en nourriture. Le Christ l'a fait. Il s'est fait tout petit. La plus grande joie dans ma vie est de faire descendre l'amour dans mes mains et de vous le donner. Faire l'Eucharistie est le plus grand moment de chacune de mes journées.

Perfectionnons notre participation à l'Eucharistie. Prolongeons l'action de grâces. Elle doit se poursuivre. Si vous pensez que la porte franchie c'est terminé, votre participation ne vaut pas un clou. Et puis je vous invite à rompre un peu vos habitudes et à faire un grand cadeau au Seigneur. Vous le ferez aussi à vous-même. Allez à l'église un autre jour en semaine. Gratuitement, dites au Seigneur : « Tu T'es donné à nous, je Te donne ce moment pour Te rencontrer et Te recevoir. » Le Christ t'accueillera dans la joie. Et toi tu l'accueilleras dans ton cœur.

Que Marie vous conduise vers son fils à travers ces cinq mystères lumineux !

Alors vous vivrez un carême « d'enfer », comme disent les jeunes.

27

La confiance et l'humilité

Deux trésors inépuisables

Il adressa ensuite une parabole aux conviés, en voyant qu'ils choisissaient les premières places; et il leur dit:
Lorsque tu seras invité par quelqu'un à des noces, ne te mets pas à la première place, de peur qu'il n'y ait parmi les invités une personne plus considérable que toi,
et que celui qui vous a invités l'un et l'autre ne vienne te dire: Cède la place à cette personne-là. Tu aurais alors la honte d'aller occuper la dernière place.
Mais, lorsque tu seras invité, va te mettre à la dernière place, afin que, quand celui qui t'a invité viendra, il te dise: Mon ami, monte plus haut. Alors cela te fera honneur devant tous ceux qui seront à table avec toi.
Car quiconque s'élève sera abaissé, et quiconque s'abaisse sera élevé.

Luc XIV, 7-11.

La terre nous attire

Nous sommes de plus en plus attirés par des biens matériels toujours plus nombreux. La moitié de vos petits-enfants seront centenaires. En 2002, aux États-Unis, une opération à cœur ouvert a été réalisée sur un fœtus de quelques semaines. Les chirurgiens ont opéré le cœur de l'enfant dans le ventre de sa mère. Nous faisons reculer la maladie et la mort de façon ahurissante. Finalement, ces progrès ont pour conséquence de nous mettre en distance par rapport à Dieu.

Plus nous nous enrichissons, plus nous nous détournons de Dieu. Paradoxalement, malgré le confort matériel qu'ils acquièrent, les hommes cherchent toujours Dieu désespérément. Je le constate sans cesse. Dans les salles où je vais, je suis toujours bouleversé. Les salles sont pleines. Je m'interroge. Les gens ne vont-ils pas se lasser, à la fin ?

En réalité, deux thèmes les hantent :

Est-ce que Dieu existe ? Qui a fait la nature, qui a provoqué le mal qui a permis la souffrance, la maladie et la mort ?

La violence interpelle chacun de nous. L'insécurité actuelle est la préoccupation de chaque citoyen. Tant d'affaires se produisent chaque jour. Et les jeunes se révoltent de plus en plus tôt.

Dieu nous cherche

Dieu vient à moi. Mais il y a un problème : aujourd'hui, les hommes cherchent Dieu négativement. Ils me disent : « Si ton Dieu existait, il n'y aurait ni souffrances, ni maladies, ni violence… » C'est trop souvent de cette manière que les gens abordent la question de Dieu. Je ne parle pas de ceux qui ne croient pas en Dieu et l'insultent. Je leur dis : « Pourquoi insulter quelqu'un qui n'existe pas ? Soyez logiques ! »

Dieu vient à moi dans la souveraine liberté de son amour. Telle est ma foi et ma confiance : Dieu m'aime. C'est tout !

La foi consiste d'abord à se dire que Dieu m'aime avant que je L'aime moi-même. C'est merveilleux de pouvoir se dire cela et de le croire. La foi est un chemin escarpé, un chemin de montagne. Ce n'est pas une autoroute ni une nationale !

La foi est un risque : on ne retourne pas les cartes avant de les jouer.

La foi et la purification ouvrent à la contemplation.

> Jésus lui dit : Je suis le chemin, la vérité, et la vie.
> Nul ne vient au Père que par moi.
>
> Jean XIV, 6.

Nous voulons connaître ce chemin immédiatement. Le chemin obscur de la foi nous sera ouvert d'abord par l'humilité, à condition d'avoir un cœur pur.

Le Seigneur nous donne la clé :

> Heureux ceux qui ont le cœur pur,
> car ils verront Dieu !
>
> Matthieu V, 8.

Seul un cœur pur nous fait voir Dieu

Nous devons nous débarrasser de toutes nos ordures, de tout ce qui nous encombre, pour voir Dieu. La foi, c'est se savoir aimé et se purifier sans cesse.

Tous ceux qui ont été trahis dans leur amour le savent. Quelle plus grande blessure que d'être trahi dans son amour par quelqu'un qui vous a dit : « Je t'aime » ? Quelle plus grande souffrance ? La foi c'est se savoir aimé inconditionnellement, de façon totale et absolue par celui qui ne nous trahira jamais. Il s'appelle Dieu-Amour. La réponse à la foi est l'amour par l'amour : notre cri de reconnaissance. Dieu nous aime et veut que nous Lui disions sans cesse : « Je T'aime. » C'est un immense cri de reconnaissance qui doit nous amener beaucoup plus loin pour un combat pour l'amour fraternel.

On me dit parfois que je manque d'humilité. Ma mère elle-même me disait souvent que j'étais orgueilleux. Je lui répondais qu'elle avait sûrement raison. Imprudemment elle a un jour ajouté qu'elle était humble. Je lui ai alors dit qu'elle était la plus orgueilleuse de nous deux parce que j'accepte d'être orgueilleux, tandis que personne ne peut dire qu'il est humble s'il l'est vraiment. Mais hormis cette boutade, ma mère était l'humilité même.

Bien sûr, je suis un orgueilleux ! Mais j'essaie de bûcher l'humilité. Avant de la prêcher, j'essaie de la travailler. Évidemment, comme chacun d'entre nous, je retombe souvent dans l'orgueil. Alors je bûche à nouveau ! C'est cela l'important.

Dieu n'attend pas l'ascèse, mais l'amour et l'humilité. Trop d'ascèse est l'ultime volonté de puissance et de possession. Un Père de l'Église a prononcé cette phrase frappante : « Le péché et l'humilité valent mieux que la vertu assortie d'orgueil. » Je crois qu'il avait bien bossé l'affaire. Souvenons-nous de l'humilité du publicain. Le pharisien disait, de sa chaire, qu'il était mieux que tout le monde : « Moi je suis un mec bien, moi je suis archevêque, moi j'ai eu des médailles… Regardez comme je suis généreux, je donne des dollars et je remplis le tronc de l'église… » Jésus qui regardait cela aperçoit le publicain derrière une colonne et l'entend dire : « Moi, je suis un pauvre con, je ne suis rien, je ne vaux même pas la crotte de mon chien. » À cette époque, le publicain était un exclu pour des raisons politiques et religieuses. Le Seigneur valorisa le publicain. « Je ne suis pas venu pour les justes, mais pour les pécheurs », disait Jésus.

Plus humble que lui, tu meurs

Il est né dans une simple crèche. Il s'est humilié par amour. Avant la crucifixion on le traînait, on lui pissait dessus, il était couvert de sang. Le péché ultime est de désespérer de la miséricorde de Dieu. Une confiance digne d'un enfant peut nous sauver. L'humilité mène à la crainte de Dieu. Si l'on est humble, on craint le jugement de Dieu. Mais on a l'amour. Et l'amour chasse toute crainte. La règle est la confiance, l'obéissance, la patience et le silence.

L'humilité nous retient de nous mettre en avant. Tout bien en nous vient de Dieu. Lorsqu'on sait cela, on dit que Dieu seul guérit. « Ta foi t'a guéri », dit Jésus au centurion. Si nous avions cette humilité, nous ferions des miracles.

L'humilité, reine des vertus, permet le pardon. Le « Notre Père » le dit parfaitement : « Pardonne-nous nos offenses comme nous pardonnons à ceux qui nous ont offensés. » Cette phrase est synonyme de l'humilité. Le pardon, c'est vouloir faire du bien à ceux qui nous ont fait du mal, et se croire inférieur à eux.

L'humilité est liée au silence intérieur. La fermer devant l'injure, la médisance, la calomnie. Dans un restaurant, un homme m'avait conseillé d'aller me faire enculer alors que je lui demandais aimablement de parler moins fort. Je précise que j'étais peinard, en train de répondre à mon courrier quand cet hurluberlu a commencé à marteler des discours lepénistes à très haute voix. Quand, à la fin du repas, je suis allé vers lui pour avoir des explications, nous avons discuté pendant une bonne heure. Je n'avais pas répondu à son insulte. J'avais seulement tenté de nouer un dialogue avec l'agresseur.

Veillons sur notre langue !

Combien de péchés commettons-nous chaque jour par la langue ? Un autre Père de l'Église, Agathon, avait passé trois ans avec des cailloux dans la bouche. Ne le confondez pas avec Démosthène qui se mettait, lui aussi, des cailloux dans la bouche afin de parler clairement et d'une voix de stentor à la mer en furie. Agathon a gardé trois ans des cailloux dans la bouche pour éviter de critiquer les autres. Il avait la langue trop bien pendue. Le silence rend attentif et proche de Dieu. Le désert intérieur que nous vivons alors est magnifique. Il est possible de l'obtenir partout, dans la foule comme en pleine nature.

La confiance et l'humilité donnent la joie. Voici une des sources prodigieuses de l'humilité. La joie est celle de penser que nous ne sommes que de pauvres types, des pas grand-chose. Il s'agit de penser que, dans notre combat intérieur, chaque jour nous rapproche de la joie de la rencontre. Si nous pouvions imaginer qu'aujourd'hui est le dernier jour de notre vie, quelle puissance nous mettrions à vivre cette journée d'amour !

Celui qui veut être le premier sera le dernier. Ne cherchez pas la première place, choisissez la dernière. L'humilité est la plus grande vertu. Travaillons notre foi et notre humilité, maîtrisons notre langue, disons du bien des autres. Ma mère a été un exemple, un signe. Toute personne dénigrée dans son quartier suscitait en elle un réflexe de miséricorde. Elle avait le talent de parler en bien du pire des emmerdeurs. Ses voisins la vénéraient.

Cherche une qualité chez ton ennemi... !

Sainte Thérèse de l'Enfant-Jésus disait que la vertu parfaite était l'amour. Pour elle c'était déceler la moindre des vertus de l'autre, y compris chez son ennemi. Je me souviens qu'un jour, en Provence, deux des jeunes dont nous avions la charge s'étaient battus. Ils s'attrapaient violemment assez souvent. Je les ai réunis tous les deux et j'ai demandé au premier : « Est-ce que ton copain a une qualité ? » Pris au dépourvu, il me répond : « Cette salope ? Cet enfoiré ? » Je repose la question : « Quelle est sa qualité ? » Il réfléchit et parvient à trouver une qualité à celui qu'il considérait comme son ennemi : « Euh ! Il travaille très bien. » J'ai fait la même chose auprès du second. « Quelle est la qualité de ton ennemi, s'il te plaît ? » Il cherche un peu et me dit : « Il me fait marrer, souvent, ça me détend. » Je leur ai dit qu'avec les deux qualités somptueuses qu'ils s'étaient découvertes, ils pourraient tout de même se réconcilier ! Comment voulez-vous qu'ils continuent à se taper dessus après avoir dévoilé le meilleur de l'autre ? À partir de là, ils sont devenus très copains.

Faites comme mes deux loubards. Cherchez la vertu de votre ennemi. Et vous verrez qu'il ne le sera plus pour longtemps.

28

La brebis perdue et retrouvée

Le Christ est du côté des perdants

Mais il leur dit cette parabole:
Quel homme d'entre vous, s'il a cent brebis, et qu'il en perde une, ne laisse les quatre-vingt-dix-neuf autres dans le désert pour aller après celle qui est perdue, jusqu'à ce qu'il la retrouve?
Lorsqu'il l'a retrouvée, il la met avec joie sur ses épaules,
et, de retour à la maison, il appelle ses amis et ses voisins, et leur dit: Réjouissez-vous avec moi, car j'ai retrouvé ma brebis qui était perdue.
De même, je vous le dis, il y aura plus de joie dans le ciel pour un seul pécheur qui se repent, que pour quatre-vingt-dix-neuf justes qui n'ont pas besoin de repentir.

Luc XV, 3-7.

Je suis frappé d'entendre souvent l'Église parler de la brebis perdue. Elle pense généralement à la prostituée, à l'homosexuel ou au clochard. Je suis choqué qu'elle pense surtout aux marginaux.

Elle se trompe: la brebis perdue peut aussi bien être un évêque totalement paumé et autoritaire dans son diocèse. Je pense à ce genre d'évêques qui dirigent un peu à la Pinochet. Il en existe malheureusement partout dans le monde. Ils sont souvent fâchés avec leur clergé comme avec leurs laïcs. Grâce à Dieu, ils sont de moins en moins nombreux. Ce sont des brebis perdues.

Il peut aussi s'agir du prêtre très traditionnel qui veut appliquer les lois de l'Église de façon trop stricte et qui oublie que dans l'Église les règles sont faites pour l'homme, et non l'homme pour les règles.

L'Église devrait aussi penser à d'autres brebis perdues. Je connais des prêtres extrêmement brillants qui passent des moments difficiles à vivre leur célibat. La brebis perdue peut encore être le prêtre pédophile qui a dérapé de manière criminelle. En France vingt-deux prêtres sont inculpés pour avoir commis des actes pédophiles. Ils ont provoqué des chocs terribles. Ce sont des malades qui ont commis des bavures très graves. Il y a vingt-deux mille prêtres, alors vous direz que, statistiquement, vingt-deux sur vingt-deux mille, ce n'est rien du tout ! Mais c'est énorme étant donné le choc que chrétiens ou non-chrétiens ressentent face à de telles fautes.

Ne faites pas de généralisation

Continuez à respecter les prêtres qui vivent bien leur célibat. Ceux qui ont déraillé tragiquement ont droit à votre miséricorde. Mais pensons d'abord aux victimes. L'Église a honteusement caché tout cela pendant trop longtemps en déplaçant des prêtres qui commettaient des bavures sur des enfants et des jeunes. Ce sont des brebis perdues, ne les oublions pas même si notre miséricorde doit aller prioritairement aux victimes qui vivent un véritable calvaire.

Je pense au militant perdu qui se dit que seul son mouvement est un vrai mouvement d'Église. Notre Église comprend de nombreux mouvements de spiritualité. C'est merveilleux : du traditionnel au progressiste, nous avons des tendances de toutes les couleurs. Chacun s'y reconnaît selon sa sensibilité et ses convictions. Si des laïcs sont figés dans leur mouvement, ce sont des brebis perdues.

Admirons les charismatiques, aimons les traditionalistes, acceptons tous les mouvements d'Église pour les jeunes, pour les anciens, pour les divorcés, les homosexuels. Un tas de gens ont de la peine à vivre dans l'Église. Ce sont des brebis perdues. Nous avons à les aimer vraiment et prioritairement.

Nous cherchons souvent la brebis perdue loin de chez nous, alors qu'elle est peut-être l'homme ou la femme avec qui nous vivons, et qui ne ressent plus l'amour, qui est paumé et qui s'en va doucement. Il peut s'agir de l'enfant qui pousse mal et que vous devez aimer en priorité. Je vois trop souvent dans des familles des parents qui ne cessent de reprocher à l'enfant ses médiocres résultats scolaires ! En le dévalorisant, ils ne font que l'écraser un peu plus. Ces parents sont des brebis perdues.

Dans votre famille, la brebis perdue est peut-être cette grand-mère ou cette cousine avec qui l'on a de mauvais rapports. Le génie du Christ consiste à aller d'abord vers le plus pauvre, le plus lointain, le plus cassé. Il a aimé les brebis perdues d'un amour préférentiel.

Le Christ est d'abord du côté des perdants, pas du côté de celui qui réussit et qui a tout pour vivre heureux. Le Christ nous invite à lâcher les quatre-vingt-dix-neuf brebis pour aller chercher celle qui est égarée. Aller aujourd'hui vers la brebis perdue, c'est aller à contresens du monde. « Soyez des fous », disait saint Paul. Il nous faut l'être plus que jamais.

29

Ceux qui ont besoin d'un médecin

Aimer ceux qui souffrent

> Tous étaient dans l'étonnement, et glorifiaient Dieu ; remplis de crainte, ils disaient : Nous avons vu aujourd'hui des choses étranges.
> Après cela, Jésus sortit, et il vit un publicain, nommé Lévi, assis au lieu des péages. Il lui dit : Suis-moi.
> Et, laissant tout, il se leva et le suivit.
> Lévi lui donna un grand festin dans sa maison, et beaucoup de publicains et d'autres personnes étaient à table avec eux.
> Les pharisiens et les scribes murmurèrent, et dirent à ses disciples : Pourquoi mangez-vous et buvez-vous avec les publicains et les gens de mauvaise vie ?
> Jésus, prenant la parole, leur dit : Ce ne sont pas ceux qui se portent bien qui ont besoin de médecin, mais les malades.
>
> Luc V, 26-32.

Claude

En entrant une nouvelle fois aux assises, dans le palais de justice, je pense à ce texte. Je dois défendre Claude.

Cet ancien que je connais depuis longtemps a commis douze braquages avec violence. Son dossier est lourd. J'avais déjà dû le défendre au tribunal. Mais là nous sommes aux assises. Je pense très fort à ce texte de l'évangile. Ce ne sont pas les gens en bonne santé qui ont besoin de médecin, mais les malades. Je ne suis pas venu appeler les justes mais les pécheurs.

Évidemment la justice doit passer. Douze braquages avec violence, ce n'est pas insignifiant. Il n'y a pas eu de sang versé, mais il y a eu violence tout de même. Je pense, en regardant Claude, que le Seigneur m'a placé là pour dire le meilleur de lui-même. Je dois exprimer la part de cristal qu'il y a en lui. Je le connais bien, Claude. Le Seigneur me demande de révéler l'être de lumière qu'il est. Je sais que le Seigneur ne veut pas s'instaurer en juge pour les coupables. Pourtant la justice humaine doit passer.

Ma présence est dans la ligne de l'évangile : dire le meilleur d'un être qui a gravement dérapé. Au-delà de la sentence de condamnation, je peux déclarer toute l'espérance possible en l'être humain. Je veux avoir le regard du Christ dans ce prétoire pour aller au meilleur et au plus profond de Claude.

Mon métier d'éducateur m'amène souvent à défendre des jeunes. Ils ont parfois commis les pires des choses. Heureusement que cet évangile m'aide. Je me souviens d'un procureur de la République dans une affaire atroce. Un enfant avait été terriblement martyrisé par le jeune que j'assistais. Je défendais comme toujours le meilleur de lui-même. À l'énoncé du délit, nous avons entendu un murmure d'horreur dans la salle. Le procureur avait conclu par cette phrase : « Vous avez frappé ce gosse à tel point que seule la plante des pieds était intacte. » J'ai dû m'avancer pour défendre non pas l'horreur commise, mais le bourreau qui avait lui-même vécu une enfance épouvantable.

J'ai été très impressionné par la parole du procureur après mon témoignage : « Merci, monsieur l'abbé, d'être là, c'est l'honneur de votre sacerdoce d'avoir dit les mots que vous avez prononcés. »

J'étais très angoissé devant la foule qui manifestait sa haine et son effroi vis-à-vis de l'accusé. Pendant ma déposition j'ai entendu un silence très intense. La foule se taisait, elle écoutait. J'ai voulu rester dans la ligne du Christ. Mais comme c'est difficile dans ces moments-là !

Le festin de Lévi

J'aime particulièrement ce morceau d'évangile. Ce ne sont pas les gens en bonne santé qui ont besoin de médecin. C'est connu, on ne court pas voir un toubib quand tout va bien. Ce qui est très beau, c'est que le Seigneur mange avec les malades pour les rétablir. Cette image du repas qui rassemble est importante. Qu'est-ce qui rassemble le mieux des êtres humains, sinon un bon repas ? Lévi est collecteur d'impôts, donc voleur aux yeux de ses congénères. Il change subitement lorsqu'il est invité par Jésus et il offre un grand festin. Quel est le meilleur moyen de se réconcilier ? Manger ensemble. Manger avec ceux qui ont faim de réconciliation et de miséricorde. L'image de ce festin impromptu offert par Lévi est très belle. Je le vois au milieu de cette foule de gens. Les pharisiens le critiquent par-derrière. Ils se demandent pourquoi les disciples boivent et mangent avec les publicains et les pécheurs. Ils se gardent bien de le demander au Christ directement. Jésus a des oreilles partout et il entend. Il répond de façon cinglante mais positive.

Jusqu'à la fin des temps, le Christ restera celui qui ne veut pas juger l'intérieur d'une personne. Il restera celui qui va vers la personne qui souffre, malade ou angoissée. Le Christ est le bon pasteur. Ailleurs dans l'évangile, le passage de la brebis perdue nous dit la même chose.

Un soir d'hiver, à notre Bergerie de Faucon, un éducateur rentrait les moutons. Il n'avait pas pu voir dans le soir tombant une brebis qui avait accouché et restait dans le froid. Par hasard, je l'aperçois dans l'ombre avec son petit. Aussitôt un des jeunes court chercher une caisse et de la paille pour accueillir et réconforter le nouveau-né. La mère suivait, un peu inquiète. C'était notre brebis perdue. J'observais ce jeune particulièrement désemparé rentrer à toute vitesse au chaud dans l'écurie avec le petit qui venait de naître et sa mère qui le léchait pour le réchauffer.

Espérance dans le prétoire

Il est important que nous puissions comme le Christ ne jamais être juge de l'autre, ne jamais juger l'intérieur d'un être. Même si le jugement humain doit passer, nous pouvons regarder nos semblables avec un regard d'amour. Une espérance peut envahir un prétoire de palais de justice. Quand tout semble perdu, quelqu'un peut venir désespérément et passionnément dire le meilleur d'un être. Ainsi nous serons médecins des corps et des cœurs. J'appelle tous les chrétiens à être ces médecins-là. Par la bonté, l'attention et la miséricorde, nous devons comme le Christ aller vers les malades et les sauver en leur apportant l'aliment et le médicament le plus grand et le plus beau. C'est l'amour que nous pouvons leur porter.

Allez toujours vers la brebis perdue. Allez vers celui que personne ne voit ni n'écoute. Nous pouvons méditer cet évangile de façon très pratique dans nos vies.

30

Les Béatitudes

Les religions sont-elles porteuses de fanatisme ?

Alors Jésus, levant les yeux sur ses disciples, dit: Heureux vous qui êtes pauvres, car le Royaume de Dieu est à vous!
Heureux vous qui avez faim maintenant, car vous serez rassasiés! Heureux vous qui pleurez maintenant, car vous serez dans la joie!
Heureux serez-vous, lorsque les hommes vous haïront, lorsqu'on vous chassera, vous outragera, et qu'on rejettera votre nom comme infâme, à cause du Fils de l'homme!
Réjouissez-vous en ce jour-là et tressaillez d'allégresse, parce que votre récompense sera grande dans le ciel; car c'est ainsi que leurs pères traitaient les prophètes.
Mais, malheur à vous, riches, car vous avez votre consolation!
Malheur à vous qui êtes rassasiés, car vous aurez faim! Malheur à vous qui riez maintenant, car vous serez dans le deuil et dans les larmes!
Malheur, lorsque tous les hommes diront du bien de vous, car c'est ainsi qu'agissaient leurs pères à l'égard des faux prophètes!

Luc VI, 20-26.

Gandhi disait que cet évangile était un des plus beaux textes qu'il ait jamais lus. Il était hindouiste, bien sûr. Il avait lu les Béatitudes. Il avait vu la lumière du Christ chez les chrétiens.

Heureux les pauvres, heureux vous qui avez faim et soif de justice…

Le temps de la douleur

Quelques jours après la tragédie de Manhattan le 11 septembre 2001, Jean-Marie Colombani, directeur du *Monde*, écrivait : « Nous sommes tous des Américains. » En revenant d'Algérie au même moment, j'envoyais un article qui a paru à la une d'un journal algérien, intitulé « Nous sommes tous des Algériens ». Nous comptons plus de trois mille morts au World Trade Center de New York. En Algérie, cent dix mille personnes ont été assassinées par les terroristes. Trente-trois fois plus.

Au temps de la douleur en Amérique, nous sommes tous des Américains. Quand on prostitue des enfants pour les touristes aux Philippines, je suis Philippin.

C'est cela vivre les Béatitudes : pleurer avec ceux qui pleurent.

Quand l'Afrique meurt du sida, que l'on y soutient des gouvernements insoutenables et quand les laboratoires pharmaceutiques cherchent à réaliser des profits sur cette maladie, je suis un Africain.

Un animateur de pastorale m'a rendu visite avec une quinzaine d'Africains. Il s'occupait de malades mourant du sida. Il m'a dit qu'il assistait impuissant à la mort, parfois rapide, parfois lente, des personnes infectées. Elles disparaissent les unes après les autres parce qu'elles n'ont pas les moyens d'acheter des médicaments onéreux. Le traitement coûte cinquante euros par jour. Cette somme équivaut pour eux à un mois de travail.

Quand le napalm brûlait des centaines de milliers d'enfants, de femmes et d'hommes dans la jungle vietnamienne, et tuait du même coup toute végétation pour des dizaines d'années, je peux dire que j'étais Vietnamien.

Le jour où les Américains bombardent des civils en croyant viser ceux qui ont osé envoyer des avions s'écraser contre les « Twin Towers », je suis du pays bombardé parce que des victimes innocentes meurent.

Pour paraphraser les Béatitudes, je dirais : « Bienheureux ceux qui pleurent avec ceux qui pleurent. »

Le portefeuille d'Oussama

Il est bon que George Walker Bush s'attaque au portefeuille d'Oussama Ben Laden. Nous pourrions aussi mettre en évidence que l'Europe et la sphère anglo-saxonne regorgent de places financières peu regardantes. Les réseaux criminels et terroristes du monde entier ont l'embarras du choix pour organiser le blanchiment de leur argent. En France, aux Canaries, en Angleterre, au Liechtenstein, en Suisse, au Luxembourg, aux Bahamas ou à Monaco, ils sont accueillis avec le respect que l'on réserve aux meilleurs clients. Si le président des États-Unis d'Amérique veut s'attaquer à la banque du terroriste Ben Laden, il va devoir attaquer toutes les banques où l'argent n'a pas d'odeur.

Les Béatitudes nous disent : « Bienheureux le pauvre. » Celui qui partage aura le meilleur accueil au ciel.

Le président Bush a tort de dire que nous sommes l'incarnation du bien. « Dieu est avec nous », a-t-il assuré. Ignore-t-il que les terroristes islamistes disent exactement la même phrase ?

Puis George a continué en parlant de croisade du bien contre le mal... Ce n'était pas le meilleur moment pour évoquer ce genre de massacre. Il a dit une connerie énorme. Je pense qu'il avait fumé un joint avant de faire son allocution.

« Dieu est avec nous », c'est se placer précisément sur le même terrain que la prétendue guerre sainte. Une guerre ne pourra jamais être sainte. Elle semble parfois nécessaire. Que l'armée de Bush, aidée d'autres pays, éradique tous les nids de terroristes, nous ne pouvons que l'approuver. Mais la guerre est une connerie sans nom, un mal effrayant.

Au nom de Dieu

Évitons cette ahurissante simplification. Chacun proclame : « Dieu est avec nous. » Voulait-on que la guerre d'Irak soit celle des chrétiens contre les musulmans ? Cette simplification est inadmissible. La guerre des religions est la pire de toutes. Nous savons tous que tuer au nom de Dieu est obscène. Les chrétiens l'ont fait pendant l'Inquisition, il y a des siècles. Au nom de Dieu nous avons pendu et brûlé. Depuis, le pape a demandé pardon.

Les fanatiques mettent Dieu à leur service. Le croyant est au service de Dieu. Toute religion qui veut vivre les Béatitudes se met au service de Dieu. Dans toute religion, nous pouvons trouver le meilleur et le pire. Les Béatitudes sont la charte du chrétien.

Bienheureux celui qui partage avec celui qui a faim. Notre monde n'est pas divisé entre les mécréants et les croyants, entre les terroristes et les défenseurs du droit, ou entre les méchants et les gentils. Le monde est divisé entre ceux qui peuvent manger à leur faim et ceux qui ne peuvent pas. Quand je vais dans un restaurant, les serveurs me disent qu'ils ont honte de jeter aux ordures des dizaines de kilos de nourriture intacte chaque jour. Les pauvres du monde entier les mangeraient à genoux. La France pourrait nourrir des millions de personnes avec nos seuls restes. Le gardien de mon immeuble collecte deux tonnes d'ordures par semaine. Il voit du pain intact sous cellophane, du poulet entier encore emballé, des fruits…

Kofi Annan, secrétaire général des Nations unies, a souhaité : « Que ce 11 septembre tragique nous aide à réfléchir sérieusement sur les causes profondes des actes terroristes. » La pauvreté, l'ignorance, le racisme alimentent les conflits du Moyen-Orient. Il est aisé pour des recruteurs du terrorisme d'embrigader des personnes en désarroi, des hommes qui voient leurs enfants mourir de faim. C'est le terreau d'un terrorisme qui causera des troubles dans le monde entier. On ne condamnera jamais assez le fait qu'un milliard de nantis vit sur cette terre au mépris de cinq milliards de personnes qui ont à peine de quoi remplir leur assiette une fois par jour.

Le temps de la spiritualité

Le fou Ben Laden a fait des avions – qui n'étaient jusqu'alors que des instruments de chantage et des objets de détournement – des bombes volantes, des armes démoniaques. Des centaines d'avions ont été détournés. Jamais personne n'avait osé s'en servir comme d'un projectile humain.

Cette haine est incompréhensible pour les Américains comme pour nous. Passons de l'émotion à la raison, réfléchissons. Après l'émotion, les Américains et les Européens, chrétiens en grande majorité, doivent passer au temps de la réflexion et de la spiritualité.

Si l'horreur du 11 septembre peut enfin donner un visage humain au business, elle n'aura pas été totalement inutile. La France a soutenu des tyrans monstrueux en Afrique. Le représentant du Vatican, en soutane violette, est allé baiser la main de l'empereur autoproclamé, Amin Dada. Comment a-t-il pu en arriver là ?

Si nos chefs d'État démocratiques tolèrent sans rien dire que des tyrans tuent, volent et éliminent leurs peuples, ils font de leurs concitoyens les complices des massacres. Comment s'étonner que des avions tombent sur nos immeubles après cela ?

Nous sommes des tueurs en puissance sans le savoir. Je me demande comment on peut briguer le poste de président de la République. Je prie souvent pour les chefs d'État. Ces êtres ont une puissance surdimensionnée. Ils doivent souvent se sentir seuls face aux graves décisions qu'ils doivent prendre.

Face aux barbares, le temps est venu de réfléchir et de spiritualiser. Partager le malheur des autres, c'est vivre les Béatitudes. Si nous ressentons la peur, communions et prions. Souhaitons qu'une horreur telle que l'attentat de Manhattan puisse rendre un visage humain aux affaires. Nous ne sommes pas des saints. L'enfer qu'ont vécu les milliers de victimes des tours jumelles nous indique qu'un chemin nouveau doit être tracé. Huit cents millions d'Européens ont prié au même moment en solidarité avec les victimes de New York. Puissent-ils aller au-delà de leurs prières.

Un monde plus juste

Dieu est pour la justice, pas pour la haine. Les Béatitudes sont porteuses de justice. Le fanatisme choisit la vengeance. Nous devons nous battre pour plus de justice. Notre intelligence peut nous aider à construire un monde plus juste, pas les bombes. Elles renforceront le terrorisme, et la boule de haine grossira indéfiniment.

En voyage au Kazakhstan, notre pape Jean-Paul II avait appelé au respect de l'Église catholique pour l'« islam authentique ».

La loi musulmane évoque la guerre sainte. Au nom de quelle guerre ou de quelle sainteté parvient-on à faire aussi bon marché de la vie d'autrui ? Quel texte sacré trouve-t-on dans le Coran pour donner raison à des fanatiques ? Nous oublions trop que, pour la religion musulmane (sourate V, 32), « Quiconque tue une personne non reconnue de meurtre ou de dépravation agit comme s'il tuait l'humanité entière, et quiconque sauve une vie fait don de la vie à tous les hommes ». De très nombreux musulmans m'ont parlé de cette phrase. Le blâme est infligé à tous ceux qui tuent intentionnellement. On peut tuer pour défendre sa propre vie, le Coran reconnaît la légitime défense. Le suicide est condamné. Les kamikazes qui ont détourné les avions au-dessus des États-Unis ont aussi commis un attentat contre la vie. Un suicide est proscrit, *a fortiori* quand on y recourt pour ôter la vie à autrui. Aucune phrase du Coran ne peut justifier des opérations kamikazes. « Ne vous tuez pas vous-même car Dieu ne cesse pas d'être miséricordieux avec vous » (sourate IV, 29). Donc un suicide n'a jamais de raison valable pour un musulman authentique.

La fameuse guerre sainte, le « djihad », est un combat intérieur du fidèle musulman. C'est un combat contre ses mauvais instincts, et non une guerre armée contre les mécréants ou les chrétiens. Ce serait une falsification de l'islam.

Toute religion peut être porteuse de fanatisme. Toute religion peut aussi trouver dans ses textes la puissance et la force pour faire grandir l'humanité. Jean-Paul II, en réunissant à Assise toutes les religions du monde, n'avait pas d'autre but.

III

Prêtres d'aujourd'hui, Église de demain

31

Le sacrement de l'ordre

Une histoire de fidélité

> Quand ils le virent, ils se prosternèrent devant lui. Mais quelques-uns eurent des doutes.
> Jésus, s'étant approché, leur parla ainsi : Tout pouvoir m'a été donné dans le ciel et sur la terre.
> Allez, faites de toutes les nations des disciples, les baptisant au nom du Père, du Fils et du Saint-Esprit.
>
> Matthieu XXVIII, 17-19.

Chaque année, à la cérémonie d'ordination dans la cathédrale Notre-Dame de Paris, je vois les jeunes gueules des séminaristes. Ils représentent la relève. Ils nous regardent, nous, prêtres anciens. Ils nous écoutent.

Quand j'étais petit, je regardais avec la plus grande attention les prêtres qui se trouvaient autour de moi. À treize ans, je voulais être prêtre. Je me demandais : « Comment vivent-ils ? »

La tête dans le ciel, les pieds sur terre

Le sacrement de l'ordre – un des sept sacrements – est donné par l'évêque. Personne d'autre que lui n'est mandaté pour le donner. L'évêque fait les prêtres. Les prêtres sont au service du peuple. L'évêque a une équipe. Il a un devoir d'échanges avec ses prêtres. J'ai de très nombreuses lettres de Mgr Duval, de Mgr Marty, de Mgr Lustiger... Un évêque qui ne communiquerait pas serait très mal perçu par les prêtres. Il en existe malheureusement.

Le prêtre est l'homme qui parle de Dieu aux femmes et aux hommes de son temps. Et il parle des hommes et des femmes à Dieu. C'est un mec qui a la tête dans le ciel et les pieds sur terre. Cet aller-retour est très complexe. Nous sommes d'abord des hommes de prière.

Être prêtre est une vocation, un appel. En songeant à ces quatre cents prêtres anciens qui se trouvaient dans la nef de Notre-Dame de Paris, je me disais que chacun avait ressenti une vocation. Il est impossible de vouloir être prêtre sans un appel fort et précis.

Ma vocation n'est pas d'abord de donner des sacrements ou de prêcher, c'est d'être en union avec Dieu pour donner l'amour. Bien sûr, ensuite c'est prêcher. Un prêtre qui ne parle pas d'amour, qui n'est pas empli d'amour, qui n'est pas lui-même sacrement de l'amour, ce prêtre n'est rien de plus qu'un fonctionnaire du culte. Il peut vous parler des plus hauts sommets de la théologie et du sexe des anges, son prêche ne vaut rien s'il n'est pas lui-même imbibé de l'amour de Dieu. Vous le sentirez dans chacun de ses mots. S'il ne sent pas l'amour, le prêtre a raté sa mission.

Celui qui vous parle avec sa tête et vous annonce l'évangile avec sa tronche passe à côté de l'essentiel. Il faut que le cœur du prêtre parle directement au cœur des gens. Vous reconnaîtrez facilement ce prêtre-là.

Mes loubards ne sont pas croyants. Je ne leur parle jamais de ma religion. J'essaie de les aimer vraiment par des gestes, sans le dire. Ils le ressentent avec la plus grande puissance. Inutile de leur parler de l'amour de Dieu : ils chient dessus, ils ont été maltraités, battus, et ne peuvent concevoir qu'un Dieu d'amour permette cela. Mais, des années après, ils revendiquent l'amour et la bienveillance que je leur ai portés. Ils savent que je les aime. Cet amour est prêche et signe, au-delà de toute parole.

Aux pieds de Dieu

Chaque prêtre est une histoire d'amour entre Dieu et lui, et entre lui et son peuple. Chaque mariage est une histoire d'amour entre deux êtres. Cela exige une grande préparation. Mon évêque à Alger me recommandait souvent: «Monsieur l'abbé, allez donc vous réchauffer à la prière des moines. Allez au monastère de Tibérine.» J'allais souvent à Médéa prier avec ces moines qui maintenant chantent la gloire de Dieu dans l'éternité. Assassinés, ils sont devenus martyrs.

Toute ma préparation au séminaire a été centrée sur la prière. Mes directeurs de conscience m'ont martelé: «Si vous n'êtes pas un homme de prière, vous ne serez qu'un activiste.» Un cardinal disait récemment: «Les prêtres d'aujourd'hui deviennent animateurs, éducateurs, médiateurs. Dans un certain nombre de cas, leur rôle se borne à celui d'assistants sociaux.» Sa critique n'est pas infondée. Le prêtre qui cavale partout, sans prendre le temps de prière nécessaire, est un prêtre qui manque sa mission. Il doit se mettre aux pieds de Dieu. La puissance de sa vie tient à sa relation intime avec Dieu.

Quand des gens visitent Faucon et me disent que mon œuvre est splendide, je réponds: «Vous me prenez pour un débile? D'abord, ce n'est pas mon œuvre parce que je l'ai bâtie avec des dizaines de jeunes de toutes confessions. Ensuite, si vous admirez cette œuvre, remerciez la puissance de vie intérieure que mes équipiers et moi-même avons mise dans ce travail. C'est grâce à la vivacité de cette vie intérieure que Faucon existe.»

Le jeune arrive avec son paquet de haine et son désespoir. Sans la puissance de Dieu en moi, comment pourrais-je résoudre les problèmes? Les obstacles que je rencontre chaque jour seraient angoissants, difficiles et désespérants. Normalement, humainement, j'aurais dû abandonner depuis très longtemps ce métier d'éducateur trop prenant, trop dur. Il me pousse à des révoltes intérieures insensées. J'aurais parfois envie de mitrailler certains juges, certains policiers, certains chefs de bande qui détruisent complètement les individus car ils n'ont aucune conscience de la pauvreté de la personne qui se trouve en face d'eux.

Seul Dieu m'apaise. La prière me régénère

Ma préparation de prêtre m'a amené à me sentir bien dans ma peau. Sur le plan de l'affectivité, c'est essentiel. Comment un jeune corps et un jeune cœur peuvent-ils vivre le sacerdoce ? Les gens doivent être particulièrement bien équilibrés dans leur personne. Choisir d'être prêtre demande un bon discernement. Il faut aussi posséder l'intelligence des mystères. Dieu peut suppléer à nos limites humaines.

Un prêtre n'a pas à conquérir. Il est livré à l'amour, c'est un homme donné. Le prêtre n'a que des âmes à soulever par la puissance de vie qui émane de lui. Il n'a pas à convertir. Sa mission n'est pas le prosélytisme. De lui doit émaner une flamme de l'esprit d'amour telle que sa présence suffira.

L'ordination fait du prêtre un homme de prière, un homme de parole. Il doit enseigner la bonne nouvelle. L'évangile doit nous tordre les boyaux et sourdre de telle façon qu'il n'est jamais plaqué. Il nous faut une bonne dose d'Esprit-Saint pour annoncer le Christ quand il faut, où il faut et avec les mots appropriés. Il faut annoncer le Christ « à temps et contretemps », c'est-à-dire dans le monde d'aujourd'hui. L'Église n'est pas « tendance » et elle n'a pas à peloter ses ouailles. Les représentants du Christ que sont les prêtres, les évêques et les papes le sont jusqu'à la fin de leur vie et pour l'éternité. Ils n'ont pas besoin des votes du peuple, contrairement aux hommes politiques.

Trois exigences

Les trois promesses du prêtre sont la pauvreté, la chasteté et l'obéissance. Elles l'engagent à vie.

La pauvreté. J'ai visité de nombreux presbytères à travers le monde. L'Église doit avoir des prêtres pauvres. J'ai vu parfois des presbytères luxueux. Dans une grande ville de Suisse s'élève une maison immense, une des plus belles de la ville. Un prêtre m'y a reçu avec sa gouvernante. Comment un prêtre peut-il parler de la pauvreté s'il vit comme un émir du pétrole ? Quelques gens respectables vous diront : « Le prêtre doit avoir un train de vie en rapport avec son rang… » Il n'y a rien de plus dégueulasse qu'un prêtre qui vit dans le luxe. Il a fait la promesse de pauvreté. Il doit la vivre. Il peut toujours parler aux pauvres, ceux-ci ne l'écouteront pas. Sa vie montre qu'il n'est pas en cohérence. Le Vatican n'est pas le meilleur modèle sur ce point. Notre modèle est Jésus-Christ, qui marchait les pieds nus dans la poussière et dormait chez les gens qu'il rencontrait. Notre pauvreté doit être évangélique.

La chasteté. Le célibat est une règle disciplinaire. Elle peut être changée par l'Église demain, si celle-ci décide d'ordonner des hommes mariés. La chasteté doit être respectée et les prêtres se sentir bien dans leur peau. Lorsqu'on m'interpelle pour me dire : « Vous devriez vous marier, c'est plus équilibrant », je réponds : « Arrêtez votre char. À Paris un mariage sur deux finit en divorce, et un sur trois ailleurs en France… » Tant de liens d'amour sont manqués ! Nous ne pouvons pas dire que le couple marié soit le sommet de la réussite de l'amour. Les couples fidèles sont une chose merveilleuse. La chasteté du prêtre est faite du don total de sa disponibilité. Si on me demandait mon avis trente-neuf ans après, je redirais : « Je continue comme je suis. » C'est une magnifique histoire d'amour, à condition qu'elle soit acceptée. Nous avons six à sept ans pour y réfléchir et choisir.

L'obéissance. Ma mission d'éducateur spécialisé m'a

permis de rester dans le même peuple depuis trente-neuf ans. J'admire mes frères prêtres qui sont obligés de changer de paroisse. Quand ils ont bien travaillé pendant dix ans, ils doivent souvent partir. L'évêque leur dit : « Il faut que tu ailles ailleurs, c'est important pour l'Église. » C'est parfois une souffrance, un déchirement. J'ai la chance de ne pas avoir à vivre cette épreuve-là. J'ai d'autres souffrances, très fortes, mais pas celle-ci. Il est très difficile après avoir vécu en osmose avec une paroisse pendant sept ou dix ans de devoir la quitter. Nous parlons très rarement de l'obéissance chez les prêtres. Pourtant ils doivent obéir à leur évêque, et ce n'est pas évident.

Ces trois promesses (de pauvreté, de chasteté et d'obéissance) nous engagent autant que des vœux. Nous devons être les modèles du troupeau. Il est difficile de tenir ce rôle. Les prêtres sont pécheurs, aussi. Nous aurions tort de croire que nous avons une grandeur morale supérieure à la moyenne de l'humanité. Mais nous devons acquérir une spiritualité affûtée. Le leader, le chef spirituel, dans toutes les religions, doit vivre sa foi. Nous sommes des serviteurs d'abord. Nous parlons au nom du Fils de Dieu. Nous sommes des passeurs de sa parole. Notre spiritualité de prêtre doit nous permettre de transmettre la parole de Dieu sans la marquer de nos délires ou de nos pulsions personnelles. Nous devons êtres nantis de l'esprit d'amour qui nous éclaire. Nous sommes très libres, donc terriblement responsables.

L'importance du discernement

Le discernement est une qualité sacerdotale de très grande importance. Par exemple, lors du sacrement de réconciliation, nous devons apaiser, pardonner. Nous entendons des choses parfois horribles. Nous devons aider à l'expiation. Cela demande un sacré discernement.

Nous sommes des hommes de la passion et de la résurrection. Nous semons et d'autres font pousser les fleurs et les fruits. Nous n'avons pas à chercher les fruits et les fleurs. Quand ils arrivent, nous remercions Dieu, c'est certain.

La meilleure prédication du prêtre est sa façon de célébrer l'Eucharistie de manière vivante. Un prêtre est un homme rempli de joie. C'est une personne vibrante de l'amour de Dieu. Par sa vie, il indique le Royaume de Dieu. Il est forcément l'homme de la joie. Il conduit son troupeau dans la paix et dans l'amour, quelles que soient les déchirures passagères.

De lui émane la joie du Christ. « Soyez toujours joyeux », dit l'évangile. Oui, de la joie de servir. De la joie du Christ.

32

L'Eucharistie

Trésor de l'Église

Pendant qu'ils mangeaient, Jésus prit du pain ; et, après avoir rendu grâces, il le rompit, et le donna aux disciples, en disant : Prenez, mangez, ceci est mon corps.
Il prit ensuite une coupe ; et, après avoir rendu grâces, il la leur donna, en disant : Buvez-en tous,
car ceci est mon sang, le sang de l'alliance, qui est répandu pour plusieurs, pour la rémission des péchés.
Je vous le dis, je ne boirai plus désormais de ce fruit de la vigne, jusqu'au jour où j'en boirai du nouveau avec vous dans le royaume de mon Père.

Matthieu XXVI, 26-29.

Cet évangile est un texte central. Méditons l'Eucharistie qui est le trésor de l'Église.

L'esclandre

Actuellement, dans l'Église, certains voudraient que le rite soit suivi à la lettre et à la virgule près. Un jour, j'ai été interpellé par une femme qui me reprochait de ne pas respecter le rite. Elle m'a fait un scandale parce que j'avais omis une prière. Je lui ai répondu qu'elle me bavait sur les rouleaux avec mon oubli et que l'essentiel était ailleurs. L'Eucharistie consiste à faire descendre le Christ venu sur terre.

Son esclandre concernant le Credo oublié me semblait déplacé. Il y a des rites à respecter, c'est vrai, il faut les suivre, globalement. Il ne faut pas en devenir esclave.

J'entends partout que les jeunes s'ennuient à la messe. Ils nous le disent. J'espère que nous, les prêtres, saurons faire participer nos chérubins à des liturgies mieux adaptées. Sinon nous risquons dans vingt ans de voir les messes suivies exclusivement par des vieilles et des vieux. La messe est le sacrement central, le sacrement de l'Amour. Nous devons l'adapter. Gardons au maximum les rites tout en adaptant nos liturgies de façon à faire aimer l'Eucharistie.

L'Eucharistie est le trésor principal de l'Église. Je voudrais vous en parler de façon doctrinale, spirituelle et pratique aussi.

Nous vivons actuellement un désert eucharistique, c'est évident. Je n'aime pas trop quand les journalistes délimitent une religion en donnant les pourcentages de pratiquants. On compte que dix pour cent des musulmans pratiquent leur religion en moyenne annuelle. Pour le ramadan, le chiffre monte à soixante-dix pour cent. Chez les chrétiens, on compte sept pour cent de pratiquants et une forte augmentation à Pâques, à Noël, aux Rameaux et à la Toussaint. Nous sommes quarante millions de chrétiens et catholiques en France. Même si les statistiques donnent une certaine idée d'une religion et de ses pratiquants, elles ne fournissent aucune indication sur celui ou celle qui vit sa religion à fond la caisse.

Pour nous chrétiens catholiques, l'Eucharistie est le centre et le cœur de la vie chrétienne. Vous m'objecterez immédiatement que l'on peut être chrétien sans aller à la messe. Bien sûr, mais quelles forces et quelles grâces nous perdons en n'allant pas à l'épicentre de ce volcan d'amour qu'est l'Eucharistie !

L'Eucharistie est le sacrement vital de l'Église. Nous pouvons dire que le peuple chrétien est ralenti dans sa foi à cause de son manque de pratique eucharistique.

Adaptons l'Eucharistie

Adaptons notre Eucharistie en gardant l'essentiel du rite, notamment pour les jeunes. Si, adolescents, ils décrochent de la messe, ils auront du mal à retrouver notre prière essentielle, celle qui unit l'Église.

Je suis pour la messe des jeunes. Mais parfois j'assiste à des messes qui font un tintamarre insupportable, avec des orchestres très bruyants. Ce ne sont plus des messes. Nous devons nous adapter au langage des jeunes comme à celui de la plus ancienne personne de la paroisse. Les prêtres doivent tenir compte du type de paroissiens qui viennent dans leur temple. Quel plus beau rite que l'Eucharistie lorsqu'il réunit, du plus ancien au plus jeune, la communauté des humains à l'intérieur du vaisseau de l'église ? J'aurais voulu personnellement être curé de paroisse. J'estime que c'est une des plus belles missions. Elle rassemble tout le monde : les pécheurs, les riches, les pauvres, les jeunes et les anciens…

Quelques questions avant d'aborder ces réflexions sur le sens de l'Eucharistie. Comment abordez-vous l'Eucharistie du dimanche ou du samedi ? Quand vous allez à la messe, est-ce une joie ? Ou bien est-ce une corvée, un effort pour vous ? Est-ce une attente ? Est-ce que vous vous dites que vous allez rencontrer le Christ dans le sacrement ? Est-ce que vous éprouvez une joie de rencontrer les autres pratiquants de votre communauté ?

Je poserais la même question à des musulmans ou à des juifs. Le vendredi des musulmans ou le samedi des juifs sont-ils une joie de la rencontre ? Si c'est oui et si c'est pour se rassembler autour d'un Dieu de miséricorde, alors les conflits épouvantables, de Palestine et d'Israël notamment, se résoudront au-delà de ce que l'on peut imaginer.

Posez-vous bien ces questions. Vous préparez-vous à l'Eucharistie ? Ou bien est-ce que vous vous contentez de planifier la messe dans votre agenda ? Par exemple, avez-vous la curiosité de lire les textes avant la messe ? La veille ou l'avant-veille, cherchez-vous ces textes ? Nous avons deux revues formidables pour cela : *Magnificat* et *Prions en Église*. Je ne fais pas de pub pour les revues, mais elles m'ont beaucoup aidé à faire l'Eucharistie. Avant, il fallait chercher les textes. Ces livrets ont un grand succès et ils sont très pratiques. Ils relient une immense paroisse, chaque jour, dans une invisible et mystérieuse communion. Pourquoi allez-vous à la messe ? Parce que vous en avez vraiment envie ? Pour y rencontrer un ami très cher ou rituellement, sans trop savoir pourquoi ? C'est intéressant de vous poser ces questions.

À propos d'horaire, quand arrivez-vous à la messe ? Si quelque chose nous ennuie, nous arrivons juste à l'heure ou même en retard. Imaginez que votre banquier vous accorde un prêt de cent mille euros, je peux vous assurer que vous serez au rendez-vous avec une demi-heure d'avance ! Est-ce que vous arrivez à l'heure à l'Eucharistie ? Est-ce que vous vous cassez vite fait bien fait dès la fin de la messe ? Après, vous consacrez-vous à un moment d'action de grâces pour remercier le Seigneur ? Ou bien, comme au supermarché, la porte du temple franchie, passez-vous immédiatement à autre chose ?

Je souhaite que l'Eucharistie ne soit pas pour vous une corvée, une obligation rituelle et formelle, mais au contraire le souffle vital de votre semaine.

« Ils en mourraient »

Continuons notre méditation.

Bûchons la spiritualité et la doctrine de l'Eucharistie. C'est le don du Christ. Le Christ ne donne pas : il se donne. Le Christ a dit : « Ceci est mon corps, ceci est mon sang. » Le Christ se donne et nous devons le donner en priorité. Pour cette raison l'Église dit que le prêtre est un autre Christ. Le curé d'Ars disait une phrase qui m'émerveille : « Si les prêtres savaient ce qu'ils sont, ils en mourraient. » Une puissance unique et un pouvoir prodigieux nous sont donnés. Nous sommes de pauvres types, des serviteurs Nous n'avons pas à nous en enorgueillir. Le Christ se donne et nous devons le donner, nous aussi. Le Christ – homme et Dieu – est là, présent sous les apparences du pain et du vin.

Nous ne devons jamais nous habituer à faire l'Eucharistie. Tragique destin d'un prêtre récitant la messe à toute vitesse, sans âme, sans vie. Ah ! Le prêtre trop habitué qui dit sa messe et ne la vit pas ! Il a seulement oublié le jour de son ordination où l'évêque qui venait de le faire prêtre lui a permis de vivre sa première messe à ses côtés. Pécheurs, nous sommes. Ce n'est pas dans des mains d'airain ou d'acier que nous faisons descendre l'amour, mais dans de pauvres mains, des mains nues, des mains d'argile.

Je me souviens d'un prêtre m'autorisant à faire l'Eucharistie un dimanche soir. Il me prévient bien à l'avance à la sacristie : « Vous avez, monsieur l'abbé, vingt-cinq minutes pile pour dire la messe. Les gens reviennent de leur week-end et ils sont fatigués. Votre prédication ne dépassera pas trois minutes. » Je ne dis rien mais je pense en moi-même : « Mon pote, je prendrai mon temps, tout mon temps. » Une heure après, la messe terminée, je voyais le prêtre frisant l'apoplexie. Je vous passe l'engueulade dans la sacristie. Je sors de l'église avec le prêtre, étonné de voir une dizaine de personnes qui m'attendaient. Ces gens, soi-disant crevés par leur week-end, étaient là pour un échange qui dura une bonne demiheure de plus !

Jeune séminariste, deux prêtres à qui je servais la messe m'ont signifié sans jamais le dire que le Christ était au bout de leurs doigts. Merci, Henri Macé (toujours vivant) et Jean Thomas (mort récemment), de m'avoir prêché la puissance vitale de l'Eucharistie sans avoir jamais dit un mot sur elle. Vous ne disiez pas la messe, vous la *viviez*.

Le pain de l'amitié

Je célèbre à la Bergerie de Haute-Provence, et les jeunes loubards sont souvent là. Ils connaissent un peu la messe. Je leur explique les mystères pendant que je fais la célébration. L'un d'eux me disait: «Ton Jésus-Christ là..., moi je vois du pain, et toi tu vois Dieu.» Je lui réponds: «Je ne vois pas, je sais et je crois.» L'un d'entre eux qui était baptisé n'avait jamais communié. J'avais, comme toujours, préparé un morceau de pain non consacré pour le partager avec les non-croyants après la communion. Le jeune s'avance et tend la main. Je lui demande: «Crois-tu que c'est Jésus-Christ?» Il me répond: «Oui, je le crois.» Je lui ai donné le morceau. Je crois que, dans le moment que nous vivions, je devais le faire tout à fait exceptionnellement. Puis je me suis adressé aux cinq petits durs qui étaient là: «Je ne sais pas si vous croyez vraiment à l'acte auquel vous venez de participer, mais prenez un moment intérieur pour dire: "Si tu es là, guéris-moi".» Je les ai vus fermer les yeux. Ils ont ensuite tendu les mains pour recevoir le pain de l'amitié, celui que je ne consacre pas, mais que je garde toujours pour remercier ceux et celles qui ont voulu partager avec moi, au nom de l'amitié.

Construire un monde d'amour, de paix et de partage: voilà comment Jésus qui se donne à nous nous pousse à bâtir ce monde. On vous dit souvent: «Vous allez à la messe et vous n'êtes pas meilleurs que les autres...» C'est la gifle dans la gueule qu'on nous enverra si nous ne savons pas être des combattants de la paix de l'amour et du partage!

Célébrer l'Eucharistie édifie l'Église. Nous recevons le Christ, il reçoit chacun d'entre nous. Faire l'Eucharistie avec cinq jeunes et mes adjoints, célébrer dans de grandes cathédrales ou avec le pape au milieu de deux millions de jeunes à Rome, ou souvent tout seul le matin avant d'aller travailler..., je fais l'Eucharistie en union avec le monde. C'est toujours la même magie: l'édification de l'Église. Je bâtis l'Église mystérieusement.

Seul le prêtre a la capacité de faire l'Eucharistie. C'est avec tremblement qu'il doit s'y employer. Il ne doit jamais s'y habituer. Notre communion d'Église dans l'Eucharistie doit être le signe de notre union. C'est la source et le sommet de toute vie chrétienne. Il y a quatre conditions pour aborder l'Eucharistie.

D'abord croire en un Dieu unique. Nous avons un Dieu unique en trois personnes, le Père qui a tout créé, le Fils qui se donne à nous notamment dans l'Eucharistie, et l'Esprit-Saint qui nous fait comprendre cette œuvre merveilleuse d'amour.

Deuxième condition : être pur avant l'Eucharistie. Il faut donc si possible se confesser si l'on a des choses graves à se reprocher.

Évidemment, être baptisé.

Et enfin être en communion globale avec notre pape Jean-Paul II et les évêques. Il s'agit donc d'une communion d'Église.

J'aime bien les rassemblements très forts autour de Jean-Paul II avec des centaines d'évêques, des milliers de prêtres qui ceinturent l'autel. L'immensité de la foule des fidèles qui est là nous donne le goût céleste de l'amour vers lequel nous allons.

Que la célébration soit digne. L'Eucharistie est un banquet familial. On ne peut pas faire des Eucharisties bâclées. C'est une immense réunion de famille et, comme toute réunion de famille, elle se prépare. Regardez ces églises magnifiques, superbes. Le Christ peut descendre partout. En été, je fais l'Eucharistie dehors. Au milieu des marguerites, des chèvres et des kangourous. La plus belle des cathédrales n'est-elle pas la nature et son extrême magnificence ? C'est très beau, mais normalement l'Eucharistie se fait dans une église. Les chants, les orgues, c'est magnifique. La liturgie aussi. Quand je vois ces cages de béton, certaines de ces églises modernes épouvantables, je suis malade et je me demande comment on peut avoir enfermé le Christ dans de tels blocs de ciment.

Parler au nom du peuple de Dieu

Jean-Paul II nous rappelle que l'Eucharistie n'est pas la propriété du prêtre ou de l'assemblée. Nous devons nous tenir à l'essentiel de la liturgie. On ne brade pas l'Eucharistie. On ne la fait jamais pour son compte, mais pour le peuple de Dieu.

J'aime bien la méditation de Jean-Paul II sur Marie, femme eucharistique. Par la souffrance – elle a assisté au supplice épouvantable de son fils –, la vie de Marie a été un superbe magnificat. Son ventre a été le lieu de la première adoration. La première exposition du saint sacrement a eu lieu dans son palais, durant neuf mois.

Tout prêtre est dépassé par le mystère qu'il doit vous apporter. Le pape insiste souvent, et je crois qu'il a raison, sur l'adoration eucharistique.

Résurrection d'une procession

Je célèbre depuis trente ans dans la chapelle de Rougon, située à cinq kilomètres de la Bergerie où vivent nos sauvageons. J'ai décidé très vite, grâce à une ancienne de quatre-vingt-cinq ans, Émilie, de faire revivre cette procession abandonnée depuis trente ans, faute de prêtre présent au village. Émouvant moment où, il y trois décennies, je faisais le parcours rituel avec sept bonnes vieilles à moitié sourdes et aveugles. On a mis du temps à arriver au bout des quatre cents mètres ! Clopin-clopant, elles sont parvenues au terme de ce parcours du combattant. Depuis, une foule importante fait le trajet au milieu des lavandes avec une vue superbe sur les gorges du Verdon. La foule va au rythme du pas de quelques anciennes qui se passent le relais chaque année. Je me « déguise », comme disent les mecs, avec des oripeaux dignes de Mgr Lefebvre une fois par an pour cette procession. Les anciennes sont ravies, elles ont brodé avec tant d'amour chapes et dalmatiques du temps de Vatican I !

J'ai donc commencé cette procession il y a trente ans. J'avais été au bal. J'avais dansé comme toujours avec une ou deux anciennes de quatre-vingts ans, avec quatre jeunes filles de vingt ans et une personne handicapée. Je fais attention à partager mon temps avec différentes personnes. Je commençais à être lassé de danser. Je surveillais mes mômes, parce que dans les fêtes il y a toujours quelques joints qui volent bas. Il faut aussi faire attention à leur consommation d'alcool. Tout allait bien et l'équipe assurait de pied ferme. Alors je suis allé prier à la chapelle de Rougon qui se trouvait à trois cents mètres de là. Je l'ai illuminée et j'ai mis le saint sacrement. J'ai alors vu des dizaines de personnes arriver, s'arrêter quelques instants, et certaines prier. J'ai vu des chrétiens et des non-chrétiens. Ils se taisaient, restaient en silence. Nous faisons maintenant l'adoration eucharistique tous les ans jusqu'à trois heures du matin. Si l'on cessait, les gens seraient furieux. Il faut que nous puissions, nous les prêtres, réinventer cette adoration eucharistique trop longtemps laissée en jachère.

Un être qui aime l'Église est un être du don. Celui qui aime l'Eucharistie aime l'Église. Il s'offre aux autres par amour. Il aime, il pardonne, il partage, il est humble et pauvre. Quelqu'un qui vit l'Eucharistie est unifié. Il voit, dans l'Église, des pécheurs, des grands de ce monde, des petits qui s'agitent, des divorcés remariés, des couples fidèles, des ados, adultes et anciens.

J'aime bien entendre nos jeunes. À Pâques ou à Noël, à Rougon, ils viennent et me demandent s'ils peuvent se déguiser eux aussi. « OK ! » Ils enfilent les petites aubes rouges. Ils adorent cela ! Avec leurs bouquets de fleurs ils entrent à cinq ou six dans l'église. Loubards et enfants du pays forment une couronne superbe autour de l'autel.

L'année dernière, à la sortie, une jeune femme m'attendait pour me demander de baptiser son deuxième enfant. Elle me glisse au passage : « Guy, je me rappellerai toute ma vie que tu nous prenais comme enfants de chœur, il y a vingt-cinq ans. Et j'ai aimé la messe grâce à ça. Au début je ne comprenais pas tout, mais j'aimais bien être tout près de toi dans le chœur. Je suis devenue chrétienne à cause de cela.» Depuis, j'ai pris des centaines de mômes pour célébrer, porter l'encens, le livre saint et la croix.

Chrétiens, bûchez votre Eucharistie. Aimez-la et faites-la aimer à vos enfants. Qu'elle soit votre force! Qu'elle soit au cœur de votre vie.

33

La prédication

Le Christ envoie ses disciples

...car ce n'est pas vous qui parlerez, c'est l'Esprit de votre Père qui parlera en vous.

Matthieu X, 20.

J'aimerais vous parler de la prédication et du choix des disciples. Je le dis souvent, au risque de me répéter un peu : le Christ a choisi des pauvres pour l'accompagner. Il n'a pas pris des experts en théologie ni de grands orateurs. Il ne les a pas non plus appelés pour leur séduction. Il a préféré s'entourer de pauvres types. C'est la chance de l'Église.

J'ai entendu un prêtre dire : « Mon évêque est vraiment con ! »

Je lui ai répondu : « C'est pour cela qu'il a été nommé évêque. »

Il me rétorque : « Mais tu rigoles ! »

Je lui dis : « Pas du tout, nous sommes de pauvres types et tu en es un toi-même, mon pote. Ce n'est pas parce que nous avons été choisis pour devenir prêtres, évêques ou archevêques que nous sommes meilleurs et plus intelligents que les autres ! »

Notre témoignage de vie

Nous devrions être les modèles du troupeau, c'est exact. On peut attendre du prêtre qu'il soit un modèle. Évidemment, il représente une autorité morale et spirituelle. Même en étant de pauvres types, nous devons nous efforcer d'avoir cette autorité morale et spirituelle, indispensable parce qu'elle permet de transmettre la parole de Dieu si difficile et si fragile.

Nous ne devons pas commettre l'erreur de penser que nous annonçons notre parole. J'ai horreur qu'on me dise : « Ah, monsieur l'abbé, c'est extraordinaire comme vous avez parlé ! » Je m'en fiche pas mal. Je n'ai pas besoin qu'on me fasse gonfler les chevilles dans mes santiags. Je vous demanderais plutôt ce qu'il vous reste en mémoire de ma prédication. Vous retiendrez peut-être un fait ou une phrase marquante. Emportez-la avec vous, c'est suffisant.

Je souhaite que celui et celle qui m'écoutent puissent dire : « J'ai retenu ceci, Guy, merci. » Je n'aime pas que l'on vante ma parole. Car c'est la parole de Dieu. Nous ne devons pas nous flatter d'avoir été brillant orateur en descendant de la chaire. Nous devons simplement transmettre. Je me dis qu'un jour le Seigneur me demandera des comptes. Il me dira : « Guy, comment as-tu parlé de Moi ? Comment as-tu vécu la parole que tu as transmise ? »

Le plus important est la résonance de notre témoignage de vie. Il laisse un souvenir formidable à nos semblables. On regarde vivre le prêtre encore plus qu'on ne l'écoute. S'il est signe de Dieu quand il fait l'Eucharistie, s'il vit pauvre au service des autres, alors il aura une crédibilité forte.

On nous reproche beaucoup de choses sur la prédication, avec raison. Ce n'est pas un exercice facile. Interrogez votre prêtre après la messe et, quand quelque chose fait écho en vous, dites-lui : « Curé, ton sermon était super, voilà ce que j'ai retenu. » Cela l'aidera beaucoup. Quand son sermon ressemble à du pipi de chat et que votre curé s'envole dans des élucubrations mystiques, dites-lui que vous n'avez rien compris. S'il vous faut plusieurs dictionnaires pour traduire son prêche, dites à votre curé que vous auriez préféré entendre une langue et une parole vivantes.

Demandez-lui une parole proche, une parole claire, une parole vraie, et surtout pas une parole politique.

Nous, curés, sommes des hommes de Dieu, pas des hommes politiques. Notre tâche est de transmettre la parole de Dieu et non notre parole. Un fait m'a beaucoup marqué. En Algérie, vous le savez, il y a très peu de chrétiens. La présence de sœurs dans le milieu musulman était très marquante. Une sœur en discussion avec un ministre musulman en visite tenait à le rassurer : « Ne vous inquiétez pas, nous ne voulons pas faire de prosélytisme, notre but n'est pas d'évangéliser. » Et le ministre lui répondit : « Si, ma sœur, vous évangélisez par votre vie. » C'est une très belle réponse parce que, pour nous, la plus belle prédication est justement notre manière de vivre.

Si le prêtre respire Dieu en pratiquant l'Eucharistie, il n'aura pas besoin de prêcher avec insistance. On verra Dieu descendre au bout de ses doigts. Dans cette société de profit, les plus petits sont toujours handicapés. Notre prédication doit d'abord aller vers les plus pauvres. Si nous vivons assez près des pauvres, nous sentirons le Christ vivant en priorité en eux.

L'homélie que j'ai faite en mariant le fils du roi des Belges a été unanimement saluée. Pourquoi ? Parce que ma vie auprès des plus pauvres m'a permis de trouver les mots qui ont bouleversé les mille cinq cents têtes couronnées ou nobles qui emplissaient la cathédrale de Bruxelles. Je dois aux petits d'avoir trouvé les mots qui ont touché les cœurs des plus riches. Si je ne parlais qu'aux riches, les pauvres ne le comprendraient pas. Si je parle aux petits d'abord, je peux être entendu par les plus nantis. Le Christ notre maître l'a suffisamment montré durant sa vie pour que nous, ses disciples, nous nous inspirions de lui.

34

Allez dans le monde entier

Les prêtres, hommes de Dieu, hommes pour tous

Puis, ayant appelé ses douze disciples, il leur donna le pouvoir de chasser les esprits impurs, et de guérir toute maladie et toute infirmité.
Voici les noms des douze apôtres. Le premier, Simon appelé Pierre, et André, son frère; Jacques, fils de Zébédée, et Jean, son frère; Philippe, et Barthélemy; Thomas, et Matthieu, le publicain; Jacques, fils d'Alphée, et Thaddée; Simon le Cananite, et Judas l'Iscariote, celui qui livra Jésus.
Tels sont les douze que Jésus envoya, après leur avoir donné les instructions suivantes: N'allez pas vers les païens, et n'entrez pas dans les villes des Samaritains;
allez plutôt vers les brebis perdues de la maison d'Israël.
Allez, prêchez, et dites: Le royaume des cieux est proche.
Guérissez les malades, ressuscitez les morts, purifiez les lépreux, chassez les démons. Vous avez reçu gratuitement, donnez gratuitement.
Ne prenez ni or, ni argent, ni monnaie, dans vos ceintures;
ni sac pour le voyage, ni deux tuniques, ni souliers, ni bâton; car l'ouvrier mérite sa nourriture.
Dans quelque ville ou village que vous entriez, informez-vous s'il s'y trouve quelque homme

digne de vous recevoir; et demeurez chez lui jusqu'à ce que vous partiez.

Matthieu X, 1-1-11.

Cent deuxième voyage

À l'heure où j'écris ce texte, Jean-Paul II vient de dépasser son cent deuxième voyage pontifical. Il a vécu pleinement cette phrase d'envoi du Christ: « Allez dans le monde entier. » Jean-Paul II a fêté ses quatre-vingts ans à Rome en l'an 2000 entouré de dix mille prêtres. J'aurais voulu être là, avec ce vieux dinosaure. J'aurais aimé me joindre à eux pour me souvenir des sept martyrs de Tibérine, les moines assassinés en Algérie. J'aurais aimé être là pour fêter ses quatre-vingts ans d'amour et d'œuvres. Je n'étais pas disponible, mais je n'ai cessé d'être en union spirituelle avec lui et mes frères prêtres.

Mikhaïl Gorbatchev a dit de lui qu'il était un « véritable apôtre de l'humanisme ». Il a ajouté que Jean-Paul II avait apporté un souffle de paix à une époque où la règle était la haine contre la haine, le mur contre le mur. Yasser Arafat a déclaré que l'anniversaire de Jean-Paul II ne sera pas célébré que dans l'Église. Vaclav Havel a dit que ce pape a apporté « la consolation et l'espérance au monde ». De nombreuses personnalités ont eu des mots d'admiration pour notre pape, pour l'universalisme et l'humanisme de son message. Jean-Paul II appartient à l'humanité. Chacun d'entre nous peut être un apôtre de l'humanisme.

Nous sommes quatre cent mille prêtres dans le monde, sur tous les chantiers de notre époque. Les prêtres ont tous les âges, toutes les cultures et toutes les sensibilités. Nous sommes hommes de Dieu d'abord. Nous sommes des « maîtres de la prière », disait Jean-Paul II. Certains laïcs ont une capacité de prière très supérieure à celle des curés. Le prêtre est celui qui apprend la prière. Il doit l'enseigner sans cesse, nous y appeler.

Huitième sacrement

Le cardinal Duval, archevêque d'Alger, me disait: «Le huitième sacrement est l'amitié sacerdotale.» Nous n'avons ni femmes, ni enfants. Nous avons renoncé à tout pour les autres. Notre amour est universel. Aux anciennes, avec qui je prie dans les églises, je dis parfois: «Nous faisons l'amour maintenant ensemble.» Elles font un bond de trois mètres et perdent leur dentier... Nos jeunes parlent beaucoup de faire l'amour, mais pour nous, prêtres, il ne s'agit pas de se mettre à l'horizontale. Pour nous, cela consiste à vous parler de tendresse et d'amour, et voir dans les yeux des autres la tendresse et l'amour qui rayonnent.

«Voici ta fille, curé»

Célibataire, j'ai d'innombrables enfants! Un mec de mon quartier m'interpelle un jour et me dit: «Ma fille, c'est la tienne, curé!» C'est très marrant. Elle est blonde comme les blés, sa fille. J'ai empêché que sa femme se fasse avorter, il y a vingt-cinq ans. À cause de cela, on me considère parfois dans mon quartier comme un «père physique». J'avais dit à la femme enceinte de l'ancien: «Ne va pas à l'hôpital, nous allons trouver un logement et un travail pour ton lascar.» J'ai eu plusieurs enfants de cette façon... Notre morale contre l'avortement est magnifique, mais elle ne vaut rien si nous ne prenons pas les moyens de la mettre en œuvre. Il s'agit de donner à nos filles la possibilité de ne pas avorter lorsqu'elles ne le veulent pas. Si tous les chrétiens s'unissaient pour aider les mères qui doivent faire face à une grossesse parce qu'un mec s'est vidé les couilles et s'en est allé, elles ne resteraient pas seules. Ces salauds qui se cassent poussent les filles à une solution que, la plupart du temps, elles ne souhaitent pas.

J'ai eu des enfants comme ça et les premiers ont maintenant des enfants à leur tour. Je suis donc grand-père. Il y a vingt-cinq ans, une fille m'avait apporté son bébé parce qu'elle n'avait pas voulu avorter malgré un viol. Je lui avais promis de prendre son enfant à sa naissance. J'ai retrouvé le marmot de huit jours dans mon lit. Dix loubards autour le regardaient, stupéfaits. Nous ne savions pas quoi faire. Alors j'ai téléphoné à un couple qui ne pouvait pas avoir d'enfant. Ils ont adopté Nathalie. La mère m'avait dit : « Guy, tu m'avais promis de prendre mon enfant quand j'étais enceinte. C'est ton bébé maintenant. Prends-le comme promis. »

Le bonheur d'être prêtre

Le ministère de la prêtrise est très varié. Qu'est-ce que le bonheur d'être prêtre ? C'est celui de voir les choses et les personnes se transformer. Mon bonheur a été de voir Nathalie se transformer et devenir cette magnifique femme de vingt-huit ans, infirmière diplômée et heureuse mère d'un petit Bastien.

Nous sommes de tous horizons, de toutes sensibilités. Mon parcours est peut-être peu banal, je l'avoue. J'ai été mêlé aux épreuves des gens dès le début de mon parcours. Ma vocation auprès des jeunes a débuté en Algérie. J'ai eu un ministère pendant cinq ans et j'animais une paroisse avec deux prêtres, Albert et Pierre, pour une poignée de chrétiens. À mon travail de prêtre, très réduit, j'ajoutais l'animation pour les jeunes Algériens du quartier. La particularité de mon parcours a été d'être prêtre catholique au milieu d'un peuple musulman, puis parmi des non-chrétiens. C'est une grande chance.

J'ai toujours voulu rester dans l'Église. Si j'ai la gueule de la marginalité, je n'en suis pas moins totalement dans l'Église. Un prêtre qui se dit marginal n'est pas un prêtre de l'Église catholique. Nous pouvons être marginaux par rapport à un système politique et le contester. On peut refuser de consommer, de voter... Mais, dans l'Église, on ne peut dire qu'on ne tient pas compte de l'avis du pape et de l'évêque. Un prêtre peut avoir une vie marginale, mais sa vocation l'appelle à forcément à respecter l'Église.

Le rythme de ma vie est marginal. Les curés de Paris se couchent à vingt-deux heures pour se lever aux aurores à six heures du matin. Mon coq pousse son dernier hurlement à quatre heures du matin et recommence à japper vers midi. Ma vie a suivi très longtemps l'horloge des bars parisiens fermés à trois heures du matin. J'ai été obligé de vivre cette aventure à ce rythme et je l'ai gardé. L'Église est faite de prêtres dont les expériences sont différentes.

J'ai toujours aimé naviguer dans toutes les eaux de l'Église. Et même en dehors d'elle. J'aime rencontrer les croyants et des incroyants de toutes les couleurs. L'Église catholique est riche de sa diversité. Sa caractéristique est d'« être universelle ». Les intégristes ont cependant un problème de légitimité en ne reconnaissant pas l'autorité de notre pape. Ils ne se réfèrent qu'à eux-mêmes. Mgr Lefebvre a ordonné cinq évêques en faisant abstraction de l'autorité romaine. Les intégristes critiquent Jean-Paul II sur ses positions d'ouverture au dialogue avec les autres religions. Il n'y a pas d'unification des religions à craindre, les religions tendent vers un même Dieu dans des rites et des cultures différents. Mais il est capital de les unir vers l'universel des valeurs qu'elles contiennent toutes.

Un autre Christ

Qu'est-ce qu'un prêtre ? Un amant de Dieu. Un amant des hommes et des femmes. Un homme qui doit être un saint marchant devant la face du Très-Saint. Le prêtre doit tout comprendre, tout pardonner. Il embrasse tout. Son cœur, comme celui du Christ, est ouvert pour que le monde entier puisse y être accueilli.

Le cœur du prêtre est un vase de compassion, un calice

d'amour, le rendez-vous de l'amour de Dieu, et le rendez-vous des femmes et des hommes dans le cœur de Dieu. Le prêtre est un homme qui cherche à devenir un autre Christ, un homme qui vit pour servir.

Le prêtre est un homme qui s'est crucifié lui-même afin d'être lui aussi élevé avec le Christ. Le prêtre est le reflet de l'amour de Dieu. Rien sur terre n'est plus petit, plus fragile et plus grand qu'un prêtre. Rien dans les cieux n'est plus grand que lui, rien, sauf Dieu lui-même. Comme le Seigneur, le prêtre est crucifié, bouffé, écartelé. Il appelle à la résurrection. Dans son cœur se lovent toutes les âmes qu'il attire vers Dieu. Il montre le cœur de Dieu.

L'évangile est l'apologie de la liberté et de l'amour. C'est sa lumière et sa force. « Aime et fais ce que tu veux », disait magnifiquement saint Augustin. Jean-Paul II a traduit cette phrase pour aujourd'hui dans une sublime formule : « Si tu as l'amour et que tu sais qu'il vient de Dieu, alors tu es invincible. »

Je vous dédie cette très belle méditation de Mgr Guy Deroubaix, évêque de Saint-Denis, décédé depuis :

« Faire l'Église du Christ »

Nous aimons notre Église avec ses limites et ses richesses, c'est notre mère.

C'est pourquoi nous la respectons, tout en rêvant qu'elle soit toujours plus belle.

Une Église où il fait bon vivre, où l'on peut respirer, dire ce que l'on pense.

Une Église de liberté.

Une Église qui écoute avant de parler, qui accueille avant de juger, qui pardonne sans vouloir condamner, qui annonce plutôt que de dénoncer.

Une Église de miséricorde.

Une Église où le plus simple des frères comprendra ce que l'autre dira, où le plus savant des chefs saura qu'il ne sait pas, où tout le peuple se manifestera.

Une Église de sagesse.

Une Église où l'Esprit-Saint pourra s'inviter parce que tout n'aura pas été prévu, réglé et décidé à l'avance.

Une Église ouverte.

Une Église où l'audace de faire du neuf sera plus forte que l'habitude de faire comme avant.

Une Église où chacun pourra prier dans sa langue, s'exprimer dans sa culture, et exister dans son histoire.

Une Église dont le peuple dira non pas « Voyez comme ils sont organisés »,

mais « Voyez comme ils s'aiment ».

Église de Saint-Denis, Église des banlieues, des rues et des cités,

tu es encore petite, mais tu avances.

Tu es encore fragile mais tu espères.

Lève la tête et regarde : le Seigneur est avec toi.

Au cours de la messe de ses quatre-vingts ans, Jean-Paul II a prié pour tous nos frères prêtres qui ont quitté le ministère.

J'ai le souvenir vivant de ma fragilité en me remémorant ce fait, alors que j'étais séminariste. Georges, un de mes condisciples au séminaire de Kouba d'Alger en 1960, me paraissait indestructible. Sa force, sa piété, sa bonté et son intelligence étaient pour moi des exemples. Un an après son sacerdoce, il tombe amoureux et a un enfant. Et je me disais : « Moi si faible, je peux succomber, pas Georges, pas lui. » Je crois dur comme fer à la beauté et à la puissance du célibat. Il est dur à vivre, oh oui ! Mais quelle belle aventure !

Si c'était à refaire…

Je n'ai aucun mérite d'être resté fidèle. Une grâce insigne m'a été donnée. Il suffisait de la demander. Il me suffisait de penser que ce don total d'un être est un grand signe dans ce monde si érotisé. Et surtout vivre dans les pas du Christ, forcément célibataire. Je ne suis pas meilleur que ceux qui n'ont pas pu tenir. Mais si aujourd'hui je devais redire à mon évêque : « Je donne tout au service de l'Église », je le redirais avec la même joie que le 3 juillet 1965, lors de mon ordination. Avec l'allégresse supplémentaire d'avoir vécu ces années, parfois si difficiles, comme un enchantement.

35

Le célibat des prêtres

Une magnifique histoire d'amour malgré certaines dérives

Ses disciples lui dirent : Si telle est la condition de l'homme à l'égard de la femme, il n'est pas avantageux de se marier.
Il leur répondit : Tous ne comprennent pas cette parole, mais seulement ceux à qui cela est donné.
Car il y a des eunuques qui le sont dès le ventre de leur mère ; il y en a qui le sont devenus par les hommes ; et il y en a qui se sont rendus tels eux-mêmes, à cause du royaume des cieux. Que celui qui peut comprendre comprenne.

Matthieu XIX, 10-12.

Un prêtre de quatre-vingts ans a démissionné depuis que sa vie maritale a été mise au jour. Il exerçait alors qu'il avait eu trois marmots. Un de ses fils a vu son père à la sortie de l'église. Il lui a demandé pourquoi il ne venait pas vivre avec sa famille. Le père a répondu que son ministère était plus important que tout pour lui.

Le fils du curé

L'histoire a été dévoilée. Le garçon a mis dans les boîtes aux lettres du village une lettre dans laquelle il expliquait son déchirement de ne voir son père que de très loin et si peu souvent à la sortie des messes où il célébrait.

Cela a été une grande épreuve et les médias se sont déchaînés. Ce n'est pas si mauvais que la presse révèle de telles choses. Le curé exerçait sa mission de prêtre et avait une double vie depuis trente ans. Il avait eu trois enfants d'une liaison avec une femme. Des évêques ont été interrogés : « Est-ce un péché d'aimer ? » Non, bien sûr, ont-ils répondu. Mais le prêtre a péché par rapport à son engagement de fidélité. Il aimait une femme. Qu'aurait-il dû faire ? Quitter son ministère et se consacrer à son foyer. Les choses auraient dû être claires depuis très longtemps. Ce cas n'est pas exceptionnel. L'Église, frileuse, n'a toujours pas osé trancher alors qu'elle savait. Il n'était pas possible que l'évêque ne le sache pas. Il est aberrant qu'il laisse faire.

Nous pouvons dire une chose très nette : en aucun cas le droit de l'enfant ne doit être sacrifié à la fidélité dans l'idéal sacerdotal Une responsabilité d'amour est née quand ces trois enfants sont nés. Elle doit être assumée. Le prêtre aurait dû choisir de quitter le sacerdoce. Mais il aimait immensément son ministère.

Le célibat des prêtres de l'Église catholique est régulièrement mis en cause. Il est respecté, mais surtout vilipendé. Il pose un problème à notre société. Le célibat ne laisse pas indifférents les catholiques ni les incroyants, ni les adeptes des autres religions.

Un prêtre que je connaissais bien s'est marié. Il aimait une femme et a annoncé son mariage à la télévision. Il déclara que cette union avait une dimension prophétique. J'assistais à la prestation de ce prêtre, qui s'occupait de jeunes délinquants, aux côtés d'un jeune musulman que ce prêtre avait beaucoup aidé. Sans dire un mot, nous avons suivi l'émission. À la fin, je lui ai demandé : « Qu'en penses-tu ? » Il a répondu : « Il était fait pour autre chose. » J'ai aimé cette réflexion. Ce jeune avait senti combien ce prêtre était consacré à Dieu. Je l'avais senti aussi.

Si je m'étais marié

Pendant les cinq ans de sacerdoce que j'ai vécus en Algérie, les musulmans ont respecté mon célibat. Quand je suis arrivé en France en 1970, j'ai vu combien le célibat était sali et méprisé. J'avais appris en Algérie que le célibat des prêtres catholiques pouvait être davantage respecté par d'autres religions que par la mienne.

L'Église justifie le célibat en disant que le Christ était vierge, et que le prêtre est un autre Christ. Nous donnons l'image du Christ, et quand nous consacrons le pain et le vin nous nous mettons à sa place. Nous disons : « Ceci est mon corps, ceci est mon sang » et non pas : « Ceci est le corps du Christ, ceci est le sang du Christ. » Par là même, le prêtre est un autre Christ. C'est une prodigieuse mission de service. Cette mission est envoûtante. Je suis toujours émerveillé de célébrer l'Eucharistie. Cela ne me met pas dans une position supérieure mais dans une position de serviteur dévoué à l'Église.

Si je m'étais marié, si j'avais eu des mômes, je n'aurais jamais pu m'occuper d'eux convenablement. Ma mère me disait constamment : « Guy, tu es toujours en train d'aller vers ceux qui souffrent. » Mes mômes auraient certainement été de beaux gangsters !

Nous pouvons dire que la disponibilité qu'exige le célibat est bonne. La mienne a été totale et fructueuse. Les premiers mille ans de l'Église, les prêtres étaient mariés, et depuis mille ans les prêtres sont célibataires. L'Église ne donne pas le choix du célibat, il est obligatoire. Cela est de plus en plus contesté dans l'Église catholique. La plupart des prêtres orthodoxes sont mariés. Seuls les moines choisissent le célibat. Les évêques sont désignés parmi les moines. Donc aucun prêtre orthodoxe marié ne peut devenir évêque. Si la femme d'un prêtre orthodoxe meurt, il ne peut se remarier.

Sexe et chasteté

La chasteté est généralement associée au sexe. C'est une interprétation insuffisante. La chasteté prend son sens au cœur de l'amour. La chasteté est une identification profonde au Christ lui-même et à sa mère Marie, vierge elle aussi. Marie est d'une chasteté absolue. Nous pensons que seuls les prêtres doivent être chastes, mais des couples mariés peuvent l'être aussi. Certains décident, après plusieurs années de vie conjugale, de vivre la chasteté, comme frères et sœurs. Ils s'abstiennent de tout rapport sexuel et vivent cette extraordinaire expérience. Le Christ était vierge et débordant d'amour. Quand nous lisons l'évangile, nous sommes frappés par les amitiés du Christ. Les passages sur son amitié avec Lazare sont parmi les plus beaux. Marie-Madeleine la pécheresse et son bien-aimé Jean sont de grands amis du Christ.

Des amitiés nobles avec des êtres humains accroissent la capacité du prêtre à vivre le célibat d'une manière saine et sainte.

« Il n'y a pas d'autre voie vers l'amour divin que la découverte de l'intimité et de la communion humaine », disait Thomas More.

L'isolement affectif, la solitude et un ministère asséchant tuent un prêtre. Par voie de conséquence, il peut devenir dominateur et intransigeant, ou déraper tragiquement.

Sacrifice ou sublimation ?

La chasteté ne peut être abordée que dans le contexte de l'amour donné à plein tube. Des gens m'abordent :

« Comme cela doit être dur de renoncer à des rapports sexuels ! Quel sacrifice ! Et puis vous n'avez pas d'enfants. Vous devez sûrement avoir renoncé à une personne que vous auriez aimée ! » Il est vrai que renoncer à un amour sur terre pour un plus grand amour est une chose difficile. C'est un sacrifice. Et nous n'avons pas de petits. Mais nous parlons rarement de la spiritualité très belle, très grande et très profonde que peut vivre un prêtre.

On ne parle pas assez de la grandeur et de la beauté du célibat et du sacerdoce. La chasteté exige une distance face aux autres, face à soi et face à sa charge apostolique. Les prêtres sont humains et doivent trouver des domaines d'épanouissement personnels, y compris affectifs. Ils doivent trouver des lieux où ils sont eux-mêmes. Personnellement, j'aime ma solitude avec mes trois clébards, faire du sport, écrire, marcher en forêt, monter dans les arbres, skier en montagne. Ce sont les lieux où je suis le plus heureux. Je vais aussi souvent dîner chez des amis. Mes équipiers sont surtout au cœur de l'amitié que me fait vivre mon célibat.

Le prêtre engendre des enfants pour le Royaume de Dieu. C'est le miracle du sacerdoce. Un prêtre peut en faire le pari et le vivre. J'ai la grâce sacerdotale d'un double pari : la paternité physique que je n'aurai jamais m'est donnée à travers les jeunes très nombreux qui me sont confiés. Les nourrir, les aider, les élever dès treize ans, quand ils sont dans une pauvreté affective infinie, cassés par les incuries et les manques d'une enfance souvent effrayante, est pour moi leur prouver que l'homme que je suis peut leur donner une paternité forte, fraternelle et durable. C'est au fond la chose principale qu'ils attendent inconsciemment de moi. Je les porte jusqu'au bout, bien au-delà de leur majorité. Je reste en contact depuis trente ans avec certains. Ma mission est de les faire grandir physiquement en les nourrissant, et de les faire grandir en Dieu en les mettant debout. Les musulmans qui sont chez nous ont des Coran à leur disposition. Nous les aidons à vivre leur religion. Les jeunes Européens ignorent tout de Dieu, mais les musulmans sont croyants et le proclament.

Joies et souffrances

Je connais des prêtres mariés qui souffrent terriblement de ne pouvoir célébrer et donner la vie divine. C'est le cas de ce prêtre de quatre-vingts ans qui a eu trois enfants et ne les a pas reconnus. Il a choisi sa vie sacerdotale alors que normalement il aurait dû annoncer qu'il aimait une femme et renoncer à son sacerdoce. Les prêtres qui quittent le ministère ont goûté aux joies d'une paternité spirituelle forte. Cette joie est immense. C'est un déchirement pour un prêtre de quitter son ministère.

L'air du temps

Ceux qui pensent que le mariage est une solution à leurs problèmes se trompent lourdement. Nous savons plus que jamais les problèmes que chaque ménage affronte à l'heure d'aujourd'hui… Le divorce est courant. Cela provoque des écartèlements pour les adultes comme pour les enfants. Dans le couple les déchirures sont profondes. Envisager que de jeunes prêtres soient mariés serait un grave risque pour l'Église. Leurs couples risqueraient d'être fragiles comme le sont les couples d'aujourd'hui. Ceux qui sont appelés à une charge sacerdotale doivent avoir une maturité affective à toute épreuve. L'Église est heureusement de plus en plus exigeante sur ce point. Elle prépare psychologiquement les prêtres beaucoup mieux qu'autrefois. Il y a maintenant des formatrices dans les séminaires. C'est une excellente évolution. Le prêtre est sensible à l'air du temps. Nous vivons dans le même monde que tous. Nous ne sommes pas comme des moines enfermés dans un couvent. Nous voyons les affiches, nous allons au cinéma, nous vivons les mêmes événements que nos contemporains. En mai 68 par exemple, nous avons vécu une grande révolution. Cela a remué beaucoup de choses. Ce n'est pas par hasard si à cette époque plus de trois mille prêtres français ont quitté le sacerdoce ! Les prêtres suivent les émotions de leur temps.

Nous ne nous marions pas et nous ne devenons pas prêtres pour nous réaliser. Au contraire, nous cherchons à donner à l'autre un amour gratuit. C'est vrai de la vocation du mariage et de la vocation du sacerdoce du prêtre. Nous acceptons d'être prêtres parce que nous ressentons un appel, un appel à donner à l'autre. Mais il faut un équilibre parce que ce n'est pas facile de vivre sans amour humain toute une vie. La vocation du prêtre est de mettre ses dons au service de son peuple. Notamment le don de l'amour. Le célibat est une aventure, c'est un don à cultiver sans cesse. Ne croyez pas que le jeune prêtre a tout réglé lorsqu'il est ordonné. Un jeune prêtre peut vivre une dizaine d'années un célibat incomparable et se trouver subitement confronté aux ouragans de la vie vers quarante ou cinquante ans. Le célibat sacerdotal est un don à cultiver et un trésor pour l'Église catholique. L'Église peut changer la règle du célibat puisque c'est une simple question de discipline. Même saint Pierre était marié et il avait une belle-mère ! D'autres apôtres étaient mariés. L'Église ne peut changer la règle du célibat sous la pression mais elle pourra donner demain, lorsqu'elle l'estimera opportune, la possibilité d'ordonner des hommes mariés.

Des militants de tout poil passés à l'épreuve du mariage après vingt ou trente ans pourraient devenir prêtres. Il serait difficile pour l'Église de donner d'emblée le choix à un jeune adulte. La fragilité actuelle des couples permet d'envisager qu'un jeune prêtre marié ne soit pas fidèle à son couple.

L'Église, si elle le voulait, pourrait puiser dans le terreau magnifique des couples mûrs, fidèles et chrétiens. Ce pourrait être une solution novatrice et adaptée pour pallier le manque de prêtres. Je me dis que le pauvre prêtre d'aujourd'hui évangélise le macadam ! Les prêtres sont contraints d'avoir des formules 1 pour aller d'une église à l'autre. Il y a partout une carence grave de l'Eucharistie et du sacrement de réconciliation.

Je ne pense pas que l'Église puisse donner au départ le choix : « Veux-tu être célibataire ou veux-tu être marié ? » Je ne crois pas qu'elle le fera. Elle demandera plutôt aux jeunes prêtres de rester célibataires. À ce moment-là elle les ordonnera prêtres. Et le choix du célibat, ils le feront.

Quand l'Église acceptera-t-elle qu'un laïc chrétien et marié devienne prêtre ? J'observe de nombreux militants chrétiens mariés depuis vingt, trente ou quarante ans vivifiant des paroisses rurales ou citadines partout en France. Actuellement l'Église pourrait avoir de nombreux nouveaux prêtres de cette façon-là. Un couple solide, ayant fait ses preuves, pourrait enrichir l'Église de nouveaux prêtres. Dans ce temps d'urgence où l'Eucharistie ne peut plus être célébrée faute de prêtres, l'Église peut le décider. Mais rien ne vaudra de saints prêtres, même peu nombreux.

Dans un monde ivre de sexualité, le célibat du prêtre est un signe très fort. Nous n'avons pas pour autant le privilège de cette discipline. Dans les ashrams d'Inde, chez les orthodoxes, les protestants ou en Asie le célibat existe aussi.

Ce ne sont pas les scandales des prêtres ayant fauté qui doivent nous faire vaciller. Le célibat est un appel à la sainteté. Les deux secrets du prêtre sont les suivants : le prêtre est l'homme de la prière et l'homme de l'amitié universelle. Dans les salles de conférence, on me pose souvent la question de l'amour et de la sexualité. Je réponds : « Je fais l'amour avec la salle, maintenant. Je vous donne l'amour du Christ à travers mon témoignage. Et je reçois le vôtre. »

Le prêtre est dans le monde. Sa situation est plus difficile que celle du moine, isolé du monde.

« Nous devons aimer un homme jusque dans son péché. C'est là imiter l'amour divin. C'est le plus grand amour sur terre », dit Dostoïevski. Par cette phrase, je salue mes frères prêtres qui ont quitté leur sacerdoce ou qui le vivent difficilement. Je suis en contact régulier avec nombre d'entre eux. Je les suis avec fidélité et affection.

Vous, chrétiens, aimez vos prêtres. Vous êtes comptables de leur fidélité. Aimons le signe du royaume de l'amour qu'ils sont. Le célibat rend affectivement très sensible. Le prêtre a besoin d'amis. Il a un cœur et un corps d'homme. Son service d'amour est poussé à l'extrême.

Vous qui critiquez souvent vos prêtres, aimez-les et priez pour eux. Vous ne savez pas à quel point leur fidélité peut dépendre de votre amitié.

Le sexe et l'Église

En tournée au Québec, je lisais chaque jour les nouvelles de l'Église à travers la presse nationale. Les journaux, comme en France, donnaient dans le sexe à fond la caisse. Rien ne changeait.

L'Église, mystère d'amour s'il en est, est à la une de l'actualité... sous l'angle de nos dérapages ecclésiaux au niveau du sexe. Des prêtres homosexuels québécois dénoncent l'obscurantisme de l'Église face au mariage des « gays ». Ils pensent que l'Église déraille et se positionne hors de son temps en n'approuvant pas le mariage de deux personnes du même sexe. C'est à se taper le derrière au plafond !

Que tous les journaux du monde puissent dénoncer les prêtres pédophiles et leurs dérives criminelles est légitime. Cette presse-là, à travers ses attaques violentes, ne fait que mesurer la noblesse et la hauteur du sacerdoce. Elle ne pardonne pas à un ministre du culte de tomber dans l'abîme en massacrant l'innocence. Plus qu'un instituteur ou un éducateur, le prêtre coupable a une responsabilité morale et spirituelle.

Boomerang

L'attaque violente de l'Église, au long de son histoire, contre l'homosexualité est un véritable boomerang aujourd'hui. Que l'homosexualité en tant que telle ait été dénoncée comme péché mortel était une erreur immense. L'Église a corrigé le tir, très tard… trop tard. Qu'elle dénonce la pratique, oui ! Mais pas le fait d'être homosexuel. C'est une souffrance pour ceux et celles qui la subissent. Enfoncer le clou est une erreur que l'Église paie cher.

Nos catéchismes s'étendent longuement sur le sexe, ses dérapages. Le sexe touche le plus sensible et le plus intime de chacun. Et les chrétiens refusent de plus en plus que l'Église s'introduise dans leur chambre à coucher. D'où une perte de crédibilité importante auprès des couples.

Toutes les religions ont le droit et le devoir de guider leur peuple vers une morale. Le respect de l'autre, dans ce domaine ultra-sensible, doit être affirmé. Enlever à l'Église le droit de légiférer sur ce point délicat serait injuste.

L'Église et la capote

Prendre position contre la contraception, sans nuance, provoque chez les chrétiens et non-chrétiens de violentes réactions. C'est dingue ce que les gens nous interpellent, en parlant de l'Église, sur la capote en priorité…

Combien ai-je dû sauver de jeunes de la mort en leur offrant des capotes ? Mais jamais comme un vétérinaire. Plutôt comme un médecin du corps et du cœur.

Je parle avec eux bellement de la sexualité. Comme Jean-Paul II, je parle de maîtrise de soi et de fidélité. Le sida ne passera pas par là, c'est sûr.

En attendant, si je ne donnais pas de capotes à un jeune qui veut absolument tirer son coup un samedi soir, ce serait de la non-assistance à personne en danger.

Mais trop parler de la sexualité dans une institution ecclésiale où les pasteurs doivent vivre le célibat fait de notre Église une « Église sexy » ! D'où un rejet que les journaux se plaisent à renforcer.

Le Christ et la sexualité

Le Christ a très peu parlé du sexe. Dans le fameux verset de saint Matthieu sur les eunuques « qui se sont rendus tels eux-mêmes, à cause du Royaume des cieux », la tradition puise le choix volontaire du célibat pour le plus haut service sacerdotal. Le célibat accepté et vécu est une des plus belles aventures qui soient. Le sacerdoce est pour moi un enchantement, malgré les tentations et les difficultés à vivre cet état exceptionnel et sublime à la fois.

Que l'Église relise l'évangile et se souvienne de la brièveté du Christ sur la sexualité ! Par contre, il a été torrentiel sur la richesse, l'appât du gain, le refus du partage. Ses paroles terribles sur celui qui cumule, garde tout pour lui et affame le monde n'ont aucune commune mesure avec la pauvreté affective de celui ou de celle qui dérape dans sa sexualité.

Sans rien minimiser des dégâts provoqués par celui ou celle qui trompe l'autre ou pratique un vagabondage sexuel destructeur, essayons de retrouver le regard du Christ qui a si bien compris le cœur de l'homme et les émotions de son corps.

Il n'a été implacable que sur le cœur fermé et verrouillé.

36

Être femme dans l'Église

Honni soit qui mal y pense

> Près de la croix de Jésus se tenaient sa mère et la sœur de sa mère, Marie, femme de Clopas, et Marie de Magdala.
> Jésus, voyant sa mère et, auprès d'elle, Jean le disciple qu'il aimait, dit à sa mère : Femme, voilà ton fils.
> Puis il dit au disciple : Voilà ta mère. Et, dès ce moment, le disciple la prit chez lui.
>
> Jean XIX, 25-27.

Une présence significative

La société judéo-chrétienne a souvent peur des femmes. L'Église aussi. Pourtant en France sur les deux cent vingt mille catéchistes qui transmettent la foi à nos enfants, quatre-vingt pour cent sont des femmes. Elles sont aussi soixante-dix pour cent des douze mille trois cents animateurs d'assemblées dominicales qui œuvrent en l'absence des prêtres. Cette présence des femmes dans l'Église est un signe très important.

Pourquoi l'Église a-t-elle peur du féminin ? Au séminaire, j'ai baigné dans une culture très machiste. La femme était un objet de peur, elle était le serpent. Cela a beaucoup changé depuis, heureusement.

Les modèles féminins

Le psychanalyste Gérard Séverin s'interroge et va directement au but. D'où vient le refus de l'Église catholique d'autoriser l'accès des femmes à la prêtrise ? Dans sa tradition, l'Église a toujours pourfendu le sexe et le plaisir. Les personnes que l'imagerie catholique désigne comme modèles féminins sont des vierges, des veuves, des religieuses, et plus généralement celles qui n'ont pas de vie sexuelle.

Le psychanalyste dit qu'introduire la femme dans l'Église consisterait à lui faire intégrer la notion de différence des sexes. Or réintroduire le sexuel alors qu'elle n'a cessé de vouloir l'évincer pour garder le pouvoir est lourd de conséquences. Car, pour garder le pouvoir, il faut garder la maîtrise de ce qui donne à jouir, c'est-à-dire, symboliquement, l'argent et le sexe. Pour ces raisons, l'Église a beaucoup réglementé le sexe, alors que l'évangile en parle assez peu. L'évangile parle beaucoup moins de sexe que d'argent. Pour Gérard Séverin, l'Église a toujours voulu maintenir l'homme au pouvoir. Elle a interdit à la femme d'accéder à l'autel. Selon lui, cette affaire de pouvoir et de narcissisme est fondamentale pour comprendre l'Église. Cela est discutable, bien sûr, mais n'est pas dénué de vérité.

Dieu est-il masculin ou féminin ?

C'est évidemment un problème qu'on nous a posé depuis longtemps et une bonne question. Je crois que Dieu est homme et femme à la fois, car les deux sont à l'image de Dieu.

Sur la question des femmes prêtres, il reste un élément troublant. N'y avait-il pas de femmes du temps des apôtres ? Elles sont étrangement absentes. Le psychanalyste ajoute avec humour que l'on devrait exclure tous les hommes de la liturgie du vendredi saint puisque l'évangile nous apprend, cruellement, que seules, au pied de la croix, se trouvaient les femmes amies de Jésus… Même le futur pape et les apôtres mâles s'étaient barrés courageusement pour se mettre à l'abri.

Aujourd'hui, des femmes souhaitent des ministères. Le diaconat peut être envisageable, par exemple. Jean-Paul II a dit non aux femmes prêtres. Je vais en donner l'explication très rapidement.

Pourquoi les femmes actuellement souhaiteraient-elles tellement un ministère que les hommes ne veulent plus? Il y a de moins en moins de prêtres masculins et de plus en plus de femmes demandent à être prêtres.

L'Église est souvent interpellée: «Pourquoi n'y a-t-il pas des femmes prêtres comme chez les protestants?» Il existe deux conceptions du sacerdoce. Chez les protestants, nos frères, des femmes peuvent être pasteurs. La différence est dans la conception de la mission du prêtre. Le sacerdoce n'est pas vu de la même façon.

Les différentes traditions chrétiennes

Dans la tradition protestante, on insiste sur le sacerdoce universel des baptisés, au point de refuser une différence d'état, de statut ontologique entre pasteurs et laïcs. Les pasteurs sont des laïcs et le pastorat est purement fonctionnel.

Dans les traditions catholique et orthodoxe, on distingue le sacerdoce commun de tous, et le sacerdoce ministériel des évêques et des prêtres qui en est tout à fait détaché. Ce dernier, pour reprendre le catéchisme de l'Église catholique, confère un pouvoir sacré pour exercer le service des fidèles et un caractère spirituel inaltérable à celui qui le reçoit.

Le prêtre est à la fois, comme le catéchisme l'a écrit, un frère parmi d'autres, un vis-à-vis. Celui-ci exprime le message de l'Église, mais ne la rassemble pas en son nom propre, à la manière d'un club. Il agit à l'initiative du divin.

Ces deux conceptions divergentes cohabitent au sein de la communauté anglicane, ce qui explique les débats souvent épiques, houleux entre la tendance protestante et la tendance catholique. Cette dualité a des conséquences sur la question qui nous occupe.

Dans la conception protestante, le pasteur étant un laïc, nous voyons mal ce qui pourrait logiquement empêcher une femme d'exercer cette fonction. Par contre, dans la conception commune aux orthodoxes et aux catholiques, cette question est beaucoup plus problématique.

L'Église souligne la pertinence symbolique qu'il y a pour le ministère à appartenir au sexe mâle, puisque c'est la configuration du Christ. C'est celle que maintient Jean-Paul II.

Premiers de cordée

Chez les protestants, plus de dix pour cent des pasteurs de l'Église réformée suisse sont divorcés. Ce phénomène est préoccupant. Un pasteur disait: «C'est un métier qui occasionne beaucoup de contacts, de fatigue, une lourde charge de travail. Les pasteurs catholiques comme protestants ne sont pas épargnés par le stress. Les serviteurs de Dieu ne sont pas moins exposés à la tentation que n'importe quelle autre catégorie socioprofessionnelle.» C'est exact. Ils sont faillibles au même titre que leurs paroissiens. Mais les pasteurs devraient être exemplaires, notamment quand ils représentent dix à quinze pour cent d'un clergé.

J'ai été accueilli plusieurs fois chez des pasteurs protestants qui m'avaient demandé de faire des conférences en Suisse. L'un était homosexuel et ne le dissimulait pas. Je me demandais comment il pouvait rester encore pasteur. L'autre était divorcé et me disait: «Je suis comme mes paroissiens, je suis pécheur.» J'ai répondu: «Mais mon pote, t'es pasteur quand même, tu conduis un troupeau ! » Pasteur d'une église, imam, rabbin, prêtre catholique, nous sommes pasteurs, donc nous devons être les premiers de cordée.

Nous sommes tous pécheurs, je le sais. Moi le premier. Mais nous devons essayer d'être les meilleurs. Un autre pasteur m'a dit : « Le tiers de mes paroissiens est divorcé, je connais mieux leurs péchés en étant moi-même divorcé ! » J'ai répondu : « Oui, ça c'est une objection magistrale, mais si tu étais resté fidèle à ta femme, tu aurais pu les aider davantage, à mon sens. »

L'envie d'autre chose

La phrase célèbre de saint Paul aux Corinthiens : « La femme doit être soumise à son mari » fait sourire tous les couples chrétiens. Sur tous les mariages que j'ai célébrés, et ils sont nombreux, un seul couple a pris ce texte comme méditation. Ne glosons pas sur cette phrase.

Par contre, j'aime méditer cette réflexion de Catherine Deneuve. que j'ai trouvée dans une interview : « Les femmes sont écartelées par leur envie de parité, de travailler à égalité avec les hommes, et l'envie d'autre chose. Parce qu'elles mettent en premier l'amour et les enfants. Le travail vient ensuite. Pour les hommes, le travail passe souvent d'abord et l'amour ensuite. »

Cette réflexion de l'artiste, si elle n'est pas tout à fait vraie, n'est pas fausse quand même. Elle tente simplement de définir la différence entre hommes et femmes. Ce ne sera jamais facile.

Nous pouvons commenter jusqu'à la fin des temps la présence des femmes à l'autel. En attendant, il serait urgent que les femmes puissent être diacres. Il n'y a pas d'obstacles à ce qu'elles le soient. Ces milliers de femmes qui donnent tant à l'Église auraient une place irremplaçable comme diaconesses.

Si un pape décidait que des hommes mariés peuvent

devenir prêtres, ce serait une très bonne nouvelle pour l'Église. Cela permettrait à la femme de coopérer au sacerdoce de son mari comme le font bellement les femmes des diacres mariés. Quant à l'ordination des femmes, peut-être qu'avec Jean-Paul XXIII (c'est-à-dire dans deux cents ans) cela sera envisageable !

Les femmes mères, si proches des enfants par leur maternité même, posent en effet une vraie question pour leur accession au sacerdoce.

Souvenons-nous de la présence des femmes auprès du Christ jusqu'au bout. Leur présence est un trésor pour l'Église croissante… et pour celle d'aujourd'hui.

Laissons l'Église ouvrir la route pour que chacune d'entre elles réponde à l'appel de Dieu. La prudence légendaire de l'Église est son atout maître depuis deux mille ans. Enfoncer ses portes la fait toujours trembler. Mettre le pied dans la porte entrouverte par elle pour que celle-ci ne se referme pas est la meilleure attitude pour progresser. Avançons donc prudemment avec elle.

37

Rendez donc à César ce qui est à César

Le Christ a-t-il un programme politique ?

Ils se mirent à observer Jésus ; et ils envoyèrent des gens qui feignaient d'être justes, pour lui tendre des pièges et saisir de lui quelque parole, afin de le livrer au magistrat et à l'autorité du gouverneur.
Ces gens lui posèrent cette question : Maître, nous savons que tu parles et enseignes droitement, et que tu ne regardes pas à l'apparence, mais que tu enseignes la voie de Dieu selon la vérité.
Nous est-il permis, ou non, de payer le tribut à César ?
Jésus, apercevant leur ruse, leur répondit : Montrez-moi un denier.
De qui porte-t-il l'effigie et l'inscription ? De César, répondirent-ils.
Alors il leur dit : Rendez donc à César ce qui est à César, et à Dieu ce qui est à Dieu.
Ils ne purent rien reprendre dans ses paroles devant le peuple ; mais, étonnés de sa réponse, ils gardèrent le silence.

Luc XX, 20-26.

Le Seigneur n'est pas venu détruire l'œuvre des hommes. Il n'a pas voulu s'instaurer en tant que chef d'État. Il a refusé qu'on Le mette sur un trône.

Dans le monde musulman par exemple, c'est le contraire. La religion coranique permet qu'un État soit islamique. C'est un très grand danger. Nous l'avons vu avec Khomeyni en Iran ou en Afghanistan avec le mollah Omar. Nous chrétiens avons fait cette erreur au cours de l'histoire. Des papes empereurs, c'était une catastrophe.

Temporel et spirituel

Lorsque la même personne concentre le pouvoir temporel et l'autorité spirituelle, cela mène à la pire des tyrannies. Jean-Paul II nous rappelle souvent qu'un prêtre ne peut pas faire de politique. Un prêtre ou un religieux peut et doit dire quand une loi n'est pas bonne. Il a accès à la parole et il doit exprimer le point de vue de sa religion. Mais faire de la politique est très dangereux pour un religieux. La force d'un prêtre est qu'il parle au nom d'un autre plus grand que lui. Cette force est prodigieuse parce qu'elle n'a aucun intérêt humain, sociologique ou politique. Cette parole est gratuite.

Des amis m'ont demandé de me faire élire comme député… et même de me présenter aux élections présidentielles. Imaginez ma gueule à la place de Chirac ! Avec mon blouson noir en plus, bonjour l'angoisse. Ne mélangeons pas le spirituel et le temporel ! Respectons le temporel, c'est la grandeur des États laïcs. C'est très précieux parce que l'État laïc permet à toutes les religions de vivre et de s'épanouir.

Nous, chrétiens, ne pouvons pas dire que toutes les religions sont égales. Cela voudrait dire que notre religion est comme une autre. Le Fils de Dieu mort et ressuscité est pour nous la plus grande des nouvelles. Bien sûr un musulman dira la même chose de sa religion. L'État protège cela. Ce qui appartient à César revient à César ! À Dieu ce qui est à Dieu.

La loi et la morale

Aux jeunes en particulier je dis ceci : l'État peut par exemple établir des lois permettant l'avortement et ces lois peuvent être complètement immorales pour nous chrétiens. Je me souviens du geste du roi des Belges, Baudouin : il a donné sa démission en tant que souverain pendant vingt-quatre heures pour indiquer qu'il n'approuvait pas la loi sur l'avortement.

Nous devons apprendre à nos jeunes à distinguer la loi de la morale. Nous devons leur apprendre à reconnaître ce qui est légal et ce qui est moral. Toute loi n'est pas nécessairement morale. Nous ne pouvons pas considérer que les lois permettant l'euthanasie soient morales. Il faut un solide discernement. Nous avons à inciter les jeunes à entrer dans la légalité de l'État. C'est essentiel. Et nous devons tout autant leur montrer que les lois de cet État peuvent être en parfaite contradiction avec notre morale. C'est le devoir des parents et de l'école de bien séparer ce qui est du ressort de l'État et ce qui dépend de la religion.

La vie est telle que les deux champs s'imbriquent étroitement. La politique vise le bien de l'homme. Les chrétiens peuvent adhérer aux vertus laïques d'un État. Il est capital d'apprendre à nos jeunes à discerner dans l'État les lois immorales et les lois conformes à la loi divine.

Respectez la loi de votre pays et sachez transmettre à vos jeunes l'esprit critique nécessaire pour reconnaître ce qu'il y a de mauvais et de bon dans les lois. Priez pour vos hommes politiques. Ils n'ont pas toujours la liberté de parole qu'ils souhaitent. Votre prière leur permettra de discerner le bien du peuple. C'est une des plus belles missions qui soient.

J'ai fait un rêve

Il est bon que l'évangile soit au cœur de nos vies lorsque nous vivons de grands événements politiques ou diplomatiques.

Qu'est-ce que la politique ? « Les chrétiens reconnaissent dans la politique une forme éminente de la charité », disait Pie XII. Un chrétien entrant en politique se doit d'être pessimiste. C'est la meilleure position, celle qui permet d'être réaliste. La politique est dévouée à des missions temporelles nécessaires à la vie en société et à l'épanouissement de la démocratie. Le pessimisme n'est valable qu'à la condition d'être axé sur la vertu d'espérance.

De Gaulle disait : « Faire de la politique et être chrétien est parfois absolument incompatible. » Nos dirigeants sont appelés à vendre des armes ici et là. Un chrétien peut-il vendre des armes qui par nature sont destinées à tuer ? Le grand Charles a eu un grand geste, oublié par l'histoire. Il est allé en plein cœur communiste, reçu par Brejnev. Il a demandé à assister à la messe le jour de Pâques et il a communié à Moscou. De Gaulle ne communiait jamais publiquement. C'était un beau geste symbolique.

Les évêques de France disent que l'action politique est un souffle, un idéal et le courage de poursuivre un projet à long terme. La politique n'a pas à être un but en soi. Rechercher le pouvoir est une erreur. « La politique est le service des plus pauvres d'abord », a dit Jacques Chirac en mai 1995. J'aurais tant aimé qu'il aille jusqu'à vivre cette phrase superbe. Je le félicite de l'avoir prononcée mais il faut la vivre et la faire vivre. À la limite, s'il l'avait vécue, il ne serait plus président.

Longue vue et rétroviseur

Un(e) chrétien(ne) qui entre en politique doit être une personne avertie et choisir un parti. Elle doit être patiente, ouverte, jamais sectaire, intelligente et surtout pas partisane. La vertu du chrétien qui désire vivre l'évangile en politique est de ne jamais considérer son adversaire comme un pourri, une enflure ou un traître. Ce n'est pas un ennemi, mais un adversaire digne de respect. Un homme politique ne devrait jamais débattre avec les extrêmes de tout poil, mais combattre toute idéologie déshumanisante, xénophobe ou raciste.

Le chrétien qui entre en politique doit se munir d'une longue-vue et d'un rétroviseur. Il se souvient des bavures de l'histoire. Il connaît la montée des fascismes et des dictatures qui envahissent lentement, sournoisement les esprits. Jean-Paul II, jeune prêtre en Pologne, s'est battu contre le marxisme-léninisme et le fascisme. Il est un témoin remarquable et incontestable dans sa lutte héroïque.

Sous le signe de l'Hexagone

Le chrétien qui entre en politique élargit ses horizons au-delà de l'Hexagone. Il participe à une politique mondiale du respect de la terre. L'écologie est devenue une priorité vitale. Ces glaciers qui fondent risquent de faire disparaître les Pays-Bas sous les eaux… On ne peut plus dire qu'on s'en tape ! Les espèces d'oiseaux qui disparaissent chaque jour doivent intéresser le politique.

La religion du Christ est universelle. Le chrétien qui entre en politique a une vue universelle, l'avenir de l'humanité le concerne.

Enfin, votez, usez de votre droit. C'est un devoir impérieux. La démocratie est entre vos mains. Vous ne voterez jamais pour un homme politique idéal. C'est entendu. Mais l'abstention est une grave erreur.

Né quelque part

Le Christ est né quelque part en Palestine, si j'ai bonne mémoire. Il était juif. Il avait donc une nationalité. Il a prononcé le fameux : « Rendez à César... » Il voulait dire par là : « Respectez l'État qui nous gouverne », si c'est un État juste, bien entendu. Le Christ n'aurait pas respecté un pouvoir tyrannique. Il est dit dans la théologie morale de l'Église que nous pouvons tuer un dictateur s'il nuit à des millions de personnes. Un chrétien aurait pu tuer Hitler. L'Église permet ce cas d'espèce particulièrement rare.

Dans l'évangile, nous n'avons pas de doctrine politique. Il n'existe pas de politique chrétienne. L'évangile inspire cependant la politique dans de nombreux cas. Pourquoi ? C'est le livre de la vie du Seigneur, donc le livre de notre vie. L'évangile n'est pas fait pour être compris mais pour être abordé comme un seuil de mystère. L'évangile n'est pas un tract à lire ou un programme politique, il est fait pour être reçu par les croyants. On lit et l'on discute un programme politique alors que chaque parole de l'évangile est esprit de vie.

Je lis beaucoup de journaux. Parfois je me dis qu'une phrase d'évangile sera mille fois plus importante que tout ce que je peux lire dans la presse. Parce que chaque parole d'évangile est vivante. Chaque parole d'évangile est force d'amour et puissance d'universalité.

Les paroles d'un livre se comprennent, se soupèsent. Nous les assimilons. Mais les paroles de l'évangile nous pétrissent, nous modifient, nous assimilent à elles. C'est très différent. Elles sont miraculeuses.

La couleur du miracle

Les programmes politiques ont la couleur du miracle, et les candidats n'oublient personne : les jeunes et les retraités, les homos et les agriculteurs, les profs et les élèves.

Ils ratissent tout le monde ! Ce ne sont, hélas, que des programmes. Chaque parole de l'évangile nous guérit, nous purifie et nous ressuscite. À une condition cependant, celle d'avoir une immense confiance, une foi à toute épreuve.

Les paroles du Christ peuvent nous faire agir. Comme vous, je ne comprends pas certains passages. Certaines paroles doivent être décryptées par de grands théologiens, si possible contemplatifs.

Paroles à emporter

Je note neuf paroles qui peuvent nous faire agir immédiatement :

« Pardonne soixante-dix-sept fois sept fois. » Quand votre voisin, cet enfoiré, vous a fait un coup tordu, pardonnez à l'infini.

Le verre d'eau : « Il te sera rendu au centuple. » C'est la gratuité de l'amour. Offrons toujours quelque chose avec un cœur pur. Et cent fois nous aurons en retour ce que nous avons donné.

« Quand j'étais solitaire, malade, en taule, lorsque tu es venu me voir, c'est moi que tu as rencontré », dit le Christ. Ce vingt-cinquième chapitre de Matthieu me fait décoller immédiatement. Nous pouvons le relire chaque fois que nous ne voulons pas écrire aux prisonniers, ni aller à l'hôpital, ni rendre visite à une voisine seule. Application immédiate.

« Ta faiblesse sera ta force. » Le Seigneur m'a envoyé des tonnes d'ennuis, mais je les ai bien cherchés. Il m'a donné la grâce pour m'en sortir dans ce métier impossible d'éducateur.

« Prie et tu seras toujours exaucé. » Nous croyons peut-être aux promesses que les hommes politiques nous répètent pour se faire élire. Alors nous devons les talonner et leur botter le cul pour qu'ils s'en souviennent ! Nous, chrétiens, en espérant, sommes toujours exaucés. Le

Christ respecte totalement son programme. Il nous suffit de demander.

« Respectez l'étranger. » Si le Christ était président de la République il ne tolérerait pas que les immigrés nettoient nos trottoirs alors qu'ils n'ont même pas le droit de voter aux élections municipales.

« Si tu veux être le plus grand, sois le plus petit. » Si tu veux ce fameux trône de l'Élysée, sois petit. Représente-nous avec panache, mais reste simple et modeste, sois petit.

« Que celui qui n'a jamais péché lui jette la première pierre. » C'est l'image de la bonté du Christ : ce geste m'a toujours émerveillé. Les gens du village voulaient tuer la prostituée... mais tout le monde avait profité d'elle, du plus vieux au plus jeune, et on voulait lapider cette Samaritaine. Jésus leur a tendu un miroir et tous ces villageois se sont dégonflés.

« Aime ton ennemi. » C'est clair comme de l'eau bénite. Pas besoin d'être théologien pour comprendre cette phrase... Aimez ceux qui vous calomnient ou vous nuisent.

Combattez pour une société plus juste, fraternelle, ouverte, harmonieuse, universelle. Inspirez-vous pour cela de l'évangile. Adhérez au parti politique qui vous semble le plus cohérent avec l'évangile. La liberté, l'égalité et la fraternité sont des valeurs que le Christ n'aurait pas reniées. Discernez parmi les leaders politiques ceux qui sauront nous unir. Refusez tous ceux qui vous divisent. Tel est le programme du Christ.

L'évangile est forgé de respect, le plus beau nom de l'amour.

38

Les disciples

Jésus a choisi des faibles

En ce temps-là, Jésus se rendit sur la montagne pour prier, et il passa toute la nuit à prier Dieu. Quand le jour parut, il appela ses disciples, et il en choisit douze, auxquels il donna le nom d'apôtres :
Simon, qu'il nomma Pierre ; André, son frère ;
Jacques ; Jean ; Philippe ; Barthélemy ;
Matthieu ; Thomas ; Jacques, fils d'Alphée ;
Simon, appelé le zélote ;
Jude, fils de Jacques ; et Judas Iscariote, qui devint traître.
Il descendit avec eux, et s'arrêta sur un plateau, où se trouvaient une foule de ses disciples et une multitude de peuples de toute la Judée, de Jérusalem, et de la contrée maritime de Tyr et de Sidon. Ils étaient venus pour l'entendre, et pour être guéris de leurs maladies.
Ceux qui étaient tourmentés par des esprits impurs étaient guéris.
Et toute la foule cherchait à le toucher, parce qu'une force sortait de lui et les guérissait tous.

Luc VI, 12-19.

Ils étaient douze

Combien de fois l'Église au cours de son histoire aura-t-elle voulu devenir une Église de purs et de durs ? Elle a la tentation permanente de se faire représenter par des apôtres hors du commun, superdoués et parfaitement intelligents.

En lisant l'évangile, on s'aperçoit que pour le Christ cette Église-là n'était pas souhaitable. Le Christ ne s'est pas entouré de douze sages. Il a choisi des êtres très simples. Ils étaient même moins que sages. On peut les imaginer autour du Christ en train de voir des choses stupéfiantes, d'entendre un enseignement venant d'un pauvre. Le Christ enseignait pourtant avec une puissance phénoménale, justement parce qu'il était pauvre. Les apôtres se disputaient pour savoir qui dans le Royaume de Dieu aurait la meilleure place, le fauteuil le plus proche du Christ. Ce passage est très drôle à lire.

Le Christ n'a pas choisi de sages, il n'a pas pris de riches non plus. Plus pauvres que les apôtres, tu meurs. On connaît la condition d'un pêcheur, par exemple. Il n'a pas le salaire mensuel qu'il désirerait. Il n'a que les poissons qu'il remonte un par un pour nourrir sa famille. Jésus n'a donc pas choisi de riches. Cela aurait été catastrophique parce que des gens puissants et riches pouvaient corrompre n'importe qui. L'Église doit justement être tout sauf riche. Une des objections les plus cinglantes que l'on nous envoie souvent à la gueule, à nous chrétiens, est l'apparence de richesse que donne l'Église. Nous n'avons pas une apparence de pauvreté. Le riche a le pouvoir. Le riche peut corrompre. Les apôtres étaient pauvres. Un pauvre n'a pas de pouvoir.

Jésus n'a pas pris des forts. Il n'a pas non plus été entouré de gens fidèles. Judas l'a trahi de manière tragique pour une simple petite somme d'argent. Saint Pierre l'a renié trois fois. Ce passage est particulièrement marquant. Pierre était si pauvre, si simple, qu'il n'a même pas cherché à s'excuser. Il a renié le Christ et il s'est rendu compte soudainement de son énorme connerie. Puis il s'est mis à pleurer. Il ne s'en est pas tiré par la ruse pour tenter de justifier son reniement. Jésus s'est entouré d'êtres fragiles, pauvres, infidèles.

Il a choisi des ignorants. Lorsqu'il a voulu évangéliser ses apôtres, il a vraiment dû tout leur expliquer avec les moyens dont il disposait : des images, des exemples, des métaphores. Les disciples étaient attirés par l'aspect extérieur du Christ et par les miracles qu'ils le voyaient accomplir. Si aujourd'hui nous voyions un homme comme le Christ faire lever un paralytique ou rendre la vue à un aveugle, nous ferions sans doute comme les apôtres.

La faiblesse de l'apôtre est sa force

Un professeur de séminaire posait cette question rituelle en référence à un séminariste sur le point d'être ordonné : « Cet homme est-il assez faible pour être prêtre ? »

Très justement, il souhaitait que se présentent dans les ordres des hommes capables de se sentir vulnérables, de progresser suite à leurs faiblesses. Bref des personnes qui ne se croient pas parfaites, qui grandissent toujours et aident les autres à grandir.

Seul celui qui a un regard lucide et courageux sur ses faiblesses et épreuves, en union avec le Christ, saura en effet avoir une parole libre, convaincante et passionnée.

C'est ce qui nous dépasse et nous émerveille. Saint Paul l'a si bien dit : « Plus tu es faible, plus tu es fort. » Plus nous sentons que nous n'avons pas les mots pour dire Dieu, plus nous sentons que nous ne savons pas bien prier, plus nous nous trompons, et plus la force sera en nous. C'est à la base de notre faiblesse que nous découvrons que le Christ nous donne la force. C'est là qu'il passe en torrent à travers nous.

Non, l'Église ne doit pas être une Église de purs et de durs, mais une Église de pauvres. Nous sommes aujourd'hui un milliard de chrétiens. Ces communautés innombrables naissent un peu partout, mettent tout en commun et vivent au cœur des bidonvilles ou des cités dangereuses. Elles ne font pas de bruit, mais quelle puissance elles dégagent ! La télévision les zappe : elle préfère les cérémonies pontificales avec une ordonnance impeccable, des soutanes violettes et rouges virevoltantes, des chants superbes et de la musique religieuse sublime.

Je ne dis pas que ces cérémonies sont méprisables. Assister à Rome au Doctorat de sainte Thérèse de l'Enfant-Jésus devant une immense foule, ou participer à Notre-Dame de Paris aux somptueuses cérémonies, est une joie pour moi. Mais que nos liturgies les plus belles et les plus solennelles ne masquent jamais la profondeur et la noblesse de l'évangile vécu par des pasteurs perdus au milieu des plus petits.

C'est là que le visage du Christ souffrant et ressuscité resplendit. C'est là qu'on retrouve, deux mille ans après, le visage des premiers disciples.

IV

Jésus-Christ, un sacré mec

39

Vous serez détestés de tous à cause de mon nom

L'Église renaît

Jésus se mit alors à leur dire: Prenez garde que personne ne vous séduise.
Car plusieurs viendront sous mon nom, disant: C'est moi. Et ils séduiront beaucoup de gens.
Quand vous entendrez parler de guerres et de bruits de guerres, ne soyez pas troublés, car il faut que ces choses arrivent. Mais ce ne sera pas encore la fin.
Une nation s'élèvera contre une nation, et un royaume contre un royaume; il y aura des tremblements de terre en divers lieux, il y aura des famines. Ce ne sera que le commencement des douleurs.
Prenez garde à vous-mêmes. On vous livrera aux tribunaux, et vous serez battus de verges dans les synagogues; vous comparaîtrez devant des gouverneurs et devant des rois, à cause de moi, pour leur servir de témoignage.
Il faut premièrement que la bonne nouvelle soit prêchée à toutes les nations.
Quand on vous emmènera pour vous livrer, ne vous inquiétez pas d'avance de ce que vous aurez à dire, mais dites ce qui vous sera donné à l'heure même; car ce n'est pas vous qui parlerez, mais l'Esprit-Saint.
Le frère livrera son frère à la mort, et le père

son enfant ; les enfants se soulèveront contre leurs parents, et les feront mourir.
Vous serez haïs de tous, à cause de mon nom, mais celui qui persévérera jusqu'à la fin sera sauvé.

Marc XIII, 5-13.

Les églises étaient pleines

Vous vous souvenez, les anciens, les églises étaient pleines ! Quand un prêtre parlait, il était écouté. Tous les moutons du troupeau approuvaient.

Aujourd'hui, des attaques tous azimuts ciblent l'Église, les prêtres et les croyants. Actuellement s'ajoute une dimension supplémentaire : une agressivité de plus en plus grande se développe envers l'Église. Les catholiques ont tendance à réagir en victimes. On attaque gratuitement les prêtres, le pape, les évêques. Parfois avec une grande férocité.

Pour moi, c'est dur à avaler. Cela peut nous casser, nous faire beaucoup de mal. Pour ma part, ça me donne davantage d'espérance. L'Église n'est plus puissante en France ni dans maints pays. L'Église semble ne rien signifier pour la population. Je dirais que nous sommes au temps du renouveau. Ne désespérons pas, l'Église renaît. Arrêtons de nous lamenter. L'Église qui renaît actuellement rappelle celle des catacombes.

Marchands de la transcendance

Marchands de la transcendance, nous sommes devenus.

Oublié, pour tant de chrétiens d'aujourd'hui, le long et signifiant silence de trente ans du Christ au milieu des humains.

Oubliées la beauté et la tonitruance du message du Christ. Beaucoup de chrétiens ne connaissent plus cette

Bonne Nouvelle. Le Christ est devenu un dieu plus ou moins lointain et inaccessible.

Par contre, ces mêmes chrétiens exigent les sacrements sans en connaître exactement la force et la beauté. Nos sacrements, notamment le baptême et le mariage, sont souvent ornements sociaux, vidés de leur riche et pleine signification.

Face à ce désert au sein du peuple chrétien, on comprend le désarroi des prêtres. Ils se savent condamnés à offrir un service minimum, sans grande illusion pour l'avenir de l'Église, tout en sachant que s'ils refusent de brader ces deux sacrements, ils couperont le fil ténu qui relie tant de gens qui se disent chrétiens au mystère de l'Église.

La tâche des prêtres est de plus en plus dure. De nos jours, lorsque nous devons préparer un baptême, nous, prêtres, devons gratter beaucoup pour trouver chez les parents un petit peu de religion. Et, vingt ans plus tard, le bébé que l'on a baptisé est à marier. Il veut se marier à l'église. On lui parle de Dieu et, là, bonjour l'angoisse. Il a quasiment tout oublié. Le curé doit sacrément chercher pour trouver un motif de marier le couple.

Priorité au silence

Nous vivons dans une indifférence de plus en plus grande. Cela vient du nouveau monde, de la modernité. Notre confort est extraordinaire ! Un fermier québécois me disait : « Mon grand-père travaillait la terre dix-sept heures par jour et il élevait quarante vaches. Aujourd'hui pour diriger la même exploitation, je travaille trois heures, c'est suffisant. Et nous sommes beaucoup plus performants à condition d'avoir au moins cent vaches. » C'est un fait ! Le lait trait va directement dans les bidons de ramassage sur le bord de la route. Je l'ai vu au Québec. Parions que bientôt, il arrivera en fromages automatiquement, toujours au bord de la route !

Nous vivons dans un monde technique, et nous voulons gagner beaucoup d'argent. Ce monde technique est indifférent au monde de Dieu. Dès que nous grandissons en richesse, la spiritualité a tendance à s'effacer. Je pense qu'une des plus grandes saloperies que l'on fait aux jeunes de ce temps est de les empêcher d'accéder à la spiritualité. Le plus grand manque des jeunes d'aujourd'hui est qu'ils vivent sans espace de silence. Dieu ne se trouve vraiment que dans le silence.

Vous pouvez avoir la maison la plus belle, en pleine forêt, à l'abri de tout bruit, si vous avez la télévision, Internet et la chaîne stéréo, le bruit entre de toutes parts dans votre maison superbement isolée. Nous avons besoin d'intérioriser. C'est le commencement et le cœur de toute spiritualité. Nous manquons d'introspection, de regard sur soi, sur les autres et sur la vie. Seul un espace de silence à cultiver chaque jour avec acharnement nous fera découvrir Dieu. Malraux disait: «Le XXIe siècle sera un siècle spirituel ou ne sera pas.» J'irai moi-même plus loin en ajoutant: «Le XXIe siècle sera un siècle où le silence sera la priorité de nos vies, ou nous nous détruirons.» Le bruit est une culture de mort. Seul l'espace de silence de chacune de nos journées nous dira Dieu. Nous avons, nous adultes, un besoin urgent de prendre du temps pour Dieu. Si nous en découvrons nous-mêmes la saveur inestimable, alors nous en donnerons le goût à nos petits.

J'ai constaté l'immense soif des jeunes dans les cinq Journées Mondiales de la Jeunesse auxquelles j'ai participé dans cinq pays différents. Ces rassemblements gigantesques autour du pape, s'ils étaient joie et fête, comportaient d'intenses moments de silence. Voir et entendre deux millions de jeunes à Rome passer d'une grande exubérance à un silence absolu est impressionnant et inoubliable. Cela montre le désir invincible des jeunes, lorsqu'on les appelle au plus haut et au plus profond, à aller vraiment vers l'intérieur d'eux-mêmes, dans le silence et vers Dieu. Ces deux millions de jeunes soulèveront des montagnes.

Faire signe

Jean-Paul II a eu, je le répète, cette phrase magnifique adressée aux jeunes du monde rassemblés à Rome : « Être chrétien, ce n'est pas faire nombre, c'est faire signe. » Cette phrase s'applique à chacun d'entre nous. Il ne s'agit pas de remplir les églises. Si les chrétiens, une fois sortis, vivent comme des païens, cela ne signifiera rien. Si les chrétiens beaucoup moins nombreux dans l'église vivent l'évangile au ras des pâquerettes, ils font signe. Faisons signe dans notre entourage, au travail, dans le voisinage : signe de Dieu. Gardons précieusement cette phrase de Jean-Paul II : « Faites signe, soyez des vivants, vivez l'évangile à plein tube. » Demandons à Dieu la force de le vivre.

Alors on ne se lamentera plus. Et même si l'on nous attaque et que l'on essaie de nous détruire, soyons des êtres de lumière, d'amour et de silence. Cela sera un signe imparable dans ce monde de bruit où l'apparence et le désir de possession dévorent notre espace intérieur.

Que nous soyons détestés quelque part et qu'on nous cherche des poux sans cesse n'est pas mauvais. C'est le signe que nous fait un monde sans repère, sans guide et sans idéal. Ce monde qui nous attaque nous dit : « Mène-moi au plus haut de moi-même et du mystère qui t'habite. »

Si nous sommes persécutés, nous ne devons être ni victimes ni marcheurs à quatre pattes, mais des hommes et des femmes debout dans la tempête. Le Christ est là pour nous soutenir et nous dynamiser.

40

Le cœur de Jésus

Un cœur humain, aimant et libre

Venez à moi, vous tous qui êtes fatigués et chargés, et je vous donnerai du repos.
Prenez mon joug sur vous et recevez mes instructions, car je suis doux et humble de cœur ; et vous trouverez du repos pour vos âmes.
Car mon joug est doux, et mon fardeau léger.

Matthieu XI, 28-30.

Le Christ est un homme qui a passé trente-trois ans sur terre. Fils de Dieu envoyé par son Père, le temps de la terre, il avait un cœur extraordinaire !

Je pense souvent à ce cœur qui devait se refléter dans ses yeux. Il regardait la personne, dit l'évangile. Quand une personne vous regarde avec son cœur, vous le savez. Si elle vous regarde avec mépris, vous le savez aussi. Quand on se moque de vous ou que l'on vous traite avec racisme, vous le savez très bien. Quand une personne vous regarde avec son cœur, en plein cœur, elle a le regard du Christ. Ce regard nous dit que Dieu nous aime.

Les yeux d'Anne

À une station d'autoroute où je m'étais arrêté pour boire un café, un homme me reconnaît et vient vers moi avec sa femme et une amie, Anne. Je discute avec elle une bonne demi-heure. Anne me disait que son mari était parti dans l'éternité. « Je l'aimais, il s'est envolé subitement. »

Je voyais les yeux d'Anne. Elle a quatre enfants qu'elle doit élever seule. « C'est difficile par moments, vous savez, Père, je sens Dieu dans mon cœur et puis je ne le sens pas… Je sens mon mari disparu, et puis je ne le sens plus, mais je sais qu'il est dans mon cœur et qu'il vit là-haut. Il vit dans le cœur de Dieu. » C'est la magie du chrétien de se baigner dans le cœur de ceux qui sont partis. Celui qui croit qu'il n'y a rien après la mort ne voit que le corps disparu à jamais. Le chrétien a la certitude que ceux qu'il a aimés sont là-haut dans le cœur de Dieu. Nous vivons de cela sur terre. Telle est notre foi.

Le cœur humain et divin du Christ nous appelle à aimer selon le cœur de Dieu. Dieu a un cœur humble. Envoyer son fils dans une crèche, le dernier endroit chaud qui restait, est un grand signe d'humilité. Quand j'entre dans l'écurie, l'hiver en Provence avec mes jeunes, je vais parfois me blottir entre les vaches. Ce sont de vrais radiateurs ! Nous n'avons pas besoin de fuel. Nos deux chameaux, Tibérine et Zizou, produisent aussi une super-chaleur.

En signe d'humilité

Sur la croix, le cœur du Christ souffrant, humilié, blessé, harassé : on lui crachait au visage. On l'a traité publiquement comme une ordure. Le Fils de Dieu est mort comme cela, nu. C'est un autre signe d'humilité. Mort dans ces souffrances abominables, il était serviteur sur terre. Jésus n'avait aucun signe vestimentaire distinctif. Il ne se distinguait que par le lavement des pieds. Il s'abaissait, il se mettait à genoux et lavait les pieds des apôtres. Quand saint Pierre protesta : « Tu ne vas pas me laver les pieds, pas toi… », Jésus lui répondit : « Si, et tu feras la même chose. » Pour cette raison, à chaque cérémonie du jeudi saint on lave les pieds des autres pour se faire serviteur comme le Christ.

Le cœur de Jésus est humble, et il est libre. La liberté du cœur du Christ m'a toujours sidéré. Son cœur est à l'image de la liberté de Dieu. Vous pestez contre Dieu quand la maladie saisit un proche ou quand vous êtes témoin d'une injustice. Dieu nous a créés libres. Il nous a laissés libres de choisir. Nous sommes responsables devant nos semblables.

J'aime ce Dieu qui nous a donné la liberté. Sur terre, Il avait un cœur infiniment libre. J'aime savoir que Jésus parlait librement à n'importe qui. Il s'adressait aux rois, aux prêtres, aux juges, aux policiers. Il s'adressait à tous avec la même bienveillance. Il n'a jamais repoussé quiconque s'adressant à lui. Lorsqu'on l'importunait vraiment, il se taisait. Il ne disait rien.

Le cœur du Christ est force et tendresse. La force de Dieu est exclusivement au service de l'amour. C'est la tendresse de Dieu, elle m'émerveille. Elle est immense pour chacun d'entre nous. Dieu nous aime plus qu'aucun être humain ne pourra nous aimer. Sa tendresse n'est pas écrasante, elle est jaillissante. Il sait que nous sommes faibles, alors il nous aime avec puissance. Laissons-nous saisir.

Parlez librement

Fils de Dieu, Jésus a le cœur divin. Il a besoin que nous lui disions : « Cœur sacré de Jésus, aie pitié de moi, donne-moi la miséricorde, donne-moi la tendresse. Donne-moi l'humilité, rends-moi libre ! »

Une ancienne me disait : « Vous savez, monsieur l'abbé, vous avez une liberté de parole qui m'a toujours stupéfaite ! Moi, je voudrais bien, mais dans mon milieu cela ne se fait pas… – Fais-le ! » lui répondis-je. L'évangile nous apprend à être libre dans nos propos. Dire ce que l'on pense est vital. Je dis quelques grossièretés parfois. C'est vrai, mais je dis ce que je pense à plein cœur. Dire à l'autre : « Vraiment, tu me fais chier, mais je t'aime », est très important. Si les hommes et les femmes se disaient davantage ce qu'ils ressentent et pensent, il y aurait beaucoup moins de couples séparés. Il y aurait beaucoup moins de divorces. Il faut savoir se parler en faisant attention à mordre un peu sa langue pour éviter de blesser l'autre. L'ancienne me demandait où j'avais appris à parler aussi librement.

Ce langage direct me vient des plus pauvres, des petits de notre société. Je l'ai appris parmi les mecs de la rue, au milieu des loubards. Pendant quinze ans de séminaire on ne m'a pas appris à parler librement, j'ai dû adopter un langage châtié et souvent hypocrite, je l'avoue ! En pleine mêlée avec les loubards, on ne peut pas se dispenser d'être net et précis. Ils n'ont rien, ils sont rejetés, mal traités et mal aimés, alors ils sont aussi vrais et francs qu'une lame de couteau. C'est pour cette raison que le Christ les aimait tant. Les exclus n'ont pas de possession et rien à perdre. Ils n'ont pas de pouvoir. Ils n'ont pas besoin de diplomatie. Ces gens ont la plus belle des vérités : celle des enfants. Quand le Christ se penchait vers les enfants, son cœur vacillait. Son cœur tombait en morceaux devant des gosses. Regardez bien les yeux de vos enfants. Remplis de vérité, ils ont confiance et ils espèrent de toute leur innocence. Ils sont d'une pureté insondable, le cœur de Jésus est en eux.

Soyons des passeurs du cœur de Jésus ! Soyons passeurs de sa miséricorde, de sa tendresse et de sa force ! J'essaie de le vivre dans ma tâche d'éducateur. Un après-midi au téléphone, un jeune m'appelle de Faucon. Il voulait s'en aller : « Guy, j'en ai marre, ça pue ici, j'en ai assez des vaches et des lamas, ça me fait gerber, je veux me barrer ! » J'ai dit : « Mon pote, casse-toi, les cinq portes sont ouvertes et nous n'avons aucune clé. »

Dimitri est parti. J'ai bien prié l'esprit d'amour parce qu'en s'en allant il faisait une connerie. Il risquait de retomber en prison. Un habitant du village l'a ramassé en stop. Ils ont discuté. Il lui a dit : « Quand même, on ne s'en va pas comme ça de chez le curé. Les animaux puent, mais as-tu remarqué comme les arbres, les fleurs, la campagne sentent bon ? » Le môme a décidé de revenir et, une heure après, il m'a rappelé. J'ai pensé que le Christ était allé dans le cœur de Dimitri. Il m'a promis de ne plus fuguer et de rester encore trois mois…

Vers la civilisation de l'amour

Demandons inlassablement au cœur du Christ de nous illuminer de son amour. Grâce à l'amour, il avait la puissance de dire ce qu'il pensait. On ne crache pas à la gueule de l'autre. On lui dit ce qu'on pense dans l'amour. Il faut se mordre un peu les lèvres. Si vous dites les choses avec amour, l'autre comprendra, même si c'est dur à avaler. N'ayez pas peur, soyez libres et demandez juste avant : « Seigneur, que Ton cœur brûlant d'amour ait assez de tendresse et de force pour me faire dire les mots que je ne sais pas bien dire, inspire-moi pour que je dise la vérité. » Vous constatez combien le cœur du Christ est puissant si vous lui demandez un brin d'aide.

« Si nous voulons que le cœur de l'autre grandisse, il faut que nous nous diminuions », disait Jean-Baptiste à Jésus. Si vous pensez que l'autre est toujours plus grand que vous et meilleur que vous, vous ouvrirez les portes de cette « civilisation de l'amour » que Jean-Paul II appelle de ses vœux.

41

L'humanité du Christ

Seigneur, donne-moi ton regard

> En ce temps-là parut un édit de César Auguste, ordonnant un recensement de toute la terre.
> Ce premier recensement eut lieu pendant que Quirinius était gouverneur de Syrie.
> Tous allaient se faire inscrire, chacun dans sa ville.
> Joseph aussi monta de la Galilée, de la ville de Nazareth, pour se rendre en Judée, dans la ville de David appelée Bethléem, parce qu'il était de la maison et de la famille de David,
> afin de se faire inscrire avec Marie, sa fiancée, qui était enceinte.
>
> Luc II, 1-5.

Historiquement, le Christ a existé comme humain. Regardons-le vivre. Il est si semblable à nous. La grâce des grâces à mon avis est d'aimer Jésus comme on aime quelqu'un de vivant, à qui l'on donne sa vie. Comme on aime un homme ou une femme à qui on est lié corps et âme.

Nous pouvons aimer le Christ dans son humanité. Il est Dieu, d'accord, mais voyons-le comme un homme aujourd'hui. Ce qui me frappe dans le Christ est son âme ouverte et profonde. En lisant l'évangile, nous voyons que tous ses sens sont ouverts sur la vie, sur les personnes, sur les fleurs, sur les arbres, sur la nature. Son regard est remarquablement concret.

Ses paraboles sont au ras des pâquerettes, elles parlent de la vie : il parle des oiseaux qui picorent, il parle des travailleurs, il parle des enfants qui jouent et qui se disputent. Il parle du printemps, des récoltes, des arbres morts. Il parle du lys des champs qui apparaît lorsque la moisson est terminée. Il parle de la vigne, des chômeurs, des mecs qui attendent l'ouverture du bureau de l'ANPE. Enfin pas exactement comme ça, bien sûr. Il parle de la ménagère. Il parle des noces, du deuil…

Des amis frappent à la porte

Une des paraboles que j'aime le mieux est celle des amis emmerdants. Un boulanger est au lit avec sa gonzesse à deux heures du matin. Ils font l'amour, normal, c'est l'heure. Des amis frappent à leur porte. « Eh ! Boulanger, je t'en supplie, on n'a plus de pain, nos cousins viennent d'arriver. » Furieux, le boulanger quitte son plumard et va à la fenêtre : « Allez vous faire voir ailleurs, dégagez de là, j'aimerais être peinard avec ma gonzesse. » Les autres rentrent chez eux, commencent le hors-d'œuvre mais, vous savez, manger sans pain, ce n'est pas très réjouissant. Alors ils reviennent voir le boulanger : « As-tu du pain ? » Toujours très en colère, il les renvoie de nouveau. Mais ils n'ont pas eu ce qu'ils voulaient et reviennent une troisième fois. Alors le boulanger exaspéré descend dans sa cave prendre deux miches, remonte et leur envoie le pain dans la gueule.

Demandez et vous recevrez, a dit le Christ.

Le Christ s'émerveillait. J'ai pour habitude de dire aux athées : « Tu ne crois pas en Dieu, mais tu t'émerveilles devant un coucher de soleil, tu regardes la voûte étoilée, c'est le premier pas vers l'adoration. » Dans l'évangile, il est dit souvent que le Christ regardait. Il savait regarder les autres. Il devait avoir un regard incroyablement puissant. Il voit des situations dramatiques. Il en sort des images qui détendent et font réfléchir. Il était souvent en conflit avec les scribes et les pharisiens, ces enfoirés qui ne cessaient de lui courir sur le haricot. Quand Jésus parlait, les scribes avaient les boules, les pharisiens contestaient: « Qui est ce mec qui se croit meilleur que nous ? » Pour leur répondre, le Christ parle des enfants qui se querellent et se disputent. Il observe et connaît la vie des gens.

Le Seigneur prend pour exemple la femme qui perd un billet et qui retourne tous les meubles de sa maison pour le retrouver. Elle parvient à remettre la main dessus et, pour fêter ça, elle invite ses copines et ses voisines à trinquer en buvant un café. Elle réunit tout le monde: « J'ai retrouvé mon billet ! » Avec humour, le Christ met en évidence nos fausses excuses.

Quand il voulait que nous allions à l'essentiel, Jésus employait ces images, ces paraboles remplies d'humour. Il respectait immensément la vie des gens et des choses.

L'histoire de la statue de sainte Thérèse

À Rougon, dans notre chapelle, en balayant je renverse la statue de sainte Thérèse. Une figure en plâtre horrible ! Elle se casse. Je me dis qu'une statue comme celle-ci qui disparaît, c'est tant mieux. C'était compter sans les vieilles du village. « Vous rendez-vous compte, notre sainte Thérèse, nous l'aimions tant... » Quelque temps plus tard, je m'en vais à Lourdes, j'entre dans un magasin en pensant à la statue de sainte Thérèse. Je m'adresse à la dame au comptoir: « Je cherche une statue de sainte Thérèse qui soit horrible, abominable. » La vendeuse a dû se dire que j'étais cinglé. Elle me recommande de faire le tour de son magasin. Il y avait de belles statues modernes, mais pas ce que je cherchais. Je reviens vers la dame: « Vous devez bien avoir quelque chose à la cave. » On descend et là, je retrouve exactement la même sainte Thérèse de plâtre affreusement peinte. Je l'ai rapportée à Rougon. Les paroissiennes sautaient en l'air de joie !

J'aime chez le Christ son extrême sensibilité. Au milieu des foules, j'apprécie qu'il se dise: « Tant de brebis sans berger.» Quand vous êtes dans le métro, dans les rues, regardez : tant de gens sont sans berger, sans but, sans spiritualité. On peut le voir tous les jours dans Paris. En plein hiver les piétons regardent les mouches qui volent. Il y a beaucoup de mouches en hiver, vous savez !

Quand une de mes adjointes a été agressée pendant une heure dans une rame de métro pleine, par cinq petits merdeux, les gens regardaient les mouches, ces enfoirés !

Le Christ se mettait en colère

Jésus se met en colère et agite son fouet quand il découvre les sanctuaires emplis de nombreux marchands de bijoux, d'ornements, d'icônes... Quand il vit les marchands du temple, quand il vit tous ceux qui vendaient des chapelets, statues, croix et mille bondieuseries, il fut scandalisé. Je sais que les gens de Lourdes doivent bondir, je sais bien qu'ils ne peuvent pas non plus donner les chapelets. Ils vivent de ce commerce, mais rien ne devrait être vendu si près des lieux sacrés. Cela blesse les athées et nous, croyants, sommes de plus en plus souvent scandalisés.

Nous voyons mille aspects de l'humanité du Christ. La force et la douceur du Christ, sa pitié et sa combativité, son exigence extrême et son immense tendresse faisaient de lui un éducateur hors pair.

Un jeune homme riche arrive plein aux as, dans une super-Jaguar, avec une super-nana (encore que, selon l'évangile, il est arrivé seul. Bon...). Il déclare à Jésus : «Je voudrais te suivre.» Le Seigneur répond : «Écoute, vieux, ta Jaguar ne te sera pas utile, tu peux aller la garer. Ton compte en banque, laisse tomber. Tes e-mails et tes téléphones, oublie-les. Dorénavant, tu me suis.» Malheureusement, le jeune homme s'en retourna parce qu'il ne pouvait pas se séparer de sa Jaguar et de son standing. Le Christ aimait les riches. Il a sur eux un regard extraordinaire ! Plus que jamais nous devons aimer les riches. Pas leurs richesses, mais la personne.

Le pauvre est libre. Je dis le pauvre, je ne dis pas le misérable. Ma famille et mes quinze frères et sœurs et moi étions pauvres. Mon père était ouvrier. Je n'avais pas un centime mais quelle merveilleuse enfance j'ai vécue ! Quand à trente ans je me baladais en soutane à travers toute la France, j'avais trente francs en poche, un croûton de pain et un morceau de fromage de chèvre. J'étais libre comme l'air. Le riche est enfermé par la possession qui l'emprisonne.

Pierre renie Jésus : Pierre est le successeur de Jésus. Il s'en vantait beaucoup. Il ne ratait jamais une occasion de passer devant les caméras de télévision. « Zoomez-moi ! » Quand il voit Jésus arrêté, menotté, jeté dans le panier à salade, Pierre le renie. On lui demande s'il n'était pas avec ce mec que l'on vient d'interpeller. Il répond qu'il ne le connaît pas. Trois fois il dit : « Non, jamais vu, connais pas. » À ce moment-là, le Seigneur fixe un regard d'amour sur lui. Quel pardon formidable et quelle puissance d'amour dans son regard !

Zachée, le collecteur d'impôts, a cédé au regard du Christ aussi. Il descend à toute vitesse de son arbre annonçant qu'il allait rembourser ceux qu'il avait volés !

Devant le tombeau de Lazare, Jésus s'est mis à pleurer. Lazare était son ami. Les gens ont vu comme il l'aimait.

Il aimait les enfants. « Laissez-les venir à moi ! » répète-t-il. Il les bénissait de ses mains.

Evita Perón, la célèbre Argentine, fonçait vers le premier môme lorsqu'elle était dans la foule. On présentait à cette femme d'État des enfants pomponnés, parfumés et propres pour qu'elle les salue, mais elle détestait ça. Elle fendait la foule et allait embrasser l'enfant le plus morveux et le plus sale qu'elle trouvait. Les gens étaient retournés par ce type d'acte.

Il y a quinze ans, Lady Di m'a fait forte impression aussi. Elle visitait dans un hôpital des malades atteints du sida. La médecine n'avait pas encore mis au point de médicaments efficaces à cette époque-là. Son entourage lui conseillait : « Princesse, méfiez-vous, ne vous approchez pas à moins de trois mètres, c'est contagieux, ne les touchez pas, ça craint un max… » N'écoutant que son cœur, elle prit un malade du sida contre elle et le serra pour l'embrasser. Je garderai cette image de Diana, la plus belle et sans doute la plus authentique.

Les grands de ce monde peuvent avoir des gestes extraordinaires que l'on oublie souvent. Le Christ aime le plus perdu, le plus sale, le plus malade, le plus désespéré. Il aime ceux qui ne peuvent pas lui rendre son amour. Il aime ceux qui le renient et le trompent, Pierre notamment. Il aime aussi ceux qui le haïssent et ceux qui lui font mal.

« Aimez vos ennemis » : un terrible commandement

Pour annoncer les Journées Mondiales de la Jeunesse, des agences de communication avaient proposé des textes et des affiches. Cherchant à attirer les jeunes, Jean-Marie Lustiger, dubitatif devant ces maquettes, décida lui-même du slogan : « Aimez vos ennemis ! » Tout le monde est tombé sur le cul. Toute la France vint aux Journées Mondiales de la Jeunesse à ce cri de rassemblement. Je crois que, par ce geste, notre archevêque est allé au plus haut de ce que le Christ nous indique.

L'humanité du Christ se manifestait aussi quand il mangeait avec des gens considérés comme impurs. Ses contemporains le lui ont beaucoup reproché. À nous de le vivre aujourd'hui.

À Pigalle, j'accompagnais un ancien, nous buvions un coup dans un bar. Soudain, j'entends une voix androgyne derrière moi : « Salut, curé, comment vas-tu ? » Je me retourne pour mettre un visage sur cette voix. Je vois un travesti et je réponds : « Ça va. » Le travelo continue : « Je t'aime bien, curé. – Moi aussi. – Je t'offre à boire. »

Je bois un verre avec lui. L'ancien loubard qui était à mes côtés me fait un signe à la dérobée. « Tu te rends compte, on va te voir avec ce mec… » Et soudain m'est revenue l'image du Christ qui n'hésitait jamais à partager la table des pécheurs, des souffrants. Après avoir bu notre coup, le travelo me dit: «On va aller boire un deuxième verre ensemble dans un autre bar.» L'ancien me dit: «On se tire, Guy.» Je dis: «Non, on reste.» Et le prostitué me raconte sa vie. Il me raconte l'horreur de ce qu'il vivait. Il gagnait quatre cent cinquante euros par jour. Il en dépensait trois cents en cocaïne pour oublier ce qu'il subissait. Il nous a installés devant le bar, sur la terrasse. Quelques vieux lézards qui me reconnaissaient en passant se disaient: «Qu'est-ce qu'il fait là, le curé...?» Je me suis souvenu du regard du Christ. Le vivre aujourd'hui est impératif. Il est attentif aux aspects concrets et aux besoins des autres. Après avoir guéri et ressuscité une fillette, il ordonne qu'on lui donne à manger. À Lourdes, ceux qui viennent de guérir disent toujours qu'ils ont faim.

La façon de prononcer le nom de Jésus est importante. Si nous aimons le Seigneur de toutes les fibres de notre être, si nous désirons passionnément sa présence, si nous souffrons de son absence, Son nom devient vivant. C'est un homme véritable et c'est un Dieu vivant. Quand je me lève le matin, j'ai souvent instinctivement sur les lèvres cette phrase: «Seigneur, donne-moi ton regard, donne-moi ton cœur, donne-moi ta miséricorde.»

Invoquez le Seigneur souvent. Parlez-lui cœur à cœur. Imaginez-le homme et demandez-lui de sa force. Quelle puissance il vous donnera alors!

La violence du Christ

> Jésus s'adressa aux foules et à ses disciples:
> Les scribes et les pharisiens siègent dans la chaire de Moïse: faites donc et observez tout ce qu'ils peuvent vous dire, mais ne vous réglez pas sur leurs actes car ils disent et ne font pas. Ils lient de pesants fardeaux et les mettent sur les épaules des hommes, alors qu'eux-mêmes se refusent à les remuer du doigt.

> Toutes leurs actions, ils les font pour se faire remarquer des hommes.
> Ils aiment à occuper les premières places dans les dîners et les premiers sièges dans les synagogues, à être salués sur les places publiques et à s'entendre appeler « Maître » par les hommes.
> [...]
> Malheureux êtes-vous, scribes et pharisiens hypocrites, vous qui ressemblez à des sépulcres blanchis ! Au-dehors, ils ont belle apparence mais, au-dedans, ils sont pleins d'ossements de morts et d'impuretés de toutes sortes.
> Ainsi de vous : au-dehors vous offrez aux hommes l'apparence de justes alors qu'au-dedans vous êtes remplis d'hypocrisie et d'iniquité.
>
> Matthieu XXIII, 1-7, 27-28.

Le Christ homme de paix, dans l'évangile, entre dans de terribles colères. Les paroles qu'il adresse aux religieux de son temps sont très dures et implacables. Lui, l'homme libre et débordant d'amour de la tête aux pieds, sera tué par les prêtres de son temps, qui ne lui pardonnaient pas ses sorties fracassantes.

Que dénonçait-il chez eux ?

Leur hypocrisie ; le fait que leurs actes ne suivaient pas leurs paroles : « Ils disent et ne font pas » ; le pouvoir et l'intérêt que ces enfoirés de religieux puisaient à travers leur audience ; les lois débiles que ces religieux tiraient du texte sacré de l'Ancien Testament pour opprimer, asservir et écraser.

Rien n'a changé deux mille ans après. Cette phrase de F. Varone résonne aujourd'hui pour tous les religieux du monde : « La plus grande perversion du pouvoir se trouve dans le pouvoir religieux dont la capacité de domination et d'écrasement est d'autant plus grande qu'il prend à son compte l'absolu de Dieu. »

En effet, le prêtre nanti d'une connaissance pointue de

Dieu a ce côté magique et fascinant face aux pauvres qui Le cherchent. Nous pouvons et devons leur donner des réponses. C'est notre tâche. Si nous nous en servons pour écraser, notre religion devient l'«opium du peuple». Si nous cherchons le regard de Dieu dans le pauvre qui questionne, alors nous sommes les serviteurs de la Parole et nous La donnons dans sa pureté.

J'entends de plus en plus cette phrase terrible: «Je hais toutes les religions.» Si l'Église est parfois détestée à cause de certains de ses ministres, nous devons le reconnaître, mais pas généraliser. Pour ma part, j'ai un amour immense de l'Église dans ce qu'elle porte de dignité, de liberté et dans sa lutte pour responsabiliser chacun d'entre nous au nom du Christ.

Les religieux de toute religion qui excommunient aujourd'hui, au lieu d'accueillir pour prôner comme seule exigence l'amour, sont des hypocrites et des menteurs. Envoyer à la gueule de l'autre une loi divine pointilleuse et exigeante fait de Dieu un législateur intraitable. C'est encore pire quand la loi divine est falsifiée. C'est massacrer Dieu dans la recherche si difficile et si fragile de l'homme.

Le blasphème

Ben Laden et ses acolytes n'ont pas d'abord brisé l'orgueil des Américains en supprimant les deux tours, signe de leur toute-puissance. Ils ont entaché dans le cœur de millions d'êtres vivants la notion d'un Dieu d'amour et de paix. Oser supprimer trois mille personnes innocentes au nom de Dieu est le pire des blasphèmes.

Des musulmans m'ont dit: «Je crois toujours en Dieu. Mais je vais changer de livre. Ce n'est pas possible que le Coran, au nom duquel Ben Laden justifie cet acte abominable, soit un livre saint!»

Ce chrétien américain qui a osé tuer un médecin pratiquant des avortements est de la même veine. Le crime qu'il a commis, il l'a fait au nom de la Bible.

Notre Église porte encore en son sein des vipères et des cobras au venin mortel. Ils peuvent toujours tuer chez des chrétiens le sens de Dieu-amour. Nous devons, nous prêtres, les dénoncer sans peur…

Plus qu'une parole dénonciatrice, c'est notre proximité, auprès des plus souffrants de notre propre Église d'abord, qui témoignerait des deux mots les plus beaux de l'évangile : Liberté et Amour.

42

Qui dit-on que je suis ?

Le mystère insondable de l'amour chrétien

Un jour que Jésus priait à l'écart, ayant avec lui ses disciples, il leur posa cette question : Qui dit-on que je suis ?
Ils répondirent : Jean-Baptiste ; les autres, Élie ; les autres, qu'un des anciens prophètes est ressuscité.
Et vous, leur demanda-t-il, qui dites-vous que je suis ? Pierre répondit : Le Christ de Dieu.
Jésus leur recommanda sévèrement de ne le dire à personne.
Il ajouta qu'il fallait que le Fils de l'homme souffrît beaucoup, qu'il fût rejeté par les anciens, par les principaux sacrificateurs et par les scribes, qu'il fût mis à mort, et qu'il ressuscitât le troisième jour.

Luc IX, 18-22.

Jésus demande : « Qui suis-je ? » Pierre prend la parole et dit : « Tu es le messie de Dieu. » Je me permettrai à mon tour de te poser une question : « Toi qui lis ces lignes maintenant, que dis-tu de Jésus-Christ, que dis-tu du Fils de Dieu ? »

Je me souviens d'un jeune, angoissé par la question d'un copain qui lui demandait s'il allait à la messe. Il dit « oui ». L'autre rétorque : « Pauvre con ! » Le jeune rentre chez lui en larmes. « On m'a traité de pauvre con... » Auparavant tout le monde allait à la messe, les jeunes comme les vieux, et l'on montrait du doigt qui n'y allait pas. De nos jours, au contraire, on a tendance à montrer du doigt ceux qui y vont.

« Comment as-tu parlé de moi ? »

Que dites-vous du Christ ? Osez-vous en parler à plein cœur ? Déclarez-vous : « Mort et ressuscité, il est Fils de Dieu pour moi » ? Nous avons trop souvent peur de le dire. Le Christ, un jour, nous demandera des comptes. Quand nous serons dans l'au-delà, au jugement dernier, il nous demandera : « Comment as-tu parlé de moi ? »

Affirmer envers et contre tous que l'on est catholique ou chrétien, ce n'est pas très utile. Mais si l'on nous demande vraiment : « À quoi crois-tu ? Crois-tu que dans l'au-delà il y a quelqu'un ? », à ce moment nous devons dire oui. Je suis curé, par conséquent pour moi il serait difficile de dire que je ne sais pas trop, peut-être qu'Il existe, peut être qu'Il n'existe pas... Pourtant je suis comme tout le monde, je vis dans le brouillard comme tout un chacun. Le Seigneur met un voile devant lui. Nous ne le voyons pas. Je n'ai jamais eu d'apparition. Parfois on me demande si j'ai vu Jésus-Christ, je réponds non. On me demande si j'ai vu la Sainte Vierge, je réponds non.

En revanche, j'ai vu les manifestations du Christ dans ma vie, dans l'amour que mon père et ma mère m'ont donné. C'est là que j'ai su que l'amour existait. Ensuite, à travers la parole de Jean « Dieu est amour », j'ai su que c'était vrai.

Dieu se dessine mystérieusement à travers chacun d'entre nous. Même le pire d'entre nous. Je vis au contact de prisonniers. Certains ont commis des actes épouvantables.

Ce monstre est mon frère

L'un d'entre eux a été condamné à vingt-huit ans de prison sans droit de sortir. Je me souviens de la première fois où je lui ai rendu visite. Lorsqu'il m'a tendu la main, je me suis dit que cette main avait écrasé la tête d'une enfant. Une bête sauvage n'aurait pas commis un tel acte. Alors, comment la serrer ? Je me suis dit : « C'est une ordure, un monstre, mais c'est mon frère. » C'est la main du Christ qui se tendait vers moi. Comme il est beau l'évangile qui dit : « Aimez vos ennemis » ! Cet homme-là, malgré l'horreur des actes qu'il a perpétrés, est fils de Dieu. C'est le mystère insondable de l'amour chrétien, certains jours il faut s'accrocher pour le vivre.

Dire le Dieu que j'aime n'est pas facile au milieu du peuple très dur avec qui je vis. Dans l'océan de violence où je nage, c'est la question la plus urgente et la plus essentielle. Seule l'exemplarité de ma vie, mon combat auprès des plus fragiles et des plus abîmés de notre société peut être ma réponse. Le Christ est l'« exemple par excellence » qui nous indique la voie, le chemin.

Cette lumière du Christ me hante. Répondre à sa question « Pour vous qui suis-je ? » consiste souvent à fermer ma gueule. Mon comportement et mes actes peuvent être une réponse tellement plus forte que la parole. Cette réponse se résume en une seule phrase : « Vivre de telle façon qu'à ma seule façon de vivre on pense qu'il est impossible que Dieu n'existe pas. »

43

On était frappé par son enseignement

Franc-parler ou langue de bois ?

Ils se rendirent à Capharnaüm. Et, le jour du sabbat, Jésus entra d'abord dans la synagogue, et il enseigna.
Ils étaient frappés de sa doctrine ; car il enseignait comme ayant autorité, et non pas comme les scribes.
Il se trouva dans leur synagogue un homme qui avait un esprit impur, et qui s'écria :
Qu'y a-t-il entre nous et toi, Jésus de Nazareth ? Tu es venu pour nous perdre. Je sais qui tu es : le Saint de Dieu.
Jésus le menaça, disant : Tais-toi, et sors de cet homme.
Et l'esprit impur sortit de cet homme, en l'agitant avec violence, et en poussant un grand cri.
Tous furent saisis de stupéfaction, de sorte qu'il se demandaient les uns aux autres : Qu'est-ce que ceci ? Une nouvelle doctrine ! Il commande avec autorité même aux esprits impurs, et ils lui obéissent !
Et sa renommée se répandit aussitôt dans tous les lieux environnants de la Galilée.

Marc I, 21-28.

Pourquoi les gens étaient-ils frappés par l'enseignement du Christ ? C'est très simple, ces enfoirés de scribes parlaient et n'agissaient pas. Probablement qu'ils ramassaient la quête et s'en allaient avec. Ils n'avaient aucune crédibilité.

L'autorité du Christ

Jésus soudain frappe les esprits en enseignant avec une très grande autorité. Il ne ramassait pas l'argent des gens et ses auditeurs pouvaient voir qu'il donnait sa vie aux plus pauvres. De son regard remarquable et de son écoute profonde, il enseignait en homme de Dieu, en homme d'autorité. Il enseignait en docteur.

Ses contemporains ne savaient pas que son autorité était infaillible car ils ne savaient pas qu'il était le Fils de Dieu. Ils percevaient un enseignement qui sortait totalement de l'ordinaire. Ce docteur qui prêchait avec une autorité surprenante montrait aussi une humilité hors du commun. Cela détonnait par rapport aux scribes qui se prenaient pour le Saint-Esprit, mais vivaient tout autrement et surtout n'avaient aucune humilité.

L'éloquence du Christ ne devait pas être spécialement remarquable. Sa simplicité, en revanche, devait ravir ses auditeurs. Tout au long de l'évangile il parle de la moisson, des oiseaux ou des arbres. Il parle de l'arbre vert, de l'arbre qui meurt, des animaux... Il disait des choses divines de manière toute simple. En lui-même il avait ce trésor de connaissances, mais il ne fanfaronnait pas pour l'imposer. Il le disait et le proclamait avec l'autorité que lui donnait son Père. Il parlait toujours au nom de son Père. Cette humilité ravissait tout le monde. Il s'ajustait à ceux à qui il s'adressait. Il parlait vrai.

Son attitude reste toujours valable aujourd'hui. Nous savons reconnaître ceux qui parlent vrai et ceux qui parlent faux. Il se dégage d'une personne une impression liée à la façon dont elle parle, à sa manière de regarder, qui indique immédiatement la limite entre le franc-parler et la langue de bois.

C'est tout à fait caractéristique à la télévision. Quand

une personne ne parle pas en vérité, l'attention du spectateur décroche et il zappe. Les gens regardent mais la parole part dans le vent. Ils sentent très bien à la radio ou à la télévision la vérité qui se dégage d'une personne. La profondeur du Christ était inégalée.

Il ne raisonnait pas. Son enseignement n'était pas fondé sur une démonstration. Les pharisiens raisonnaient sans cesse. Ils tentaient constamment de le piéger sur des questions disciplinaires, canoniques ou réglementaires. Jésus profitait toujours de leur question-piège, souvent stupide, pour répondre en allant au plus profond de l'être. Pour cette raison les pharisiens et ceux qui cherchaient à déstabiliser Jésus ne comprenaient rien à ses réponses. Ou, comprenant, le rejetaient.

Le Christ expose et affirme. Son talent d'orateur est remarquable, il s'exprime toujours avec des images. Deux mille ans après, ceux qui enseignent, notamment les prêtres, devraient parler plus souvent par images. Tant d'histoires d'aujourd'hui sont de belles paraboles. Nous pourrions transmettre l'évangile beaucoup mieux si les prêtres savaient bien se servir de l'histoire de notre temps. Nous, prêtres, qui avons pour mission d'enseigner, devons parler au cœur des gens, non à leur tête.

Je me souviendrai longtemps de ce lointain vendredi saint

J'étais encore séminariste. J'arrive au moment de la prédication. Le prêtre parlait de la croix du Christ et du calvaire. C'était une scène parfaitement grotesque: le prêtre se tortillait sur sa chaire pour expliquer le calvaire du Christ. J'avais vraiment envie de me marrer… au début. En fait, je crois que ce prêtre n'avait pas un talent génial comme prédicateur. En revanche, il m'a permis de comprendre ce jour-là que le Christ avait souffert. Il l'avait exprimé avec une telle force qu'il me l'avait communiqué. Moment inoubliable.

Nous avons la rude et belle tâche d'enseigner le Christ. Deux mille ans plus tard, nous employons d'autres mots que lui, mais nous devons toujours parler au cœur des gens, que nous soyons orateur brillant ou terne prédicateur.

Le curé d'Ars n'avait presque aucune culture, il n'était pas loin d'être analphabète. Il parlait de ce qu'il vivait intensément. Si celui qui enseigne est un homme de prière, et puise au cœur du Christ l'enseignement qu'il a d'abord absorbé profondément en lui-même, il saura le dire. Il se moquera pas mal de l'effet qu'il provoquera, mais il parlera au nom d'un plus grand que lui.

Son enseignement, s'il le vit jusqu'au fond de ses tripes, aura alors cette autorité qui se dégageait du Christ.

Prie bien pour que tes prêtres collent à tel point à la vie du Christ que tu puisses le retrouver à travers eux.

44

Jésus et la loi

La règle est faite pour l'homme

Jésus entra de nouveau dans la synagogue. Il s'y trouvait un homme qui avait la main sèche.
Ils observaient Jésus, pour voir s'il le guérirait le jour du sabbat : c'était afin de pouvoir l'accuser.
Et Jésus dit à l'homme qui avait la main sèche : Lève-toi, là au milieu.
Puis il leur dit : Est-il permis, le jour du sabbat, de faire du bien ou de faire du mal, de sauver une personne ou de la tuer ? Mais ils gardèrent le silence.
Alors, promenant ses regards sur eux avec indignation, et en même temps affligé de l'endurcissement de leur cœur, il dit à l'homme : Étends ta main. Il l'étendit, et sa main fut guérie.
Les pharisiens sortirent, et aussitôt ils se consultèrent avec les hérodiens sur les moyens de le faire périr.

Marc III, 1-6.

Il y avait là un homme dont la main était paralysée. C'était le jour du sabbat. Ce jour-là, on ne fait rien du tout. Les pharisiens et tous les curés du temps détestaient Jésus à cause de sa parole de liberté.

La liberté et l'amour

Dans l'évangile il y a deux choses importantes : la liberté et l'amour. Ce sont les deux plus belles. On dit pourtant souvent que l'Église est contraignante.

Les pharisiens attendaient le Christ pour dire : « S'il lui remet la main en état de marche, il aura rompu le sabbat. » Jésus s'en fichait complètement ! L'homme avait une main paralysée et il était urgent de lui en rendre l'usage. Alors le Christ l'a touchée et l'homme retrouva une main normale.

Les rapaces de pharisiens sautèrent sur l'occasion. Ils guettaient Jésus pour lui signifier qu'il ne respectait pas la règle. Jésus se moquait des règles. Bien sûr il connaissait et respectait les dix commandements : « Tu ne tueras pas, tu honoreras ton père et ta mère... », tout ça. OK ! Les grandes règles sont fondamentales. Regardez combien de règles l'Église a inventées en deux mille ans d'histoire ! Ça craint. Les gens en ont assez des règles.

Il faut des règles, c'est normal dans une institution. S'il n'y avait pas de règles, tout le monde ferait n'importe quoi. N'oublions jamais que la règle est faite pour les hommes et non les hommes pour la règle. Les chrétiens intégristes qui sont au service de la règle se fourvoient gravement. Il faut des règles, mais elles doivent être au service des hommes et des femmes.

J'entends souvent des chrétiens qui disent : « Telle règle d'Église ne me plaît pas. » Par exemple, celle de l'obligation de la messe du dimanche. N'oublions pas qu'avant il fallait aller à la messe tous les dimanches sous peine de péché mortel. Regardez comme la coutume a changé. Ce que j'en pense, c'est qu'aller à la messe quand on en a envie, ce n'est pas très exigeant. À ce moment-là, vous ne bûchez plus votre foi. Si l'on veut enrichir son christianisme, on accepte les règles principales. Combien de ceux que je rencontre me disent qu'ils sont croyants et non pratiquants ?

Des gens me disent: «Je vais seul dans une église. Ah! Le pied que je prends!» Très bien, c'est chouette d'entrer dans une église de temps en temps. Mais se réunir le dimanche tous ensemble pour prier le Seigneur est une chose magnifique! Cela prend une autre gueule. C'est pour cette raison que l'Église nous demande de nous rassembler.

Nous avons de tout dans l'Église: la diversité humaine est immense. L'Église rassemble les fervents comme les pas trop pratiquants. Nous trouvons des vieux, des jeunes, des prostituées, des médecins, des homosexuels, des voleurs, des professeurs… L'esprit d'amour nous rassemble. L'Eucharistie est plus qu'une règle, c'est le trésor de l'Église. La joie de ma vie est de faire descendre le Christ dans mes mains nues. Le faire descendre et vous le donner: c'est le rôle du prêtre. C'est sa plus belle mission.

Vous pensez qu'il y a des règles injustes. Par exemple on ne peut pas donner la communion à des divorcés remariés. C'est injuste. Imaginez que vous êtes malade et que vous rendez visite à votre médecin. Le médecin vous accueille en vous disant: «Puisque vous êtes malade, vous n'aurez pas de médicaments.» L'Église agit de la même façon vis-à-vis des divorcés et remariés. Quelle force plus grande que l'Eucharistie? Pécheurs, fautifs, les divorcés remariés? Pas sûr: parfois l'un des deux est complètement innocent et on lui refuse l'Eucharistie quand même… C'est vraiment une règle difficile à avaler!

L'Église est lente, non sans raisons

Elle doit élargir son champ apostolique. Elle doit trouver ses nouvelles formes pour dire l'Amour de Dieu. Je souhaite que vous soyez des hommes et des femmes qui ont la règle à leur service. Et que l'esprit de liberté de l'évangile vous envahisse!

Vatican II a été une formidable bonne nouvelle pour l'Église. Mais ce vent nouveau qui a balayé l'Église a perturbé un certain nombre de catholiques. Avant Vatican II, la règle était la règle. Et nul n'osait la critiquer ou la contourner. Le vent frais de Vatican II a donné la parole au peuple chrétien. Une certaine mafia ecclésiastique bouffait tout, dirigeait tout. Ce bon vieux pape Jean XXIII n'aurait jamais imaginé qu'il apporterait une formidable liberté et avec elle une sacrée tempête.

Nos frères intégristes, liés plus que tout à la règle, ont décidé de quitter l'Église. La messe pour eux n'est valide qu'en latin, avec le prêtre dos tourné à l'assistance. C'est à se taper le derrière au plafond ! Et qu'a fait le Christ ? « À la fin du repas, nous dit l'évangile, il prit du pain et du vin et prononça ces seules paroles : "Ceci est mon corps, ceci est mon sang..." » L'Eucharistie est née là. On a ajouté mille et une choses autour. Mais l'essentiel, ce sont les deux phrases du Christ : « Ceci est mon corps » et « Ceci est mon sang ».

Je refuse de me battre avec des prêtres intégristes. S'ils insistent, je réponds : « Tu dis en latin les paroles de la consécration. Moi en français... C'est le même Christ qui descend. » J'ajoute toujours : « Vous manquez d'humilité. Vous croyez avoir raison, contre le pape et les évêques et l'ensemble du peuple catholique. » Ces mêmes intégristes ont parfois raison de nous reprocher des dérives inadmissibles. Par exemple, des prêtres refusant d'obéir à leur évêque ou des fidèles qui dominent leur prêtre en ne l'autorisant qu'à célébrer, gérant eux-mêmes la paroisse de façon autoritaire.

Rien n'est facile pour que l'Église aille dans le sens de l'Esprit-Saint. Trop s'attacher aux règles ecclésiales c'est tuer la vie évangélique. Au nom de l'évangile faire n'importe quoi est aussi dangereux.

Seuls les chrétiens vivant en équipe, solidaires et priant, sauront, autour de leur prêtre, leur serviteur, donner le message apporté par le Christ dans sa pleine liberté. Prions bien pour notre pape. Diriger l'Église à travers tous les courants qui la traversent est aussi périlleux que transfigurant. Nous sommes un milliard de chrétiens. Chacun d'entre nous est important pour que les mots « Liberté » et « Amour » soient les plus grands noms de l'Église aujourd'hui.

Nous avons tous la main atrophiée

Que Dieu nous guérisse de tous nos sectarismes, nos blocages et nos regards de mépris pour ceux qui ne pensent pas comme nous.

Soyons des êtres libres. Seul l'amour vrai puisé dans le cœur de Dieu nous en donnera la capacité.

45

Le Christ nu

À Noël, un enfant vient nous rendre la vie impossible

Jésus étant né à Bethléem en Judée, au temps du roi Hérode, voici que des mages d'Orient arrivèrent à Jérusalem,
et dirent: Où est le roi des Juifs qui vient de naître? car nous avons vu son étoile en Orient, et nous sommes venus pour l'adorer.

Matthieu II, 1-2.

« Un enfant vient nous rendre la vie impossible », disait Christian Bobin.

Cette citation est une phrase à méditer.

Jésus nous rend la vie merveilleusement impossible. Noël est une fête superbe. Les marchands du temple ont commencé deux mois avant Noël à tout préparer. Cette belle fête est détournée. Nous aimons le côté romantique, sucré, acidulé et chaleureux de Noël, c'est une fête riche en sensations agréables.

Un enfant nous est donné. Le Fils de Dieu est né dans la pauvreté extrême. Ce gosse est venu nous rendre la vie impossible. Paradoxalement il est aussi venu nous rendre la vie respirable. Le plus faible parmi les faibles, ce mioche, ce lardon de trois kilos, arrivé dans le seul endroit chaud qui restait, cette étable occupée par un âne et un bœuf, deviendra, deux mille ans après, le maître d'un milliard de chrétiens. Cette naissance extraordinaire reste une fête monumentale.

Ce bébé, nous le tuerons, nous le détruirons trente-trois ans plus tard. Je suis certain que, si le Christ naissait aujourd'hui, nous l'éliminerions dans trois décennies, de la même manière qu'il y a vingt siècles.

Nu dans la crèche, nu sur la croix

Les deux nudités de Jésus-Christ sont frappantes. Le petit qui sort du ventre de sa mère et l'homme crucifié se ressemblent : ce bébé merveilleux tant attendu est arrivé nu ; le Christ de trente-trois ans est mort tout nu sur la croix. La nudité d'un nouveau-né est ravissante. L'agonie nue sur la croix est terrifiante. Que pouvons-nous comprendre ?

Pour bien fêter Noël, méditons ces deux nudités, ces deux faiblesses du Christ. Le bébé est l'être le plus faible. Pourtant on ne lui résiste pas. Il braille et il dérange tout le monde. Quand ma dernière petite sœur Betty est née, elle n'était pas très ravissante. Son cordon ombilical lui avait entouré le cou et elle était violette. En la voyant, j'ai dit à ma mère : « On dirait une petite guenon. » Ma mère a éclaté de rire. Betty est maintenant une belle mère de famille. Un bébé n'est pas toujours très beau quand il vient de naître. C'est sa faiblesse qui nous fait fondre. Dans le berceau, l'enfant est toujours ravissant. Sur la croix, l'image abjecte d'un homme cloué vivant et nu. La trajectoire du Christ, de sa naissance à sa mort, peut se lire dans ces deux nudités.

Marie a vécu des moments effroyables en voyant son fils ligoté, battu et humilié après avoir fait tant de bien sur terre.

Ce nourrisson va nous donner son corps : c'est l'Eucharistie. Sa faiblesse de petit dans la paille deviendra une force hors du commun pour nous, chrétiens, jusqu'à la fin des temps. Il nous apprendra l'essentiel. Dans le monde de loups où nous vivons, la bonté et l'amour sont les faiblesses de Dieu. Notre Dieu nous aime tant qu'il nous supplie de lui dire que nous l'aimons. Il a créé l'homme pour être admiré de lui.

C'est la réponse au mystère de Noël. L'amour que nous dégageons dans un monde de loups vaincra tous les loups de la terre jusqu'à la fin des temps. Le petit enfant nous a rendu la vie impossible en dynamitant la puissance que nous désirons. Esclave de l'argent que nous voulons gagner, notre vie est faite du calcul de nos intérêts. Sensibles au qu'en-dira-t-on, nous sommes soucieux de notre apparence. Nous nous modelons au regard de l'autre et cherchons à plaire à tout prix. Nos égoïsmes sont bousculés par ce mioche que nous célébrons à Noël et qui nous rend la vie impossible. Il nous dit: «Tes intérêts, tu t'en tapes. L'argent, tu peux t'asseoir dessus. Tes calculs, oublie-les. Et ta puissance ne doit être que service. Plus tu deviens haut placé dans la société des hommes, plus tu devras être serviteur des plus faibles.»

Mission impossible

L'argent doit être au service de l'amour. Si nous réfléchissons sur le mystère de cette faiblesse, ce cadeau de bonté que nous a fait Dieu en nous envoyant Son Fils, nous découvrons qu'il nous a envoyé une mission impossible, mais vitale.

Sans cette vie impossible, il n'y aura ni paix, ni bonheur, ni harmonie. Elle consiste à ne rien céder. Nous avons envie de toujours plus, de posséder. Nous avons le désir d'avoir raison. Nous sommes prisonniers de notre envie de confort. Nous voudrions garder nos dons pour nous-mêmes. Nous désirons voir l'autre sous son plus vilain jour. Nous nous considérons comme bien supérieurs à tous ces pauvres idiots qui nous entourent. Et nous les jugeons avant même de les connaître. Le marmot du 24 décembre est venu nous dire: «Je suis le plus faible et le plus petit de tous.» Il a pris la dernière place, celle que personne ne pourra jamais lui prendre.

Tentons quand même de la prendre, cette dernière place: l'oubli de soi, le don aux autres, une ouverture toujours plus grande, une générosité sans limites. Ce bébé casse-pieds vient détruire le monde du gain, de l'appât, du bénéfice et du profit. Le monde du «Moi-d'abord-et-les-autres-je-m'en-fous» rend le monde ténébreux. Dans les pays qui se désagrègent, dominés par des tyrans qui oppriment les peuples, nous constatons combien la puissance, la gloire et la rapacité humaines éteignent et tuent toute lumière. Les conflits terrifiants de notre temps sur tous les continents nous le montrent chaque jour. Des murs tombent et l'on en construit de nouveaux ailleurs.

Les politiciens de notre pays n'ont jamais su débattre paisiblement. Ils sont un modèle permanent de violence. C'est extrêmement rare qu'un homme ou une femme politique, de droite ou de gauche, reconnaisse que son adversaire ait une idée valable. «Je n'ai pas de leçon à recevoir de vous» est une phrase emblématique du politicien orgueilleux. Je me dis que la violence de nos jeunes est bien peu de chose en comparaison de la leur. Les partis politiques et nos élus sont censés être là pour nous servir. Ils ne connaissent pas l'humilité. Nous avons tous et toutes des leçons à recevoir. Ce petit bébé particulièrement insupportable est venu nous dire cela. Il détruit des phrases comme «Je n'ai aucune leçon à recevoir». Par sa seule présence.

Le Christ vivant est venu nous dire que la vie est possible. L'amour est possible. Il est possible de penser que l'autre avec lequel nous ne sommes pas d'accord est une personne sensée qui peut nous apporter une lumière.

Quelle est la seule réalité évidente lorsque nous observons l'humanité ? Les hommes se battent partout, détruisant et éliminant leur prochain. Quelle issue avons-nous ? «Aime l'autre comme toi-même», nous dit Jésus. «Construis l'homme en paix», nous braille ce bébé dans la crèche. C'est le cadeau qu'il est venu nous apporter pour rendre enfin la vie possible et la terre heureuse.

L'amour n'est pas évident. Il est surnaturel. Nous, chrétiens, disons que nous avons un Dieu d'amour qui nous donne la possibilité de dépasser ce monde de loups. Cet amour-là est la preuve de Dieu pour les croyants chrétiens. Il n'y a aucune autre preuve à rechercher. Votre vie, votre façon d'écouter l'autre, de le respecter, de lui pardonner seront la preuve la plus évidente de l'existence de Dieu. Vous donnerez l'image de Dieu. Personne ne résiste à un geste gratuit, à un geste de pardon. Notre Noël est cette preuve.

Les deux nudités du Christ, l'enfant né dans une crèche et cet adulte de trente-trois ans mourant nous indiquent comment faire de Noël un partage. Seul l'amour rend la vie buvable, sereine, harmonieuse. Souvenez-vous de vos plus beaux Noëls, ceux où vous avez su résister à la course aux cadeaux, ceux où vous avez su partager avec des pauvres.

Mon plus beau Noël

Chaque année, je fête Noël en Provence avec toute mon équipe. Je célèbre la messe avec les anciennes du village, enchantées par les lamas et les chameaux réunis sous le porche de l'église. Nos jeunes restent avec nous parce qu'ils ont des familles disloquées. Chacun a un cadeau.

Un jeune m'a fait vivre mon plus beau Noël, en compagnie de douze éducateurs. Il était le seul jeune resté cette année-là, les autres avaient des familles plus unies que d'habitude. Celui qui restait, au moment où nous lui avons offert un cadeau autour de la cheminée, a dit, en pleurant : « C'est mon plus beau Noël. Dans les centres où j'étais avant, les éducateurs se battaient pour partir le plus tôt possible, ma famille ne voulait jamais de moi, et vous êtes douze pour moi tout seul ! » Ce Noël passé avec lui était un signe qui lui a dit que nous avions renoncé à nos familles humaines pour rester près de lui.

Que cet Enfant-Jésus te permette de vivre l'impossible. Alors tu fêteras Noël dans la vérité et tu seras signe pour les autres.

46

Jésus-Christ est un rebelle

Quelle est notre capacité de révolte ?

Mais le Seigneur lui dit : Vous, pharisiens, vous nettoyez le dehors de la coupe et du plat, et à l'intérieur vous êtes pleins de rapine et de méchanceté.
Insensés ! celui qui a fait le dehors n'a-t-il pas fait aussi le dedans ?
Donnez plutôt en aumônes ce qui est dedans, et voici, toutes choses seront pures pour vous.
Mais malheur à vous, pharisiens ! parce que vous payez la dîme de la menthe, de la rue, et de toutes les herbes, et que vous négligez la justice et l'amour de Dieu : c'est là ce qu'il fallait pratiquer, sans omettre les autres choses.
Malheur à vous, docteurs de la loi ! parce que vous avez enlevé la clef de la science ; vous n'êtes pas entrés vous-mêmes, et vous avez empêché d'entrer ceux qui le voulaient.

Luc XI 39-42 et 52.

Depuis tout petit, quand j'ai découvert le Christ, c'est l'image du rebelle que je préfère à toutes.

Sa naissance très pauvre est une formidable révolte. Il n'est pas arrivé dans une clinique climatisée entouré de cinq infirmières, d'un médecin et de trois chirurgiens. Tous les hôtels étaient fermés, Marie a accouché dans une étable, le seul endroit chaud qui restait. Le bébé a été pourchassé avec ses parents, puisque Hérode voulait tuer tous les nouveau-nés. L'adolescent qu'a été Jésus s'est rebellé contre ses parents. Il s'est révolté amicalement. Au retour de Jérusalem, il a fait une fugue. Lorsque ses parents l'ont retrouvé au milieu de tous les prêtres du temps, il leur a dit: «Je suis aux affaires de mon Père.»

Adulte, Jésus est en rébellion permanente contre l'hypocrisie. Les pharisiens, ces rats religieux, essayent sans cesse de lui nuire, de le saboter, de le calomnier. Ils déforment ses propos. Ils voient qu'il guérit des aveugles, qu'il fait courir des estropiés à toute vitesse comme des champions olympiques. Les pharisiens guettent. Ces évêques et curés de l'époque sont infatués de leur pouvoir. Jésus-Christ ne se gêne pas pour leur dire: «Vous prêchez dans les temples et vous ne faites pas.» Aux gens de son temps, il dit: «Ne leur ressemblez pas. Ils parlent mais ils ne font pas.» Deux mille ans après, sa révolte contre l'hypocrisie est toujours d'actualité.

Il est en rébellion contre ceux qui jugent la prostituée et sont passés sur elle. Ces fumiers voulaient la tuer avec des petites pierres, des moyennes et des grosses pour faire durer la souffrance. Ils demandent au Christ: «Tu te rends compte, c'est une putain, il faut la buter. C'est une salope...» Jésus ne répond rien. Ils insistent: «Enfin! Dis quelque chose.» Il trace des signes sur le sable et dit: «Que celui qui est sans péchés lui jette la première pierre.»

Il est en rébellion contre ceux qui «savent» quand il dit aux enfants: «Venez à moi.» Il ajoutait: «Si vous n'êtes pas comme des enfants, vous n'entrerez pas dans le Royaume de Dieu.» Jésus ne conteste pas la sagesse des sages mais il s'en prend à ceux qui croient savoir, qui veulent imposer leur pouvoir religieux.

Il part en rébellion contre ceux qui flambent dans le temple et qui jettent ostensiblement dans la quête des billets de cinq cents euros. Voyant une vieille femme qui apportait son dernier euro, il dit: «Elle est la plus grande dans le Royaume de Dieu parce qu'elle a donné tout ce qu'elle avait.»

Il est en rébellion contre ceux qui possèdent et qui gardent. Je dirais contre les riches puants. Ceux qui profitent de leurs dons pour les garder pour eux. Il aime les riches puisqu'il dîne chez eux. Mais il fait très bien la différence entre les bons riches et les mauvais riches.

Je remarque que l'Église parle beaucoup de sexe, mais très peu de la richesse. Jésus a des paroles terribles sur ceux qui volent, pillent, s'enrichissent et qui gardent, paraissent et se vantent. Il me semble être tellement plus tendre pour ceux qui pèchent par désir instinctif au niveau de leur corps sexué, même s'il a été implacable sur la fidélité conjugale.

Rendez à Jacques...

Il est en rébellion contre le pouvoir de ceux qui s'y complaisent. Et il dit bien: «Rendez à César ce qui est à César», c'est-à-dire à Jacques Chirac et à son lieutenant Jean-Pierre Raffarin. Il est respectueux du pouvoir en place, mais il est contre celui de ceux qui en abusent. Il ne cesse de redire: «Si vous voulez avoir la première place, si vous voulez être président, soyez d'abord un serviteur, soyez humble, soyez doux, pensez aux petits en priorité.»

Le Christ est contre tous les racismes de culture, de sexe, de religion, de peau... Les femmes sont présentes autour de lui. À l'époque, les femmes la fermaient et avaient peu d'accès à la parole. Maintenant elles la ramènent. Observez Christine Boutin, elle l'ouvre! Écoutez Dominique Voynet, elle l'ouvre! Voyez Arlette Laguiller, elle n'a pas la langue dans sa poche non plus!

Il est contre l'activisme face au silence et à la prière. L'épisode de Marthe et Marie nous le montre. Marthe se précipite pour sonner chez le boucher: «Vite, vite, Jésus-Christ aime le pot-au-feu. Dépêche-toi de me préparer la viande.» Puis elle téléphone au marchand de vin: «Porte-nous un saint-émilion, cuvée 1986.» Elle se dépense, et faxe partout ses ordres pour plaire au Christ. Marie, elle, est aux pieds de Jésus et l'écoute. Le Seigneur lui dit : « Tu as la meilleure part. » Il n'a pas voulu cracher sur l'une pour valoriser l'autre. Il a voulu signifier que le silence vaut mieux que l'action, même s'il apprécie un bon repas. Au fond, il nous rappelle à travers ces deux femmes que, sans l'action, nos prières sont pipi de chat. Et que sans nos prières notre action risque d'être nulle.

Le Christ est en rébellion contre le jugement que l'on porte envers celui qui a fauté. Il a été prodigieux pendant ses trente-trois ans. « L'homme est plus grand que sa faute », nous a-t-il enseigné. Et le vingt-cinquième chapitre de Matthieu nous interroge : « Quand j'étais en prison, es-tu venu me voir ? Quand j'étais dans la merde, es-tu venu ? Quand j'étais dans une cité difficile, es-tu venu me rencontrer et m'as-tu aidé à trouver du travail ? » Chaque fois que tu as aidé quelqu'un, c'est le Seigneur que tu as aidé.

Il est en rébellion contre toutes les inégalités. Son combat constant est au service des plus pauvres durant le temps de la terre. C'est certain. Je pèse mes mots : il n'est pas pour les pauvres en disant au riche : « Va chez ta mère ! » Il a une tendresse absolue pour la vieille dame qui se déplace en Rolls avec chauffeur et possède un appartement superbe, tout en se noyant dans une solitude dingue.

Jésus et José

Il est du côté du plus pauvre. Il est pour la mondialisation, à condition qu'il s'agisse d'une mondialisation équitable ! Il n'est pas pour une mondialisation où seuls les pays riches décident des règles du jeu du commerce international. Il n'approuve pas une mondialisation où les pays riches décideront de ce qu'il faut faire pour que le monde puisse vivre heureux. Les analystes prévoient que l'Europe, une fois bâtie, laissera cinquante millions d'exclus sur le bord de l'autoroute de la consommation. Pour cette raison, j'aime bien le rebelle José Bové et ses amis. Avec ses célèbres moustaches et sa pipe, c'est un mec qui a osé dire « non », comme le Christ aux marchands du temple. C'est-à-dire à ceux qui nous vendent de la bouffe merdique à tarif réduit. Il ose arracher les plants potentiellement dangereux pour l'avenir des cultures. Il a risqué et fait de la prison pour être allé jusqu'au bout de son combat. José Bové n'est pas le Christ du XXIe siècle, mais son combat pour la survie de l'humanité est exemplaire. De plus, José adore les médias. Le Christ, lui, les aurait fuis.

Arlette Laguiller m'est sympathique aussi. Je ne suis pas d'accord avec sa dictature du prolétariat. Nous savons ce qu'elle a produit, avec l'expérience de soixante-dix ans de communisme. Mais j'approuve le combat d'Arlette à défendre les ouvriers et ceux qui se trouvent en bas de l'échelle sociale. Un jour, j'ai fait une émission d'une heure avec elle. C'était super, mais je lui ai simplement dit : « Arrête de dire ouvriers-ouvrières, travailleurs-travailleuses, dis plutôt frères et sœurs. C'est bien plus large. Et tu oublies le RMIste qui est plus à défendre que celui qui gagne le Smic. Il a moins que rien, et comme il ne travaille pas, tu t'en fiches. » J'aimerais vraiment qu'Arlette soit plus large dans son combat, et qu'elle oublie sa dictature du prolétariat qui ne rime plus à rien. Sauf à vouloir instaurer une autre dictature.

Jean-Paul II ne badine pas avec la vie

Jésus est un rebelle contre le système de mort actuel. Il est pour la vie, pour que l'on sauve le fœtus dans le ventre de la femme. Il est pour le respect de la vie finissante. Il est en rébellion terrible contre l'euthanasie. Il est contre la peine de mort. La voix rocailleuse de Jean-Paul II défend la vie. Je trouve sa voix très peu tendance, mais prophétique. Il défend la vie. C'est une des plus grandes voix qui existent de nos jours. Il ne compose pas, il ne badine pas avec la vie. Jean-Paul est un rebelle.

Le Christ sera toujours en rébellion contre une Église

faite d'un catholicisme larmoyant et discourant. Quand j'entends ces prières pénitentielles ou universelles dans les églises, sur les pauvres, les prisonniers, sur les inégalités, et que j'entre avec un loubard dans l'église pour célébrer, le mec me dit: «Ils ont de belles bagnoles, les gens qui vont dans ton église...» Il a vu qu'il n'y avait pas là beaucoup de 4L et de deudeuches, mais les derniers modèles de Peugeot et de Chrysler devant l'église. C'est un regard intéressant, je trouve, d'observer les bagnoles des chrétiens qui vont célébrer le dimanche et qui parlent très bien des sujets douloureux, de la pauvreté et de l'injustice. Une révolte seulement verbale suivie d'une prière est nulle si on ne se met pas en marche !

Notre révolte ne se fait pas avec une mitraillette. Les papes n'ont jamais béni la théologie de la libération quand des prêtres prenaient des armes. Ce n'est pas le rôle d'un prêtre de prendre une arme pour zigouiller les tyrans de son temps. Contre la dictature chilienne, le Père Jarlan est mort d'une balle dans la tête. Il organisait les quartiers au service des familles des disparus du régime de Pinochet en protestant de plus en plus fort. La dictature du chrétien Pinochet a fait tuer des milliers d'opposants à son régime. C'est en lisant son bréviaire que le Père Jarlan a été tué dans sa petite cabane. Si la prière de louange est joie, la prière de plainte est le chant de la détresse et de la colère. C'est le chant de la rébellion.

La prière ne suffit pas

Nous devons être des combattants de l'amour et de la justice. Notamment par la non-violence. Condamner la violence par la parole et prier sont importants. Jean-Paul II a eu, devant les tyrans Marcos, Pinochet, Duvalier, Jaruzelski et Castro, des paroles très fortes qui ont déclenché le départ de certains d'entre eux. Mille et un moyens s'offrent aux chrétiens et non-chrétiens pour dire non. Les millions de pas de jeunes et d'adultes sur les trottoirs de France pour empêcher Jean-Marie Le Pen d'accéder au pouvoir en est un remarquable. Comme celui des opposants à la guerre d'Irak partout dans le monde. Des pas prophétiques s'il en est !

Cette plainte adressée au Seigneur nous fait garder notre dignité d'interlocuteurs de Dieu. Elle permet d'exprimer notre protestation contre le mal, contre l'injustice et contre l'oppresseur. Elle nous permet surtout de nous mettre en marche. C'est bon le matin de se mettre à genoux et de dire : « Seigneur, ce combat va être dur encore aujourd'hui, ce sera dur de voir l'injustice en face, ce sera dur d'entendre le cri de misère et de révolte des jeunes qui vont frapper à ma porte. Mais donne-moi le caractère rebelle que tu as eu sur la terre. »

La prière nous permet de ne pas nous résigner face à l'injustice. Nous ne devons jamais nous résigner. La prière nous tient debout devant l'oppresseur. La prière nous donne l'audace auprès des opprimés. Elle nous pousse à passer à l'acte.

L'Église doit être le lieu de la révolte spirituelle car elle permet d'aimer jusqu'à l'extrême et d'aimer son pire ennemi par des actes avant de le faire par des mots. L'Église doit être le temple de la révolte spirituelle. Elle ne sera crédible qu'à cette condition. En prenant garde de ne surtout pas entrer dans un combat politique. Le pape le demande instamment. La voix d'un prêtre, d'un évêque ou d'un pape doit être la voix du Christ.

Nous n'avons pas à utiliser la chaire pour endormir les gens ou les amener à un quelconque combat politique. Mais l'Église doit défendre l'homme jusqu'à donner son sang.

Victimes et rebelles

La Résurrection a ceci de géant qu'elle est rébellion contre toutes les crucifixions du monde et de tous les temps. Je suis révolté contre la crucifixion de ceux qui sont opprimés et torturés en Tchétchénie. Nous devons mener la rébellion contre la Chine qui écrase le Tibet. Révoltons-nous contre cette bataille fratricide d'Algérie où plus de cent dix mille morts ont été comptés depuis dix ans. Révoltons-nous contre ces Émirats arabes qui ne donnent pas le droit de célébrer leur religion aux deux cent mille jeunes Philippines chrétiennes qui travaillent pour eux. Elles ne peuvent pas pratiquer leur religion sous peine d'expulsion. Nous pourrions citer beaucoup d'autres sujets de révolte.

Nombre d'évêques, papes, archevêques et prêtres ont été des rebelles comme leur maître. Citons Helder Camara, l'évêque rebelle de Recife. Citons Mgr Romero mort assassiné par des généraux chrétiens et félons, les rares évêques d'Argentine assassinés sous le couvert d'accidents de voiture. Citons enfin l'évêque du Pakistan, John, qui s'est suicidé en public pour protester contre la persécution de millions de chrétiens pakistanais empêchés de célébrer leur culte.

« À celui qui peut tout faire, bien au-delà de nos demandes et de nos pensées, par sa puissance agissant en nous, à lui soit la gloire dans l'Église et dans le Christ Jésus à travers tous les âges, aux siècles des siècles ! » (Épître aux Éphésiens III, 20-21.)

J'aime ce texte. Chrétiens, nous avons une puissance phénoménale dans le monde d'aujourd'hui. Le monde attend de nous d'être non pas une Église étriquée, peureuse, renfermée sur elle-même, mais une Église ouverte, universelle prête à tous les combats où l'homme est diminué, écrasé, laminé. L'Église, si elle n'est pas rebelle, manque sa mission.

Elle sera phare dans sa capacité à dire non, aux injustices qui l'entourent. Comme le Christ.

V

Muscle ta spiritualité !

47

Notre Père

« Seigneur, apprends-nous à prier »

Voici donc comment vous devez prier : Notre Père qui es aux cieux ! Que Ton nom soit sanctifié ;
que Ton règne vienne ; que Ta volonté soit faite sur la terre comme au ciel.
Donne-nous aujourd'hui notre pain quotidien ;
pardonne-nous nos offenses, comme nous aussi nous pardonnons à ceux qui nous ont offensés ;
ne nous induis pas en tentation, mais délivre-nous du malin. Car c'est à Toi qu'appartiennent, dans tous les siècles, le règne, la puissance et la gloire. Amen !
Si vous pardonnez aux hommes leurs offenses, votre Père céleste vous pardonnera aussi ;
mais si vous ne pardonnez pas aux hommes, votre Père ne vous pardonnera pas non plus vos offenses.

Matthieu VI, 9-15.

Jésus est souvent en prière dans l'évangile. Il nous a montré l'exemple. Il parlait à son Père. Jésus n'est pas venu en son nom. Il parlait toujours au nom du Père. Il est Fils de Dieu et serviteur du Père. Dans l'évangile, il nous dit de prier sans cesse notre Père.

Quel temps de prière prenons-nous ? Réfléchissons à cette question, car le Seigneur nous le demande. Le « Notre Père » est une prière qui exigerait de longues heures d'explications. Comment faire comprendre cette prière ?

Les disciples n'étaient pas très intelligents. Ils voyaient Jésus faire des miracles, prier et prêcher, mais ils ne comprenaient rien ! Ils auraient bien voulu en mettre plein la vue à leurs contemporains en réussissant aussi des miracles.

Ils restaient à la surface des choses, au stade du décor extérieur. Ils percevaient le côté brillant et spectaculaire du Christ. Les disciples se demandaient sans cesse ce que Jésus pouvait bien faire en allant vers la montagne. Ils le voyaient n'importe où en train de prier. « Apprends-nous à prier », demandent-ils à Jésus-Christ.

La seule prière, la plus belle qu'il leur a apprise est le « Notre Père », cette prière que trop souvent nous expédions à la messe. Nous prenons l'habitude. Si vous dites un « Notre Père » par jour, lentement, avec tout votre cœur, et un « Je vous salue, Marie », c'est suffisant pour la journée. Nous disons souvent à la messe des prières répétitives. Le Credo, la salade, la mayonnaise, et nous prions ainsi, rapidement et par habitude. Puis nous passons à autre chose. Le « Notre Père » est la prière centrale. Méditons-la.

« Notre Père »

Je note que le Seigneur n'a pas dit « Mon Père qui es aux cieux ». Ce *Notre* indique que nous sommes ensemble, tous filles et fils de Dieu. Quand dans une église je fais réciter le « Notre Père », je dis aux gens : « Allez, serrez-vous la paluche, tous ensemble. » Et je vois, partout dans l'église, les gens qui se serrent la main. Le petit qui sert la main à sa grand-mère, cela signifie : « Grand-mère, tu es fille de Dieu. » La grand-mère fait de même et cela veut dire :

«Mon petit adoré, tu es fils de Dieu.» Prenez cette habitude pendant la messe. Au «Notre Père», serrez-vous la main.

Je me souviens d'une messe, au moment du baiser de paix. Un de mes jeunes qui assistait à la messe était arabe. Il tendit la main à sa vieille voisine. Celle-ci eut un mouvement de recul. «T'as peur de serrer main d'un Arabe ? lui dit-il. T'as entendu ce qu'a dit le curé ? Il a invité au baiser de paix ! Il a dit de se serrer la cuillère.» Alors elle s'est décidée à lui serrer la main. S'il y a bien un moment de communion, c'est celui-là.

Notre Père est le Père des bons et des méchants. Il est le Père de tous. Je m'adresse aux prisonniers. Dieu vous aime au-delà de l'imaginable, plus vous que d'autres parce que vous avez péché. Parce que, avec l'enfance et l'adolescence terribles que vous avez vécues, moi je serais allé en prison comme vous. Dieu est notre Père. C'est le mystère de la paternité de Dieu. Homme ou femme, Dieu est Dieu, Il est l'amour.

Notre Père qui es aux cieux

Il est là-haut, peut-être dans les étoiles. Dieu est en toi, Dieu est en moi. La plus belle demeure de Dieu n'est pas votre église, même si nous avons de très belles églises. Le plus beau temple de Dieu, c'est toi. C'est aussi celui qui est à côté de toi.

Que Ton nom soit sanctifié

Que l'on parle de Dieu ! Dieu parle par nous ou malgré nous. Que Son nom soit connu. Si tu es chrétien pratiquant, alors tu parleras de Dieu sans t'en rendre compte. Rien ne sert de hurler dans la rue que Dieu est amour si tu vis comme un porc avec les autres, si tu gardes tout pour toi. Si tu penses qu'écraser les plus faibles est une façon de grandir dans une société, tu ne parleras pas de Dieu. Si tu es un fils aimant, une fille partageante, qui donne de soi, le nom de Dieu sera sanctifié.

Que Ton règne vienne

Le règne de Dieu sur le monde est un règne d'amour. J'aime que Jean-Paul II nous dise sans cesse: «Vivez la civilisation de l'amour.» Il est vieillissant, notre Jean-Paul, mais quelle ardeur pour que Son règne vienne! Je l'ai vu envoyer la jeunesse du monde vivre la civilisation de l'amour aux cours des Journées Mondiales de la Jeunesse. Deux millions de jeunes chantaient le «Notre Père» à Rome. Quels moments! Que Ton règne vienne en moi, par moi, à travers moi, malgré moi.

Que Ta volonté soit faite sur la terre comme au ciel

Nous sommes souvent en train de demander à Dieu de faire ce que nous voulons, mais est-ce que nous demandons aussi souvent à Dieu ce qu'Il veut que nous fassions? Jésus le Lui demandait sans cesse: «Que Ta volonté soit faite.» Sur la terre comme au ciel: maintenant, pendant ce passage que Tu m'as donné sur cette terre, que Ta volonté soit faite.

Une des plus belles prières que je connaisse est celle du père de Foucault. Je te la livre. Prie-la. Médite-la…

«Mon Père, je m'abandonne à Toi. Fais de moi ce qu'il Te plaira. Quoi que Tu fasses de moi, je Te remercie. Je suis prêt à tout, j'accepte tout. Pourvu que Ta volonté se fasse en moi, en toutes Tes créatures, je ne désire rien d'autre, mon Dieu. Je remets mon âme entre Tes mains. Je Te la donne, mon Dieu, avec tout l'amour de mon cœur, parce que je T'aime et que ce m'est un besoin d'amour de me donner, de me remettre entre Tes mains sans mesure avec une infinie confiance, car Tu es mon Père.»

Donne-nous aujourd'hui le pain du jour…

Le Seigneur n'a pas dit : « Donne-moi ma nourriture pour un mois ou pour une année. » Le Seigneur n'a pas dit : « Donne-nous du pain pour une semaine » Il nous condamne à nous adresser à Lui chaque jour dans un moment de silence. Pour le faire comprendre aux disciples, Jésus a dit : « Soyez comme des oiseaux. » Il n'a pas dit comme des écureuils. Les écureuils font d'énormes réserves de graines. Les oiseaux se lèvent le matin et mangent. Ils ne pensent pas au lendemain et ne font aucune provision. Soyez comme les mouettes, les merles, les moineaux. « Aujourd'hui, donne-moi le pain du jour », c'est-à-dire donne-moi le temps qu'il me faut pour te prier à l'écart du bruit du monde. Donne-moi le pain à manger, bien sûr, et donne-moi aussi le pain de l'amour pour que je m'intéresse aux autres, pour que je les écoute et que je les aide. Il nous demande chaque jour de Le prier. Il faut bien manger tous les jours. Prenez un moment pour Dieu chaque jour. Si notre prière de tous les jours est aussi vitale pour nous que notre pain quotidien, alors nous aurons la force quotidienne pour être de vrais disciples du Christ.

Pardonne-nous nos offenses, comme nous pardonnons aussi à ceux qui nous ont offensés

Soyons des êtres de miséricorde, « donne-nous la capacité de pardonner sans cesse ». Si vous n'avez pas la force de pardonner, demandez à Dieu. Une femme avait vu sa fille tuée, étranglée. Son sexe avait été déchiqueté et un sein coupé en morceaux. Elle me disait qu'elle ne pourrait jamais pardonner, mais me confiait qu'elle aimerait pouvoir le faire. Je lui ai répondu de demander à Dieu. Quand nous ne pouvons plus pardonner, nous pouvons demander à Dieu de le faire. Et Il pardonnera à votre place. Cette femme s'est mise à pleurer. Je me souviens de ses larmes. Des diamants tombaient de ses yeux. Je lui avais donné la réponse qu'elle attendait. Elle était dévorée par la haine. On avait sauvagement tué sa fille. Alors je lui ai demandé de supplier Dieu pour qu'Il pardonne. Elle a pu retrouver la paix, je crois, en suppliant Dieu, à chaque bouffée de haine, de pardonner à sa place.

Ne nous soumets pas à la tentation mais délivre-nous du mal

Nous sommes tous fragiles, et moi le premier. Il faut être clair et net sur la notion du mal. Le monde d'aujourd'hui, comme toujours, a ceci de très pervers, c'est qu'il déguise le mal en bien. Nous avons besoin d'être éclairés, de discerner, de voir clair. Puisse notre vigilance priante nous permettre d'avoir la juste notion du bien et du mal.

Que le « Notre Père » récité lentement, tous les jours, te donne la grâce de vivre la lumière du Christ.

Je te confie ce « Notre Père » original écrit par un groupe de jeunes.

« Notre Père » qui es aux cieux…

Oui ?

Qu'est-ce que c'est ?

Tu M'as appelé !

Ah non ! non, non. J'T'ai pas appelé : je prie… « Notre Père » qui es aux cieux…

Là, tu l'as encore fait…

Mais qu'est-ce que j'ai fait ?

Tu M'as appelé. Tu as dit : « Notre Père ». Me voici. À quoi penses-tu ?

Oh, à rien, je…, à rien du tout, je, je prie. Je ne fais rien de mal, non ?

Non, continue ta prière.

Que Ton nom soit sanctifié…

Que veux-tu dire par là ?

Eh bien, je veux dire que…, je ne sais pas, moi, ce que

je veux dire, je... Ça fait juste partie de la prière, c'est tout.

Mon nom est différent des autres noms. Mon nom est: Je suis ! Cela ne te dit rien ?

Si ! J'y avais jamais vraiment pensé avant... Que Ton règne vienne, que Ta volonté soit faite sur la terre comme au ciel.

Que fais-tu pour que Mon règne vienne ?

Ce que je fais, moi ?... Mais rien du tout... D'ailleurs, il me semble que ce ne serait pas si mal si Tu venais diriger toutes choses ici-bas comme Tu les diriges là-haut !

Est-ce que Je dirige ta vie ?

Eh bien... Je vais à l'église... Enfin, à Noël, à Pâques. Enfin, j'y vais, quoi.

Tu sais, Mon règne a déjà commencé. Mon royaume est en ceux qui suivent les traces de Mon fils. Es-tu sûr de marcher dans ses pas ?

Écoute, Seigneur, je suis aussi bon que toutes ces personnes qui vont à l'église tous les dimanches matin.

Comment veux-tu que Ma volonté soit faite si ceux qui la demandent ne commencent pas à l'accomplir ?

Oh, je sais que j'ai des problèmes. J'suis pas un saint.

Moi aussi, Je sais.

Tu sais ? Alors Tu sais peut-être que j'aimerais me débarrasser de toutes ces vieilles histoires qui m'empêchent d'être vraiment libre !

Bien ! Mais avançons: nous allons travailler ensemble toi et Moi et voir des victoires.

Hé non, ce soir ça va beaucoup trop loin et puis ça prend beaucoup trop de temps... Donne-nous notre pain de ce jour.

Me fais-Tu confiance pour le pain ?

Oui.

Prier est un acte dangereux. Tu pourrais finir par être changé, tu sais. Mais tu n'as pas fini avec ta prière. Continue... Eh bien, continue !

J'peux pas.

Tu as peur ?

Je sais ce que Tu vas me dire.

Essaie donc, tu verras…

Pardonne-nous nos offenses, comme nous pardonnons aussi à ceux qui nous ont offensés.

Tu penses à ceux qui t'ont fait du mal !

Voilà, je savais que Tu allais me parler d'eux. Mais, Seigneur, ils m'ont fait beaucoup trop de mal, Tu comprends ? Et moi, j'ai juré de me venger…

Et ta prière ?

Ça, c'est une question d'habitude, c'est tout.

Tu es franc, au moins. Mais c'est pas facile de porter la haine en soi, n'est-ce pas ?

Non, non, ce n'est pas facile. Mais j'vais Te dire : une fois que je me serai vengé, j'irai beaucoup mieux.

Ça n'ira pas mieux, au contraire. Tu es déjà tellement triste… Je peux changer tout ça.

Toi… Toi, Tu peux ? Et comment ?

Pardonne-leur comme un jour, Moi, Je t'ai pardonné.

Non, Seigneur, je ne peux pas leur pardonner, vraiment je n'peux pas…

Que disais-tu dans ta prière ?

… Je vais essayer de leur pardonner. Tu pourrais peut-être essayer d'aller leur parler à eux aussi. Je ne sais pas si eux Te prient chaque matin.

Ça, c'est leur problème. Finis ta prière.

Ne nous soumets pas à la tentation… mais délivre-nous du mal.

C'est ce que je ferai. Mais toi, éloigne-toi du mal. Apprends à vivre dans Mon amour.

Car c'est à Toi qu'appartiennent, dans tous les siècles, le règne, la puissance et la gloire.

Que la grâce et la paix t'accompagnent.

Amen.

Ce Notre-Père fait par des jeunes est somptueux. Relis-le et prie-le !

48

L'Esprit-Saint

Magicien de l'amour

Cependant je vous dis la vérité : il vous est avantageux que je m'en aille, car si je ne m'en vais pas, le consolateur ne viendra pas vers vous ; mais, si je m'en vais, je vous l'enverrai.
Et quand il sera venu, il convaincra le monde en ce qui concerne le péché, la justice, et le jugement :
en ce qui concerne le péché, parce qu'ils ne croient pas en moi ;
la justice, parce que je vais au Père, et que vous ne me verrez plus ;
le jugement, parce que le prince de ce monde est jugé.
J'ai encore beaucoup de choses à vous dire, mais vous ne pouvez pas les porter maintenant.
Quand le consolateur sera venu, l'Esprit de vérité, il vous conduira dans toute la vérité ; car il ne parlera pas de lui-même, mais il dira tout ce qu'il aura entendu, et il vous annoncera les choses à venir.
Il me glorifiera, parce qu'il prendra de ce qui est à moi, et vous l'annoncera.
Tout ce que le Père a est à moi ; c'est pourquoi j'ai dit qu'il prend de ce qui est à moi, et qu'il vous l'annoncera.

Jean XVI, 7-15.

Nous n'avons pas trois Dieu. Nous n'en avons qu'un seul, mais notre Dieu est incarné en trois personnes.

Comment vous parler de Celui que l'on ne voit pas ? Ce n'est pas facile de l'expliquer. Même pour moi qui suis curé, ce n'est pas tout à fait évident. En vérité je suis bien incapable de vous expliquer l'Esprit-Saint. Le mystère de l'Esprit-Saint n'est pas facile à appréhender, mais il peut se comprendre par ses manifestations.

Jean dit que nous ne savons pas d'où il vient ni où il va (Jean, III, 8). Le signe le plus merveilleux de l'Esprit-Saint est l'amour. Nous pouvons comprendre l'Esprit-Saint par ses signes et nous pouvons apprendre à les percevoir.

Le Père a créé le monde. Il nous a envoyé Son Fils pour nous révéler Son amour. L'Esprit-Saint nous permet de Le comprendre. L'Esprit-Saint a pour fonction de nous expliquer le Christ.

Une personne divine célèbre et inconnue

L'Esprit-Saint est célèbre et inconnu à la fois. Nous ne cessons de l'évoquer. Dans les gestes les plus simples, quand nous faisons le signe de la croix, « Au nom du Père et du Fils et du Saint-Esprit », nous l'évoquons sans plus y penser. Nous nous signons en son nom aussi.

Il est inconnu, et nous cherchons en vain à le représenter. L'Esprit-Saint est la troisième personne de la Trinité, nous dit l'enseignement de l'Église. Nous sommes confrontés à ce concept de trinité, inintelligible pour un non-chrétien et souvent flou pour les chrétiens eux-mêmes ! Faites l'expérience, à la sortie d'une église, demandez à un chrétien : « Qu'est-ce que l'Esprit-Saint ? »

En Occident la foi est spéculative. Au contraire, en Orient, elle est naturellement contemplative. L'Esprit-Saint s'accommode plus volontiers de la contemplation que de la spéculation. Si vous vous cassez les neurones pour comprendre l'Esprit-Saint, vous aurez du mal à l'approcher. La méditation et la contemplation vous permettent une approche et une compréhension plus directes de l'Esprit-Saint. Notre intelligence n'ira jamais aussi vite que la lumière de l'Esprit-Saint. C'est un des mérites des charismatiques de nous avoir réappris à contempler l'Esprit-Saint.

Beaucoup d'entre nous ont oublié qu'ils ont reçu le sacrement de confirmation. Ce sacrement a pour objet de nous confier les dons de l'Esprit-Saint qui sont au nombre de sept: la sagesse, l'intelligence, le conseil, la force, la science, la piété et la crainte de Dieu. Si je devais magnifier aujourd'hui l'un de ces sept dons, je choisirais la sagesse. Elle est particulièrement utile à notre époque. C'est le don du discernement. Dieu sait si dans mon métier je demande la sagesse au Seigneur, donc à l'Esprit-Saint.

Nos conseils: nous ne cessons de les proférer à tout le monde. Nous n'aimons pas pour autant en recevoir. Nous préférons les donner.

La force: nous la bûchons chaque jour.

La science nous épuise. Elle pousse chaque jour ses limites.

La piété et la crainte de Dieu me semblent quelque peu sous-évaluées à notre époque.

La sagesse, ce mélange de patience et de pertinence, nous fait découvrir les autres vertus.

Un collaborateur discret et efficace

Avant de théoriser sur la communion substantielle et la procession des trois personnes divines, je dirais: « Venez plutôt voir l'Esprit-Saint à la messe. »

C'est là qu'il est le plus vivant. Il unifie le peuple divers (hommes, femmes, jeunes, anciens, pécheurs ou vertueux). L'Esprit de Dieu nous unifie dans l'Eucharistie. « Nous avons été baptisés pour être un dans un seul esprit dans un seul corps » (Corinthiens I, 12-13). L'Esprit-Saint nous aide à réfléchir en unité à l'intérieur de l'Église. Écoutons davantage l'Esprit-Saint, et les tenants de tendances divergentes de l'Église se crêperont moins le chignon.

L'Esprit-Saint est l'âme de la liturgie, Il unifie notre vie. Dans le droit canon vous lirez que l'évêque discerne les dons de l'Esprit. C'est le rôle prééminent de l'évêque dans l'Église catholique. Le peuple de Dieu est rassemblé par l'évêque dans l'Esprit-Saint par le moyen de l'évangile et de l'Eucharistie. Les évêques succèdent aux apôtres par l'Esprit-Saint. Par conséquent, l'Esprit-Saint n'est en aucun cas un don à garder pour soi, il est confié dans une mission. Chacun peut disposer de l'Esprit-Saint. C'est lui qui nous envoie en mission. Toute vocation humaine n'a de sens que sous l'action de l'Esprit-Saint. Le chrétien ne peut donc pas croire au hasard.

L'Esprit nous anime. Nous en sommes l'instrument, à travers notre travail, à travers ce que nous sommes. Je reconnais sa signature. Il faut chausser d'autres lunettes pour savoir qu'il est là : les lunettes de la contemplation. Dans un respect total de la conscience de chacun l'Esprit-Saint se fait connaître. Il ne s'impose pas, il propose. Par sa force, il agit dans son Église et au delà de ses frontières. Il nous anime. C'est un collaborateur discret et efficace.

L'Esprit-Saint donne la vie

Lorsque Dieu a voulu se manifester au prophète Élie sur la montagne sacrée, Il n'a pas pris la forme d'un vent de tempête, d'un tremblement de terre ou d'une fournaise d'enfer. Il apparut « dans le bruissement d'un souffle ténu » (Rois XIX, 12). Dieu est discret. Quand Dieu a voulu Se manifester à toute l'humanité, qu'a-t-Il fait ? Il Se fit petit enfant venant au monde dans une crèche. Tout simplement. Il parle d'abord à travers des petits. L'amour est le premier mot de l'Esprit, c'est la vocation ultime de l'homme.

Dans ce monde de putes et de maquereaux où l'on ne parle que de productivité et de performance, on ne comprendra rien à l'incarnation de l'Esprit-Saint tant que l'on restera fermé à cette absolue gratuité de Dieu, ce souffle répandu sur l'univers.

La confirmation, une réflexion de fond

La confirmation suscite une réflexion de fond remarquable. Je me souviens de la mienne. Au cours de cette cérémonie, je ne me souviens que de l'évêque qui nous donnait une petite baffe dans la gueule, point final. Quant à ma communion solennelle, disons que je me souviens surtout de la brioche qu'on nous donnait après, parce que nous avions les crocs. Il fallait jeûner depuis la veille au soir. Durant la messe, de dix heures à midi, des filles défaillaient.

Aujourd'hui les diocèses travaillent beaucoup les confirmations. À travers une fête de toute la communauté, la confirmation est préparée et très valorisée. C'est le sacrement favori de nombreux évêques. Ce n'est pas le sacrement des forts. La confirmation est le sacrement du faible, de celui qui a les mains vides. Il supplie Dieu. L'Esprit entre en force en lui.

Quel que soit l'âge où l'on administre la confirmation, elle doit s'adresser à des individus ayant une réception responsable du sacrement. À notre époque, nous ne l'avions pas. Aujourd'hui, elle a généralement lieu à l'âge adolescent, au niveau de la classe de quatrième. « Je pensais au départ que ça me donnerait une chaleur et une force immédiates. Pas du tout, mais je suis beaucoup plus heureuse que je ne l'imaginais, c'est tellement fort cet amour que l'Esprit m'envoie, c'est tellement bon », m'écrivait une jeune fille après avoir reçu le sacrement de confirmation. Elle ajoutait : « J'ose maintenant m'affirmer en tant que catholique et je défends mes idées. On me respecte mieux qu'avant. »

L'Esprit-Saint et les autres religions

Chez les orthodoxes et dans les Églises orientales, nous avons les témoignages les plus explicites sur le rôle de l'Esprit-Saint. Il n'y a pas de différences fondamentales entre la pensée catholique et la pensée orthodoxe. Dans les liturgies orientales, nous trouvons l'importance du don de l'Esprit. Chez les protestants, c'est un don efficace et vivifiant. Ils tiennent dans l'ensemble les positions de la tradition chrétienne occidentale. Cependant ils n'ont pas le sacrement de confirmation. La communauté protestante dans le monde redécouvre cet aspect grâce aux charismatiques.

Chez les juifs, l'Esprit divin n'appartient qu'à Dieu. Il n'existe pas de point de rencontre entre Dieu et l'homme. Pour les juifs, la perfection spirituelle est liée au travail de l'homme, non à un don de Dieu. L'Esprit-Saint est néanmoins mentionné à plus de quatre-vingts reprises dans la Bible.

Chez les musulmans, il est incarné par l'ange Gabriel. Dans le Coran comme dans la Bible, l'Esprit assiste Allah au nom de la création. La sourate XXXII dit : « Dieu a insufflé à l'homme Son esprit de vie. » L'Esprit-Saint est évoqué une trentaine de fois, notamment quand il est question de Jésus (sourate XVI). L'islam reconnaît Jésus comme un grand prophète. La sourate CXVI évoque « Marie en laquelle nous insufflâmes notre Esprit ». La théologie musulmane revient très peu sur cet apparent lien particulier entre Jésus et l'Esprit de Dieu. Par l'ange Gabriel incarnant l'Esprit s'est faite la révélation du Coran à Mahomet lors de la nuit du destin. Le livre saint porte le sceau de la révélation. Pour les musulmans, l'unicité divine est le dogme central de l'islam. L'Esprit-Saint ne peut donc pas exister.

Les dons de Dieu

Avant tout l'Esprit est le don de Dieu. Dieu est amour et l'amour est le primordial. Les douze fruits des dons de Dieu sont l'amour, la joie, la paix, la patience, la bénignité, la fidélité, la mansuétude, la tempérance, la miséricorde, la modestie, la continence et la chasteté (Galates V, 22). Les charismes extraordinaires ou simples sont des grâces de l'Esprit ordonnées pour le bien de tous, de l'Église et du monde. Chacun a un ou plusieurs dons, mais aucun don n'est fait pour être gardé pour soi. J'essaie de trouver très rapidement le don de chaque jeune qui arrive chez nous, à la Bergerie de Faucon. Celui qui arrive dit systématiquement qu'il est de la merde, qu'il ne vaut rien. Je trouve rapidement ses dons. « Tu sais très bien écrire » ou « Tu as une mémoire hors du commun ».

L'effusion de l'Esprit renouvelle les grâces du baptême. Si nous sommes en état de contemplation et de prière, l'Esprit-Saint nous guidera. L'Esprit-Saint nous éclaire. Celui pour qui Dieu est inexistant agit dans une direction plus hasardeuse.

Voici comment l'Esprit-Saint m'a éclairé de manière décisive. Il y a plus de trente ans, les jeunes à Paris disposaient de la drogue à cent mètres de la permanence. Ils m'ont demandé : « Guy, trouve-nous une ruine loin de Paris. On la rebâtira avec nos mains et de vraies pierres. » Ces mains qui ont parfois tué, violé, brûlé, attaqué des gens... J'ai dit « OK » tout de suite. J'ai écouté l'Esprit parler à travers la bouche de ces jeunes. Je suis parti en Provence et j'ai acheté une ruine. Huit jours avant, une dame m'avait donné un chèque correspondant exactement au prix de la ruine. Pour moi, l'Esprit avait parlé à travers ce chèque. La propriété était située dans un endroit superbe. Ce choix était le meilleur possible pour de nombreuses raisons éducatives.

Alors que la ruine se reconstruisait lentement, plus de blé. Il fallait stopper les travaux. J'avais commencé à solliciter mes amis. Nous étions en mauvaise posture. Face à la ruine en travaux, je me disais : « Nous n'y arriverons jamais. » Un jeune est venu me voir : « Dis, Guy, n'as-tu pas souvent répété que Dieu écoutait toujours les plus pauvres ? Si Dieu t'a aidé à acheter la ruine, Il t'aidera aussi à la rebâtir. » Les droits d'auteur de mon premier livre, *Un prêtre chez les loubards*, sont arrivés juste après. Et la ruine est devenue une magnifique maison.

La remarque de ce jeune qui ne croyait pas en Dieu m'avait foutu le feu au cul ! L'Esprit-Saint parle en priorité par la bouche des plus petits de nos frères et sœurs.

49

Enfer, purgatoire et paradis

Y crois-tu ?

Il y avait un homme riche, qui était vêtu de pourpre et de fin lin, et qui chaque jour menait joyeuse et brillante vie.
Un pauvre, nommé Lazare, était couché à sa porte, couvert d'ulcères,
et désireux de se rassasier des miettes qui tombaient de la table du riche ; et même les chiens venaient encore lécher ses ulcères.
Le pauvre mourut, et il fut porté par les anges dans le sein d'Abraham. Le riche mourut aussi, et il fut enseveli.
Dans le séjour des morts, il leva les yeux ; et, tandis qu'il était en proie aux tourments, il vit de loin Abraham, et Lazare dans son sein.
Il s'écria : Père Abraham, aie pitié de moi, et envoie Lazare, pour qu'il trempe le bout de son doigt dans l'eau et me rafraîchisse la langue ; car je souffre cruellement dans cette flamme.
Abraham répondit : Mon enfant, souviens-toi que tu as reçu tes biens pendant ta vie, et que Lazare a eu les maux pendant la sienne ; maintenant il est ici consolé, et toi, tu souffres.
D'ailleurs, il y a entre nous et vous un grand abîme, afin que ceux qui voudraient passer d'ici vers vous, ou de là vers nous, ne puissent le faire.

Luc XVI, 19-26.

À quoi ça sert ?

Il est difficile pour un humain de définir le ciel, l'enfer et le purgatoire. Nous avons une approche profondément humaine de ce que l'Église dit de l'au-delà.

Tout croyant sait qu'il a une place là-haut. Ou une place ailleurs. Il y a le grand fauteuil du ciel et le petit strapontin du purgatoire. Il y a aussi l'enfer. On a fait de nombreuses représentations de l'enfer, toutes plus horribles les unes que les autres.

Le ciel

La beauté de la terre nous appelle de façon irrésistible à quelque chose de plus haut. La terre est un signe du paradis. Qui a fait ce monde d'une si grande beauté ? Il paraît que là-haut, ce sera mille milliards de fois plus beau ! Au plus profond de nous-mêmes, nous restons marqués par un sceau indélébile : la création du monde. Qui a créé un monde si beau ?

Nous sommes sidérés par la splendeur de la nature. La grandeur et la beauté des créatures nous font contempler leur auteur. Irrésistiblement nous sommes portés vers le haut. Le monde d'ici-bas est une anticipation du ciel.

Le prophète Isaïe nous parle de ce monde de demain où « nous verrons la gloire et la splendeur de Dieu. Nous aurons la vision d'une terre transformée et d'une humanité transfigurée. La contemplation de Dieu fait habiter le loup avec l'agneau, la panthère se reposer près du chevreau, l'enfant jouer à côté du cobra ».

À travers nos cinq sens, essayons de deviner le paradis

La vue : qui n'admire pas la beauté d'un paysage grandiose, d'un visage resplendissant ou d'un spectacle sublime ? Nous sommes ravis, saisis, charmés. Les délices de la terre sont un avant-goût du ciel.

L'ouïe : les mélomanes avertis entrent en transe en écoutant leur opéra favori. Les jeunes sont ravis par leurs musiques modernes. Des chœurs, des instruments, des harmonies nous touchent au plus profond. Nous ressentons une plénitude infinie. Nous goûtons au ciel.

Le goût : préparez et dégustez un bon repas. Buvez l'eau fraîche d'une source ! Vous ressentirez la saveur matérielle des choses, et donc la spiritualité qu'elles exhalent...

L'odorat : quand j'arrive chez des amis qui ont des rosiers, je fonce. Nous avons planté des rosiers odoriférants rouges et blancs à la Bergerie. Chaque région a une odeur spéciale. Les odeurs des pays du Sud sont envoûtantes. La senteur de chaque saison est particulière.

Le toucher : un geste de tendresse, une étreinte affectueuse, amicale, conjugale, la caresse de deux amants sont autant de ravissements. Goethe se demandait : « Mais qu'est-ce que tout cela qui n'est pas éternel ? » Ces joies terrestres sont tellement belles que nous voudrions qu'elles soient éternelles. Elle nous font goûter à l'éternité.

Dieu nous a donné toutes ces sensations pour les vivre. N'en faisons pas un but mais un chemin vers Lui. Tous nos meilleurs moments sont limités et nous en percevons la finitude. Le plus beau des couchers de soleil se terminera bientôt. Nos cinq sens réunis font notre bonheur, ils nous appellent à ce corps glorieux. « Nous verrons ainsi la gloire même de notre Dieu » (Isaïe CXVI, 18). « Nous entendrons par-delà les cris de joie, les chants d'allégresse annoncés par les prophètes. Nous goûterons à la table de Dieu. Nous respirerons la bonne odeur du Christ » (Paul). Nous pourrons toucher de nos mains le verbe de vie, le Seigneur.

Nous pouvons déjà vivre cette joie-là dans le pardon qui nous lave. Nombreux sont ceux qui ont pu toucher un petit bout de paradis après s'être confessés. J'ai confessé quelqu'un qui ne l'avait pas fait depuis cinquante ans. On voyait vraiment le bonheur dans ses yeux. Apprendre à vivre pleinement sur terre dans toutes les dimensions de notre être, c'est nous préparer à vivre éternellement. Jean-Paul II ajoute: «Le ciel peut être anticipé d'une certaine manière aujourd'hui, que ce soit par l'Eucharistie ou par le don de soi dans la charité fraternelle. Si nous savons jouir des biens que le Seigneur nous accorde, nous goûterons déjà la joie et la paix dont nous jouirons un jour pleinement.»

Le don de soi anticipe l'amour de Dieu que nous connaîtrons.

Nous, prêtres, avons à prêcher la miséricorde sur terre pour pouvoir vivre ce rapport personnel avec la Trinité sainte. «Ici, nous voyons comme dans un miroir, d'une manière confuse. Alors ce sera le face-à-face, dit saint Paul. Et nous connaîtrons bien au-delà de toute mesure une masse éternelle de gloire au point que toutes les souffrances du temps présent ne sont pas à comparer à la gloire qui doit se manifester en nous.»

Le purgatoire

C'est une invention divine merveilleuse pour rendre accessible à tous le bonheur éternel. Quels que soient les péchés commis, l'amour de Dieu est proposé sans conditions dans l'exercice de la miséricorde infinie. Rien ne peut limiter la miséricorde de Dieu. Sœur Faustine a dit un jour que le Seigneur lui avait murmuré: «Ton péché n'est rien qu'un grain de sable dans l'immensité des déserts et des dunes de la miséricorde divine.»

«Le purgatoire n'est pas un lieu, mais une condition de vie. Celui qui s'y trouve est en état de purification, il participe déjà à l'amour du Christ», dit Jean-Paul II. Les chrétiens s'interrogent beaucoup sur l'actualité de la doctrine du purgatoire. Nous voyons grandir la croyance séductrice de la réincarnation. Entre les bouddhistes et les chrétiens, la différence est dans le purgatoire. Le leur se trouve sur terre. Par exemple, vous passez de la vie d'un homme d'État à celle d'un sans-abri. Le Dalaï-Lama pense qu'il avait été réincarné dans un chat. Le bouddhiste croit que nous subissons sur terre les conséquences des péchés que nous avons commis dans nos vies précédentes. On est libéré en passant par plusieurs états.

Pour nous, chrétiens, il n'y a qu'un seul état. Nous nous purifions au purgatoire. «Le paradis, l'enfer et le purgatoire ont un avant-goût dès cette vie», disait le curé d'Ars. Les êtres parfaits entreront directement au paradis.

Les bouddhistes, comme nous, ont conscience de l'état d'inachèvement dans lequel la mort nous surprend. L'itinéraire doit se poursuivre dans d'autres corps, selon eux. Nous refusons cette vision-là. Au moment où nous avalons notre bulletin de naissance, tout est bouclé pour nous, chrétiens.

Pour la théologie chrétienne traditionnelle, le purgatoire correspond exactement à l'exigence de la purification de l'âme. Pour l'Église, les âmes du purgatoire seront purifiées dans l'au-delà. Nous devons prier pour les âmes du purgatoire. Nous les prions à la messe.

Un prêtre offrait le saint sacrifice. Un de ses amis venait de mourir. L'hostie entre les doigts, il propose au Seigneur: «Faisons un échange. Vous tenez l'âme de mon ami qui est au purgatoire. Moi je tiens le corps de Votre Fils entre mes mains. Père, très bon miséricordieux, délivrez mon ami et je Vous offre Votre Fils avec tous les mérites de sa mort et de sa passion.» L'histoire dit qu'il vit l'âme de son ami rayonnante de gloire monter au ciel. Dieu avait accepté l'échange.

La communion des saints dans le Credo est la communion avec tous, avec ceux qui n'ont pas pu se rendre à la messe, avec ceux qui prient dans l'église, avec les prisonniers qui font des heures d'oraison dans leur cellule, et avec tous les morts qui se rassemblent au moment de l'Eucharistie et qui nous supplient. Ils ont besoin de nous et de nos prières. Nous pouvons agir sur l'au-delà. Le Seigneur nous le demande.

L'enfer est un mystère

« L'enfer, c'est les autres », disait Jean-Paul Sartre. L'enfer n'a pas besoin d'exister dans l'au-delà, il est déjà là, dans la détresse que certains vivent, dans nos haines et nos rancœurs. Nous parlons d'expériences tragiques en disant : « C'était l'enfer. » Quand les jeunes parlent d'une chose phénoménale, ils disent : « C'est d'enfer ! » Quand je dis en plaisantant : « Ayez une spiritualité d'enfer ! », les anciens avalent leurs dentiers. Cela veut dire : « Ayez une spiritualité aussi haute que possible. »

Il est intéressant de revisiter l'enfer dans la Bible et dans le dogme, avec le point de vue de la miséricorde, de l'amour du Père, de la justice et de la vérité.

Jésus parle plus de cinquante fois de l'enfer dans l'évangile. Il nous appelle au sérieux de notre liberté et de notre responsabilité. « Dieu veut que tout homme et toute femme soient sauvés », dit saint Paul. Nous devons user de notre liberté. « Si Dieu nous a créés sans nous, Il ne nous sauvera pas sans nous », dit saint Thomas. Par notre libre arbitre, nous devons choisir la vie et rejeter le mal. Voilà l'enjeu de notre vie.

Qui peut dire ?

L'enfer existe-t-il vraiment, pour moi, pour ceux que j'aime ? Croyez-vous qu'il n'existe que pour les méchants, les criminels de guerre, les dictateurs ?

Si Hitler a demandé pardon à la dernière seconde, il a peut-être été sauvé après un long purgatoire. Qui peut dire que Judas n'est pas au paradis maintenant ? Sainte Thérèse d'Avila disait : « Quand nous voyons quelqu'un, et surtout une personne amie au milieu de grandes épreuves ou de grandes douleurs, nous sommes naturellement touchés de compassion. Mais la vue d'une âme condamnée pour l'éternité au supplice des supplices, qui donc souffrirait ainsi ? » Dieu peut-Il être miséricorde, bon, plein de tendresse, et accepter de voir souffrir sans cesse Ses enfants ? Il les aime d'un amour éternel et sans faille.

« Comment les bourreaux des camps de concentration peuvent-ils vivre heureux pour l'éternité, face à l'horreur des souffrances atroces qu'ils ont fait subir ? » demande le cardinal Hans Urs von Balthazar. Il voulait faire sentir le paradoxe de l'enfer. Trois réponses s'imposent.

Première réponse : la miséricorde

L'Église n'a jamais dit de quelqu'un qu'il était perdu. Il n'est question nulle part de rejet éternel, mais sans cesse retentit l'avertissement lourd de menaces : « Si vous ne croyez pas que je suis, vous mourrez dans vos péchés » (Jean VIII, 24).

Dans son livre *Entrez dans l'espérance*, Jean-Paul II a osé dire : « La possibilité de la damnation éternelle est affirmée dans l'évangile sans ambiguïté. Mais dans quelle mesure cela s'accomplit-il réellement dans l'au-delà ? C'est finalement un grand mystère. » Personne ne sait ce qu'est l'enfer parce que personne n'en est revenu.

De nombreuses révélations privées parlent d'un enfer « rempli d'âmes torturées ». Le message que nous avons pu entendre de la part de ces voyants est toujours un message de conversion, jamais un message de condamnation. Ceux qui bénéficient des grâces et disent avoir vu l'enfer n'en sortent pas désespérés mais stimulés vers la sainteté.

Deuxième réponse : le paradoxe de Dieu

Dieu est paradoxal parce qu'Il peut vivre la miséricorde et l'injustice sans être déchiré. La question du dualisme entre béatitudes éternelles et souffrances éternelles est un paradoxe. L'enfer n'est-il pas une peine disproportionnée, car éternelle, par rapport à un péché accompli dans la finitude terrestre ? Celui qui accomplit un seul péché mortel dans une vie parfaite mérite-t-il l'enfer pour l'éternité ? Philosophiquement il est difficile de défendre une souffrance sans fin, inouïe, stérile et vaine. Théologiquement il est très malaisé de concevoir que le mal est plus fort que l'amour. La mort éternelle ne peut être comparée au salut éternel.

Troisième réponse :
la fin de l'enfer, un enfer non éternel

Cette réponse est celle de nombreux théologiens orthodoxes et de certains théologiens catholiques. L'homme est respecté comme plus grand que ses actes. « Dans l'enfer il n'y a pas véritablement d'éternité, il y a plutôt du temps », disait saint Thomas d'Aquin. Le Seigneur peut faire expier nos fautes en quelques millièmes de seconde. Des auteurs occidentaux affirment qu'il y a un enfer auquel ils ne croient pas du tout : celui d'une peine éternelle. Elle serait vaine parce que n'aboutissant à aucune conversion.

Tout comme la peine de mort qui n'aboutit à aucune possibilité de conversion. Je suis contre la peine de mort pour cette raison. La personne n'a plus de possibilité de se convertir. Aux États-Unis, une femme condamnée s'est convertie, mais elle a été exécutée. Dieu étant bonté et amour, comment peut-on imaginer une peine éternelle ?

L'enfer serait-il un super-purgatoire où, en plus de la sanctification de l'âme, s'ajoute la purification ? L'enfer serait alors un outil de miséricorde et non d'absurdité.

Il ne répond pas à l'homme tombé dans son péché parce que, comme près de la croix, l'homme pécheur ne sait pas ce qu'il fait.

La question de l'enfer n'est pas si simple qu'il y paraît, elle nous dérange au contraire, et nous incite à la méditation et à la prière, notamment pour nos défunts. La prière la plus authentique à l'égard de nos défunts est la prière que nous faisons monter vers Dieu à leur intention.

Interrogeons-nous sur nos actes, nos péchés et ceux des autres. Rien ne peut nous affirmer que nous serons sauvés. Nous devons espérer, c'est le meilleur moyen de réduire l'enfer à rien du tout face à l'amour victorieux de Dieu. C'est à Lui seul qu'appartient le destin final des damnés de l'enfer.

Avancez sur le chemin de la sainteté en priant pour vous, pour les autres, dans l'union avec les morts.

Croyons à la miséricorde infinie de Dieu. Le reste ne nous appartient pas. Dieu-Amour saura transcender la pire des fautes dans l'amour qu'Il nous porte. Faisons-Lui confiance en aspirant à la sainteté. C'est la seule réponse.

50

Videz vos poubelles

Le sacrement de réconciliation, un sacrement de joie

Il dit encore : Un homme avait deux fils.
Le plus jeune dit à son père : Mon père, donne-moi la part de bien qui doit me revenir. Et le père leur partagea son bien.
Peu de jours après, le plus jeune fils, ayant tout ramassé, partit pour un pays éloigné, où il dissipa son bien en vivant dans la débauche.
Lorsqu'il eut tout dépensé, une grande famine survint dans ce pays, et il commença à se trouver dans le besoin.
Il alla se mettre au service d'un des habitants du pays, qui l'envoya dans ses champs garder les pourceaux.
Il aurait bien voulu se rassasier des carouges que mangeaient les pourceaux, mais personne ne lui en donnait.
Étant rentré en lui-même, il se dit : Combien de mercenaires chez mon père ont du pain en abondance, et moi, ici, je meurs de faim !
Je me lèverai, j'irai vers mon père, et je lui dirai : Mon père, j'ai péché contre le ciel et contre toi,
je ne suis plus digne d'être appelé ton fils ; traite-moi comme l'un de tes mercenaires.
Et il se leva, et alla vers son père. Comme il était encore loin, son père le vit et fut ému de compassion, il courut se jeter à son cou et le baisa.

> Le fils lui dit : Mon père, j'ai péché contre le ciel et contre toi, je ne suis plus digne d'être appelé ton fils.
> Mais le père dit à ses serviteurs : Apportez vite la plus belle robe, et l'en revêtez ; mettez-lui un anneau au doigt, et des souliers aux pieds.
> Amenez le veau gras, et tuez-le. Mangeons et réjouissons-nous ;
> car mon fils que voici était mort, et il est revenu à la vie ; il était perdu, et il est retrouvé.
> Et ils commencèrent à se réjouir.
>
> Luc XV 11-24.

J'ai beaucoup aimé l'expression de ce moine, après m'avoir confessé : « Guy, avec le pardon de Dieu, je t'offre la joie et la tendresse du Christ. » Au lieu de me dire de ne pas recommencer mes conneries, il m'a offert cette phrase de miséricorde.

Ce qui plaît à Dieu…

Il est certain que le confessionnal des curés n'est pas trop encombré actuellement. Vous ne vous précipitez pas pour aller vous confesser. Pendant l'année jubilaire 2000, les chrétiens ont retrouvé un peu le sacrement de réconciliation. Mais il nous faut renouer avec le sens et la pratique de ce sacrement. Écoutons la miséricorde de Dieu. Quelques passages de l'évangile sont extraordinaires. J'aime bien une phrase de sainte Thérèse aussi : « Ce qui plaît à Dieu, c'est de me voir aimer ma petitesse et ma pauvreté. » Un musulman pourrait dire la même chose. Autrement dit, ce qui plaît à Dieu est l'espérance aveugle que j'ai en sa miséricorde. Dieu nous punira, c'est certain, mais Dieu est d'abord miséricorde.

Nous, chrétiens, avons cette possibilité extraordinaire,

quand nous nous mettons à genoux devant un prêtre en disant nos péchés, d'être pardonnés au nom de Dieu. La confession nous donne un avenir tout neuf. Regardons la vie du Christ à travers ces sortes de confessions publiques qu'il a faites : Jésus tombe sur une femme volage, légère. Il engage tout de suite la conversation avec elle. Il lui demande de l'eau. J'aime bien ce geste du Christ quand ils sont assis au bord du puits. Il s'adresse à cette femme qu'on disait volage parce qu'elle prétendait avoir plusieurs maris. Jésus ne l'accuse pas, il lui demande de l'eau.

Quant à la prostituée, à la putain qui faisait le trottoir, une pécheresse publique, il aurait pu dire : « Mais tu n'es qu'une pute. » Non, il lui a pardonné. Il lui a demandé de changer de vie. Il ne dit pas à l'adultère : « Tu es vraiment un pourri » ou : « Tu es vraiment une salope. » Il dit : « Je ne te condamne pas. Va et ne pèche plus. »

À l'ancienne qui s'approchait pour toucher son manteau, les disciples disaient : « Eh, la vieille peau, dégage ! » Jésus sent qu'elle voulait l'approcher à tout prix. Il ne dit pas : « Tu es une hystérique. » Il l'écoute, lui parle et il la guérit.

La mémé qui avait dû dépenser ses économies dans le Ronron de son chat, le Canigou de son chien ou les graines de son poisson rouge, à qui il ne restait plus qu'une dernière pièce, l'a mise dans le tronc du temple. Jésus dit une chose extraordinaire : « Jusqu'à la fin des temps on parlera de cette pièce qu'elle a offerte. »

Les gosses sont turbulents, ils sont chiants comme tous les gosses, ils sont autour du Seigneur et font du bruit. Jésus n'a pas dit : « J'ai la parole de Dieu à annoncer, veuillez dire à ces sales mômes de dégager la place. » Non, il a simplement dit : « Laissez venir à moi les petits enfants. » Et à ses disciples qui tentaient de chasser ces petits, il demande : « Essayez de leur ressembler. »

Avec le collecteur d'impôts, Jésus a agi de même. Je pense toujours à nos inspecteurs d'impôts contemporains. Vous avez rédigé votre déclaration annuelle en cachant tout ce que vous avez pu… L'inspecteur du fisc le sait et, s'il peut vous aligner, il ne se gênera pas. Au fond, tout le monde triche mais la puissance de l'inspecteur est immense car il peut se constituer, lui, une fortune personnelle. Du moins en ce temps-là, il le pouvait. C'est le cas de Zachée, le collecteur escroc de l'évangile.

Jésus n'a pas dit: «Cet homme n'est qu'un fonctionnaire véreux qui s'enrichit en flattant le pouvoir et en saignant les plus pauvres.» Non! Il lui demande à becter. «Mon pote, j'ai les crocs, invite-moi chez toi.» Il lui dit qu'il a envie d'un bon pot-au-feu ou d'une côte de veau. Jésus s'invite à la table du collecteur. Et il se contente de le regarder, il ne lui reproche rien. C'est un geste magnifique! Le collecteur soudain dit: «Tout ce que j'ai volé, je le rends.» Nous pouvons penser que deux heures après, Zachée était à poil. Évidemment il n'avait plus rien une fois rendu le fruit de ses vols!

Il soigne et ne juge pas

Le Seigneur ne dit pas que des maladies sont dues à des péchés. Certains voudraient nous faire avaler que nos maux viennent des péchés que nous avons commis. Des fondamentalistes et autres illuminés prétendent que les grandes maladies de ce temps, le sida entre autres, sont dues à la dégradation des mœurs et aux péchés que les hommes ont perpétrés. Comment peut-on proférer de telles conneries? Comment peut-on imputer cela à Dieu? À celui qui était aveugle Jésus n'a pas dit: «Mon ami, tu es en train de payer les fautes de tes ancêtres.» Non, il le soigne: il met un peu de salive sur ses paupières et il le guérit.

Il ne dit pas à l'occupant (je pense aux occupants américains en Irak actuellement): «T'es qu'un sale occupant.» Le Christ trouve au contraire que la foi de l'Américain du temps était extraordinaire. On peut être un occupant américain ou anglais et avoir une foi remarquable. Jésus avait affaire aux centurions romains.

Il ne dit pas à un savant qu'il n'est qu'un intellectuel pourri. Il lui dit : « Marche vers Dieu. » À celui qui est sur la croix, il ne dit pas qu'il n'est qu'un hors-la-loi ou : « T'as pas la honte sur le visage ? Te rends-tu compte de ce que tu as fait ? » Il n'a pas dit ça. Le condamné lui demande de lui pardonner. Le Seigneur, à côté de lui sur la croix, lui répond : « Tu seras le premier dans le Royaume de Dieu. » C'est le premier béatifié de l'Église. Et c'est à la lumière de ce fait que j'ai choisi le titre de ce livre.

Pour Judas, Jésus a fait preuve de miséricorde aussi. Judas était un traître puisqu'il a vendu Jésus. Celui-ci se laisse embrasser par lui et lui dit : « Tu es mon ami. » Le Seigneur savait très bien que ce traître l'avait déjà balancé aux Romains.

Quant à ce fanfaron de Pierre, toujours en train de plastronner et de se montrer à la télévision à côté de Jésus, pour annoncer qu'il remplacerait le Christ lorsque celui-ci avalerait son bulletin de naissance – « C'est moi qui vais lui succéder… » – ce bonimenteur le trahit trois fois. Jésus lui demande simplement : « Pierre, m'aimes-tu ? » Aucun jugement, seulement une parole d'amour.

Il ne dit pas que les grands prêtres de toutes les religions sont des juges iniques, que les rois ne sont que des pantins, des escrocs et des pourris. Il ne dit rien à la foule qui le conspue. Il regarde sans un mot chaque être qui le salit, le frappe ou l'insulte. Seuls ses yeux d'amour parlent.

Il ne dit pas que les soldats qui lui ont mis des épines d'Orient très longues sur la tête sont des tortionnaires pitoyables. Il dit juste : « Père, pardonne-leur car ils ne savent pas ce qu'ils font. »

Aujourd'hui, le Seigneur ne dirait pas : « Tu n'es qu'un sale intégriste, un gauchiste, un fasciste ! » Il regarde l'intérieur de chaque être pour l'appeler au meilleur de lui-même. Nous sommes tous aimés de Dieu, par un Dieu miséricordieux. Il nous respecte infiniment. Nous sommes tous uniques. Dieu donne la pluie, le mauvais temps, les tempêtes de sable et les tempêtes de neige, sur les bons et sur les mauvais en même temps. À tous les hommes, il donne les ouragans comme le soleil. Quant à la canicule de l'été 2003, nous avons la chaleur que nous méritons. Continuons à polluer et nous irons vers des tragédies sans nom.

Le sacrement de réconciliation est un moyen fondamental. Le sacrement de la pénitence est central pour notre sanctification. Ne me dites pas que vous retombez toujours dans les mêmes fautes. Ne dites pas que vous ne changerez pas. Bien sûr que nous refaisons souvent les mêmes conneries ! Mais ce serait pire si nous ne nous confessions pas.

Nous avons le devoir de nous approcher de ce sacrement de réconciliation. Et d'abord nous, les prêtres. Je le fais régulièrement.

L'enfant prodigue

Revenons au texte de l'enfant prodigue. Le père a une superbe ferme. Des vaches, des poules, des moutons, il est très riche. Un de ses fils lui dit : « Donne-moi mon paquet de fric, ma part d'héritage, et je m'en vais maintenant ! » Le fils se casse, dépense tout, baise comme un castor, va jouer au casino. Rapidement il se retrouve à sec. Il n'a plus d'oseille et se dit qu'il n'a même plus de quoi manger, comme un clochard. Il se résout à aller revoir son père. « Je vais lui demander pardon », pense le fils. Et le père du haut de la maison l'aperçoit, court vers lui et l'accueille : « Mon fils bien-aimé, viens dans mes bras. » Il fait un super-festin.

L'autre fils qui était resté pour travailler dur dans la ferme se dit qu'il a eu bien tort. Il trouve l'attitude de son père injuste. C'est alors que le père s'adresse à lui : « Mon fils qui était mort est revenu, faisons la fête. » Le fils resté fidèle a sa propre récompense. Il ne le sait même pas. Si nous pouvions savoir combien Dieu nous aime et combien Dieu est miséricordieux. Nous le saurons un jour là-haut.

À sainte Thérèse, une sœur disait : « Dieu nous punira... » Agacée, sainte Thérèse finit par dire : « Si tu rencontres ce Dieu de punition, tu verras bien. » Et en songe, Thérèse voit cette sœur s'écrier : « Oh ! Comme j'avais tort sur la terre de ne penser qu'à un Dieu qui me punira ! »

Jean-Paul II clamait devant deux millions de jeunes à Rome : « Soyez des saints. » Je trouve que c'est une de ses plus belles interpellations. Il n'a pas dit : « Soyez gentils, partagez. » Il s'agit d'être au plus haut du plus haut de ce que vous pouvez être. Jean-Paul II est transcendant pour cela. Il ne mise pas sur une sainteté gentille nouille, pipi de chat. Il vise au plus noble, au plus profond des êtres. C'est pour cette raison que les jeunes l'aiment tant.

Le sacrement de confession nous aide à nous réconcilier avec nous-même et avec Dieu. Il faut que le prêtre soit disponible pour cela. Il peut apprendre à faire redécouvrir ce sacrement où nous déposons nos poubelles devant un homme. Nous n'en voulons plus parce que nous manquons d'humilité. Alors, comme les protestants, on se confesse tout seul, directement avec Dieu. On zappe sa religion pour passer à celle de l'autre quand ça nous semble plus facile.

Le Christ était un grand psychologue. Il a voulu nous donner un signe visible, net et précis. À la fin, lorsque le prêtre dit qu'il pardonne vos péchés au nom du Père et du Fils et du Saint-Esprit, les péchés sont véritablement pardonnés. J'ai vu des gens éclater en sanglots dans mon confessionnal. Je les ai vus repartir parce qu'ils savaient qu'ils étaient pardonnés à l'instant même. Ils le croyaient.

Je précise : on ne doit pas confondre le sacrement de la confession avec la pratique d'un soutien humain ou une thérapie psychologique. Je pense que ce peut être excellent, mais rien ne vaudra la main humaine, pécheresse et maladroite d'un prêtre qui s'élève devant vous : « Va en paix, tes péchés sont pardonnés. »

Avoir la gueule du sacrement

Prêtres, il faut que nous ayons la gueule du sacrement de réconciliation. Il y en a devant qui on est prêt à se mettre à genoux parce qu'on sent qu'ils ne sont pas stressés. Chez d'autres, on lit dans les yeux un programme informatique. Ils ont deux ou trois téléphones portables dans les poches… Dans la foule des rassemblements, j'observe parfois cela, c'est très beau : à travers le regard d'un prêtre, on voit la douceur, la candeur, la disponibilité. On est prêt à se mettre à genoux devant lui pour lui dire : « Mon Père, j'ai des choses à te dire, veux-tu me donner le pardon du Seigneur ? »

« La communauté entière diminue si notre sainteté diminue. » Une sourate du Coran dit bellement : « Si vous tuez un homme, vous tuez l'humanité, et si vous sauvez un homme, vous sauvez l'humanité. » Nous, chrétiens, disons aussi bellement que, si quelqu'un grandit en Dieu, il élève le monde. Si nous grandissons en sainteté, nous élevons le monde.

Participez aux liturgies pénitentielles pendant le carême, vos péchés légers vous seront pardonnés pendant la prière de pardon. Vos fautes graves demandent que vous vous mettiez à genoux devant un prêtre. Pendant votre carême, n'ayez pas peur de vous approcher du tribunal de la pénitence. Faites votre lessive, videz vos déchets intérieurs auprès d'un prêtre. Cela vous fera le plus grand bien et vous grimperez vers Pâques.

Voici pour conclure le texte de l'évangile qui authentifie le sacrement de la réconciliation :

> Tout ce que tu lieras sur terre sera lié dans le ciel et tout ce que tu délieras sur terre sera délié dans le ciel.
>
> Matthieu XVI, 19.

C'est à Pierre que le Christ a adressé ces paroles. Pierre le successeur du Fils de Dieu et après lui les deux cent soixante-quatre papes, les cinq mille évêques et les quatre cent mille prêtres d'aujourd'hui.

C'est implacable. De plus quand nous savons que nous serons pardonnés à la mesure de notre pardon sur terre, bonjour l'angoisse pour tous les pardons que nous aurons refusés durant notre existence.

Pour se mettre à genoux devant un prêtre, il faut quatre désirs : le désir de l'humilité, le désir sincère de demander pardon, le désir d'expier, le désir de ne pas recommencer. Bûche ta foi, bûche l'évangile, et tu sauras te mettre à genoux pour repartir blanc comme neige !

51

Des phrases qui élèvent et parfois sauvent

À l'écoute de l'Esprit-Saint

> Et moi, je prierai le Père, et il vous donnera l'Esprit-Saint, afin qu'il demeure éternellement avec vous,
> c'est lui l'Esprit de vérité, que le monde ne peut recevoir, parce qu'il ne le voit point et ne le connaît point ; mais vous, vous le connaissez, car il demeure avec vous, et il sera en vous.
>
> Jean XIV, 16-17.

Il est des phrases que l'on traîne partout, des maximes, des dictons ou des proverbes. Certaines sont anodines. D'autres peuvent être très dynamisantes. Certaines sont tirées de nos livres saints : du Coran, de la Torah, de la Bible. Elles peuvent aussi venir de traditions spirituelles ou laïques.

Nous utilisons parfois dans la vie courante des phrases à la fois justes et fausses. Par exemple, nous entendons couramment : « Mieux vaut divorcer que de ne pas s'entendre. » Cela peut être juste. Mais on peut aussi chercher le chemin pour renouer et éviter l'échec. À force de marteler ces phrases, nous les programmons et nous finissons par les mettre à exécution.

« Tu ne changeras jamais » est une phrase criminelle. On peut suicider des gens avec de telles paroles.

D'autres phrases sont sages : « Ne vends pas la peau de

l'ours avant de l'avoir tué.» Celle-ci nous vient d'une fable de La Fontaine.

Celles qui m'ont marqué

Je suis gourmand des phrases qui nous élèvent, qui nous grandissent et donnent un sens à la vie.

Sur l'amour

Une des phrases qui m'ont le plus marqué, qui m'a aidé, qui m'a transformé, dynamisé, qui m'a foutu le feu, est cette phrase de sainte Thérèse: «Ma vocation est l'amour.» Le tout-amour de sainte Thérèse est dans cette phrase. C'est aussi notre vocation de chrétiens. Ma vocation est l'amour. C'est aussi celle d'un juif, d'un musulman, d'un bouddhiste, d'un athée ou d'un agnostique. C'est notre vocation. Nous, chrétiens, disons que Dieu nous insuffle cet amour, Il nous permet de partager, d'aimer, de pardonner en Son nom.

À propos de miséricorde

À Mauthausen, j'ai visité le camp de concentration. Six cent mille victimes y ont péri. Brûlés vifs, enterrés vivants, exécutés sommairement par les nazis allemands, les déportés ont subi là-bas les sorts les plus sordides. Un résistant déporté nous faisait visiter. Depuis vingt ans, il y passait tous ses étés. En français, il raconte aux visiteurs français ce à quoi il avait réchappé. À l'âge de vingt ans – j'étais séminariste – je me souviens, dans notre car de jeunes, de ceux qui vomissaient d'horreur devant ce que nous avions vu et entendu.

Le guide conclut: «Dire que nous sommes capables de faire de telles choses!» Dans la bouche d'une victime c'est une phrase sublime. Que la victime puisse avoir cette solidarité avec le bourreau dans ce que chacun recèle de pire était d'une grandeur infinie. Cette phrase appelait à la miséricorde et à l'humilité. J'avais demandé à ce déporté s'il était chrétien. Il m'a dit: «Non, après ce que j'ai vécu, je ne pense pas qu'un dieu puisse exister.» Mais il avait eu cette phrase magnifique, une des plus belles phrases que j'aie entendues de ma vie.

Sur la tolérance

Voltaire: «Si je ne suis pas d'accord avec toi, je me battrai cependant jusqu'au bout pour que tu exprimes ton opinion, complètement et totalement.» Cette belle phrase est porteuse d'écoute, de tolérance et de respect. C'est une position sans complaisance. Même si je ne suis pas d'accord avec toi, mon pote, jusqu'au bout je vais t'écouter et non te dire: «Fiche le camp, tu es une ordure, dégage chez ta mère.» Cette phrase géante m'aide beaucoup quand je ne suis pas d'accord avec quelqu'un. Je me surprend à l'interrompre. Mon interlocuteur me demande de le laisser terminer. Alors je me souviens de Voltaire.

À propos du partage

«Moins j'ai de besoins personnels, plus je peux m'occuper des besoins des autres.» Plus nous nous appauvrissons, plus nous nous enrichissons dans le combat au service des autres. Si nous sommes encombrés par nos biens, nous ne pouvons plus nous préoccuper d'autrui. Nous sommes pétrifiés par la peur d'être cambriolés. Le local de ma permanence à Paris a été cassé à plus de vingt reprises. Maintenant cela ne me dérange plus parce que tout ce qui avait de la valeur a été pris depuis longtemps. Je n'ai presque plus de biens et je n'ai plus de besoins personnels. Je peux donc me consacrer aux besoins des autres.

Sur l'évangélisation

N'importe quel croyant pourrait dire la même chose : « Vivre de telle façon qu'à ma seule façon de vivre on pense que c'est impossible que Dieu n'existe pas. » J'aime cette phrase et je veux la vivre. Nous pouvons chercher à convaincre du haut de notre théologie, mais si un musulman vit son Coran magnifiquement, si un chrétien vit son évangile de la même façon, alors on aura besoin de savoir davantage d'où vient cette lumière que porte le croyant.

Sur l'écoute

Un proverbe chinois dit : « Celui qui sait se tait. Celui qui ne sait pas parle. » L'évangile dit : « Malheur à la langue qui nous fait faire beaucoup de péchés. » Saint Paul dit aussi : « Celui qui maîtrise sa langue maîtrise tout son corps, il est quasiment un saint. » Derrière le dos des gens, nous critiquons à longueur de journée. Celui qui sait doit fermer sa gueule. L'ignorant la ramène. Nous parlons beaucoup trop.

À chacun son inspiration

Une phrase est parfois marquante par son contexte. À Paris, un jeune majeur que je connaissais me rendait visite. Quelqu'un frappe à la porte. J'ouvre. Le jeune adulte reconnaît l'arrivant : ils se vouaient une haine féroce. Le visiteur bondit à travers la porte, me bouscule et fonce sur l'autre. Il sort un couteau et le lui met sous la gorge. J'étais tétanisé. Je me disais : « Il va le tuer. » Un peu de sang perlait sous la lame. Je cherchais une phrase. Je redoutais qu'il perde les pédales et qu'il l'égorge pour de bon. Et je crois bien que l'Esprit-Saint m'a envoyé de l'aide. J'ai dit : « Tue-le si tu veux, mais dehors ! » À ce moment-là, l'agresseur a ôté le couteau, l'a essuyé et l'a rentré dans sa poche. Il est sorti en disant : « Je t'attends dehors, espèce d'enculé. Par respect pour Guy, je te buterai dehors pour pas lui causer d'emmerdes. » L'autre est parti par la fenêtre des toilettes, mort de peur. Je l'ai revu dix ans plus tard. Celui à qui j'avais sauvé la vie me demande : « Guy, quelle est la phrase que tu avais prononcée pour me sauver la vie ? » Je n'ai pas osé lui dire et je lui ai fait croire que j'avais oublié depuis longtemps. L'Esprit m'avait inspiré cette phrase mortelle, qui a sauvé un homme.

À chacun ses formules inspiratrices et habitées.

52

Aumône, prière, jeûne

En cœur à cœur avec Dieu

Lors donc que tu fais l'aumône, ne sonne pas de la trompette devant toi, comme font les hypocrites dans les synagogues et dans les rues, afin d'être glorifiés par les hommes. Je vous le dis en vérité, ils reçoivent leur récompense.
Mais quand tu fais l'aumône, que ta main gauche ne sache pas ce que fait ta droite,
afin que ton aumône se fasse en secret; et ton Père, qui voit dans le secret, te le rendra.
Lorsque vous priez, ne soyez pas comme les hypocrites, qui aiment à prier debout dans les synagogues et aux coins des rues, pour être vus des hommes. Je vous le dis en vérité, ils reçoivent leur récompense.
Mais quand tu pries, entre dans ta chambre, ferme ta porte, et prie ton Père qui est là dans le lieu secret; et ton Père, qui voit dans le secret, te le rendra.
En priant, ne multipliez pas de vaines paroles, comme les païens, qui s'imaginent qu'à force de paroles ils seront exaucés.

Matthieu VI, 2-7.

Il y a trois points intéressants dans cet évangile: l'aumône, la prière, le jeûne.

Le point central de cet évangile est: «Évitez d'agir devant les hommes et les femmes pour flamber, pour frimer, pour vous montrer. Faites-le en secret, Dieu bénira tous les gestes d'amour que les autres ne verront pas.»

D'abord, le Christ nous parle de l'aumône. Quand tu fais l'aumône, tu viens en aide à quelqu'un. Si tu aides une personne à payer son électricité ou son loyer, ne claironne pas en disant à tout le monde que tu as aidé ton voisin qui était dans le besoin. Fais-le discrètement. Quand tu fais du bien, fais-le délicatement. Ne te montre pas en spectacle devant les autres. Les plus belles choses sont celles que vous faites dans le secret.

Vivre caché

Sainte Thérèse de l'Enfant-Jésus a vécu vingt-quatre ans. Elle est la patronne de tous les missionnaires du monde. Elle a vécu complètement oubliée. À son enterrement, il y avait trente personnes. Quand elle a été canonisée, il y en avait cinquante mille sur la place Saint-Pierre, alors qu'elle avait vécu cachée! Elle disait que le plus petit geste d'amour que nous faisons change le monde.

Le mal que nous faisons abaisse le monde. Le bien que nous faisons élève le monde. Je crois à cela profondément. À chaque chose que je fais de bien, je dis: «Seigneur, le monde entier s'élève à travers ce petit geste.» Si chacun d'entre nous le croit, le monde n'est plus aussi putride et aussi moche que nous le pensons.

Quand tu fais l'aumône, fais-la délicatement. Quand à l'école tu aides un copain pour un devoir, fais-le sobrement. Inutile de dire que tu es le meilleur de la classe et que tu aides le pauvre idiot qui n'a rien compris. Agis discrètement, sans chercher à montrer à toute la classe que tu es un mec bien ou une fille remarquable. Le Seigneur aime bien ce qui n'est pas étalé. «Le bien ne fait pas de bruit et le bruit ne fait pas de bien.»

Ensuite, le Christ parle de la prière. Quand tu pries, ne

te mets pas forcément au premier rang de l'église. N'entre pas dans l'église avec fracas pour montrer que tu vas à la messe. Mets-toi dans un coin discret, ne te donne pas en spectacle, prie avec les autres sans chercher à te faire remarquer. Jésus dénonce ceux qui s'étalaient en venant à la synagogue. Certains montraient bruyamment qu'ils priaient. Le Seigneur a dit que toute cette flambe ne rimait à rien. Dieu la vomit.

Prier

Quand tu pries, tu peux être dans ta voiture, devant un beau paysage. Nous avons dans nos pays des coins de nature extraordinaires. Reste dix minutes seul dans ta voiture et regarde un fleuve, une forêt aux mille couleurs, le soleil qui se lève. Cela n'empêche pas de se rassembler pour l'Eucharistie. N'oublions pas, Jésus nous a dit que quand nous sommes rassemblés en son nom, il est au milieu de nous. Il nous a demandé de prier seul, et puis ensemble.

Une fois, une dame m'a dit : « Monsieur l'abbé, vous savez, je ne sais pas prier. Je récite le chapelet, mais je ne pense pas à mon chapelet. Je récite le Notre Père, mais je ne pense pas bien à ce que je dis. Qu'est-ce que je dois dire au Seigneur dans le secret de mon cœur ? » Alors je réponds à cette bonne vieille de quatre-vingts ans : « Dis-lui : Seigneur je T'aime. » Elle m'a répondu qu'elle ne le tutoyait pas. « Alors OK, dis-lui : « Seigneur je Vous aime ! » Un an plus tard, elle me téléphone et me raconte avec un enthousiasme débordant : « Toute la journée, je dis : Seigneur je Vous aime. »

La plus belle prière à Dieu est de dire : « Seigneur, je T'aime. » Que nous soyons dans le malheur ou dans le bonheur, nous pouvons le dire dans le secret de notre cœur.

Jeûner discrètement

Jésus termine en parlant du jeûne. Quand tu jeûnes, fais-le discrètement aussi. Ne montre pas que pendant une journée entière tu n'as rien mangé. Tu n'as presque rien avalé pour sentir la faim du monde. Tu as allégé ton corps pour sentir ton esprit monter. Alors le Seigneur te dit que si tu jeûnes, tu te tais, tu ne le dis à personne et tu mets un super-parfum. Ta prière sera un cœur à cœur avec Dieu. Fais ton jeûne sans que les autres s'en aperçoivent.

Un jeune chrétien avait été blessé un jour par la réflexion d'un musulman lui disant que son carême n'était rien, parce que invisible. Ce jeune chrétien avait été meurtri par cette réflexion blessante. Je lui ai dit: «Laisse tomber. Lui, musulman, fait un ramadan de fête, d'ostentation. C'est son affaire. Nous, chrétiens, devons suivre le conseil du Christ: c'est ce qui est invisible aux yeux des hommes qui est accepté par Dieu. Telle est notre loi chrétienne. Sois heureux de jeûner dans le secret. Ton jeûne sera béni de Dieu.»

53

Marie

Pour une guérison intérieure

Au sixième mois, l'ange Gabriel fut envoyé par Dieu dans une ville de Galilée, appelée Nazareth,
auprès d'une vierge fiancée à un homme de la maison de David, nommé Joseph. Le nom de la vierge était Marie.
L'ange entra chez elle, et dit: Je te salue, toi à qui une grâce a été faite; le Seigneur est avec toi.
Troublée par cette parole, Marie se demandait ce que pouvait signifier une telle salutation.
L'ange lui dit: Ne crains point, Marie; car tu as trouvé grâce devant Dieu.
Et voici, tu deviendras enceinte, et tu enfanteras un fils, et tu lui donneras le nom de Jésus.
Il sera grand et sera appelé Fils du Très-Haut, et le Seigneur Dieu lui donnera le trône de David, son père.
Il régnera sur la maison de Jacob éternellement, et son règne n'aura point de fin.
Marie dit à l'ange: Comment cela se fera-t-il, puisque je ne connais point d'homme?
L'ange lui répondit: Le Saint-Esprit viendra sur toi, et la puissance du Très-Haut te couvrira de son ombre. C'est pourquoi le saint enfant qui naîtra de toi sera appelé Fils de Dieu.
Voici, Élisabeth, ta parente, a conçu, elle aussi, un fils en sa vieillesse, et celle qui était appelée stérile est dans son sixième mois.

Car rien n'est impossible à Dieu.
Marie dit : Je suis la servante du Seigneur ; qu'il me soit fait selon ta parole ! Et l'ange la quitta.

Luc I, 26-38.

Nous avons tous, nous chrétiens, laïcs, évêques et prêtres, pour mission essentielle de donner la parole de Dieu. L'évêque est celui qui donne mission à son peuple. Jean-Paul II est, lui, le représentant de Pierre et du Christ sur terre. Telle est notre foi de catholiques. Nous avons toutes et tous à donner la parole de Dieu.

La parole de Dieu peut venir de la bouche des enfants. Nous n'écoutons pas assez les enfants, ils peuvent nous traduire l'évangile de façon merveilleuse ! Dans l'évangile, le Seigneur disait aux savants, aux théologiens, aux curés : « OK ! Faites votre boulot, et n'oubliez pas que l'enfant peut avoir, par sa façon d'être, sa vie ou ses réflexions, une grâce que vous n'avez pas. » Les enfants ont une grandeur extraordinaire.

Marie est la plus grande sainte de l'Église catholique et romaine. Elle est la plus grande sainte du monde pour nous. Nous disons qu'elle est la sainte par excellence.

Le palais de Marie

Marie a porté mystérieusement, par l'opération du Saint-Esprit, Jésus dans son palais, c'est-à-dire son ventre. Toutes les femmes qui ont eu un enfant reconnaîtront que le ventre d'une mère est un palais. Jésus a été dans le palais de Marie pendant neuf mois. Il y a dormi avant ses trente-trois ans de vie sur la terre. Marie a vu Jésus enfant, puis adolescent et ensuite adulte.

Nous disons que le Christ est parfait en tant qu'homme. Il est parfait en tant que Dieu. Cette perfection humaine du Christ vient essentiellement d'un homme et d'une femme,

Joseph et Marie. Ils ont été des parents merveilleux et des éducateurs hors pair. N'oublions pas cela. Dieu a choisi Marie pour sa perfection extraordinaire et Joseph, si discret, pour être un père adoptif hors pair.

Je vois ces parents bercer leur enfant adorable. Tous les deux assistent aux premiers pas du bébé. Puis ils observent ses premiers éveils d'adolescent. Ils admirent la perfection du Christ. Ils pouvaient l'admirer d'autant plus que cette perfection-là était due aux immenses éducateurs qu'ils étaient.

Marie est mère de l'Église. Elle est bénie entre toutes les femmes. Au pied de la croix, Jésus a dit à Marie en désignant Jean : « Voici ton fils. » Cela veut dire que Jésus a confié toute l'Église à sa mère il y a deux mille ans et jusqu'à la fin des siècles. Marie dit alors à Jean : « Je suis ta mère. » Elle devint ainsi mère de l'Église.

La puissance d'intercession de Marie est prodigieuse. Nous pouvons prier Marie par le chapelet. Des centaines de milliers de temples à travers le monde sont dédiés à Marie. J'aime beaucoup Jean-Paul II pour sa vocation mariale. Lorsqu'il a été nommé pape, il a d'abord invoqué Marie. Il n'est pas question de mettre Marie au-dessus de Dieu. Il est question de la reconnaître à sa place, la plus grande après Dieu sur terre.

J'aime beaucoup réciter le chapelet, cette prière répétitive. On croit facilement que le chapelet est fait pour les vieilles. Je ne suis pas d'accord. J'aime beaucoup le chapelet parce qu'il nous met dans un climat de prière. Le chapelet nous élève. La méditation des mystères lumineux, douloureux, joyeux et glorieux nous permet de comprendre Jésus-Christ de sa naissance à sa mort. Cela permet à chaque dizaine de chapelet de donner une intention de prière.

On dit souvent de moi que je suis un prêtre moderne. Je suis un prêtre qui aime le chapelet. J'en possède un que je garde avec moi. J'ai toujours sous la main un dizainier, ce petit morceau de fer à dix points. J'aime beaucoup prier Marie. Chaque enfant passe par sa mère pour aller à son père.

Marie s'est manifestée dans des lieux privilégiés : Lourdes, Fatima, vous connaissez cela. Elle a donné des signes évidents de sa présence en permettant des miracles. Elle a guéri de nombreux malades et invalides. Les plus grands miracles sont les guérisons de l'âme. Les plus grands miracles de Marie sont les guérisons intérieures.

J'ai remarqué que mes jeunes qui nient Dieu, ou se fichent de Son existence, ont une certaine vénération pour Marie. L'un d'entre eux, un de mes anciens, un musulman, Yusuf, parle toujours de Marie avec grande tendresse en me disant : « C'est la maman des mamans. » Très bel hommage à la Mère de tous les humains.

54

Rien de ce qui est extérieur n'est impur

Purifions notre regard

Il leur dit : Vous aussi, êtes-vous donc sans intelligence ? Ne comprenez-vous pas que rien de ce qui du dehors entre dans l'homme ne peut le souiller ?
Car cela n'entre pas dans son cœur, mais dans son ventre, puis s'en va dans les lieux secrets, qui purifient tous les aliments.
Il dit encore : Ce qui sort de l'homme, c'est ce qui souille l'homme.
Car c'est du dedans, c'est du cœur des hommes, que sortent les mauvaises pensées, les adultères, les impudicités, les meurtres, les vols, les cupidités, les méchancetés, la fraude, le dérèglement, le regard envieux, la calomnie, l'orgueil, la folie.
Toutes ces choses mauvaises sortent du dedans, et souillent l'homme.

Marc VII, 18-23.

Ce qui est extérieur ne rend pas impur. Ce qui est en dehors de l'homme et de la femme ne rend pas impur. Mais ce qui sort de l'homme et de la femme peut l'être.

Qu'est-ce que cela veut dire ? Il s'agit du dedans et du cœur des humains. C'est du dedans que vient la vase.

N'oubliez pas que l'évangile nous dit : « Là où est ton trésor, là est ton cœur. » Ton trésor n'est pas ta banque, tes chéquiers et ta carte de crédit. Tout cela est très utile, mais c'est seulement matériel ! Ce ne sont que des moyens. Cela devient très dangereux quand ils deviennent un but. L'argent, le paraître, la possession sont la vase du cœur humain. Voilà ce qui nous rend impurs.

Le Seigneur énumère tout ce qui sort de mauvais de nous : l'inconduite, manquer de fidélité à sa femme ou à son homme, casser cette fidélité magnifique… C'est difficile à observer, la fidélité.

Le vol

Nous sommes dans une société de voleurs. Tout le monde triche, vous le savez bien. Quand je vois un prisonnier incarcéré pour vol, je lui dis : « Tu triches autant que les autres, mais tu as été plus con que les autres parce que tu t'es fait attraper. » Combien de gens volent des sommes gigantesques mais n'iront jamais en prison ?

Meurtre et cupidité

Supprimer la vie de quelqu'un est terrible. On ne pourra pas racheter cela. On ne peut que demander pardon au Seigneur.

La cupidité, c'est-à-dire tout garder pour soi : nous sommes dans une société de putains où l'on nous pousse sans arrêt à garder pour soi. Je pisse sur ce type de société parce qu'elle est terrible. Kennedy disait : « Tu demandes toujours à ton pays de t'aider, mais qu'es-tu prêt à lui apporter, toi ? » La cupidité, c'est aussi considérer que l'État nous doit tout. Nous pensons toujours avoir des droits énormes mais nous oublions nos devoirs face à l'État.

La méchanceté

Dire du mal d'autrui, vous savez ce que c'est. Nous regardons toujours le côté négatif de l'autre. On repère ses défauts. Est-ce que nous savons voir ses belles facettes, ses qualités ? Demandez au Seigneur de savoir regarder l'autre sous ses meilleurs côtés. Nous sommes sans cesse à l'affût des faiblesses de nos semblables. L'autre est un goujat, un enfoiré, un pourri… Nous, nous avons toujours le beau rôle. Le jour où nous regardons l'autre favorablement, notre journée est radieuse. Essayez de regarder l'autre avec un cœur pur, sans méchanceté.

La débauche

Tout appelle à l'impureté. La télévision nous présente ce qui est à vendre en nous montrant toujours des corps jeunes, musclés, sans défaut. La publicité est championne pour cela. Si on veut vendre un fromage, les fesses d'une vieille de quatre-vingts ans ne feront pas un sou. Et pourtant, la vieille dame est un être vivant, un être merveilleux ! Toutes les formes de sexualité sont étalées aux yeux de tous. Comment nos jeunes peuvent-ils s'y retrouver ? C'est très dangereux. L'érotisme peut être très beau. Jamais la pornographie.

L'envie

Nous ne cessons d'envier l'autre. Si l'on est heureux avec ses dons, bien dans sa peau, pourquoi envier les autres ? Quant à la diffamation, c'est nuire aux autres, raconter des choses qui nuisent, c'est la calomnie, la médisance. C'est mettre en place publique ce qu'une personne a fait de mal.

L'orgueil

Nous voulons trop souvent être au-dessus des autres. C'est particulièrement dangereux. Serions-nous meilleurs que notre voisin ? Celui-ci est-il forcément un pauvre imbécile ? Voilà l'orgueil. Cessons de nous mettre en avant. Le Seigneur nous demande d'être le dernier. Cherchez la dernière place.

Le Seigneur dit que tout ce mal vient du dedans de l'homme et le rend impur. Allons de temps en temps nous confesser à genoux devant un prêtre. Je me confesse régulièrement. Je mets mes poubelles aux pieds d'un prêtre. Je lui dis que je n'ai pas été très bien. « Seigneur, je Te demande pardon. » Le sacrement de réconciliation est très important. Peu de gens vont se confesser aujourd'hui. Quand le prêtre dit : « Je pardonne tes péchés au nom du Père et du Fils et du Saint-Esprit », tu es blanc et léger comme une colombe.

Le combat n'est pas perdu d'avance

Nous sommes attaqués sans cesse de l'extérieur. Nous devons sans cesse purifier notre regard. C'est notre lutte intime et permanente.

Regarder des films ou des revues porno est du domaine de notre liberté intérieure. C'est moi qui décide que ce n'est pas bon et qui zappe ce morceau de télé. C'est moi qui refuse de tomber, à l'époque des soldes, dans le piège des 50 % de réduction. Acheter n'importe quoi sous le prétexte que c'est moins cher ! Je pourrais allonger la liste. Elle est très longue.

Nos jeunes, plus fragiles, sont assaillis. Il leur faut porter des vêtements marqués, s'habiller comme les autres, parler comme les copains, faire comme les autres même s'ils n'en n'ont pas le désir. Le combat des parents est difficile. Sans surprotéger leurs jeunes, ils doivent les appeler à une plus grande pureté. Ce combat n'est pas perdu d'avance. Sauf par des parents lassés de contrer trop souvent leurs ados. Ces derniers savent très vite, au fond, ce qui est bon ou mauvais. Ils adorent faire leurs griffes sur leurs géniteurs en les contestant.

Un jour, ils ne leur pardonneront pas d'avoir démissionné et de leur avoir laissé tout faire. Parents, préparez vos casques de combat pour que vos jeunes puissent un jour transmettre vos valeurs dans toute leur pureté et leur noblesse.

55

Priez ensemble et en silence

Venez à l'écart

Les apôtres, s'étant rassemblés auprès de Jésus, lui racontèrent tout ce qu'ils avaient fait et tout ce qu'ils avaient enseigné.
Jésus leur dit : Venez à l'écart dans un lieu désert, et reposez-vous un peu. Car il y avait beaucoup d'allants et de venants, et ils n'avaient même pas le temps de manger.
Ils partirent donc dans une barque, pour aller à l'écart dans un lieu désert.
Beaucoup de gens les virent s'en aller et les reconnurent, et de toutes les villes on accourut à pied et on les devança au lieu où ils se rendaient.

Marc VI, 30-33.

Par cette simple phrase, le Christ a demandé aux apôtres de sortir de la foule pour échapper aux supplications innombrables et aux demandes de guérisons. Cela devait être extrêmement stressant. La foule se pressait pour entendre la parole ou pour être guérie. « Venez à l'écart dans un endroit désert et reposez-vous un peu. »

Cœur à cœur

Pour vivre l'amitié et l'amour de Dieu, nous avons un immense besoin de dialogue avec Lui, un perpétuel besoin de nous retirer de la foule, de nous libérer de nos tâches habituelles. Dieu a besoin de notre temps. Il nous a placés dans le temps pour vivre et Il a un besoin urgent de notre temps. C'est le temps de l'amitié, le temps où nous pouvons dire notre amour, spécialement dans le silence. Pour cultiver sans cesse cette amitié et cet amour de Dieu, à toute heure du jour et de la nuit, nous pouvons nous consacrer à ce « cœur à cœur » avec Dieu. J'aime cette expression de sainte Thérèse qui disait que la prière est un « cœur à cœur avec Dieu ». Nous nous branchons directement sur Lui. Nous pouvons le faire à n'importe quel moment de la journée. C'est une ascèse qui permet d'entrer dans le « Priez sans cesse » du Christ.

S'attacher au cœur de Dieu est une prière de tous les instants, qui devrait devenir naturelle car c'est alors très beau. Dieu nous habite à chaque moment de notre journée. Dans les moments difficiles, les moments de joie ou les moments de peine. Nous devons aussi, de façon méthodique, nous arrêter pour Dieu, en dehors de ces multiples instants que nous consacrons au Seigneur dans la journée. Je pense que Dieu doit être particulièrement sensible au fait que l'on s'arrache de la mêlée pour prendre du temps. Pensez au temps que vous prendriez pour un être humain. Lorsque vous consacrez votre temps et votre attention à une personne qui a vraiment besoin de vous parler, que vous avez éteint votre téléphone portable, que vous ne répondez plus à aucune autre communication, vous stoppez tout et vous restez entièrement présent à l'autre.

Dieu a besoin que l'on arrache du temps pour Lui de façon méthodique. Il faut offrir du silence à Dieu, comme un don. Dieu apprécie cette offrande de notre silence. Nous Lui offrons notre silence et Il est sensible à ce langage de l'amitié et de l'amour.

Jésus le faisait pour son Père. Souvent, il se retirait dans la montagne et il priait Dieu. Dans tout l'évangile, il nous offre cet exemple de dialogue avec son Père. Il en prenait le temps. Nous, humains, avons mille façons de dialoguer avec Dieu. J'ai vu respecter parfois dans des groupes de jeunes ou de moins jeunes un silence partagé et prolongé. Nous avons souvent des messes trop bruyantes. Nous prions, c'est essentiel. Je dénonce en revanche le peu d'espace que nous réservons au silence partagé dans nos Eucharisties. J'ai constaté que le souffle de Dieu passait pendant l'Eucharistie lorsqu'on laisse les personnes présentes dans le silence absolu quelques minutes. Il faut donner ce temps au Seigneur, dans cet espace de silence. Le Christ a dit : « Là où vous êtes réunis en mon nom, je suis au milieu de vous. » Nous avons une sensation presque physique de sa présence à condition de lui accorder cet espace de temps et de silence.

Des millions de connections

Au cours des Journées Mondiales de la Jeunesse, des foules de jeunes ont vécu des moments de silence radieux. Les plus grands moments que j'ai pu observer et vivre au cours de ces Journées sont ces temps où les jeunes parvenaient à se taire. Des dizaines de milliers de jeunes qui se taisent est un moment très impressionnant.

Aux JMJ, la foule démesurée était là, en silence. Il n'y avait aucune contradiction. Le silence total d'une foule est une des plus belles et des plus grandes prières que nous pouvons adresser à Dieu. La plupart du temps, l'homme a besoin de s'exprimer, de parler. Dans ce silence vécu collectivement les milliers de connections individuelles et simultanées à Dieu donnaient une force supplémentaire. Ce silence signifiait : « Seigneur, Tu as tout l'espace maintenant, nous ne parlons pas, nous ne disons rien, nous T'écoutons, nous apprécions Ta présence, nous T'aimons et T'adorons. »

C'est le dialogue silencieux de deux amants qui s'aiment et qui, lassés de dire des choses, se regardent. C'est sans doute un grand moment pour les amoureux parce qu'ils dialoguent mystérieusement sans se parler.

Pour entrer en prière, il faut enfin écouter Dieu à travers

les autres. Si l'on zappe vite les autres, si on les entend sans les écouter, rien ne se produit entre les êtres. Écouter vraiment l'autre, c'est écouter Dieu profondément. Ce regard du chrétien vis-à-vis de l'autre est une prière illimitée. Au fond, nous prions comme nous vivons. Si nous prenons de l'espace pour Dieu, alors notre prière sera écoutée, nous aurons soif de prière, et nous serons dans la vie quotidienne des gens écoutants.

Nous transparaîtrons Dieu naturellement parce que nous serons dans un dialogue ininterrompu avec Lui. Nous serons avec Lui à travers les autres et dans tous les espaces que nous Lui donnerons. Dieu a un besoin infini de notre temps. Même si, dans Son éternité, Il se moque du temps.

56

La miséricorde

Le plus beau nom de l'amour de Dieu

Soyez donc miséricordieux, comme votre Père est miséricordieux.

Luc VI, 36.

Je relie trois événements différents qui témoignent de la miséricorde de Dieu.

« Dieu qui est amour ne peut se révéler autrement que comme miséricorde », dit Jean-Paul II.

Le premier événement qui m'a frappé fut fracassant. La princesse Diana meurt d'un accident sous le pont de l'Alma. Le deuxième événement eut lieu quelques jours plus tard : mère Teresa disparaît. Le troisième fait a duré plus longtemps : ce sont les massacres perpétrés en Algérie.

Diana et Teresa

L'une est morte assise dans une voiture de luxe, superbe chasseresse poursuivie jusqu'à la mort. L'autre est morte debout comme elle le désirait, pauvre parmi les pauvres, laide mais le visage transfiguré par sa charité lumineuse. Toutes les deux ont eu droit à des obsèques hors pair. Diana était le symbole d'une société richissime et incarnait un nouveau type féminin. Son charme éblouissant donnait à sa fraîcheur de mère et d'éternelle amante l'aura dont les romans-feuilletons sont friands. Teresa incarnait un idéal de solidarité concrète qui fascinait les incroyants et donnait aux chrétiens l'alibi irréfutable d'un évangile vécu. La chasseresse a osé claquer la porte du palais royal d'Angleterre. Trahie par un mari volage, elle n'a pas supporté l'intruse Camilla. La petite sœur des plus pauvres a claqué une autre porte dorée, celle du collège huppé des castes aisées de l'Inde où elle travaillait. Il était insupportable pour Teresa d'enseigner l'histoire et la géographie dans cet établissement de luxe noyé dans une mer de misère. Teresa donna tout. Elle a créé dans plus de cent pays des îlots d'amour et d'espérance, lucioles étincelantes dans l'indescriptible pauvreté matérielle et affective des bidonvilles. Diana, si riche, ne donnait que son image ou des gestes inégalables. Elle a serré la main d'un sidéen, en 1987, sans gants.

Toutes les deux se connaissaient et s'appréciaient. Et vinrent les minutes suprêmes, à six jours d'intervalle. La maison du Père les a réunies soudainement. Nous assistons à l'étonnement du monde, frappé de stupeur par le départ fracassant de l'une, anticipant très peu la mort de l'autre qu'une santé défaillante pouvait faire pressentir. La comparaison s'arrête là où s'amorce la fin ultime, la deuxième naissance. Dieu saura résister aux charmes de Diana dans Son jugement impartial et reconnaîtra sa part de cristal masquée par un train de vie qui insulte toujours les plus pauvres. Avec Teresa sa tâche sera plus facile : son visage fripé et émacié fera fondre le Seigneur. Il connaît le visage du pauvre par excellence. Il nous a envoyé Son fils pour nous le faire découvrir et l'incarner sans masque.

Béatifiée par Jean-Paul II, mère Teresa est devenue, à une vitesse stupéfiante, une sainte de notre temps.

Bienfaisance et cohérence

La mort de Diana a donné lieu à toutes sortes de polémiques. Vous connaissiez ses fréquentations et sa vie tourmentée. Sa vie était livrée aux soleils artificiels des médias. Elle les cherchait aussi. Elle s'est mythifiée de son vivant, et sa mort-coup de tonnerre a fait le reste. La « Dianamania » a rapporté gros. Les marchands du palais ont su profiter du chagrin populaire, bien qu'au fil des ans les marchands de mort s'orientent vers la faillite.

Je me pose cette question à son sujet comme à celui de toutes les vedettes qui s'occupent des pauvres : « Comment peut-on aider les démunis et les affamés, donner son image et sa présence tout en vivant dans ce luxe qui est un immense scandale pour les petits ? »

Le seul qui m'a paru cohérent est un personnage adoré des Français. J'ai croisé de nombreux personnages publics dans les émissions de radio et de télévision auxquelles je participe. Le seul qui a eu grâce à mes yeux est Coluche. Je l'avais rencontré à Cannes. À sa mort, on a pu à peine éponger ses dettes, et sa femme n'a pas eu de gros héritage. Discrètement, Coluche était venu voir l'abbé Pierre pour lui donner un chèque d'un million et demi de francs. Il lui avait dit : « Surtout, l'abbé, n'en parlez pas. » L'abbé Pierre n'en a parlé qu'après sa mort. Coluche est mort pauvre.

Diana a fait de très belles choses pour des pauvres, des enfants et des malades. Elle patronnait une centaine d'œuvres. Elle portait au doigt un diamant d'un million deux cent mille francs offert par son amant Dodi quelques heures avant de mourir dans l'accident. Cela n'enlève rien à l'image que la princesse donnait pour l'aide aux plus pauvres, mais cela pose une question de cohérence. Évitons de faire de Diana une sainte ou une icône. Seule la miséricorde de Dieu a agi. Prions pour elle et ses fils William et Harry. Le poids que le futur roi doit porter est très lourd, après les scandales et les élucubrations de ses parents.

Deux copines au paradis

Mère Teresa et Diana se connaissaient très bien et étaient pour ainsi dire copines. Teresa était le don total. Son visage reflétait la prière. Son apparence manifestait sa pauvreté. Son charisme était fulgurant. Elle était un mythe vivant, un modèle pour le monde, une héroïne. Elle touchait toutes et tous à travers le monde, quelles que soient les religions et les croyances. Des centaines de milliers de personnes lui ont rendu hommage. La miséricorde divine a dû être grande pour elle. Dieu a dû fondre en la voyant arriver. La reine d'Angleterre, sachant l'amitié qui liait Diana à Teresa, lui avait envoyé l'unique invitation personnelle à l'enterrement de Westminster. Teresa répondit qu'elle était trop fatiguée et préférait prier. Les deux copines se sont retrouvées, à six jours d'intervalle, dans un cercueil.

Prions pour l'œuvre prophétique de Teresa. Pauvre parmi les pauvres, c'est une œuvre bénie de Dieu, soyons-en sûrs. Elle a quitté son ordre pour en fonder un autre. Elle a travaillé au cœur des quartiers les plus pauvres. Elle avait découvert, un soir, une femme mourante dans les rues de Calcutta, ses pieds déjà dévorés par les rats. Elle a décidé non de lui donner à manger, mais de l'aider à mourir. Elle fonda, ainsi, un mouroir. Elle recueillait ceux et celles qui se trouvaient à l'article de la mort. Elle pansait leurs plaies et restait au côté de ceux qui n'avaient plus d'issue. On ne peut pas aller plus bas dans la misère humaine, et on ne peut pas aller plus haut dans l'amour humain. C'est un exemple extraordinaire de miséricorde.

Serviteur de la miséricorde

L'Église d'Algérie est celle qui m'a fait prêtre en 1965. J'ai quitté ce pays bien-aimé en 1970 pour la France, avec ma mission d'Église pour continuer dans les rues de Paris. J'appartiens depuis au diocèse de Paris. Celui-ci m'a accueilli en respectant mes dons d'éducateur découverts en Algérie. Les prêtres d'Algérie sont parmi les plus exposés au monde. Revenir discrètement m'associer à leur retraite annuelle est un devoir de solidarité. Ils restent par amour. Je les retrouve tous les ans et les accompagne cinq jours. Ils ont décidé de lier leurs vies à celles d'innombrables Algériens qui vivent un cauchemar quotidien. La bombe cachée dans un couffin ou le couteau qui vous égorge comme un mouton hantent la vie de chacun. Ils vivent une épreuve indescriptible.

Une solidarité au-delà de toute frontière, de toute culture et de toute religion est nécessaire pour un chrétien. Les prêtres d'Algérie peuvent partir ce soir s'ils le veulent. Ils sont pour la plupart d'origine européenne. On les somme de quitter le pays. Ils restent. Ils sont de la même race que les moines de Tibérine: celle de l'amour fou vécu dans l'absolu. L'un d'eux m'avait dit: «L'Algérie est mon Église.» Ils ont décidé de vivre à l'heure algérienne. La sauvagerie des massacres qui ont supprimé la vie de dix-neuf religieux catholiques n'a pas l'air de les effrayer. Leur présence discrète, effacée, se met au service d'un peuple musulman qui les respecte et les aime. Ils sont les témoins visibles de la mission la plus noble de l'Église: la gratuité de l'amour. Les sept têtes coupées des moines de Tibérine en sont le signe fulgurant. J'ai assisté à leur enterrement: un moment unique dans ma vie.

Une éducatrice algérienne a donné son témoignage à l'enterrement de Pierre Claverie, évêque d'Oran. Elle a assumé un grand risque: «Je suis la fille musulmane de Pierre Claverie, il était mon père, il était mon frère, il était mon ami.» Ce geste et tant d'autres contribuent à sauver l'Algérie. Cette présence chrétienne est essentielle.

En pleine tempête, j'ai atterri à Alger. J'avais vraiment peur. En période d'extrême tension, les visages fermés et terrorisés s'apparentaient à des masques. L'angoisse était diffuse dans d'innombrables regards. Mais, dans le pays, la population était joyeuse de vivre. J'ai entendu, la nuit, ceux qui fêtaient des noces dans des villages. J'ai vu des filles sans voile et des filles avec voile. J'ai vu l'autoroute saturée de circulation. Les Algériens ont une grande soif de vivre et de dire. Mon vieil ami Abderrhamane m'a raconté ses vingt-quatre cousins victimes d'une tuerie. Et tant d'autres carnages inconcevables. Il m'a dit: «Il faudrait les tuer. » Alors je lui ai rappelé ce que signifiait son nom, Abderrhamane : « Serviteur de la miséricorde ». Les textes de la mystique musulmane n'en finissent pas de recourir à la miséricorde divine.

Dans la Bible comme dans le Coran, Dieu reste le Maître de la miséricorde. M. Boubakeur, recteur de la Mosquée de Paris, disait : « La miséricorde de Dieu interdit aux musulmans de désespérer. »

J'ai aimé que le président Bouteflika crée la fameuse « loi de la concorde ». Il a demandé aux islamistes tueurs de se rendre et de déposer les armes. « Seuls ceux qui avaient du sang sur les mains seraient jugés », a précisé le président algérien. Cela n'a pas été fait. Les anciens tueurs reviennent chez eux sans jugement. Ce qui laisse le peuple algérien meurtri à vie. Ils ne pourront pas faire le deuil de l'horreur vécue si les assassins ne passent pas en jugement.

En Afrique du Sud, par contre, Nelson Mandela a exigé que les tueurs de l'apartheid soient jugés et avouent leurs crimes avant d'être amnistiés. C'est une parfaite position chrétienne qui reste un exemple pour le monde.

J'ai rappelé à mon ami Abderrhamane : « Dieu pardonne tous les péchés. Il est le miséricordieux » (Coran, XXXIX, 53). Quand je suis sorti de chez lui, il m'a remercié d'avoir prononcé ces paroles devant ses trois enfants.

Le seul langage où l'homme et la femme recouvrent leur liberté face à l'horreur que l'on nous sert à l'heure des informations est celui de la prière et de la miséricorde. Nous n'avons aucun jugement à porter. Aidons nos frères et sœurs algériens, écrivons-leur, soutenons-les et disons-leur notre amitié.

Le mot « miséricorde » est le plus beau nom de l'amour de Dieu.

Épilogue

Tu quitteras ton père et ta mère

> Et quiconque aura laissé maison, frères, sœurs, père, mère, enfants ou champs à cause de mon nom recevra beaucoup plus en partage, et la vie éternelle.
>
> Matthieu XIX, 29.

Entré au petit séminaire à treize ans, je me souviens comme d'hier combien il était dur de me séparer de ma mère. Gosse, je pleurais dans mon lit, tous les soirs, tellement cette séparation était éprouvante pour moi.

Cette souffrance a duré longtemps. Et puis est venue une communion spirituelle forte, ardente, ininterrompue.

Âme de prière, d'une puissance contemplative étonnante, ma mère partageait de loin mon ministère difficile et périlleux.

Alors que j'étais tout jeune prêtre, elle m'envoie un jour une phrase prophétique : « Guy, tu iras toujours vers les plus pauvres et les jeunes. »

Éperdu de joie de me voir dans une paroisse, je n'imaginais pas une seconde vivre autre chose qu'un ministère paroissial. Pourtant, ma mission d'Église auprès des loubards était celle que ma mère pressentait. Combien de fois ai-je relu son petit message, écrit de cette main ferme qu'elle garda jusqu'à quatre-vingt-sept ans ?

Je ne manquais jamais, chaque été, d'aller célébrer, seul avec elle, le souvenir de ce 3 juillet 1965 qui m'avait fait prêtre. Je voulais le partager, quoi qu'il arrive, avec elle.

Autre prescience : n'avait-elle pas prié pour avoir un fils prêtre, durant la grossesse où elle me portait ? Et choisi en même temps un morceau de sa robe de mariée pour enrober une pale, carré brodé protégeant le calice du prêtre ! Elle me l'a offerte le jour de ma première messe, me précisant qu'elle m'en faisait la surprise car elle n'avait pas souhaité m'influencer durant ma longue marche vers le sacerdoce.

Souvent je priais le Seigneur d'être là, auprès d'elle, le jour du Grand Passage. Chaque fois qu'elle était hospitalisée, je fonçais à tire-d'aile pour passer quelques petites heures à son chevet.

On m'appelle, une dernière fois, pour m'apprendre qu'elle est à nouveau à l'hôpital. Mes frères et sœurs me disent qu'elle ne peut plus parler et qu'elle essaye, depuis trois jours, de dire quelque chose que personne n'arrivait à comprendre.

J'arrive la veille de sa mort. Crevé, je dors chez ma sœur. Le lendemain, j'ai l'envie subite et inexplicable d'aller la voir à l'hôpital.

Je la trouve très faible. Elle tente de me parler. Je ne comprends rien à ce qu'elle me murmure. D'un seul coup, je lui dis : « Je parie que tu veux revoir tes mésanges dans ta maison. »

Son regard semble approuver. Je lui demande de fermer deux fois les yeux pour me signifier si c'est sa volonté. Elle me fait le double signe demandé. Je lui demande de me serrer la main pour en être bien sûr. Je sens ses vieux doigts pétrir ma main.

« Maman, tu seras ce soir dans ta maison, avec tes mésanges. »

Elle était intransportable, mais j'avais osé dire cette phrase impossible.

Alors, je la bénis : « Je te bénis, maman, au nom du Père et du Fils et du Saint-Esprit, pour tout l'amour que tu nous as donné. N'aie crainte. Cet amour-là, nous le donnerons et le transmettrons. »

Elle meurt alors.

Grand gosse de soixante-huit ans, je me mets à pleurer, comme il y a cinquante-cinq ans, lorsque, blotti dans mes draps, je sanglotais dans le dortoir du séminaire.

Trois heures après sa mort, elle était dans sa maison, entourée de ses mésanges.

Le Seigneur avait raison de dire : « Quitte ton père et ta mère pour être à Mon service. »

« Toute prière sera exaucée », a-t-il souvent répété.

Me permettre d'avoir été là quand elle a rejoint son Seigneur : c'était le sourire de Dieu.

Un merveilleux sourire.

Table

I

L'ÉVANGILE AU RAS DES PÂQUERETTES

II
LUMIÈRE DE L'ÉVANGILE

IV

JÉSUS-CHRIST, UN SACRÉ MEC

V

MUSCLE TA SPIRITUALITÉ !

DU MÊME AUTEUR

Un prêtre chez les loubards
Stock, 1978
et « Le Livre de poche », n° 5888

La rue est mon église
Stock, 1980
et « Le Livre de poche », n° 5967

Des jeunes y entrent, des fauves en sortent
Stock, 1982
et « Le Livre de poche », n° 6012

L'Espérance aux mains nues
Stock, 1984
et « Le Livre de poche », n° 6120

Aventurier de l'amour
Stock, 1986
et « Le Livre de poche », n° 6453

Avec mon aube et mes santiags
Stock, 1988
et « Le Livre de poche », n° 7313

Lutte, prie et aime
Livre ouvert, 1989

Les Petits Pas de l'amour
Stock, 1990
et « Le Livre de poche », n° 9536

Jusqu'au bout
Stock, 1993
et « Le Livre de poche », n° 13629

Dieu, mon premier amour
Stock, 1995
et « Le Livre de poche », n° 14351

Des loups dans la bergerie
Stock, 1996
et « Le Livre de poche », n° 14549

Dealer d'amour
Stock, 1997
et « Le Livre de poche », n° 14753

Chemin de croix
Béatitudes, 1998

Cris de jeunes
Salvator, 1999
et « J'ai lu », n° 5779

Le Rosaire : le plus bel album de famille
Béatitudes, 1999

Passeurs de l'impossible
Stock, 2000
et « Le Livre de poche », n° 15196

La Violence, un appel
Livre ouvert, 2001

Ma religion, c'est l'amour
Stock, 2001
et « Le Livre de poche », n° 15594

Kamikaze de l'espérance
Stock, 2004
et « Le Livre de poche », n° 30455

Prières glanées
Fidélité, 2004

Les Mystères lumineux du Rosaire
Béatitudes, 2005

L'Évangile, une parole invincible
Philippe Rey, 2005
et « Points », n° P1673

Et si je me confessais

Stock, 2006
et « Le Livre de poche », n° 30987

Rallumez le feu !
Vivre l'Évangile

Philippe Rey, 2007
et « Le Livre de poche », n° 31521

Réussis ta vie
Conseils pour tous les âges :
du jeune au dinosaure

Philippe Rey, 2008

Une pensée par jour

Médiaspaul, 2008

Et si on parlait de tes mômes
Comment élever ses enfants

Philippe Rey, 2008

Mes plus belles prières

Philippe Rey, 2008

Face à la souffrance
Que pouvons-nous faire ?

Philippe Rey, 2009

Ose l'amour !
S'aimer soi-même, aimer les autres

Philippe Rey, 2009

Lutte et aime, là où tu es !

Philippe Rey, 2009
et « Points », n° P2651

Apprends à pardonner
La plus belle promesse de liberté

Philippe Rey, 2010

La Magie des animaux
Aimons ces bêtes qui nous rendent humains
Philippe Rey, 2010

Cœur de prêtre, cœur de feu
Philippe Rey, 2010

Petit Guide de prière
En cœur à cœur avec Dieu
Philippe Rey, 2011

La Vieillesse, un émerveillement
Bien vivre son âge
Philippe Rey, 2011

Éveilleur d'espérance
(photographies de Jean-Claude Gadmer)
Philippe Rey, 2011

COMPOSITION : PAO ÉDITIONS DU SEUIL

CPI BUSSIÈRE

Cet ouvrage a été imprimé en France par
CPI Bussière
à Saint-Amand-Montrond (Cher)
en janvier 2012.
N° d'édition : 66838-6. - N° d'impression : 114244/1.
Dépôt légal : janvier 2005.

Éditions Points

Le catalogue complet de nos collections est sur Le Cercle Points, ainsi que des interviews de vos auteurs préférés, des jeux-concours, des conseils de lecture, des extraits en avant-première…

www.lecerclepoints.com

P2308. Le Septième Voile, *Juan Manuel de Prada*
P2309. Mots d'amour secrets.
100 lettres à décoder pour amants polissons
Jacques Perry-Salkow, Frédéric Schmitter
P2310. Carnets d'un vieil amoureux, *Marcel Mathiot*
P2311. L'Enfer de Matignon, *Raphaëlle Bacqué*
P2312. Un État dans l'État. Le contre-pouvoir maçonnique
Sophie Coignard
P2313. Les Femelles, *Joyce Carol Oates*
P2314. Ce que je suis en réalité demeure inconnu
Virginia Woolf
P2315. Luz ou le temps sauvage, *Elsa Osorio*
P2316. Le Voyage des grands hommes, *François Vallejo*
P2317. Black Bazar, *Alain Mabanckou*
P2318. Les Crapauds-brousse, *Tierno Monénembo*
P2319. L'Anté-peuple, *Sony Labou Tansi*
P2320. Anthologie de poésie africaine,
Six poètes d'Afrique francophone, *Alain Mabanckou (dir.)*
P2321. La Malédiction du lamantin, *Moussa Konaté*
P2322. Green Zone, *Rajiv Chandrasekaran*
P2323. L'Histoire d'un mariage, *Andrew Sean Greer*
P2324. Gentlemen, *Klas Östergren*
P2325. La Belle aux oranges, *Jostein Gaarder*
P2326. Bienvenue à Egypt Farm, *Rachel Cusk*
P2327. Plage de Manacorra, 16 h 30, *Philippe Jaenada*
P2328. La Vie d'un homme inconnu, *Andreï Makine*
P2329. L'Invité, *Hwang Sok-yong*
P2330. Petit Abécédaire de culture générale
40 mots-clés passés au microscope, *Albert Jacquard*
P2331. La Grande Histoire des codes secrets, *Laurent Joffrin*
P2332. La Fin de la folie, *Jorge Volpi*
P2333. Le Transfuge, *Robert Littell*
P2334. J'ai entendu pleurer la forêt, *Françoise Perriot*
P2335. Nos grand-mères savaient
Petit dictionnaire des plantes qui guérissent, *Jean Palaiseul*
P2336. Journée d'un opritchnik, *Vladimir Sorokine*
P2337. Cette France qu'on oublie d'aimer, *Andreï Makine*
P2338. La Servante insoumise, *Jane Harris*
P2339. Le Vrai Canard, *Karl Laske, Laurent Valdiguié*
P2340. Vie de poète, *Robert Walser*
P2341. Sister Carrie, *Theodore Dreiser*
P2342. Le Fil du rasoir, *William Somerset Maugham*
P2343. Anthologie. Du rouge aux lèvres, *Haïjins japonaises*
P2344. L'aurore en fuite. Poèmes choisis
Marceline Desbordes-Valmore

P2345. « Je souffre trop, je t'aime trop », Passions d'écrivains *sous la direction de Olivier et Patrick Poivre d'Arvor*
P2346. « Faut-il brûler ce livre ? », Écrivains en procès *sous la direction de Olivier et Patrick Poivre d'Arvor*
P2347. À ciel ouvert, *Nelly Arcan*
P2348. L'Hirondelle avant l'orage, *Robert Littell*
P2349. Fuck America, *Edgar Hilsenrath*
P2350. Départs anticipés, *Christopher Buckley*
P2351. Zelda, *Jacques Tournier*
P2352. Anesthésie locale, *Günter Grass*
P2353. Les filles sont au café, *Geneviève Brisac*
P2354. Comédies en tout genre, *Jonathan Kellerman*
P2355. L'Athlète, *Knut Faldbakken*
P2356. Le Diable de Blind River, *Steve Hamilton*
P2357. Le doute m'habite. Textes choisis et présentés par Christian Gonon *Pierre Desproges*
P2358. La Lampe d'Aladino et autres histoires pour vaincre l'oubli *Luis Sepúlveda*
P2359. Julius Winsome, *Gerard Donovan*
P2360. Speed Queen, *Stewart O'Nan*
P2361. Dope, *Sara Gran*
P2362. De ma prison, *Taslima Nasreen*
P2363. Les Ghettos du Gotha. Au cœur de la grande bourgeoisie *Michel Pinçon et Monique Pinçon-Charlot*
P2364. Je dépasse mes peurs et mes angoisses *Christophe André et Muzo*
P2365. Afrique(s), *Raymond Depardon*
P2366. La Couleur du bonheur, *Wei-Wei*
P2367. La Solitude des nombres premiers, *Paolo Giordano*
P2368. Des histoires pour rien, *Lorrie Moore*
P2369. Déroutes, *Lorrie Moore*
P2370. Le Sang des Dalton, *Ron Hansen*
P2371. La Décimation, *Rick Bass*
P2372. La Rivière des Indiens, *Jeffrey Lent*
P2373. L'Agent indien, *Dan O'Brien*
P2374. Pensez, lisez. 40 livres pour rester intelligent
P2375. Des héros ordinaires, *Eva Joly*
P2376. Le Grand Voyage de la vie. Un père raconte à son fils *Tiziano Terzani*
P2377. Naufrages, *Francisco Coloane*
P2378. Le Remède et le Poison, *Dirk Wittenbork*
P2379. Made in China, *J. M. Erre*
P2380. Joséphine, *Jean Rolin*

P2381. Un mort à l'Hôtel Koryo, *James Church*
P2382. Ciels de foudre, *C.J. Box*
P2383. Robin des bois, prince des voleurs, *Alexandre Dumas*
P2384. Comment parler le belge, *Philippe Genion*
P2385. Le Sottisier de l'école, *Philippe Mignaval*
P2386. « À toi, ma mère », Correspondances intimes
sous la direction de Olivier et Patrick Poivre d'Arvor
P2387. « Entre la mer et le ciel », Rêves et récits de navigateurs
sous la direction de Olivier et Patrick Poivre d'Arvor
P2388. L'Île du lézard vert, *Eduardo Manet*
P2389. « La paix a ses chances », *suivi de* « Nous proclamons la création d'un État juif », *suivi de* « La Palestine est le pays natal du peuple palestinien »
Itzhak Rabin, David Ben Gourion, Yasser Arafat
P2390. « Une révolution des consciences », *suivi de* « Appeler le peuple à la lutte ouverte »
Aung San Suu Kyi, Léon Trotsky
P2391. « Le temps est venu », *suivi de* « Éveillez-vous à la liberté », *Nelson Mandela, Jawaharlal Nehru*
P2392. « Entre ici, Jean Moulin », *suivi de* « Vous ne serez pas morts en vain », *André Malraux, Thomas Mann*
P2393. Bon pour le moral ! 40 livres pour se faire du bien
P2394. Les 40 livres de chevet des stars, The Guide
P2395. 40 livres pour se faire peur, Guide du polar
P2396. Tout est sous contrôle, *Hugh Laurie*
P2397. Le Verdict du plomb, *Michael Connelly*
P2398. Heureux au jeu, *Lawrence Block*
P2399. Corbeau à Hollywood, *Joseph Wambaugh*
P2400. Pêche à la carpe sous Valium, *Graham Parker*
P2401. Je suis très à cheval sur les principes, *David Sedaris*
P2402. Si loin de vous, *Nina Revoyr*
P2403. Les Eaux mortes du Mékong, *Kim Lefèvre*
P2404. Cher amour, *Bernard Giraudeau*
P2405. Les Aventures miraculeuses de Pomponius Flatus
Eduardo Mendoza
P2406. Un mensonge sur mon père, *John Burnside*
P2407. Hiver arctique, *Arnaldur Indridason*
P2408. Sœurs de sang, *Dominique Sylvain*
P2409. La Route de tous les dangers, *Kriss Nelscott*
P2410. Quand je serai roi, *Enrique Serna*
P2411. Le Livre des secrets. La vie cachée d'Esperanza Gorst
Michael Cox
P2412. Sans douceur excessive, *Lee Child*
P2413. Notre guerre. Journal de Résistance 1940-1945
Agnès Humbert

P2414. Le jour où mon père s'est tu, *Virginie Linhart*
P2415. Le Meilleur de « L'Os à moelle », *Pierre Dac*
P2416. Les Pipoles à la porte, *Didier Porte*
P2417. Trois tasses de thé. La mission de paix d'un Américain au Pakistan et en Afghanistan
Greg Mortenson et David Oliver Relin
P2418. Un mec sympa, *Laurent Chalumeau*
P2419. Au diable vauvert, *Maryse Wolinski*
P2420. Le Cinquième Évangile, *Michael Faber*
P2421. Chanson sans paroles, *Ann Packer*
P2422. Grand-mère déballe tout, *Irene Dische*
P2423. La Couturière, *Frances de Pontes Peebles*
P2424. Le Scandale de la saison, *Sophie Gee*
P2425. Ursúa, *William Ospina*
P2426. Blonde de nuit, *Thomas Perry*
P2427. La Petite Brocante des mots. Bizarreries, curiosités et autres enchantements du français, *Thierry Leguay*
P2428. Villages, *John Updike*
P2429. Le Directeur de nuit, *John le Carré*
P2430. Petit Bréviaire du braqueur, *Christopher Brookmyre*
P2431. Un jour en mai, *George Pelecanos*
P2432. Les Boucanières, *Edith Wharton*
P2433. Choisir la psychanalyse, *Jean-Pierre Winter*
P2434. À l'ombre de la mort, *Veit Heinichen*
P2435. Ce que savent les morts, *Laura Lippman*
P2436. István arrive par le train du soir, *Anne-Marie Garat*
P2437. Jardin de poèmes enfantins, *Robert Louis Stevenson*
P2438. Netherland, *Joseph O'Neill*
P2439. Le Remplaçant, *Agnès Desarthe*
P2440. Démon, *Thierry Hesse*
P2441. Du côté de Castle Rock, *Alice Munro*
P2442. Rencontres fortuites, *Mavis Gallant*
P2443. Le Chasseur, *Julia Leigh*
P2444. Demi-Sommeil, *Eric Reinhardt*
P2445. Petit déjeuner avec Mick Jagger, *Nathalie Kuperman*
P2446. Pirouettes dans les ténèbres, *François Vallejo*
P2447. Maurice à la poule, *Matthias Zschokke*
P2448. La Montée des eaux, *Thomas B. Reverdy*
P2449. La Vaine Attente, *Nadeem Aslam*
P2450. American Express, *James Salter*
P2451. Le lendemain, elle était souriante, *Simone Signoret*
P2452. Le Roman de la Bretagne, *Gilles Martin-Chauffier*
P2453. Baptiste, *Vincent Borel*
P2454. Crimes d'amour et de haine
Faye et Jonathan Kellerman

P2455. Publicité meurtrière, *Petros Markaris*
P2456. Le Club du crime parfait, *Andrés Trapiello*
P2457. Mort d'un maître de go.
Les nouvelles enquêtes du Juge Ti (vol. 8)
Frédéric Lenormand
P2458. Le Voyage de l'éléphant, *José Saramago*
P2459. L'Arc-en-ciel de la gravité, *Thomas Pynchon*
P2460. La Dure Loi du Karma, *Mo Yan*
P2461. Comme deux gouttes d'eau, *Tana French*
P2462. Triste Flic, *Hugo Hamilton*
P2463. Last exit to Brest, *Claude Bathany*
P2464. Mais le fleuve tuera l'homme blanc, *Patrick Besson*
P2465. Lettre à un ami perdu, *Patrick Besson*
P2466. Les Insomniaques, *Camille de Villeneuve*
P2467. Les Veilleurs, *Vincent Message*
P2468. Bella Ciao, *Eric Holder*
P2469. Monsieur Joos, *Frédéric Dard*
P2470. La Peuchère, *Frédéric Dard*
P2471. La Saga des francs-maçons
Marie-France Etchegoin, Frédéric Lenoir
P2472. Biographie de Alfred de Musset, *Paul de Musset*
P2473. Si j'étais femme. Poèmes choisis
Alfred de Musset
P2474. Le Roman de l'âme slave, *Vladimir Fédorovski*
P2475. La Guerre et la Paix, *Léon Tolstoï*
P2476. Propos sur l'imparfait, *Jacques Drillon*
P2477. Le Sottisier du collège, *Philippe Mignaval*
P2478. Brèves de philo, *Laurence Devillairs*
P2479. La Convocation, *Herta Müller*
P2480. Contes carnivores, *Bernard Quiriny*
P2481. « Je démissionne de la présidence », *suivi de* « Un grand État cesse d'exister » *et de* « Un jour je vous le promets »
Richard Nixon, Mikhaïl Gorbatchev, Charles de Gaulle
P2482. « Africains, levons-nous ! », *suivi de* « Nous préférons la liberté » *et de* « Le devoir de civiliser »
Patrice Lumumba, Sékou Touré, Jules Ferry
P2483. « ¡ No pasarán ! », *suivi de* « Le peuple doit se défendre » *et de* « Ce sang qui coule, c'est le vôtre »
Dolores Ibárruri, Salvador Allende, Victor Hugo
P2484. « Citoyennes, armons-nous ! », *suivi de* « Veuillez être leurs égales » *et de* « Il est temps »
Théroigne de Méricourt, George Sand, Élisabeth Guigou
P2485. Pieds nus sur les limaces, *Fabienne Berthaud*
P2486. Le renard était déjà le chasseur, *Herta Müller*
P2487. La Fille du fossoyeur, *Joyce Carol Oates*

P2488. Vallée de la mort, *Joyce Carol Oates*
P2489. Moi tout craché, *Jay McInerney*
P2490. Toute ma vie, *Jay McInerney*
P2491. Virgin Suicides, *Jeffrey Eugenides*
P2492. Fakirs, *Antonin Varenne*
P2493. Madame la présidente, *Anne Holt*
P2494. Zone de tir libre, *C.J. Box*
P2495. Increvable, *Charlie Huston*
P2496. On m'a demandé de vous calmer, *Stéphane Guillon*
P2497. Je guéris mes complexes et mes déprimes
Christophe André & Muzo
P2498. Lionel raconte Jospin, *Lionel Jospin*
P2499. La Méprise – L'affaire d'Outreau, *Florence Aubenas*
P2500. Kyoto Limited Express, *Olivier Adam*
avec des photographies de Arnaud Auzouy
P2501. « À la vie, à la mort », Amitiés célèbres
dirigé par Patrick et Olivier Poivre d'Arvor
P2502. « Mon cher éditeur », Écrivains et éditeurs
dirigé par Patrick et Olivier Poivre d'Arvor
P2503. 99 clichés à foutre à la poubelle, *Jean-Loup Chiflet*
P2504. Des Papous dans la tête – Les Décraqués – L'anthologie
P2505. L'Étoile du matin, *André Schwarz-Bart*
P2506. Au pays des vermeilles, *Noëlle Châtelet*
P2507. Villa des hommes, *Denis Guedj*
P2508. À voix basse, *Charles Aznavour*
P2509. Un aller pour Alger, *Raymond Depardon*
avec un texte de Louis Gardel
P2510. Beyrouth centre-ville, *Raymond Depardon*
avec un texte de Claudine Nougaret
P2511. Et la fureur ne s'est pas encore tue, *Aharon Appelfeld*
P2512. Les Nouvelles Brèves de comptoir, tome 1
Jean-Marie Gourio
P2513. Six heures plus tard, *Donald Harstad*
P2514. Mama Black Widow, *Iceberg Slim*
P2515. Un amour fraternel, *Pete Dexter*
P2516. À couper au couteau, *Kriss Nelscott*
P2517. Glu, *Irvine Welsh*
P2518. No Smoking, *Will Self*
P2519. Les Vies privées de Pippa Lee, *Rebecca Miller*
P2520. Nord et Sud, *Elizabeth Gaskell*
P2521. Une mélancolie arabe, *Abdellah Taïa*
P2522. 200 dessins sur la France et les Français, *The New Yorker*
P2523. Les Visages, *Jesse Kellerman*
P2524. Dexter dans de beaux draps, *Jeff Lindsay*
P2525. Le Cantique des innocents, *Donna Leon*

P2526. Manta Corridor, *Dominique Sylvain*
P2527. Les Sœurs, *Robert Littell*
P2528. Profileuse – Une femme sur la trace des serial killers, *Stéphane Bourgoin*
P2529. Venise sur les traces de Brunetti – 12 promenades au fil des romans de Donna Leon, *Toni Sepeda*
P2530. Les Brumes du passé, *Leonardo Padura*
P2531. Les Mers du Sud, *Manuel Vázquez Montalbán*
P2532. Funestes carambolages, *Håkan Nesser*
P2533. La Faute à pas de chance, *Lee Child*
P2534. Padana City, *Massimo Carlotto, Marco Videtta*
P2535. Mexico, quartier Sud, *Guillermo Arriaga*
P2536. Petits Crimes italiens *Ammaniti, Camilleri, Carlotto, Dazieri, De Cataldo, De Silva, Faletti, Fois, Lucarelli, Manzini*
P2537. La guerre des banlieues n'aura pas lieu, *Abd Al Malik*
P2538. Paris insolite, *Jean-Paul Clébert*
P2539. Les Ames sœurs, *Valérie Zenatti*
P2540. La Disparition de Paris et sa renaissance en Afrique *Martin Page*
P2541. Crimes horticoles, *Mélanie Vincelette*
P2542. Livre de chroniques IV, *António Lobo Antunes*
P2543. Mon témoignage devant le monde, *Jan Karski*
P2544. Laitier de nuit, *Andreï Kourkov*
P2545. L'Évasion, *Adam Thirlwell*
P2546. Forteresse de solitude, *Jonathan Lethem*
P2547. Totenauberg, *Elfriede Jelinek*
P2548. Méfions-nous de la nature sauvage, *Elfriede Jelinek*
P2549. 1974, *Patrick Besson*
P2550. Conte du chat maître zen *(illustrations de Christian Roux), Henri Brunel*
P2551. Les Plus Belles Chansons, *Charles Trenet*
P2552. Un monde d'amour, *Elizabeth Bowen*
P2553. Sylvia, *Leonard Michaels*
P2554. Conteurs, menteurs, *Leonard Michaels*
P2555. Beaufort, *Ron Leshem*
P2556. Un mort à Starvation Lake, *Bryan Gruley*
P2557. Cotton Point, *Pete Dexter*
P2558. Viens plus près, *Sara Gran*
P2559. Les Chaussures italiennes, *Henning Mankell*
P2560. Le Château des Pyrénées, *Jostein Gaarder*
P2561. Gangsters, *Klas Östergren*
P2562. Les Enfants de la dernière chance, *Peter Høeg*
P2563. Faims d'enfance, *Axel Gauvin*
P2564. Mémoires d'un antisémite, *Gregor von Rezzori*

P2565. L'Astragale, *Albertine Sarrazin*
P2566. L'Art de péter, *Pierre-Thomas-Nicolas Hurtaut*
P2567. Les Miscellanées du rock
Jean-Éric Perrin, Jérôme Rey, Gilles Verlant
P2568. Les Amants papillons, *Alison Wong*
P2569. Dix mille guitares, *Catherine Clément*
P2570. Les Variations Bradshaw, *Rachel Cusk*
P2571. Bakou, derniers jours, *Olivier Rolin*
P2572. Bouche bée, tout ouïe… ou comment tomber amoureux des langues, *Alex Taylor*
P2573. La grammaire, c'est pas de la tarte !
Olivier Houdart, Sylvie Prioul
P2574. La Bande à Gabin, *Philippe Durant*
P2575. « Le vote ou le fusil », *suivi de* « Nous formons un seul et même pays », *Malcolm X, John Fitzgerald Kennedy*
P2576. « Vive la Commune ! », *suivi de* « La Commune est proclamée » et de « La guerre civile en France »
Louise Michel, Jules Vallès, Karl Marx
P2577. « Je vous ai compris ! », *suivi de* « L'Algérie n'est pas la France » et de « Le droit à l'insoumission »
Charles de Gaulle, Gouvernement provisoire algérien, Manifeste des 121
P2578. « Une Europe pour la paix », *suivi de* « Nous disons NON » et de « Une communauté passionnée »
Robert Schuman, Jacques Chirac, Stefan Zweig
P2579. 13 heures, *Deon Meyer*
P2580. Angle obscur, *Reed Farrel Coleman*
P2581. Le Tailleur gris, *Andrea Camilleri*
P2582. La Vie sexuelle d'un Américain sans reproche
Jed Mercurio
P2583. Une histoire familiale de la peur, *Agata Tuszyńska*
P2584. Le Blues des Grands Lacs, *Joseph Coulson*
P2585. Le Tueur intime, *Claire Favan*
P2586. Comme personne, *Hugo Hamilton*
P2587. Fille noire, fille blanche, *Joyce Carol Oates*
P2588. Les Nouvelles Brèves de comptoir, tome 2
Jean-Marie Gourio
P2589. Dix petits démons chinois, *Frédéric Lenormand*
P2590. L'ombre de ce que nous avons été, *Luis Sepúlveda*
P2591. Sévère, *Régis Jauffret*
P2592. La Joyeuse Complainte de l'idiot, *Michel Layaz*
P2593. Origine, *Diana Abu-Jaber*
P2594. La Face B, *Akhenaton*
P2595. Paquebot, *Hervé Hamon*
P2596. L'Agfa Box, *Günter Grass*

P2597. La Ville insoumise, *Jon Fasman*
P2598. Je résiste aux personnalités toxiques (et autres casse-pieds), *Christophe André & Muzo*
P2599. Le soleil me trace la route. Conversations avec Tiffy Morgue et Jean-Yves Gaillac, *Sandrine Bonnaire*
P2600. Mort de Bunny Munro, *Nick Cave*
P2601. La Reine et moi, *Sue Townsend*
P2602. Orages ordinaires, *William Boyd*
P2603. Guide farfelu mais nécessaire de conversation anglaise *Jean-Loup Chiflet*
P2604. Nuit et Jour, *Virginia Woolf*
P2605. Trois hommes dans un bateau (sans oublier le chien !) *Jerome K. Jerome*
P2606. Ode au vent d'Ouest. Adonaïs et autres poèmes *Percy Bysshe Shelley*
P2607. Les Courants fourbes du lac Tai, *Qiu Xiaolong*
P2608. Le Poisson mouillé, *Volker Kutscher*
P2609. Faux et usage de faux, *Elvin Post*
P2610. L'Angoisse de la première phrase, *Bernard Quiriny*
P2611. Absolument dé-bor-dée !, *Zoe Shepard*
P2612. Meurtre et Obsession, *Jonathan Kellerman*
P2613. Sahara, *Luis Leante*
P2614. La Passerelle, *Lorrie Moore*
P2615. Le Territoire des barbares, *Rosa Montero*
P2616. Petits Meurtres entre camarades. Enquête secrète au cœur du PS, *David Revault d'Allonnes*
P2617. Une année avec mon père, *Geneviève Brisac*
P2618. La Traversée des fleuves. Autobiographie *Georges-Arthur Goldschmidt*
P2619. L'Histoire très ordinaire de Rachel Dupree *Ann Weisgarber*
P2620. À la queue leu leu. Origines d'une ribambelle d'expressions populaires, *Gilles Guilleron*
P2621. Poèmes anglais, *Fernando Pessoa*
P2622. Danse avec le siècle, *Stéphane Hessel*
P2623. L'Épouvantail, *Michael Connelly*
P2624. London Boulevard, *Ken Bruen*
P2625. Pourquoi moi ?, *Omar Raddad*
P2626. Mes étoiles noires, *Lilian Thuram*
P2627. La Ronde des innocents, *Valentin Musso*
P2628. Ô ma mémoire. La poésie, ma nécessité, *Stéphane Hessel*
P2629. Une vie à brûler, *James Salter*
P2630. Léger, humain, pardonnable, *Martin Provost*
P2631. Lune captive dans un œil mort, *Pascal Garnier*
P2632. Hypothermie, *Arnaldur Indridason*

P2633. La Nuit de Tomahawk, *Michael Koryta*
P2634. Les Raisons du doute, *Gianrico Carofiglio*
P2635. Les Hommes-couleurs, *Cloé Korman*
P2636. Le Cuisinier, *Martin Suter*
P2637. N'exagérons rien !, *David Sedaris*
P2638. Château-l'Arnaque, *Peter Mayle*
P2639. Le Roman de Bergen. 1900 L'aube, tome I
Gunnar Staalesen
P2640. Aurora, Kentucky, *Carolyn D. Wall*
P2641. Blanc sur noir, *Kriss Nelscott*
P2642. Via Vaticana, *Igal Shamir*
P2643. Le Ruban rouge, *Carmen Posadas*
P2644. My First Sony, *Benny Barbash*
P2645. « On m'a demandé de vous virer », *Stéphane Guillon*
P2646. Les Rillettes de Proust. Ou 50 conseils pour devenir écrivain, *Thierry Maugenest*
P2647. 200 expressions inventées en famille, *Cookie Allez*
P2648. Au plaisir des mots, *Claude Duneton*
P2649. La Lune et moi. Les meilleures chroniques, Haïkus d'aujourd'hui
P2650. Le marchand de sable va passer, *Andrew Pyper*
P2651. Lutte et aime, là où tu es !, *Guy Gilbert*
P2652. Le Sari rose, *Javier Moro*
P2653. Le Roman de Bergen. 1900 L'aube, tome II
Gunnar Staalesen
P2654. Jaune de Naples, *Jean-Paul Desprat*
P2655. Mère Russie, *Robert Littell*
P2656. Qui a tué Arlozoroff ?, *Tobie Nathan*
P2657. Les Enfants de Las Vegas, *Charles Bock*
P2658. Le Prédateur, *C.J. Box*
P2659. Keller en cavale, *Lawrence Block*
P2660. Les Murmures des morts, *Simon Beckett*
P2661. Les Veuves d'Eastwick, *John Updike*
P2662. L'Incertain, *Virginie Ollagnier*
P2663. La Banque. Comment Goldman Sachs dirige le monde
Marc Roche
P2664. La Plus Belle Histoire de la liberté, *collectif*
P2665. Le Cœur régulier, *Olivier Adam*
P2666. Le Jour du Roi, *Abdellah Taïa*
P2667. L'Été de la vie, *J.M. Coetzee*
P2668. Tâche de ne pas devenir folle, *Vanessa Schneider*
P2669. Le Cerveau de mon père, *Jonathan Franzen*
P2670. Le Chantier, *Mo Yan*
P2671. La Fille de son père, *Anne Berest*
P2672. Au pays des hommes, *Hisham Matar*

P2673. Le Livre de Dave, *Will Self*
P2674. Le Testament d'Olympe, *Chantal Thomas*
P2675. Antoine et Isabelle, *Vincent Borel*
P2676. Le Crépuscule des superhéros, *Deborah Eisenberg*
P2677. Le Mercredi des Cendres, *Percy Kemp*
P2678. Journal. 1955-1962, *Mouloud Feraoun*
P2679. Le Quai de Ouistreham, *Florence Aubenas*
P2680. Hiver, *Mons Kallentoft*
P2681. Habillé pour tuer, *Jonathan Kellerman*
P2682. Un festin de hyènes, *Michael Stanley*
P2683. Vice caché, *Thomas Pynchon*
P2684. Traverses, *Jean Rolin*
P2685. Le Baiser de la pieuvre, *Patrick Grainville*
P2686. Dans la nuit brune, *Agnès Desarthe*
P2687. Une soirée au Caire, *Robert Solé*
P2688. Les Oreilles du loup, *Antonio Ungar*
P2689. L'Homme de compagnie, *Jonathan Ames*
P2690. Le Dico de la contrepèterie.
Des milliers de contrepèteries pour s'entraîner et s'amuser
Joël Martin
P2691. L'Art du mot juste.
275 propositions pour enrichir son vocabulaire
Valérie Mandera
P2692. Guide de survie d'un juge en Chine, *Frédéric Lenormand*
P2693. Doublez votre mémoire. Journal graphique
Philippe Katerine
P2694. Comme un oiseau dans la tête.
Poèmes choisis, *René Guy Cadou*
P2696. La Dernière Frontière, *Philip Le Roy*
P2697. Country blues, *Claude Bathany*
P2698. Le Vrai Monde, *Natsuo Kirino*
P2699. L'Art et la manière d'aborder son chef de service pour lui demander une augmentation, *Georges Perec*
P2700. Dessins refusés par le *New Yorker*, *Matthew Diffee*
P2701. Life, *Keith Richards*
P2702. John Lennon, une vie, *Philip Norman*
P2703. Le Dernier Paradis de Manolo, *Alan Warner*
P2704. L'Or du Maniéma, *Jean Ziegler*
P2705. Le Cosmonaute, *Philippe Jaenada*
P2706. Donne-moi tes yeux, *Torsten Pettersson*
P2707. Premiers Romans, *Katherine Pancol*
P2708. Off. Ce que Nicolas Sarkozy n'aurait jamais dû nous dire
Nicolas Domenach, Maurice Szafran
P2709. Le Meurtrier de l'Avent, *Thomas Kastura*
P2710. Le Club, *Leonard Michaels*

P2711. Le Vérificateur, *Donald Antrim*
P2712. Mon patient Sigmund Freud, *Tobie Nathan*
P2713. Trois explications du monde, *Tom Keve*
P2714. Petite sœur, mon amour, *Joyce Carol Oates*
P2715. Shim Chong, fille vendue, *Hwang Sok Yong*
P2716. La Princesse effacée, *Alexandra de Broca*
P2717. Un nommé Peter Karras, *George P. Pelecanos*
P2718. Haine, *Anne Holt*
P2719. Les jours s'en vont comme des chevaux sauvages dans les collines, *Charles Bukowski*
P2720. Ma grand-mère avait les mêmes. Les dessous affriolants des petites phrases *Philippe Delerm*
P2721. Mots en toc et formules en tic. Petites maladies du parler d'aujourd'hui, *Frédéric Pommier*
P2722. Les 100 plus belles récitations de notre enfance
P2723. Chansons. L'Intégrale, *Charles Aznavour*
P2724. Vie et opinions de Maf le chien et de son amie Marilyn Monroe, *Andrew O'Hagan*
P2725. Sois près de moi, *Andrew O'Hagan*
P2726. Le Septième Fils, *Arni Thorarinsson*
P2727. La Bête de miséricorde, *Fredric Brown*
P2728. Le Cul des anges, *Benjamin Legrand*
P2729. Cent seize Chinois et quelque, *Thomas Heams-Ogus*
P2730. Conversations avec moi-même. Lettres de prison, notes et carnets intimes *Nelson Mandela*
P2731. L'Inspecteur Ali et la CIA, *Driss Chraïbi*
P2732. Ce délicieux Dexter, *Jeff Lindsay*
P2733. Cinq femmes et demie, *Francisco González Ledesma*
P2734. Ils sont devenus français, *Doan Bui, Isabelle Monnin*
P2735. D'une Allemagne à l'autre. Journal de l'année 1990 *Günter Grass*
P2736. Le Château, *Franz Kafka*
P2737. La Jeunesse mélancolique et très désabusée d'Adolf Hitler *Michel Folco*
P2738. L'Enfant des livres, *François Foll*
P2739. Karitas, l'esquisse d'un rêve *Kristín Marja Baldursdóttir*
P2740. Un espion d'hier et de demain *Robert Littell*
P2741. L'Homme inquiet, *Henning Mankell*
P2742. La Petite Fille de ses rêves, *Donna Leon*
P2743. La Théorie du panda, *Pascal Garnier*
P2744. La Nuit sauvage, *Terri Jentz*

P2745. Les Lieux infidèles, *Tana French*
P2746. Vampires, *Thierry Jonquet*
P2747. Eva Moreno, *Håkan Nesser*
P2748. La 7e victime, *Alexandra Marinina*
P2749. Mauvais fils, *George P. Pelecanos*
P2750. L'espoir fait vivre, *Lee Child*
P2751. La Femme congelée, *Jon Michelet*
P2752. Mortelles voyelles, *Gilles Schlesser*
P2753. Brunetti passe à table. Recettes et récits
Roberta Pianaro et Donna Leon
P2754. Les Leçons du Mal, *Thomas Cook*
P2755. Joseph sous la pluie. Roman, poèmes, dessins
Mano Solo
P2757. Ouvrière, *Franck Magloire*
P2758. Moi aussi un jour, j'irai loin, *Dominique Fabre*
P2759. Cartographie des nuages, *David Mitchell*
P2760. Papa et maman sont morts, *Gilles Paris*
P2761. Caravansérail, *Charif Majdalani*
P2762. Les Confessions de Constanze Mozart
Isabelle Duquesnoy
P2763. Esther Mésopotamie, *Catherine Lépront*
P2764. L'École des absents, *Patrick Besson*
P2765. Le Livre des brèves amours éternelles
Andreï Makine
P2766. Un long silence, *Mikal Gilmore*
P2767. Les Jardins de Kensington, *Rodrigo Fresán*
P2768. Samba pour la France, *Delphine Coulin*
P2769. Danbé, *Aya Cissoko et Marie Desplechin*
P2770. Wiera Gran, l'accusée, *Agata Tuszyńska*
P2771. Qui a tué l'écologie ?, *Fabrice Nicolino*
P2772. Rosa Candida, *Audur Ava Olafsdóttir*
P2773. Otage, *Elie Wiesel*
P2774. Absurdistan, *Gary Shteyngart*
P2775. La Geste des Sanada, *Yasushi Inoué*
P2776. En censurant un roman d'amour iranien
Shahriar Mandanipour
P2777. Un café sur la Lune, *Jean-Marie Gourio*
P2778. Caïn, *José Saramago*
P2779. Le Triomphe du singe araignée, *Joyce Carol Oates*
P2780. Faut-il manger les animaux ?, *Jonathan Safran Foer*
P2781. Les Enfants du nouveau monde, *Assia Djebar*
P2782. L'Opium et le Bâton, *Mouloud Mammeri*
P2783. Cahiers de poèmes, *Emily Brontë*
P2784. La Rage au cœur. Anthologie de poésie algérienne
P2785. Tibère et Marjorie, *Régis Jauffret*